绿蛾

李振平——著

作家出版社

图书在版编目（CIP）数据

绿蛾 / 李振平著 . -- 北京：作家出版社，2024. 9.
-- ISBN 978-7-5212-3054-3

Ⅰ. I247.5

中国国家版本馆 CIP 数据核字第 2024A7921X 号

绿　蛾

作　　者：李振平
责任编辑：韩　星
封面设计：有品堂＿刘俊
插　　画：张惊鸣　龙　欢
出版发行：作家出版社有限公司
社　　址：北京农展馆南里 10 号　　　　邮　　编：100125
电话传真：86-10-65067186（发行中心）
　　　　　86-10-65004079（总编室）
E-mail:zuojia @ zuojia.net.cn
http://www.zuojiachubanshe.com
印　　刷：三河市紫恒印装有限公司
成品尺寸：145 × 210
字　　数：282 千
印　　张：11.375
版　　次：2024 年 9 月第 1 版
印　　次：2024 年 9 月第 1 次印刷
ISBN　978-7-5212-3054-3
定　　价：46.00 元

目　录
CONTENTS

凌　晨

04：18

淅淅沥沥的春雨下了一夜。

软床上，小袁正在甜美的梦乡中，怀里抱着一只奶白色、毛茸茸的卡通小萌狗。谁会想到，平日威风凛凛、斩妖除魔的女刑警小袁睡觉时还要抱着卡通玩具，这是只有爸爸妈妈才知道的秘密。

一次，她执行任务时负伤，出院后在家休养，市刑警队的毕队长来看望她，见到这只小萌狗，拿起闻了闻，意味深长地看她一眼，憋住不笑。

她面颊绯红。

没日没夜地连续奋战一个月，破了一桩大案，毕队长奖励她休息三天，后来改成两天，最后定为一天。她可以陪着爸爸妈妈吃顿晚饭，睡个懒觉啦。

雨声停了，夜阑人静。

凌晨四点十八分，一阵急促的手机铃音响起。小袁惊醒，接听，毕队长打来的。她听了几句，一跃而起，跳下床，她用下巴颏夹住手机，一边与毕队长通话，一边在卫生间用冷水洗脸，以最快的速度穿上警服，冲出家门。

妈妈追着喊："你去哪儿，不是休息一天吗？"

小袁头也不回："紧急任务，凶杀案！"

二十分钟前。

漆黑的雨夜。一声干咳，亮起一盏孤独的灯，一团昏黄的灯光照亮楼门前一小块地方，几根细细的雨丝随风飘落。

三点五十八分，郭大姐来做楼道保洁。她提着一只装满消毒、清洁用品用具的塑料桶，掏出门禁卡打开楼门。她抬头看看天。

整栋楼被黑暗吞没，只有二层的一扇窗透出一点微光。

尽管已是四月底，雨水依然冰冷。郭大姐走进楼门，身上淋了点雨，她不由得打了个寒战。她乘电梯上楼，电梯运行中，她把轿厢的不锈钢内壁擦得明净如镜，映出一张中年妇女的脸。电梯到了五层，即顶层，她提着塑料桶出了轿厢。她擦擦通往阁楼的小木门，没有进去，按操作规范顶层阁楼不需天天打扫。她从五层步行向下，一边清扫铺着灰色地砖的一级级楼梯，一边擦拭铁花护栏与木质扶手。当她下到三层时，声控开关控制的五层、四层楼道照明灯依次熄灭。每当这时，她心里都会不舒服，有一种被黑暗追在后面的感觉。楼道里一扇窗户缝隙较大，吹进一道潮冷的风，她紧紧工作服的领口。

她似乎听到一个女人的歌声。三更半夜，谁在唱歌？想起小区里最近流传的关于这栋六号楼闹鬼的故事，那歌声就像啾啾鬼哭，她感到后背袭来一股寒意，心脏急剧收缩。她侧耳静听，只有风声和沙沙的雨声。

二层，她见201室的防盗门开了一条四指宽的缝，又有歌声了，是从门内飘出来的，犹如女人哀怨的哭诉。

201室住着一位名叫鄢然的漂亮单身女人。

郭大姐敲敲门，没有回应。也许主人睡着了，忘记关门？郭大姐本想不管闲事，但出于好心，她还是拉开防盗门。

噌的一下，一团黑影从脚下蹿过，吓得郭大姐一哆嗦，差点失声尖叫。喵，原来是一只纯黑、没有一根杂毛的小猫，像个毛茸茸的小球球。

郭大姐摸索着走进黑洞洞的门厅。

歌声变大了，就像有个女人贴在她的耳边低声吟唱。

半分钟后，响起一声闷在喉咙里的惊呼！

郭大姐跑出 201 室，神色惊怖，像是看见了十分可怕的事情。她先撞到门框，再咣当撞到防盗门上，又踢翻了塑料桶。

她用颤抖的手按下电梯按键，电梯从五层下来，停在二层，梯门缓缓打开。她冲进轿厢，朝着斜上方的监控探头拼命挥手。她因一时慌张，没想到按下紧急呼叫的按键。

监控室里，显示屏黑白画面中，只见郭大姐手动，嘴动，听不见声音。

负责监控的年轻保安头垂到胸前，打着瞌睡。

郭大姐头探出轿厢，201 室张开黑乎乎的大口，歌声停止，二层的楼道照明灯随之熄灭。她鼓起最后一点勇气，背部紧贴墙壁，挪到对面的 202 室门前，双手拍门，砰砰砰。

楼道的照明灯又亮了。

她只拍了三下，门应声而开，门里站着一个矮壮男人，嘴里叼着一支粗大的雪茄。不等对方发问，她一把抓住矮壮男人的胳膊，指指对面，她已吓得说不出话。

矮壮男人看看满脸惊恐之色的郭大姐，又看看对面防盗门半敞的 201 室，似是明白一定发生了不寻常的事。他不怕，向前几步，拉开 201 室的防盗门，毫不犹豫地走进去。郭大姐缩在他的身后。穿过幽暗、宽大的客厅，可以看见主卧室门开着，泻出朦胧的灯光。

矮壮男人站在主卧室门口。

室内,血红色灯罩的落地灯旁,摇椅上躺着一个年轻女人,圆形光束投在她的上半身和脸上。她面色惨白,左胸口露出一小截刀把,看不出还有呼吸。

整间卧室光线极暗,像是弥漫着淡红色的浓雾。

矮壮男人小心向前,注意不碰到任何东西,伸出手,摸了摸女人的颈动脉。他耸了耸肩。

客厅里又响起那首循环播放的老歌,曲调凄婉、哀伤。

矮壮男人肥厚的鼻翼动了两下,他从口袋里掏出一只刻着虎头的金质打火机,点燃雪茄,狂吸几口,喷出大团青色烟雾,浓重的烟草香味很快四处扩散。

他深深地看了一眼摇椅上的女人,目光中感情复杂。

雪茄烟雾挡住他的脸。

凌晨四点十四分,110接到本市发生一起恶性凶杀案的报警电话。

夜色中,警车风驰电掣,一路拉响警笛。

04:39

室内,所有的灯逐一打开,明亮的灯光驱散黑暗。

桃花源小区六号楼201室是一套近一百八十平方米的住宅,数名刑警紧张地忙碌,有条不紊地展开现场勘验工作。徐法医戴着口罩、头套、乳胶手套,她蹲下身,借助放大镜,一寸一寸地检查那具逐渐冷却的女性尸体。

尸体前,女刑警小袁翻阅对报案人郭大姐的询问笔录,文字详细生动，其中闹鬼传说一段引起她的注意。

死者女性，姓名鄢然，三十三岁，独身，一家嫣然经纪公司的法定代表人，案件性质初定为凶杀。毕队长命令，这起案件交由小袁负责侦破，并给她配备了两名助手。

小袁从警三年多，第一次独立担当重任。

刑事案件侦查在于全面收集证据，经过严谨的逻辑推理与科学判断，去伪存真，将具有真实性、合法性、关联性的证据构成完整的环形链条，从而发现万花筒般表象下的案件真相。这一过程如同智力拼图，将一片片破碎、互不相关的图片经过组合，寻找到它们之间最合适的相互位置，就能拼出一幅完美的图形。

拼图的第一步就是收集零散、杂乱的图形碎片。

小袁用心观察主卧室即案发现场的整体布局与环境，她的眼睛像一台高清晰度的数码相机，拍摄一帧帧画面，存入大脑。

主卧室的装修风格类似歌厅的高级包间，俗气。

一道结实坚固的雕花木门，深色实木地板，酒红色壁布，厚重的暗红色丝绒窗幔阻绝外面的光线。

临窗，摆放着一张少见的欧式圆床，正红色真皮半圆床头。大床占去卧室近　半的面积，床罩上绣着红色基调的浮世绘美女图，它来自东溟。床下，露出三只男拖鞋，其中一双式样相同，还有一只单独的，与它配套的另一只不知去哪儿了。

东侧，铁红色实木梳妆台倚墙而立，台面上堆满各种用途的化妆品，全是女人们热爱的著名品牌。

梳妆椅不知为何背对着梳妆台。

一盆不知名的花放置在梳妆台上，六角紫砂花盆，细长挺拔的碧绿茎叶，朱砂般鲜亮的三片花瓣，显得韵味优雅、端庄、高贵，与周围情调格格不入。一片花瓣落在花盆里的泥土上。

泥土中有个洞。

西北角，安放着一张宫廷红大理石面的小圆桌，桌上只有一只空的高脚酒杯，杯子内壁留下淡红色酒痕，杯沿有口红唇印。圆桌下，地板上，散乱着一个破碎的红酒瓶，玻璃碎片与半干的红酒液混合在一起。

摇椅与落地灯紧挨着小圆桌。

被害人鄢然躺在红绒面摇椅上。这个女人生前一定很美，美到毫无瑕疵，像是西洋油画中古典美女的复制品。她穿着一件近乎透明的大红色蕾丝睡裙，大红内裤褪到膝盖处，赤脚上一双大红软皮高跟拖鞋，鞋跟足有十公分。

一身红装给死亡涂抹上一层异样的热烈色彩。

距离她的左脚不足三十公分就是那个摔碎的红酒瓶，红酒液流淌到她左脚的拖鞋旁，一半从高跟下流过，一半浸透了左侧鞋边，鞋面上有一些黑点，那是飞溅上去的红酒滴。根据未被扰动的酒渍，证明红酒瓶落地后，她的身体没有再移动分毫，她的死亡时间应该在红酒瓶摔碎之前，或发生在同一时刻。

红酒瓶不会自己从小圆桌滚落到地板上。

大半瓶红酒落地，接触到地板的一瞬间，一定会发出"咚"的很大声响。

人在死后一至三小时出现尸僵，从面部逐渐扩延到全身。鄢然身体僵硬，保持着一种怪异的姿势：她的左手搭在小圆桌沿，手张开，手心向外；右手落在摇椅扶手上，手心向上；双脚踩住地板，脖子强直，身子与头向前倾；她像是正要站起来，与你拥抱！

看上去她竟是嘴角含笑，真的在笑，不像是死前痛苦致使面部肌肉抽搐造成的五官扭曲。

一个死人冲着你笑，想想都会不寒而栗。

鄢然睁着瞳孔扩散的眼睛，看向未知，看向活人看不到的地方。

她的眼睛是蓝色的。

鄢然是混血儿？小袁想问一问徐法医。徐法医正用软刷轻扫刺入鄢然左胸尖刀的刀把，寻找凶手可能留下的指纹，她失望地摇摇头。

小袁不去干扰法医工作，她在各个房间走了一遍。她的两名助手之一，本月新从警的小刘亦步亦趋地跟在后面。小刘真像几年前的她，当年的她也被同事们嘲笑为毕队长的跟屁虫。

鄢然一人居住的这套宅子分为大客厅，主卧室与三间次卧，餐厅，两个卫生间与厨房。厨房没有积存的油烟，看来女主人从不下厨做饭。这里近几天举办过不止一次的狂欢 party，到处都是空酒瓶，吊灯上挂着一只连裤丝袜，几只枕头扔在次卧地板上，卫生间智能马桶的水箱盖上有一盘吃剩下的香肠沙拉……一扇紧闭的房门后，堆满形形色色的高档衣服，有的没有打开包装；女式包包都是奢侈品牌；还有不同季节、不同式样的女鞋，每一双鞋的鞋跟都在十公分以上。小袁大致翻看一下，凭借几年来办案积累的见识，她认定这些所谓的名牌服装、包包、鞋等无一例外是高仿的赝品。鄢然是位钱包并不饱满、又好面子的"富婆"。虚荣，人类的通病，无论男女。

小袁的另一名助手姓孟，老孟警龄二十三年。他在梳妆台的一个抽屉里，找到鄢然个人的全部 VIP 银行卡、一把私家豪车钥匙、201 室房产证复印件，还有二十几件首饰与三块名表。老孟造好清册，请小袁过目并签字。这些大约是鄢然的全部家当。

抽屉里的上述财物没有被翻动过的迹象。

小袁高度怀疑首饰与名表也是假的，先送交技术科检验。

201 室防盗门与密码门锁的检验结果出来了：均完好无损，不存在技术开锁，也不存在外人以暴力方式强行进入。

徐法医还在忙，她用强光手电对准死者鄢然的蓝眼球。

大客厅。小袁打开电视背景墙下的高级组合音响，听了一下昨夜吓得郭大姐心脏险些停跳的那首老歌《月圆花好》，曲调甜得腻人，二十世纪三四十年代的风格。小袁的目光停留在一个地方。

仿真皮大沙发前，茶几上，放着一只大果盘，装满五颜六色的应季水果。果盘旁边，少了一样东西。

那里通常会放一把水果刀。

这把刀很有可能正插在鄢然的左胸。在刑事侦查中，搞清凶器来源十分重要，如果凶手预先准备作案工具，大概率证明他是蓄意而为，并非临时起意、因一时激情而行凶。

小袁有些困惑，在现场勘查中，始终没有找到鄢然的照片、相册，她的手机头像是一只色彩艳丽的蝴蝶。如今的女人们热衷于自拍，对着手机搔首弄姿，再狠狠地 P 一下，个个成了天姿国色。据说鄢然是位西式美人，她却不爱照相，没留下哪怕一张照片，这点有悖常情。小袁依据鄢然死后那张变形的脸想象她活着时候的容貌。结果，小袁眼前现出一张模糊的脸，就像焦点没对准的照片。

可以看一下鄢然的身份证。现场没有发现她的身份证件，小袁想，派出所存有底档，一查便知。

小袁吸吸鼻子，她问："这满屋子的烟味儿怎么回事？"

小刘回答："两名报案人中的一位是对面 202 室的业主，名叫贾彪，他在现场抽过雪茄，他自称是个雪茄不离手的老烟鬼。"

小袁皱皱眉。案发现场残留的气味是重要的线索之一，据此可以推断曾有什么样的人在此出入。报案人不仅在现场多次来回走动，以致无法提取有效足迹，而且吸烟，吸的还是烟味更重的雪茄，致使气味也被破坏了。报案人不是专业刑警，不宜过分苛责。

现场尸检结束。

小袁急于知道死者鄢然的眼睛为什么是蓝色的。徐法医一伸手，在鄢然睁开的眼睑上一抹，取下一只凝胶状的蓝色美瞳片，露出下面真实的黄褐色。

鄢然两只颜色不同的眼球一动不动，冷冷的。

徐法医说："你来看。"

她让小袁弯下身，凑近一些。鄢然左右两只手的九根手指的指甲上都有红色蝴蝶图案的假指甲片，唯独右手无名指没有。一般情况下，假指甲片用特别胶水粘贴牢固，不影响正常生活。若想去除，需经过热水浸泡，或者涂抹卸甲油。现场没有打斗痕迹，这枚假指甲片不可能因为遭遇暴力而脱落。更为奇怪的是，在尸体附近搜寻数遍，没有找到这枚微小的假指甲片，它不翼而飞了。

必须找到！

徐法医说："你再看。"

因为离得太近，小袁闻到一股初起的死人味儿。她仔细查看鄢然的双臂、双手与掌心，没有因束缚等外力造成的皮下瘀伤，也没有因锐器导致的防御伤。遇到一把袭来的尖刀时，挥动双手进行抵御，这是正常人的应激反应，因而上肢等相应部位往往会出现各种形态的伤口。推测：鄢然当时或是猝不及防，或是处于神志不清醒状态，所以对突如其来的尖刀毫无反抗。严重醉酒？现场地板上有一瓶摔碎的红酒。这是可能性之一，需要对尸体做血液中酒精、其他药品含量的全面检测后才可确定。

徐法医又说："性侵没有实际发生。"

她指了一下鄢然褪到膝盖处的内裤，加了一句："尸体大腿内外侧均未见撕扯内裤时造成的擦划伤。"

徐法医拿着一个透明的证物袋，里面装着一根黑色的毛发。她说："这是从死者睡衣上提取到的，是人的，还是动物的，暂未确定。"

据报案人郭大姐讲，昨夜，她在走进 201 室时，从门里蹿出一只黑色的猫。她认出那只猫叫球球，是楼下 101 室业主的宝贝儿，很乖，招人喜欢，从不在楼道里便溺，只是最近十几天很少见到它。

小袁问："指纹？"

徐法医说："现场门铃按键、门把手，尤其是凶器刀把等重点部位都经过人为擦拭，没有提取到指纹。"

小袁想，凶手具有一定的反侦查意识，杀人后不是立即逃走，而是留在现场清除犯罪痕迹，这是一个心理素质比较稳定的人。但愿那根毛发不是小猫球球的。

"死因？"小袁问。

"刀伤，一处。"徐法医简洁回答。

鄢然被一刀夺命，刀未拔出，只有少量鲜血沿紧闭的刀口外溢，大量血液流向腹腔，因此现场没有喷溅血滴与大面积血泊。

行凶之人下手既狠又准。

徐法医略显迟疑了一下。小袁问："还有什么情况？"徐法医没说。尸检中，她在尸体左胸紧挨着刀口的周围表皮上有所发现，感觉怪怪的，一时又说不清楚。她准备将尸体带回解剖室做进一步探查，有了明确答案后再对小袁讲。尸检是一门科学，容不得半点含糊。

"死亡时间？"

"根据尸体的直肠温度，死亡时间大致为昨夜十一时至十二时之间。"

案发现场收集到的半夜歌声、半敞的防盗门、大红蕾丝睡裙与十公分高跟拖鞋、褪至膝处的内裤、摔碎的红酒瓶与半干的酒渍、VIP 银行卡、完好的门锁、不在其位的水果刀、缺失的假指甲片、无防御伤的双手、抹去的指纹、死因、死亡时间等证据与痕迹，如同一堆杂乱无章的图形碎片。

拼接它们，需要一双慧眼。

小袁很想知道，鄢然死亡时在笑什么？

尸体装入橙黄色的收尸袋，拉上拉链。

05：33

楼道里，四名刑警放轻脚步声，抬着收尸袋步行下楼。他们没用电梯，这样本楼业主们今后乘坐电梯时就不会心生阴影。

小袁是抬尸的四名刑警之一，她从不甘于落在男刑警之后。

下到一层半时，小袁眼尖，她看见拐角处靠墙边有一小堆灰烬，烧的像是长条形状的纸张。随着刑警们走过带起的风，飘起一片灰屑。有人在楼道里烧纸，按习俗还是昨夜新烧的。郭大姐每天凌晨时分都要清扫一遍楼梯，她的保洁工作一向认真负责，今天被这起死了人的案子中途打断，纸灰没及时清走。

天已大亮，低垂的阴云渐渐散去，地面飘浮着一层薄薄的晨雾，偶尔还掉下两三点雨滴。楼门前，几辆警车吸引过来十几名小区业主，都是起早遛弯的大爷大妈，他们猜测着六号楼里出了什么事，准是大事。

楼门打开，人们翘足而望。

哧啦一声，橙色收尸袋出楼门时，被门上的锁舌挂住，扯开一道口子，喷出难闻的气味儿。几名刑警再一使劲，破口更大了，露出里面的一截红裙、一只苍白的手。

楼外，业主们纷纷退后。

徐法医按下锁舌，收尸袋解开羁绊。

蓝白两色的面包车打开后车门，刑警们将收尸袋抬进去。徐法医随车走了。

毕队长留下一辆老掉牙的警车，专供小袁使用。

小袁整整警容，尽量使自己显得威严一些。

她是位圆脸姑娘，眼睛圆圆的，嘴唇也是圆圆润润的，一笑两个圆圆的酒窝，天生一张娃娃脸。她从不用化妆品，皮肤依然细腻红润。如果不穿警服，谁也不会把她与女刑警联系到一起，反倒认为她更像电视台少儿节目的主持人。她对自己的相貌特别不满意，希望有一张英气勃勃、令歹徒们望而生畏的严峻面孔。为此，她向妈妈提出抗议，为什么把她生成这么个样子。妈妈回答干脆：滚一边去！从小爬树掏鸟，下河摸鱼，跟邻居臭小子们打架，你比男孩子还野、还淘，你准是投错了胎。不出国留学，不去电影学院，偏要上警校，养了你这么个女儿，我少活二十年。她的妈妈今年整五十岁，被她气得到现在眼角还没长出皱纹。

她以格斗、射击、综合素质全校第一的优异成绩从警校毕业，进入市刑警队。报到的那天，闹了个大笑话，毕队长见面第一句话："小丫头，来找你爸爸？"整个刑警队只有老孟年近五十，其余都是二十啷当的小年青，清一色的男性。毕队长喊："老孟，你女儿找你来啦。"不怪毕队长有眼无珠，没认出眼前这位是警校高才生，未来的女神探。全怪那天小袁的妈妈给她穿了一件白色长袖公主裙，使她看上去是个只有十几岁、未成年的女娃娃。妈妈故意把她打扮成这个样子，因为妈妈有份私心，不想让市刑警队录取自己的宝贝女儿，刑警这份工作又苦又累，而且充满危险，每次出警执行任务都要面临生与死、血与火的考验。

毕队长不想收她，找到主管刑侦的邢局，被骂了回来。毕队长只得捏着鼻子收下她。

从警数年，小袁年年立功，令男刑警们刮目相看。

可是，一直到今天，毕队长还是叫她"小丫头"，并且以她的叔叔自居，虽然他只比她大十岁。"小丫头"这个称呼非常气人。

现在，小袁标枪般站在六号楼前。

楼上，向南的几扇窗户里人影闪动，数双眼睛注视着这位女警官，其中自二层窗内向她射来的目光最为阴鸷、尖利。

朝霞胜火，霞光染红她的面颊。

六号楼是一栋绿色斜屋顶、乳白色外墙面的新式住宅楼，位于桃花源小区西北角。

物业反映，去年六月，小区开始流传一个鬼故事：六号楼开挖地基时，挖出一座清代墓葬。墓穴里压着一块石板，上面画着红字，懂行的人说那是镇鬼的符咒；石板下面是一堆死人骨头，头骨扔在脚下。石板被铲车铲碎，破了符咒，鬼就跑出来了。据说那只鬼生前是个落魄的白面书生，做了大户人家的上门女婿，他风流成性，天天泡在青楼，因对发妻不忠，遭到天谴，死得惨不可言。到了今年二月，鬼故事增添新的情节：白面书生缠上一位名叫嫣红的头牌花魁，与其他客人争风，失手杀了嫣红，被县太爷判了死罪，秋后开刀问斩，咔嚓一声人头落地，死后化为厉鬼，每逢月圆之夜出来作祟。巧合的是，昨夜就是阴历十五，还是血月，鄢然死于凶杀。

小袁想，这则鬼故事不管是胡编乱造，还是别有用心，其中都隐藏着编造者的某种情绪或目的。

小袁决心将杀害鄢然的恶鬼抓到光天化日之下，绳之以法。

小袁首先探查昨夜有无外人以非正常方式潜入六号楼。

她绕楼走了一圈，步子时快时慢，一会儿低头观察地面，一会儿抬头朝楼上看看，远处围观人群不知这位女警官在寻找什么。

楼两侧与背面不在监控区域之内。

这栋楼四周环绕草坪，一条不宽的石子甬路通向楼门。一夜春雨，草地泥土潮湿松软，吸饱雨水，有两处青草倒伏，叶片上没有水珠。小袁蹲下身，拨开草丛，只见几行野猫的梅花状爪痕，没有人的脚印。

楼脚白色片石砌成的散水坡被雨水冲洗得十分干净。

通向斜屋顶的排雨水管表面光洁，聚氯乙烯树脂材质的管子轻而薄，每隔三米用卡子固定在外墙上，难以承受一个人的重量，未见有人手脚并用、向上攀爬的抓蹭痕迹。

一层住户窗台、阳台护栏上没有人踩踏后留下的新鲜足迹。小袁用手推了推，所有窗户都自内关好，推不开。

102室外窗台上放了一把小米粒，没有经过雨水浸泡，刚放上去的。几只灰褐色小麻雀啄得正欢，见有人过来，扑棱棱地飞走了，一根羽毛飘落。

小袁无意中朝窗里看了一眼。隔着窗玻璃，半明半暗中，一张脸似乎悬浮在空气中，也在看小袁。这是一张老女人的脸，苍白，没有表情，眼睛开合了一下，表明这不是面具。小袁若是胆小的人，会被吓到叫出声，而她只是心跳略快了一点。她向老女人笑笑，对方表情没有变化，转身走开。

小袁用物业交来的门禁卡打开楼门。她走进电梯。

轿厢里，小袁推开顶部出入孔的盖板，一个引体向上。她从出入孔探出头，轿厢上面满是灰尘，电梯井壁上的铁质小梯子长久没有用过，曳引钢丝绳提着轿厢向上移动。

电梯直达五层。

小袁打开进入楼顶阁楼的小门。斜屋顶开了一扇小方窗，投进一束光线。窗口结了一张蛛网，这里积尘较厚，较长时间没人进来了，灰尘没有被人扰动过。电梯的设备间设在阁楼里的单独小屋内，门上挂着一把坚固的吊锁，例行检查与故障维修时工人才会上来。她贴着门上的玻璃窗朝里面看了看，只有运行中的机器。

小袁顺楼梯步行下楼，能藏住一只蟑螂的地方都没有。每层楼道通风采光玻璃窗的窗闩插得好好的。

她又看见那一小堆灰烬。

经过周密勘查，楼内公共区域没有藏匿外人。

回到警车上，小袁打开笔记本电脑，物业已将小区大门、停车场、楼门与电梯轿厢内监控探头拍下的视频上传到她的邮箱里。她边看边记下要点，画面显示：

昨天下午，六号楼来过三位访客，两男一女，他们通过楼门处的对讲器与楼内业主取得联系后，楼门打开，访客进入；九点半前，访客们先后走出楼门，离开小区。

小区其他楼号的业主无人进入六号楼。

昨天是周五，六号楼业主们从傍晚五点半起陆续返家；由于天阴，有风，室外气温较低，业主们没有像往常那样饭后出来散步，大多选择待在家里。

晚九点差两分，一对骑大排量摩托车的青年男女回来；两人进入电梯，没等梯门关上，立刻迫不及待地拥吻；电梯到达五层，扎马尾辫的年轻女人面对平稳打开的梯门，眼睛骤然睁大，她快速按了一下电梯按键，想说什么，男人用一个吻封住她的唇；电梯下到三层，男人横抱起马尾辫，走出电梯。

晚十一点十分，一辆白色轿车驶入小区大门；五分钟后，停车场上，一位穿浅色长袖衬衣扎深色领带的男士从白色轿车上下来；十一点十九分，他进入六号楼的楼门，未乘电梯；十五分钟后，即十一点三十四分，他乘电梯从五层下到一层，出楼门拦住一名夜巡保安问话；他摸摸额头，大概这时雨下起来了；十一点四十一分，他再次进入楼门，仍未乘坐电梯。

天黑之后，每次有人进出，楼门灯都会短暂亮起三十秒钟。

雨夜，楼门灯也睡了。

今晨三点五十八分，随着保洁郭大姐一声咳嗽，楼门灯又亮了。

四点二十九分，第一辆警车到达六号楼前。

小袁不断使用快进，根据现场勘查与监控视频，昨晚九点半起直到刚才尸体运走之时，没有外人进入与离开六号楼。

鄢然遇害时间为昨夜十一点至十二点之间。

小袁眼中精光一闪，凶手就在六号楼业主之中？

05：53

从物业调来的业主基本情况在电脑屏幕上滚动。

六号楼共五层，每层两户。去年四月起，十户业主相继搬入。成为邻居，同住一个楼门之内，他们之间却少有往来，各过各的日子，现时邻里关系大抵如此。

小袁格外留意这些业主与鄢然的关系。

一层：

101室

周正　男　38岁　出租汽车司机；

蔡丽　女　38岁　超市导购；

周佳佳　女　10岁　四年级小学生。

周正、蔡丽同龄，夫妻关系，佳佳是两人的婚生女儿。周正每天早出晚归拉活儿，连轴转十几个小时是常事；小区保安搭他的顺风车，下车要走，被他拦住，伸手要车钱。保安生气地扔下钱，说声不用找了，他坚持找给零钱，不占便宜，两不相欠。蔡丽坐公交车上下班，不用周正接送，她隔三差五从超市带回一大堆降价处理的水果、青菜。保安见过几次她给鄢然家擦窗玻璃，估计她兼做小时工。这两口子不怎么跟小区保安说话，作为业主，居高临下，有点看不起人，加上待人小气，一门心思挣钱，两口子在小区物业的口碑不太好。

周佳佳是个品学兼优的好孩子。

物业反映，桃花源小区房价很贵，住的都是中产以上的人。从职业上看，这对夫妻收入不高，一次性全款买下这里的大房子，钱的来源有点可疑。

今年一月，周家入住，房屋产权登记在女儿佳佳名下。

101 室楼上就是昨夜发生凶杀案的 201 室，两家的主卧室只隔一层楼板。

102 室

林芝　女　60 岁　妇科医生。

她是国内知名的妇科专家，医术高超，本市各家医院妇科的主任医师都出自她的门下。

她至今没有退休。

老太太一辈子没结婚，独自一人居住，性格古板，说一不二，家里不欢迎客人。成人们怕她那张冷脸，小孩子却喜欢围着她叫奶奶，每当这时，她脸上的皱纹像是被春风拂平，露出慈爱的笑容，浮现湛然的光辉。

有人动员她死后捐出这套房产，她冷冷地对来人说："你患有不育不孕症，无药可治。"

她行医四十年，从未误诊。

二层：

201 室

鄢然　本案被害人。

入住时，她在物业调查表上先填写的是"离异"，又划掉，改填为"丧偶"。

她一口夹杂粤语的普通话，有时又冒出几句本市的乡音。

她孤身一人，门卫没见她有亲戚登记到访。

她天天开着一辆红色跑车进出小区，行事张扬，惹得不少人对她侧目而视。她我行我素，像一只孔雀，面对一群草鸡的开屏孔雀。

自从搬进来第一天起，她就经常招来一帮时尚的俊男靓女在家里聚会。有人向物业投诉她专放靡靡之音，衣着暴露，来客不三不四，有伤风化，对小区青少年的影响极为恶劣。物业上门调查，鄢然家总是挂着厚厚的窗帘，聚会时虽然光线暗一些，女客们穿得少一些，但不跳那种咣咣咣震天动地的热舞，顶多是男女舞伴之间身体零距离接触，看不出做了出格的事；隔着双层玻璃传出的舞曲声还不如空调室外机的声音大，挺好听，让人麻酥酥的；在鄢然的邀请下，物业保安经理笨拙地和她跳了一支探戈，所用舞曲是《梁祝》，调查就此结束。

传言，这套房子是一位老先生赠送给她的。

202 室

贾彪　男　40 岁　小宛酒吧老板。

他是本案报案人之一。

他结没结过婚，天知道。他算是本市的一位名人，钱多，朋友多，身边的女人也多。他属于社会上老大一级的人物，但不涉黑，换言之，他从未受到过刑事处罚。

据物业处理纠纷记录，去年刚搬入时，他与鄢然发生过一点小矛盾，已经圆满解决了；具体什么事，记录上语焉不详。

他在本市有多套房产，在市郊还有一栋大别墅，但他在六号楼住了近一年，别处不去，他说爱上这儿了。

三层：

301室

康健　男　27岁　健身教练；

江燕　女　24岁　健身教练。

两人同在一家健身俱乐部，新婚燕尔，尚在蜜月之中。

两人贷款购买了这套房子，是共有产权人。

说起来有点绕口，康健是鄢然练习瑜伽的教练，江燕是贾彪健美训练的教练；鄢然经常坐在康健的摩托车后座，双手紧搂住他的腰，四处兜风；贾彪N次开着他的黑色大越野车，拉上江燕外出，在车里有说有笑；小区门卫对此司空见惯，物业明文规定，不得对业主的行为私下议论，说三道四。

康健、江燕就是昨晚九点在电梯轿厢里热吻的那对青年男女。

302室

常亮　男　18岁　在校高三学生。

他的生母去年过世。

保安听见他称呼鄢然为"鄢姨"。

他准备高中毕业后去国外留学；他喜欢在小区公共网球场打网球，尽管球技很臭，他打球时，总有一群少女围观，拍掌，尖叫着为他助威，还给他送上饮料，香喷喷的湿纸巾，以及一颗怦怦跳的芳心，因为他是个俊俏的大男孩。其中，一个叫楚楚的女孩子最为热情、大胆。

房子是父亲以他的名义买下的。他的父亲没人见过，听说是位国内国外萍踪不定的富商。

四层：

401 室

该房长期空关，没人住，登记业主名叫刘素娥，已退休。

402 室

邹怀仁　男　71 岁　大学二级教授；

小红　女　17 岁　小保姆。

邹教授在大学里教心理学，出过十几本专著，在学术界颇有名气；退休后，他与纸笔为伴，坚持著书立说，有时发表一些关于心理方面的科普文章。

他的老伴儿前几年因病去世，没有续弦，儿子在国外工作，几年不回来一次。两个月前，佳友家政公司给他派来一个叫小红的家政服务员，照顾他的衣食起居。小红是农村姑娘，在邹教授与林芝医生的共同督促下，她重拾学业，明年要报考医学院。

风传，邹教授曾向鄢然求婚，遭拒。

他是个穷教书的，现在住的 402 室是他卖了与亡妻共住多年的老房子，加上历年稿费，儿子又赞助一笔钱买下的，为的是换个环境，离开伤心之地。

五层：

501 室

业主姓刘，本市政府机关的一位处长，一家三口数日前出国旅游，预计下月初返回。

502 室

文彦　男　33 岁　一家外企公司副总；

兰蕊　女　33 岁　某金融机构部门经理。

文彦家在外地，与兰蕊是大学同班同学。毕业后，他随兰蕊来到本市。

两人结婚十年，没有孩子。

夫妻俩处事低调，待人和气，与邻里保持不远不近的距离，又不给人以傲气的感觉，分寸拿捏得极好。文彦每月一次到物业交纳管理、水电等费用，言语彬彬有礼，他的外表又俊朗高大，以致收费的女会计接连算错了三次账。保安常见夫妻二人在小区散步，手挽着手，相偎相依，有时相视微微一笑，也不说话。

两人住的这套房子是女方父母全资购买的，登记在文彦、兰蕊两人名下。

小袁飞快地看完上述材料。

她沉思片刻，结合案发现场收集的证据，对本案的几个要点问题做出初步分析、判断。

一、凶手如何进入 201 室？

两种可能，一是按响门铃，鄢然通过门上猫眼看清来人，主动打开防盗门迎客入内；二是来客知晓门锁密码。

检验密码门锁的刑侦技术人员说：门锁密码数字排列顺序没有规律，不是六个零或六个九之类，碰巧、瞎撞打开门锁的概率几乎为零。这栋楼的业主们多乘电梯上下楼，如果鄢然开门时，恰有邻居步行经过，只凭扫了一眼，就能看清并记住六位数的密码，那是谍战片中才有的情节。鄢然，一人独居，是位具有相当社会阅历的成熟女性，她不会把自家门锁密码轻率地告知他人。

因此，第一种可能性比较大，如果是第二种，鄢然与来客关系非同一般。

二、来客是男是女？

鄢然化着精致的妆容，红唇夸张如火。

她在最具私密性的主卧室接待来客，只穿一件半透明的红蕾丝睡裙，极具魅惑。

这副打扮不像为了接待同性客人。

来客大概是个男人，与鄢然极为熟稔，熟到熟透了。

三、凶手无意图财？

现场搜查出的 VIP 银行卡、首饰、名表等物放在梳妆台的抽屉里，没有上锁。

来客行凶后，没有将这些财物席卷一空。

排除侵财目的。

四、性侵？

现场财物未动，鄢然保持死亡时欲与人相拥的姿势，内裤褪至膝处，法医尸检认定"性侵没有实际发生"，她却挨了一刀，被杀了。

鄢然并未反抗，微笑着，似乎还很期待。

推测：

来客性无能，恼羞成怒？

性这个东西，可以激励人向上，也可使人沉沦。根据物业介绍，鄢然人美，风流，男友多如扎成串儿的鲫鱼，来客与鄢然存在感情纠葛，以致酿成血案？

或有别的犯罪动机？刑侦需要开放性思维。

五、凶器？

来客若是预谋杀人，应当事先携带凶器，事后带走。

或是鄢然说了一句不该说的话，致使来客临时起意。来客假意要与鄢然亲热时，突然亮刀刺出，鄢然中刀后瞬间死亡，脸上犹自带着笑容。

厨房有各种刀具，来客却选用了客厅茶几上的水果刀，说明此人对鄢然家比较熟悉。来客如何避开鄢然的视线，在没有引起她的警觉与防备的情况下，悄悄取来小巧的水果刀，又藏在身上什么地方，这是需要查明的犯罪行为中的重点问题。

六、防盗门为何没关?

来客作案后不显慌乱，留在现场一一抹去他的指纹，逃离前却不随手关上防盗门。

既往案例中，凶手实施犯罪后，一般会尽可能封闭现场，隐藏尸体，迟滞被人发现的时间，这是罪犯欲将罪恶深埋起来的心理特征与外在行为表现。

凶手不仅不花一秒钟关闭 201 室防盗门，还任由大客厅的音响滚动播放那首老歌，像是有意引人前来。

凶手受到意外惊扰，还是出自别的目的，需要进一步调查。

综合以上六个要点，小袁判定:

凶手为男性，犯罪动机有待查明。

这栋楼的男性分别为 101 室周正、202 室贾彪、301 室康健、302 室常亮、402 室邹怀仁、502 室文彦。

疑犯范围缩小至楼内六个男人。

晨

六张不同男人的彩色正面照片显现在电脑屏幕上。

他们的年龄、职业、气质与相貌悬殊，从照片上看，个个都像遵纪守法的好市民，谁的脑门上都没写着凶手两个字。小袁看看手表，不断跳动的表针指向六点十一分。她四点三十七分进入案发现场，不到两个小时，案件侦破工作取得突破性进展，从这六个男人中挖出疑犯，不是难事，只是时间问题。

她自信地一笑。

晨光照在她的脸上，旁边的小刘看着她："哇，袁姐，你笑得好美呀，难怪……"小刘不往下说了。

小袁饿了，自到现场，没顾上喝一口水。

翻遍警车，她只找到半袋干硬的面包，已有三四天了，不知是哪位刑警执行蹲守任务时在车内吃剩下的。她又找到一瓶水，拧开瓶盖，一仰脖，咕嘟嘟一口气喝了大半瓶。

"你一点不像个女孩子。"小刘一小口一小口地喝着水。

"痛快！"小袁用手背抹抹嘴，她打开塑料袋封口，取出一片面包，闻了闻，没馊味儿，没长毛。

小刘看得直皱眉头。

小袁刚要张嘴咬下去。

有人敲警车的车窗。

小袁摇下车窗，车外站着一位面相清冷，薄嘴唇，六十多岁的老女人。对方冲小袁招招手，示意让她下车。小袁认出，她是102室的林芝医生。小袁跳出警车，不知该称呼阿姨还是奶奶，一股消毒剂味儿扑面而来。林芝医生像是习惯了发号施令，说了一个字："来。"

小袁想，林芝医生一定有重要情况向警方报告，不愿让别人看见、听见。她跟在后面，进了六号楼的楼门。

过了九分钟，小袁回到警车上。

小刘问："那个老太太找你干吗？"

"洗手。"小袁唇角上扬，回想：

102室卫生间，林芝医生用对幼儿园小朋友说话的口气说："从小爸爸妈妈、老师没告诉过你，用手拿东西吃之前要先洗手吗？"她拿过洗手液，打开水龙头。

身穿警服的小袁乖乖地把手伸进哗哗的流水中。

卫生间里，消毒水味儿更加浓烈，墙壁与地面铺着清一色的白瓷砖，吊顶也是白色的，银边吸顶灯投下柔和偏冷的白色光线，毛巾，刷牙用具，就连梳子也是纯白的，这里找不到别的色彩。

小袁应付地洗了两下手，笑说："林奶奶，洗好啦。"

林芝医生目光里全是批评："不行，你刚接触过尸体，人死亡后腐败开始，最容易孳生各种病毒细菌。我教你怎么洗手。"

洗手还用教？林芝医生先检查小袁的手有没有留长指甲，她满意地点点头，说："必须倒上足量的洗手液，你倒得太少。第一步，先洗掌心，掌心相对，五指并拢，双手相互揉搓。好孩子，做得真好。第二步，洗手背，手心对手背，沿指缝相互揉搓，双手交换进行；第三步，洗指缝；第四步，洗指背；第五步，洗指尖；第六步，洗大拇指；第七步，洗手腕；每一步十五秒钟……"林芝医生耐心引导，不失时机地夸奖一句，小袁不知不觉中按要求一步步洗下去。

林芝医生严格监督，不达要求重洗，小袁心喊：我的妈呀！

当小袁双手被清水反复冲洗后，经林芝医生检查，说："你第一次按七步洗手法洗手，能洗成这样……勉强及格了。"

小袁等待。

林芝医生淡淡地问："你是派出所的民警？"

小袁回道："我是市刑警队的。"

林芝医生眼睛深处有个光点一闪。简短一问一答，小袁瞬间明白了对方的意图，林芝医生不落痕迹地得到答案，鄢然之死不是普通的意外事件，而是他杀，否则不会由市刑警队处理。林芝医生说："去吃你的面包吧。"

从大客厅外经过时，小袁朝里面偷瞄了一眼，全部装修、家具都是白色的，白墙上挂着一幅黑色的铁画，用铁片、铁丝锻打焊接而成的怪石、春兰。

黑白分明。

警车上，小袁面对笔记本电脑屏幕上的六张男人照片，思索。

小袁雷厉风行，安排刑警老孟外围调查，重点查202室的酒吧老板贾彪；她和小刘到楼内六位男性业主家中上门询问，通过正面接触，收集证据，发现线索，找出那个藏身于人群里的杀人疑犯。

刑警老孟领命而去。

楼门在身后关上。

从一层到五层家家防盗门紧闭，静寂无声，温度比楼外低了几度，两位女刑警感受到萦绕在楼内没有散去的死亡气息。

06：22

电视柜上，一张夫妻彩色合照浴满晨光。

大客厅宽敞，明亮。落地窗自上垂下一层浅色纱帘，被窗口溜进的风轻轻吹动。小袁坐在单人沙发上，小刘搬把高背椅子，坐在她旁边，膝上摊开空白的询问笔录。斜对面的大沙发上，文彦与兰蕊相依而坐，两人的手十指相扣。在中国人群里，文彦属于那种面部线条鲜明、眼睛蕴含神采的少数，他温文尔雅，身高近一米八，体态匀称，只是小肚子微微鼓起；他两腮泛青，因为警察大清早突然到访，来不及刮胡子，但乌黑的头发一丝不乱；他的笑容温和，很容易拉近与人的距离。妻子兰蕊靠在他的身后，半低着头，这是个娇小、娴静的女人，乍一看相貌并不出众，挺有女人味儿。夫妻二人穿着同色同款轻绒睡衣与拖鞋。

兰蕊右脸颊上有一大块红斑，眼眶发黑，昨夜可能没休息好，恹恹的样子。

这间大客厅布置得十分温馨，布艺沙发，木质茶几与电视柜，原木地板上铺着一大块纯毛地毯，双层窗帘，枝形吊灯，全部选用浅驼的暖色调，显得和谐、淡雅，使人感到舒适、安静。

窗明几净，光可鉴人。

室内装修、陈设反映主人的人品与性格，这对夫妻一看就是不事张扬、洁身自好的人。

小刘摊开询问笔录专用纸，她学着小袁的样子，也在扫视文彦夫妻与室内一切，没看出什么名堂，只觉得这个家令人心静。昨夜，文彦两次步行上楼与鄢然遇害的时间高度重合，因此，文彦被列为第一个询问对象。楼下停着警车，嘈杂声传上来，又有警察登门，夫妻俩没问出了什么事，也没有因双休日清晨六点半被人打断睡梦而抱怨。文彦神色平和，依礼接待两位女警官。

他客气地说："请用茶。"

小袁鼻子特灵，她闻到一种形容不出的香气，似有若无。

茶几上，放着两杯不知名的茶，新沏的，精致的白茶盏里，淡粉色的茶汤上漂浮着几只红色花苞，一股甜香沁人心脾。这种香气有异，既不像龙井，又不像滇红，更不像乌龙、普洱，与寻常茶香不同。看出小袁眼中的疑问，文彦说："这是桃花茶。"

小袁第一次听说，还有用桃花的花骨朵泡茶的，她喝了一口，不算难喝，她平日只喝白水。

文彦说："我妻子每天只喝桃花茶，它的功效……"

小袁没时间听茶经，直接问："文先生，你昨夜几点下班？"

文彦端坐回答："十点四十。"

"你每天都这么晚下班？"

"正常情况加班不超过一个小时。昨天，董事长临时召开公司全体高级管理人员的紧急会议，宣布董事会的重要人事任免决议，任命新的总经理。前任总经理身患重病，需要长期住院治疗，不能继续履行职务。"

"新任总经理是谁？如果不是商业机密。"

"……是我。"

从文彦的表情中，小袁已猜到了，她客套了一句："恭喜。"

文彦说："会后，董事长单独留下我，和我谈了一个多小时的话，勉励我像前任一样努力工作，鞠躬尽瘁，为公司死而后已。"

"你几点到的家？"

"回家路上，我开着车载音响，电台十一点整点报时后，过十分钟进的小区，大约十一点二十进的家门。"

文彦所述与监控视频一致。

小袁问："你上楼时为什么没乘电梯？"

文彦奇怪于眼前这位女刑警怎么知道的，他脸上没有表示，不疾不徐地回答："整天坐办公室，长时间不运动，我的腰围变粗了。例行体检时，医生建议我多锻炼，我哪有时间，工作忙得要死。医生说爬楼是最好的运动方式，不占用时间，还不需要花钱，我现在去公司，回家，都不坐电梯，坚持爬楼。"

"你昨夜上楼后，又下楼一次？"

"是的。"

"做什么？"

"我拦住一名夜班巡逻的保安，问问小区里今天是否新开了什么花。"

"这很重要吗？"小袁问。看监控视频时，她就想知道文彦向保安的问话内容，文彦当时显得很着急。

"重要，对兰兰很重要。"文彦认真地说。

小区里新开了什么花与兰蕊有重要关系？看向兰蕊脸上的红斑，小袁想到一个原因。对于好的刑警，各种知识都是有用的。她看着对方："请把两次上楼经过详细说一下。"

文彦说："昨夜，我下班回家，步行上楼，走得有点急，对了，我闻到楼道里有股烧纸的味儿……"

夜色中，楼道照明灯向上一层层亮起。

一双穿着软底皮鞋的脚迈上一级级楼梯。

文彦脚步很快，急于回家把荣升总经理的好消息告诉妻子。

他嗅了嗅空气中的烟味。

他用密码开锁，进门就喊"兰兰"，大客厅的灯亮着，没人回应，睡了？不会的，每天他回家再晚，妻子都会等他。

兰蕊歪靠在大沙发上。

文彦过去，坐在她身边，见她右脸上新起一块红斑，还在不断扩散。她面色潮红，呼吸急促，额头沁出虚汗。文彦拉起她的手，摸摸脉搏，心跳速率很快。她勉强睁开眼睛，刚想说话，就觉得一阵恶心欲吐。

文彦解开她的衣扣，检查她的身上，红斑散布全身。

他问："你今天去哪儿了？碰到什么了？"

兰蕊表情木然。

文彦焦急地拨通手机，叫了声"林阿姨"，然后低声问了几句话。挂断手机后，他从电视柜抽屉里找出一瓶常备药，倒出一粒。他沏了一杯桃花茶，用嘴唇试了试，被烫了一下。

他坐电梯下楼。

楼前，他向夜巡保安问话。

他再次匆匆步行上楼……

说到这儿，文彦温情地轻抚妻子的手背，对小袁讲："我妻子对香叶醇严重过敏。很多植物花卉、化妆品都含有香叶醇这种成分，兰兰从不用任何一种化妆品，尤其是面霜，碰都不会碰，与花花草草得时刻保持安全距离。她昨夜又出现了过敏反应，我下楼去问过夜里巡逻的保安，保安说小区的几处花坛里，还有路边新开了好多花，挺香的，他叫不上名字。我妻子特别喜欢花，以前只能远远地看，可能多年未犯，以为没事了，她凑上去闻了闻，不小心触碰到花瓣。我以后更要多加小心了。"

"一旦接触到过敏源，多长时间开始有反应？"小袁问。监控视频中，兰蕊下班回家时，步态正常，未在小区内散步或外出。

"很快，十几分钟，必须尽早服用抗过敏药，否则症状会越来越严重。兰兰昨天回到家身上就起了红疹，六点多开始喘不上气，行动困难。她不知道药在哪儿，她没有给我打电话，怕我扔下工作跑回家，因为正是决定公司新一任总经理人选的关键时刻。她晕晕乎乎地靠在沙发上，强忍几个小时，直到我夜里十一点半进门。"文彦语气里满是怜惜。

文彦两次步行上楼的原因合情合理，与本案扯不上关系。

"文先生，昨夜你两次步行上楼时，有没有听到歌声？"小袁转换话题。问话时，她看向文彦。

"没有。"文彦侧过身，体贴地在兰蕊的腰后加了一只小靠枕。

由于文彦的脸随身体转向兰蕊，小袁没能观察到他回答时的面部表情。小袁又问："你步行上楼，两次都要从201室门前经过吧？"

"当然。"文彦心说，这还用问吗？

"你经过时，201室的防盗门关着，还是开着？"

"我没注意。"

"两次都没注意？"

"我上楼时走得急了一点，只顾低头看脚下了。"

文彦回答。他与小袁面对面，相距很近，小袁能够看清他脸上的每一条纹路，这张脸神态正常。

小袁提的这个问题很重要，没有哪个凶手敢于大开着门杀人，而不怕被可能经过或住在对门的邻居撞见。文彦上楼时，如果201室防盗门处于打开状态，说明凶手已经逃离现场；如果201室防盗门紧闭，则说明凶手仍在门内；防盗门的一开一关，有助于推定更为准确的案发时间。文彦两次上楼时间分别为十一点十九分与四十一分，他却没有注意201室的防盗门是开是关，这让小袁有些失望。小袁不能诱导被询问人的回答，因为容易造成失真，这是刑侦工作的大忌。

她准备做一次侦查实验。

文彦找到一个理由，他说："我当时惦记着兰兰，只想赶快回家照顾她吃药，所以……"

他不想得罪小袁，抱歉地笑笑。

小袁问："你第二次上楼回到家，马上给你妻子服的抗过敏药？"

"是。"文彦习惯于在公司的董事长面前说这个字。

"一分钟没耽搁？"

"新沏的桃花茶，凉了一会儿，水温正好。"

小袁心里计算，现在是四月底，室温较高，使用开水冲泡瓷杯中的桃花茶，水温降到适于饮用的四十度，需要二十分钟以上的时间。文彦乘电梯下楼，与保安对话，再上楼回到家，合理用时不应超过十分钟；按文彦所述，他回到家后，"水温正好"适合服药，说明他实际用了二十分钟。文彦第二次步行上楼，走六十四级楼梯多用了十几分钟？小袁将这一点记在心里。

小袁端起茶杯，又放下，杯子见底了。

兰蕊起身过来，她给小袁的茶杯续上桃花茶。小袁目测，她的身高一米五五，上下误差一公分，虽然不高，但身材苗条。两人离得很近，小袁又闻到那种用语言难以形容的香气。兰蕊不用任何一种化妆品，这不是香精油的香味儿。

这是兰蕊身上特有的体香。

小袁不由得仔细打量这个长相平平的小女人，越看越觉得兰蕊其实很美，不是那种一览无余的美，她的美需要细细品味。

兰蕊回到丈夫身边，她的背影婷婷袅袅。

小袁继续询问："文先生，你上楼时，有没有见到异常的事情？"

茶几上，一部手机叮地响了一声。

一条新发来的短信。文彦拿起看了看，眉间飘过一片阴云。

小袁又问了一遍。

文彦好像在思考着什么，没有回答。

同样问题，小袁加重语气问了第三遍。

文彦回过神，他摇摇头，说："没有。"

这时，门铃响了。

文彦去开门，片刻，他跟着林芝医生回到大客厅。文彦说："兰兰，林阿姨是我昨天夜里打电话请来的。"林芝医生一副凡人不理的孤傲样子，说声"来"。

"两位警官请稍候。"文彦说罢，扶起兰蕊，与林芝医生走进主卧室。

室门关上。

一分钟后，文彦出来了，只见他容光焕发。

小袁说："文先生遇到高兴事了？"

文彦难掩喜悦之情："林阿姨说了，兰兰的过敏反应不会影响腹中胎儿的发育，一切正常。"

小袁说："再次恭喜。"

妻子怀孕，荣升总经理，双喜临门。文彦的话多起来："我和兰兰结婚十年，一直没孩子。体检结果，我们俩各方面都很健康，就是怀不上，中医西医都看了，找不到原因。不怕两位女警官笑话，我还去过几次中元道观，向送子娘娘烧香许愿。"

小袁包容地一笑。

"我们今年是锡婚。"文彦的话里有一股暖意。人们用锡比喻爱情牢固，柔软坚韧，密不可分，不易破裂。

小袁不是来听他抒情的，问："你与鄢然有来往吗？"

文彦答："邻居嘛，见面笑一下，点点头。我妻子喜静，性格内向，邻居中她只能叫出林阿姨的名字。"

小袁与嫌疑人打过无数次交道，积累了丰富的识人经验，真话与谎言瞒不过她的眼睛。在小袁凝注的目光下，文彦回答全部问题时，他的眼神没有躲闪，没有不自觉地用手触摸脸上某个部位的下意识动作，没有不安的情绪反应，没有语速变化，没有身体僵硬，这些肢体语言表明他说的每一句都是真话。

文彦的手机再次叮地响起。文彦抓紧手机，指甲都白了，他用不胜其烦的语气对小袁说："又是推销的骚扰短信。"

小袁想，文彦是个很有涵养的人，他的反应有些过度。

询问结束。小刘递过笔录，让文彦签字。

签完字，文彦礼节性地说："不再坐一会儿了？"

小袁看向电视柜上的那张彩色照片：山顶，文彦、兰蕊并肩而立，两人侧着脸，相互凝视，一轮红日洒下余晖，为两人的身形勾勒出金红色的轮廓，画面很美。

"在哪儿拍的？"小袁问。

"西山，我用的延时自拍，拍的时候太阳快落山了。我和兰兰双休日郊游去的，那个地方林木茂盛，有小溪，有岩洞，景色很美，还有一家民宿。"出于自谦，文彦嘴上说，他对这张照片并不是特别满意。

照片最美的地方在于两人含情脉脉的目光，发自内心，装是装不出来的。

文彦送两位女刑警到门外。

他的手机响起收到三条短信的连续提示音，今天是双休日。

06：45

从文家出来，小袁检查了一下对面501室的防盗门，门把上蒙了一层轻尘。

小刘说："袁姐，你的心真细。"

"邹爷爷，警察找你！"

梳着大辫子的小保姆小红站在书房门口，身后跟着两位女刑警。

十几平方米的书房里，到处都是书。四壁书架直到天花板，书桌、椅子、地板上也堆满小山一样的书，书几乎占据了所有空间，插不进脚，转身都困难。这些书每本都很厚。

书香充盈斗室。人在哪儿？

书堆里，一个小老头儿手拄龙头拐棍，费力站起，说："稀客，请坐。"

两位女刑警站在他面前，椅子被书占领。

小红从大客厅里拿来两把小圆凳，三人各有其座了。

小老头年逾七旬，满头乱蓬蓬的如雪白发，个子不高，不胖不瘦，长年伏在书桌看书写字，腰有些佝偻，但精神矍铄。他一身旧衣，灰色薄毛衣的右肘部磨破了一个洞，却不知换一件，或是补一补。他就是402室业主、心理学界大名鼎鼎的邹怀仁教授。

同时，邹教授眯细眼睛，也在上下端详小袁，说道："女刑警，英气内敛，柔中有刚，看似普普通通，眼神锐利如鹰。"他转向小刘："这位姑娘就柔和多了。"

两位女刑警身着统一制式警服，尚未自我介绍，邹教授怎么知道她们的刑警身份？小袁想到"洗手"时，林芝医生问过她的一句话，只有一种可能，这是林芝医生传递的信息。林芝医生与邹教授关系不一般。

小袁不废话，直接问："邹教授，你与鄢然属于忘年之交？"

邹教授谨慎地说："不，泛泛之交。"

小袁问："在你的印象中，鄢然是个什么样的女人？"

邹教授敷衍："不好随意评价。"

小袁问："听说，你向鄢然求过婚？"

邹教授老脸一红："子虚乌有的事。"

这个小老头说了三句话，句句不实在。小袁目光灼灼，邹教授耳垂泛红，像考试作弊被抓住的小学生。他心中嘀咕，这位女刑警的眼神怎会恁地厉害。邹教授习惯了在讲台上高谈阔论，这会儿不仅不能痛痛快快地说话，还不得不说假话，心里别提多难受了。

小红端着茶和一杯淡红色果汁样的饮料进来。茶壶茶杯放在两位女刑警脚前的地板上，果汁递到邹教授手中。她冲着小袁说："大姐姐，我在阳台上，看见你抬着装死人的黄袋子，你的胆子真大，我最怕死人了。"

邹教授语气感伤："鄢然死了，开始我以为她还是自杀了。"他神色一凛，说："刑警介入，说明她不是自杀，那就是情杀。"

"情杀？"小袁眼睛一亮，追问，"你有什么依据？"

"我是研究心理学的，根据人的社会心理做出的猜测而已。"邹教授情有所动，"鄢然热情，开放，美得不像是天生的，见到她的男人莫不心旌飘摇。倾城倾国，这不是个好词，鄢然的追求者众多，情爱纠缠，最易生出事端。"

小红提醒："林奶奶不让你乱说话。"

小袁问："邹教授，你为什么首先想到的是鄢然死于自杀？"

没等邹教授回答，小红嘴快："她得了治不好的病。"

"什么病？"小袁问，这是重要情况。

小红说话跟蹦豆子似的："半个月前，鄢然不舒服，到林奶奶的医院做妇科检查，林奶奶说她得了宫颈癌，绝症，治不好，鄢然哭了两天，说不想活了，所以邹爷爷猜她是自杀。"

"去去去，哪儿都有你，学你的外语去。"邹教授喝了一大口果汁样饮料，唏嘘不已，"自古红颜薄命，鄢然三十三岁，正是花开最盛的年华，得了不治之症，遽尔凋谢，可惜喽。半年来，我一直为鄢然做心理治疗。据她说，她是大富大贵人家之后，命运多舛，历经坎坷。她经常梦魇，失眠，胃痛，心脏乱跳，血压瞬间升高，甚至眼膜充血。这种病态时时刻刻折磨着她，如同遭受慢火炙烤。究其根源，她的好胜心太强，终日沉陷在负面情绪里。"

小红插话："我妈说了，人要是处处都想拔尖，一辈子不会快活。"

邹教授说："道理谁都懂。前天下午，我接到鄢然的电话，让我到她家，给她做一次心理治疗，我去了。"

小红嘴噘得能挂一只油瓶："我出去买菜，回来您就不见了，我急得要报警，林奶奶没让，她说她知道您去哪儿了。"

邹教授面色黯淡："鄢然说这是此生最后一次见我了。听着电话里她的哭声，我不能不去。"

小红皱眉："你的腿不痛了？"

邹教授说："再痛也要去。我拄着拐棍，几步一歇，二十分钟才到她家，膝关节痛得我汗透重衣。整整四个小时，鄢然无休止地向我宣泄，诉说世人对她的不公，诉说生活中各种的不如意，诉说心里的怨恨，她不停地喝酒，到最后完全处于醉酒状态。听着听着，我居然与她产生共鸣。我，著作等身，心理学界有些名望，退休时只到二级教授，条件不如我的却被评定为一级，我的心理也不平衡。哼，那位一级教授没什么了不起的，我与他的学术水平不相伯仲。"

小袁觉得这个小老头坦率得可爱。

邹教授说下去："鄢然又哭又笑，情绪失控，濒临崩溃，说活着没意思。她跑到大客厅，抄起水果刀……"

小袁问："她要当场自杀？"

邹教授说："她用水果刀给我削了一只苹果。"

小袁问："你与鄢然还谈些什么？"

邹教授说："抱歉，这是鄢然的个人隐私。不过，鄢然有一句话挺有意思，可以说给你听一听。"小袁说："请讲。"邹教授一字一顿：

"我是一只毛毛虫，本想蛹化而成美丽的彩蝶，不承想化成绿色的扑棱蛾子。"

邹教授面有戚色:"这是她的原话,包含着多少无奈与不甘。她说,她恨蝴蝶。世上,绝大多数人的宿命都是如此,只因事事不如人,以致心生怨念,纠结一生,乐少苦多。"

小刘的记录一字不差。

"邹教授,我想问您一个问题,您别介意,嫌我冒犯。"小袁说。她只需在适当时机提出一个问题,就可以引导邹教授与小红说出大段对话,得到警方需要的情况。

邹教授说:"但问无妨。"

小袁问:"您确实没有向鄢然求过婚?"

小袁以为,再次听到这个问题,邹教授必定会火冒三丈,气急败坏。邹教授脸上一窘,停了两三秒,字斟句酌地说:"我确实没有开口向鄢然求过婚。"

问答之间有两个字的差别。

邹教授说:"初见鄢然,是在小区大门口。她的红色跑车被一个外卖小哥的电动自行车轻微蹭了一下,外卖小哥连连道歉,掏出身上所有的钱赔给她。她不依不饶,破口大骂,嗓音粗粝,满口污言秽语,状如市井泼妇,尤其是她的那张脸五官错位,又凶又丑。我向她投去鄙夷的目光,正好与她四目相对。鄢然瞪视着我,眸子里全是怒意。"

邹教授脑中重现当时情景的片段。

他说下去:"鄢然没有受过高等教育,言谈举止粗俗不堪,开着红色跑车招摇过市,她家里经常有不入流的闲散人员出出入入,林芝那个老太婆最看不惯她,说我们与她不是同一个社会阶层的人。"

"我也看不惯她。"小红立场鲜明,站在林芝医生一边。

"黄毛丫头,你懂什么。"邹教授用拐棍一戳地板。

小红理直气壮："邹爷爷，我听林奶奶说，原先你跟林奶奶一样，也看不惯鄢然，后来你叛变了。林奶奶说，你就是看鄢然有张好脸蛋，见色心动。"

邹教授气得吹胡子瞪眼睛："等客人走了，我再找你算账。事情是这样的，一次在电梯里碰见，鄢然笑吟吟地主动跟我打招呼。我颇感意外，她的脸上没有了与外卖小哥吵架时的暴戾之气，五官精致如画，如同古希腊神话中的美女，超凡脱俗，说话带有江南水乡的韵味。反差太大了！她问我能不能给她做心理治疗，她付费，我不忍推托，同意了。在做心理治疗的过程中，鄢然向我诉说她的过去，她祖上是显贵人家，父母去世得早，全靠她一个人打拼，挣扎求生，饱受侮辱、伤害与磨难，才有了今天的成就与地位。她之所以凶巴巴地跟外卖小哥吵架，是为了自我保护，在她的人生经历中，软弱就会受人欺负。她的遭遇让我心生怜惜，对她的成见烟消云散，我绝不是见色心动！"

邹教授眼前出现幻景：

鄢然躺在摇椅上，身体放松，双手叠放在腹部。邹教授坐在她旁边的椅子上，为她做催眠疗法。鄢然的领口开得太低，裙子叉口又开得太高，随着一呼一吸，她的胸上下轻缓起伏。

邹教授用衣袖拭去额头的热汗。

鄢然冲他嫣然一笑……

"鄢然笑着说我脉脉含情地看着她，是不是想向她求婚？我面红耳热，不知该如何回答。"邹教授收回思绪，叹道，"我困在书斋苦修数十年，又要在学生面前故作品行高洁，时时刻刻摆出道貌岸然的导师模样，我已不是我！我的生命火焰全部憋在心里，发泄不出去，压缩成一个点，一下子被鄢然引爆了。我确实有过一树梨花压海棠的非分之想，郑重声明，我对鄢然是一种柏拉图式的纯粹精神上的爱慕。"

小袁问："这么说，鄢然的追求者中包括您？"

邹教授当仁不让："我也是男人，虽然老了一点，男性机能并未退化。"

小红撇嘴："您就是枸杞原液喝得太多了。"

噢，邹教授喝的果汁样饮料是枸杞原液，它有滋补功效，但不是返老还童的灵丹。老年人可适量加服鹿茸、参片，不可多加，否则易走火入魔。

小红生气："林奶奶说，鄢然是个坏女人，她成心勾引邹爷爷，等到邹爷爷上当心动了，再把邹爷爷狠狠嘲笑一顿，她还到处说邹爷爷的坏话。"

小袁问："说什么坏话？"

小红说："我说不出口。"

邹教授讪讪地："我不相信那些话是她说的。"

小红气愤地："鄢然说您捧着玫瑰花，跪下向她求婚，还说您又老又丑，是只长着一头白毛的癞蛤蟆。小区里好多人背后说您的闲话，过去，人们尊称您为邹老，现在叫您老邹。鄢然得意扬扬地对我说，您是有名的大教授，以前高高在上，从来瞧不起她，如今名声扫地，社会地位一落千丈，成了不如她的人，她特解气。"

邹教授神情落寞："不管怎样，我对她痴情不改。"

小红无奈："林奶奶说您是执迷不悟。"

听完邹教授与小红的对话，小袁想，是否求过婚，已经不重要了。流言散播，邹教授在众人眼中成为一个老不正经的登徒浪子，就因为那道投向鄢然的鄙夷目光，他付出了名誉尽毁的沉重代价，转瞬之间，他从一位德高望重的老教授堕落为众人嘲笑的对象。尽管邹教授表面上毫不在意，谁又能猜透他心里怎么想的，他会不会因此怀恨在心，起意杀人泄愤呢？

爱之愈深，往往恨之愈切。

小袁看了看邹教授的两条病腿。

邹教授问："她是昨夜死的？子时，我打了个瞌睡，见一红衣女子背对着我，渐行渐远，融入黑暗。"

小袁问："那时您除了打瞌睡，还在干吗？"

邹教授一点不糊涂："袁警官，你在委婉地盘问我是否去过案发现场。昨晚九点起，我在书房看书、写字，一直到凌晨一点，寸步未曾离开，中间上过两次卫生间。小红在隔壁房间学外语，她可以作证。"

小红说："十点整，我给邹爷爷送去一杯枸杞原液，十二点，我催邹爷爷睡觉，他不听我的话。"

告辞前，小袁听到这对爷孙的对话：

"小红，上午到市立医院，找骨科史主任，取几贴膏药。"

"您的关节炎这几天怎么突然加重了，干吗不找林奶奶看看？"

"胡闹，林芝是妇科大夫。"

"邹爷爷，我看您跟林奶奶才是最好的一对。林奶奶也喜欢您，我做媒人。"

"小媒婆，你的皮痒痒了，找打！"

"嘻嘻……"

07：05

对面 401 室防盗门的门把洁净光亮。

郭大姐做楼道保洁时，不擦住户的防盗门，以免引起误解。一些空关房的业主会定期过来给房子通通风，搞搞卫生，这套房子登记在退休女工刘素娥名下，近日来过？

小袁记下这一情况，查一下。

她听到楼上有两个人说话，相互语气不大友好，听不清楚说些什么。她正要上楼去看一看，声音消失。接着，电梯从五层下行。她按下按键，电梯在四层停住，梯门打开，轿厢里只有文彦一人。文彦脸上隐含怒意，见到两位女刑警，他努力平复表情。

小袁冲他微笑颔首："这么早，出门？"

文彦说："我出去办点事。"

小袁随口问道："文先生刚才跟谁在说话？"

文彦眨了一下眼睛："和我夫人，兰兰。"

电梯继续下行。小袁想，她明明听到的是两个男人的声音。

三层，两位女刑警走出轿厢。

小袁按响 302 室的门铃，一分钟没松手，门内不见回应。

住在里面的高中生常亮没与他的鄢姨同时出事吧。

电梯上来，轿厢门打开，梳马尾辫的年轻女子与健美男士相拥而出。小袁用脑中存储的楼内业主照片进行比对，这一男一女是住在 301 室的康健、江燕，小夫妻相貌平平，身材却是一等一地棒。两人穿的同款白色运动服上沁出汗渍，看样子是晨练归来。

江燕爱说话："常亮天天睡懒觉，这才七点，他没起床哪，女警官，到我家坐坐。"

小袁说："好呀。"

江燕只是一句客气话，没想到这位女刑警答应得如此爽快。

康健放下揽在江燕腰上的手。

大客厅像间练功房，地上放着各种健身器械，整整一面墙贴满康健与江燕平时健身训练的照片。其中一张是康健参加健美大赛时的抓拍照，他全身涂抹混合棕色油彩的色拉油，古铜色皮肤闪着暗光，双脚分立，两臂抬起，弯曲的肘部与肩等高，双手握拳，拳心向下，收缩肱二头肌与全身肌肉，使人感受到力量之美，人体肌肉线条之美，男性阳刚之美。

江燕说："如果不是有人捣乱，评委偏心，我们家康健这次大赛能拿第三名。"

满墙照片中间空了一块，引起小袁注意。

两位女刑警坐到不锈钢管沙发上，面前茶几上斜放着一张撕开一道裂口的照片，拍的是康健正在辅导一个年轻女人做瑜伽七式中的后支撑抬臀的动作。年轻女人只露少半张侧脸，她仰面躺在瑜伽垫上，双腿弯曲分开撑住，臀部收紧向上抬起，她的左臂本应像右臂一样平放在垫子上，却伸出钩住康健的脖子，康健双手托住她的后背与臀部。两人面带甜腻腻的笑容，态度暧昧。照片上的年轻女人体态凹凸有致，性感，只是什么地方看上去不太对。

这张照片与墙上的空白大小吻合。

江燕打开两罐可乐，放在照片上，压住年轻女人的脸。她手里还有一罐，转过头，问："喂，我能喝一罐吗？"

康健嚼着口香糖，手摇哑铃，装没听见。

江燕舔舔嘴唇："就喝一口，一小口，行不行？"

康健说："不怕胖成小肥猪，你就喝。"

江燕恋恋不舍地放下可乐，不高兴了。

康健过来，把可乐塞到江燕手上："只许喝半罐。"江燕乐了。康健顺带着要扯走茶几上的照片，他没扯动。

小袁单手按住照片，说："拍得不错。"

江燕说："我拍的。"

自己的丈夫与别的女人动作亲密，江燕不以为意，还拍照助兴，她的观念够前卫的。

小袁问："为什么从墙上摘下来？"

康健说："我们俩不想整天面对一个死人。"

"死人？"小袁猜到几分。

"照片上的女人是鄢然。"江燕说。

"噢——"小袁的尾音拖得很长。

康健说："过去鄢然是我的学员，我在辅导她做动作。"他偷瞄小袁，补充一句："健身训练中，教练跟学员免不了零距离肢体接触。"

江燕附和："我辅导的学员都是男的，也是这样的，干我们这行的太死板挣不到钱。过去，鄢然出手大方，我们俩和她的关系可好了，她死了，看见这张照片心里就特难过。"

难过？小袁没看出来。她问："照片准备怎么处理？"

康健不确定地说："没想好。"

江燕小口喝着可乐："照片上面有你，当垃圾扔了，一把火烧了，都不吉利。哎，又该还房贷了，鄢然一死，她欠你的辅导费找谁去要？"

康健充耳不闻，对着大镜子做了一个健美比赛中的标准动作。他对自己的梭形肱二头肌相当自豪，每次展示，都会引来成熟女性一片激情的惊呼。

小袁的目光在他身上转了两圈，这是个自恋型男人。

江燕羡慕地说："袁警官，你的身材真好，一看就是练过的，你长得也好看，你要是做健身教练，肯定学员多到排不上队。"

小袁笑而不语，看了一眼江燕发胖的体形。

江燕垂头丧气地说："我胖了十斤，胖腰不胖胸，唉，好女不提当年小蛮腰，怪我嘴馋。过去，鄢然总带着我到外面吃大餐。长膘容易，瘦下来真难呀，三个月前，老板找我训话，给我一百天的时间减肥，如果恢复不成以前的体形，让我自动离职。我顿顿吃黄瓜、芹菜，吃得脸都绿了，一两肉都没减下来。我做不成健身教练，又不会干别的，我们家康健也该不要我了。"她的声音里带着哭腔。

江燕呆呆地看向墙上的一张照片。画面很美，一轮红日跃上海平面，霞光万道，她穿着纯白的紧身短裤与露脐短背心，赤足奔跑在金色沙滩上，海风吹扬起她的长发，全身鼓荡着青春活力与健美动感。如今的她已不复当年。

康健尖起嘴唇，噗的一声，将嚼到没味儿的口香糖准确吐入墙角的废纸篓。

小袁拿起茶几上的照片，她看出鄢然的身材比例哪点不对了。

江燕聪明，她循着小袁的目光看去，说："袁警官，你也看出来了，鄢然上身长，下身短，她是小短腿。中国女人的马氏指数平均为85.3，所谓马氏指数就是从裆部到脚底的高度除以上半身高，所有女人都可以在家自己量一下。"江燕滔滔不绝："比如说，一个女人身高160公分，裆高75公分，上半身就是85公分，75除以85再乘100，这个女人的马氏指数就是88.2，少数女人超过90。鄢然身高168公分，裆高74公分，上半身高94公分，她的马氏指数只有78.7，远低于中国女人的平均值。鄢然的腿短是天生的，骨骼比例长在那儿，后天怎么也矫正不过来。我的马氏指数90.1，比90还高哪！"江燕骄傲地宣称。

照片中，鄢然穿的是上下装同为深青色的瑜伽服，一条宽红线从上装两侧向下延续到裤脚，极巧妙地掩饰住身材方面的不足。小袁回想起搜查时，见到鄢然的各款女鞋一律是十公分以上的高跟，这个女人活得好辛苦。此时，小袁不可能预见到，这件看似不值一提的小事，最终将对案件侦破产生重大影响，并成为起到关键性作用的定案证据。

小袁将三张照片串联到一起，敏锐地从这对夫妻的话语中捕捉到一个隐秘，她问得突兀："两位近几个月与鄢然产生过什么矛盾？"

"没有啊。"江燕一怔。康健停止嚼口香糖，配合江燕嗯嗯两声。他双手抱肩，不是炫耀他的胸大肌与肱二头肌，展现男性魅力，在心理上，这是一种典型的防御姿态。他对面的女刑警小袁眼睛不仅迷人，还很"毒"，能轻易看透一个人的内心，令他很不自在，从而产生警戒、防卫心理。江燕又说："我、康健跟鄢然好得就像一家人。"

"真的？你有三次，康先生有一次，在说起你们和鄢然的密切交往与良好关系时，前面都加了一个词。"

"什么词？"

"过去。"小袁拍拍询问笔录，"这是你说的其中一句，'过去，鄢然总带着我到外面吃大餐'，过去这个词表明那是以前的事了，你们和鄢然之间最近出了问题。"

江燕捂住嘴："我真这么说了？"

小袁笑得温和："有笔录，有录音。"

这对小夫妻愣愣地看着小袁。

江燕后悔请两位女警官到家里坐坐了。她吭哧几声，说："我们跟鄢姐闹了点小别扭，特别特别小的别扭。"小袁等着她往下编。江燕靠进康健怀里，康健说："鄢然欠交健身馆两个月的辅导费，老板让我们催她一下，鄢然觉得伤了她的颜面。"

"鄢然没钱交辅导费？"小袁问。作为富婆，鄢然掏不出这点小钱，需要了解一下她的财务状况。

"我是磨坊的磨，只能听老板的，催她交费。"康健摊摊手。

"只是传个话，就影响到你们与鄢然的深厚友情？"

"鄢然丢了面子，以后再不来健身馆，生我们俩的气了。"

"没别的？"

"没有啦。"

小袁眼中掠过一丝笑影，把话挑明："你们是不是在背后说鄢然是小短腿，被她听到了，因而双方翻脸？"

江燕脱口而出："你怎么知道的？"

小袁笑而不答，这是她从对康健、江燕的询问中得出的推论，一个女人最不能容忍的就是对她的身材、相貌的负面评价。

江燕说："袁警官，你太厉害了，是有这么回事。那天刮大风，健身馆人少，康健和我小声说闲话，他随口说起鄢然是小短腿，我嘎嘎笑得像鸭叫。我们俩没发觉鄢然就在身后，脸上阴沉沉的。"

小袁问："因此你们断绝了来往？"

这次她判断错了。江燕在心里憋了许久的话索性全倒了出来，她说："鄢然待我更好了，像是一点没记仇。那时，她几乎天天开着红色跑车带我出去吃饭，去本市最好的饭店、酒楼，点最好的菜，我跟她好得胜过最亲的亲姐妹。"

江燕叙述，寥寥十几句话，小袁眼前现出相应的立体画面：

入夜。一家新开张的酒店，五彩霓虹灯下，食客盈门。门童拉开玻璃门，迎进衣着时尚的鄢然、江燕。

江燕胖了，裙子后面的拉链快崩开了。

大堂，宫灯华丽。临窗位子，服务员端上这家的招牌菜，广式烧鹅。枣红色的烧鹅香气扑鼻，色泽诱人，江燕深深吸了口气，肚子里的馋虫一阵大动。

两个女人吃着蘸酸梅酱的烧鹅，喝着鲜啤酒，亲密无间地聊着天。

江燕用纸巾擦去嘴角溢出的鹅油。桌面下，她摸摸鼓起的小肚子，对自己说，不能再吃了，快成小肥猪啦。鄢然夹了一大块，放到江燕的小碟子里，说："烧鹅的油都烤出去了，不胖人的。"说着，她往嘴里塞了一块鹅胸肉，表情愉悦地咀嚼，半闭眼睛咽下去，啊，神仙般的感觉。江燕被感染了，烧鹅的滋味妙不可言，令她心旷神怡，每一个毛孔都张开了。

美食的诱惑绝非常人所能抗拒，除非你的意志是钢铁铸成的。

两个女人吃了整整一只烧鹅。

鄢然说："我去洗手间。"

每次大餐之后，鄢然都要去洗手间补妆，她不愿意当着别人的面做这件事，她特别反感被人说成她的脸是画出来的。

江燕又后悔吃得太多了，她自我宽慰，鄢然吃得也很多，一点都没胖嘛。鄢然传授给她的独门秘技是多做一次爱情运动就能燃烧掉多余的脂肪，今夜要辛苦康健了。

餐桌上，鄢然的手机铃音不断。

江燕拿起看了一眼，来电显示为物业。这不涉及个人隐私，她代为接听。小区保安队长在电话中说，有人把鄢然家朝南的窗玻璃全砸碎了，请她速回处理。

江燕走进洗手间，大镜子前没人，她听见第三个隔间里有呕吐声，像是鄢然发出的。江燕敲敲隔间木门，推开，只见鄢然背对着她，趴在坐便器上，用手指头一次次抠着嗓子眼，把刚吃的烧鹅全部吐了出来。

江燕本想叫她，一个念头撞入心中。

江燕不声不响地退出洗手间，回到座位上。她看着窗外夜色中的行人、车辆，思考一个问题，平时她是个不爱动脑子的人。

过了七八分钟，鄢然坐到对面，重新涂了口红，扑了粉霜，肚子瘪了。她问江燕："再要一份甜点？"江燕心里藏不住话，问："你把吃进去的烧鹅全吐了？"鄢然吓了一跳似的："你说什么哪？"

江燕说："我都看见了。"

鄢然顿了一下："我吃得太多，撑得难受，你别多想。"

江燕说："鄢姐，我没得罪过你吧？"

鄢然笑得亲热："咱们是好姐妹呀。"

江燕说："你每次带我出来吃饭，你吃完了，说是去洗手间补妆，其实是把刚吃的东西都吐出去，所以你没胖。我是健身教练，胖不得，你这是存心害我。"

鄢然笑得不自然，她看着江燕像是怀胎五个月的小肚子，扑哧笑出声。她说："既然你醒了，我就直说了吧，你猜得没错。你听说过北京填鸭吗，那种喂食方法催肥最有效，看你的一身膘，我这几十顿饭钱没白花。"

"你干吗用这种法子害我？"

"因为你和康健背地里笑话我是小短腿，因为好多男人偷看你的大长腿，小蛮腰，翘屁股。我要去酒吧喝一杯庆祝，小肥猪，你去不去？"

鄢然迈着模特的步子走了，她的腰肢扭得很浪。

说到这儿，江燕气白了脸。康健轻拍她的后背，也斜着眼睛，说："胖点儿挺好的，软软的，舒服。"江燕轻捶他一拳："你真讨厌耶。"

这种害人的手段闻所未闻，小袁还是头回听说。

她问："鄢然家的窗玻璃是谁打碎的？"

康健一脸此地无银三百两的表情，说："不是我。"

小袁问："康先生，你在健美大赛上没有拿到第三名，是否与鄢然有关？"

康健的脑子有点乱，今早鄢然躺在收尸袋里被抬走，他不想牵扯进去。他决定装糊涂，回答："大赛九名评委中的主审是我的启蒙教练，我叫他干爹，他故意压低给我的评分，我至今想不明白因为什么。"

小袁问："昨夜十一点到十二点，你在哪儿，做什么？"

康健说："床上，做爱。"

"我作证，"江燕嬉笑，她补充道，"这是最好的减肥运动，每次燃烧五百至六百卡路里热量，相当于中速跑五英里，八千米。"

07：26

咣咣咣，江燕用拳头重砸 302 室的房门。

她对小袁说："轻了常亮听不见。"

门锁上，一只小 LED 灯亮了，咔的一声轻响，门开了。江燕说："这是常亮用手机远程控制的，他还赖在床上呢。"

主卧室，江燕猛地掀开被子。

床上趴着一个十八岁的大男孩，手里握着一只手机。江燕冲着他的屁股拍了一巴掌："起床啦，一位、不，两位漂亮的警察大姐姐抓你来啦。"大男孩迷迷瞪瞪地伸出手去拉江燕，含糊地说："楚楚，是你吗？"

江燕打开他的手。

大客厅，大男孩只穿一条带小熊图案的白色三角裤衩，睡眼惺忪地坐在沙发上，他是高中生常亮。

"你的小鸟儿露出来了。"江燕扔给他一条长裤和衬衣，"穿上，把小鸟儿关进去，不然它就要飞走了。"

常亮胡乱穿上衣服，衬衣只系了一粒扣子。

江燕靠在门口说："醒醒，你的鄢姨死啦，两个警察找你了解情况。"

说完，她从外面关上防盗门，回自家了。

"谁死了？"常亮问，他的魂儿还在梦中。

小袁打量这位高中生，他的脸蛋白里透红，水嫩嫩的；一双水汪汪的大眼睛，睫毛又密又长；挺直的鼻梁下，红红的嘴唇饱满而圆润，线条鲜明，上唇光溜溜的，只有细细的茸毛；左耳垂镶着一枚碎钻耳钉；浓密、黑油油的长发斜披在额头，遮住一只眼睛；他个子高高的，身体肌肉尚未发育完全，但很结实；这是一位俊俏至极的大男孩，虽无阳刚之气，别有女性的阴柔之美，符合时下的审美潮流。

再看这间大客厅，凌乱不堪，地板上随意扔着游戏机、电脑、遥控器，吃了两块的盒装比萨、空饮料罐、六弦吉他、滑雪板……电视机屏幕未关，还在放着大战野兽人的游戏画面。乱而不脏，看样子雇请了专门的保洁工。

常亮称呼鄢然为姨，学校开家长会时，鄢然以长辈、监护人身份到校参加。可是，他的父亲先后娶了六任妻子，没有一个姓鄢，他的生母姓吴。

据物业讲，鄢然对于常亮的管束极严。由于追常亮的女孩子太多，鄢然特意找到门卫，要求凡是小区外面来找常亮的女性，无论老少，概不允许入内。至于小区里的女孩子，一旦发现谁跟常亮私下偷偷来往，鄢然必会杀上门去，大闹一通，让对方再不敢生出非分之想。不怪鄢然如此防范，常亮不仅人生得俊美，他的父亲还是位身家远远不止千万的富翁。再说，常亮今年要报考国外一所著名学府，不可因男欢女爱在学业上分心，万一搞出个小常亮，无法收拾。

总之，常亮不得跟女人接触，为了做到这一点，鄢然像是保护小鸡不被老鹰叼走的老母鸡，真正操碎了心。

沙发上的常亮头脑逐渐清醒，他茫然地问："姐姐死了？"

"姐姐？"小袁反问，"谁是你的姐姐？"

"就是鄢姨。"

"你叫他姐姐？"

常亮说："当着外人，不叫。"

这可以理解，有的女人怕被人叫老了，喜欢被人叫姐姐。小袁问："没有外人，你们就姐弟相称？"

常亮"嗯"了一声，他又问："鄢姨真的死了？"

小袁点点头。她说明来意，并未透露鄢然死因，只说是意外死亡。

落实鄢然的死讯，常亮整个人呆住了，他又惊，又悲，大滴大滴眼泪夺眶而出，晶莹的泪珠顺着腮边滚落，扑簌簌地掉在赤裸的胸口上。他没有号啕大哭，那种小声的啜泣更显伤心。

小袁观察，这是一个十八岁大男孩儿真实情感的自然流露。

小袁没有说些安慰的话，既浪费时间也无用。常亮哭了一分钟，止住眼泪，不哭了，他从沙发上一蹦而起。

他拉开大沙发，手伸进沙发靠背与墙的缝隙中，搜出一只不大、圆圆的红色钢罐，罐顶有一节软管与阀门。他又摸索出一包红气球，有二十几只吧。他把一只红气球插到软管上，捏住，打开阀门，不到三秒钟，红气球充满气体。他又用一根红丝带扎住红气球的气球嘴，一松手，红气球飘到天花板上。

他抓住红丝带，拉着红气球跑向阳台。

阳台上，他升起红气球，红丝带系在护栏上。微微的晨风中，红气球左右摆动，像是冲人招手。

他的一连串动作十分熟练，令两位女刑警莫名其妙。

他这是在干吗？

他回到大客厅，想把红色钢罐藏回原处，停住，问："鄢姨死了？"没等回答，他自言自语地说："鄢姨死了。"他不再藏起红色钢罐，也不把沙发推回原位，一屁股坐到沙发上，舒展地摊开四肢，似是卸下重负后的无比轻松。

他的表情变化极快，泪痕未干的脸上转悲为喜，丝毫不加掩饰。

小袁问："昨天，你见过鄢然吗？"

常亮心不在焉，频频看向阳台上的红气球，心不在焉地说：

"见过。"

"什么时候？"

"下午放学，我先去的姐姐家，姐姐催了我好几次。"

"有事？"

"姐姐收到两件快递，一件是衣服，一件是鞋，让我去帮她试穿。"

"什么样的衣服和鞋？"

"大红的蕾丝睡裙，大红的高跟拖鞋。"

鄢然死亡时，穿的就是这两件。小袁问："鄢然喜欢红色？"

"她更喜欢黑色，姐姐体形丰满，胸高，穿黑色更能显出女人的线条，如果领口低一点，露出乳沟，就更性感了。"常亮说出的话与他的年龄很不符合，口气与神态不像个少不更事的男孩子，现在的高中生都这么早熟了？他又说："姐姐穿红色的衣服俗气，与她的气质不配，我帮她穿上的时候，跟她说了我的看法，她说她穿一身红有特殊意义。"

小袁问："什么特殊意义？"

常亮心思在阳台的红气球上："姐姐没说，抱着我，流了几滴眼泪。"

"你帮她穿的睡裙？"

"裙子是套头的，我帮姐姐拢住长头发，就不会挂住裙子了。"

"试穿睡裙时，鄢然穿着什么？"

"内裤呀，也是大红的。"

小袁看了一眼这个发育到九分熟的大男孩，试穿红蕾丝睡裙时，鄢然近于裸体。她加快提问速度：

"试衣服试到几点？"

"七点，我还用滚筒清理了一下睡裙上的毛毛。姐姐说一会儿要来个客人，她让我回自己家睡。"

"什么样的客人？"

"我没问，应该是个重要客人吧。"

"来客是男是女？"

"我猜是男的。姐姐坐在梳妆台前，化妆特别仔细，稍不满意就用卸妆湿巾擦了重化，她往脸上抹了好多面霜，用了快一瓶了。她还粘了新的假指甲片，大红蝴蝶图案的。来的是女客用不着这么打扮。"

红睡裙，眼泪，精致妆容，重要来客，楼内哪个男人值得鄢然如此盛装等待？

小袁问得委婉："你有时在鄢然家……睡？"

常亮答得无所谓："每隔两天一次。"

"昨天晚上，你几点回的自己家？"

"七点多，我叫的外卖。"

小袁看到地板上的比萨纸盒："晚上你在家做什么？"

"打游戏，弹了会儿吉他，跟人聊天。"

"跟谁聊天？"

"……同学。"常亮悄悄把一支激光笔塞进沙发坐垫下面。

"你几点上床睡的觉？"

"一点多，快两点了，我没看表。"

"中间你跟鄢然联系过吗？"

"没有。"

常亮的手机响了。

他一看来电显示的号码，立即激动地点击打开，第一句话是："楚楚，看见我放的红气球啦，我要见你，你到我家。不用怕，告诉你个好消息，鄢姨死了。"

鄢然死了是个好消息？听到常亮这么说，小袁面露诧异。

常亮喜形于色："我没骗你，警察说的。你妈妈要见我，让我去一趟你家，你妈妈同意咱俩的事啦？我马上去。"

他的脸色骤然一变："你不见我，你再也不见我了，为什么？你妈妈让我去拿回一样东西？什么东西？"

他一脸愕然："石雕像，不是我送的，谁送的？"

他呆若木鸡，表情迷乱，身体摇晃："鄢姨送的石雕像？"

他的嗓音提高两个八度，尖声喊叫："鄢姨干吗送你妈妈石雕像？那个坏女人肯定没安好心！"

他穿着拖鞋，打开防盗门就往楼下跑，顾不上坐电梯。

两位女刑警跟在后面，看他要去哪儿。常亮提到鄢然时，一会儿是姐姐，一会儿是姨，一会儿又是坏女人，多变的称呼反映出两人复杂的人身关系。

经过202室门外时，小袁感到防盗门上的猫眼后面有一只眼睛盯着她。

常亮冲出楼门，跑丢一只拖鞋，奔向对面的一栋楼。

07：42

小袁按下101室的门铃，才响到第二声，门内传出一个女人的大嗓门："来啦、来啦，没完没了地按门铃，吵死人。"

门开了，一个身高一米七以上的女人站在门口，皱眉问："看房的？进来吧，咦，你们是警察。"

两位女刑警被她从头到脚看了一遍。

大客厅，摆放的都是用了几十年的老旧家具，廉价，东拼西凑，但擦拭得一尘不染。小袁问："你是蔡丽？"那个女人说："我是。"她没请两位女刑警坐的意思。

"周正在家吗？"小袁问。

"在，你们找我，还是找他？"

"都找。"

"鄢然死了，跟我们有什么关系。"蔡丽说话挺冲，她的态度不大友好。

小袁出示警官证："了解情况。"

蔡丽喊了声："老周，过来，警察也找你。"

主卧室门开一小半，一个瘦小的黄脸男人探出头，朝这边看了看，见是警察上门，眉头皱得更紧了。他跟蔡丽态度一样，没说句客套话，又缩回去。

小袁问："你怎么断定是鄢然死了？"

蔡丽快人快语："一大早，我隔着窗户看见楼前来了三辆警车，好几个警察上了二楼，过了一个多小时，抬下一个死人。死的不会是住202的贾彪大哥，中元道观的道长说他阳寿九十九，二楼没住别人，死的除了鄢然，还能是谁。"

这个女人的思维方式很独特。

蔡丽这时才说："两位姑娘坐吧，我们家没茶叶，我给你们倒两杯白开水？"

"不用了。"小袁客气地说，她与小刘坐到简易沙发上。

"那我就不倒水了，反正你们问几句就走，待的时间不会长，倒了水不喝浪费。"这位叫蔡丽的女人真会说话，生活工作中的人缘差不了。她骨骼粗大，长着一张大脸盘子，高颧骨，薄嘴唇，眼睛细长，有几分男人相，一身洗得掉了色的家常服装，干净整齐。她说："问吧。"

"周师傅呢？"

"我替他说，不行？老周，过来，麻利儿的。"

周正不情不愿地从主卧室出来，坐到靠墙的小塑料凳子上，与两位女刑警保持尽可能远的距离。他面带倦容，不抬眼皮，看着地面，在家里还穿着出租汽车公司统一发的衬衣、长裤，已经很旧了。

夫妻二人蛮般配，就是性别好像搞反了。

蔡丽说："快点儿问吧，我们还有好多事儿哪。"

小袁问："你们最近遇到难事了？"

蔡丽一口否认："没有。"

小袁抬手一指，正北墙上，挂着一幅太上老君画像，画像下的小桌上供奉着水果、糕点与香烛。不久前，这里举行过郑重的祭拜仪式，香烛淌下的烛泪是新鲜的，空气中残留着烛芯燃烧的味道。

蔡丽说："真的没遇到事，求个心安。"

小袁找到一件事的答案，她问："一层半楼道里的纸灰是不是你们烧的符咒？"

夫妻俩不吭声。

"昨天夜里烧的？"

"……"

小袁没有追问烧的什么符咒。先缓一缓，问急了，蔡丽不一定说实话，她是超市里干推销的导购。小袁换个问题："听说你们的女儿佳佳挺有出息？"

蔡丽立刻神采飞扬："真是祖坟冒青烟，烂鸡窝里飞出金凤凰，我们的佳佳出息大了。"不过两秒钟，她又变回苦脸。

小刘记录不停，她想，这与本案有什么关系。

只听小袁又问："全靠佳佳自己努力？"

蔡丽不情愿地回答："也不全是，就算是佳佳有贵人相助吧。"

"贵人是谁？"

"佳佳的干妈。"

"干妈是谁？"

"什么事都瞒不过你们警察，佳佳的干妈就是楼上的……鄢然。"

小袁已经掌握这一情况。刑警老孟在物业调查时，听物业经理说，蔡丽与鄢然有一段时间私交甚好，佳佳认鄢然做了干妈，门卫有几次见到佳佳坐在鄢然的红色跑车里出入小区，后来蔡、鄢二人不知因为什么事闹掰了，蔡丽到处说鄢然做人不地道。蔡丽这种人没有好处的事她是不会做的，小袁问："鄢然帮过大忙？"

在小袁犀利的目光下，蔡丽不想说，又不得不说："去年初，鄢然到佳佳念书的小学替一个剧组寻找合适的小演员，那时我和老周跟她还不认识。她一眼就看中了佳佳。试镜以后，她找到我和老周，说全靠她的推荐，还仗着她跟导演的特殊交情，剧组决定选用佳佳。我和老周千恩万谢，话又说回来，主要的还是我们家佳佳优秀。鄢然乘机拿出几张纸，要我们跟她签份协议，请她做佳佳的经纪人，为佳佳联系影视剧角色，包括商业演出，先签一年的。我和老周不懂，没多想，傻呵呵地签了字，还按了手印。"

小袁问："去年几月签的协议？"

蔡丽说："三月。鄢然真给联系成了几部电视剧，还有商业演出，我和老周不是不知感恩的人，就让佳佳认鄢然做了干妈。"

小袁想，鄢然名下办了一家经纪公司，大概是给佳佳联系出演了一些丫环之类的小角色，在晚会上唱首童谣。

"你们没听说过我们家的佳佳？她的名气可大了。"看到两位女刑警不在意的样子，蔡丽自尊心受损，这是个特别好面子的女人。她说："好多剧组、演出公司抢着跟鄢然签约，佳佳的档期都排不过来。今年几期的影视杂志上都有佳佳的剧照，还有一期上了封面，说佳佳是一颗最亮的星星。"

小袁略显惊讶："你们的女儿佳佳与童星佳佳是同一个人？"

周佳佳的名字在本市家喻户晓。

"电视剧里的佳佳上着剧中人物妆，卸了妆认不出来。我和老周在小区里从不显摆，担心坏人惦记上佳佳，也不让佳佳对外人说她演过电视剧，所以人们以为只是同名同姓。"蔡丽的话解答了小袁的疑问。

小刘说："能让周佳佳给我签个名吗？"

蔡丽、周正脸色一沉，蒙上阴云。夫妻俩的表情被小袁看在眼里，她没有阻止小刘的追星行动，她看出这对夫妻的面容后面藏着事儿。

小刘说："不签名，那让我见见呢？"

蔡丽脸色更加阴沉。

小刘执着地问："周佳佳在家吗？"

"在，"蔡丽态度十分勉强，她问，"老周，行吗？"

周正到现在一言未发，他没说不行。

蔡丽对两位女刑警说："你们跟我来吧，走路轻一点，说话别大声。"

推开主卧室的门，小袁看见：

大床上，仰面躺着一个小姑娘，身上盖着薄被。她两颊消瘦，脸色苍白，双目紧闭，呼吸轻缓，身体一动不动，右手臂上扎着输液针头，一根细长的软管连着架子上的输液瓶。

床头上，卧着小黑猫球球，它冲着小袁喵地叫了一声。

蔡丽坐到女儿身边，流泪道："我的佳佳呀，你醒醒，看妈一眼，跟妈说句话，我想听你叫声妈。"

佳佳毫无反应。

周正双拳紧握，牙关紧咬。

回到大客厅，蔡丽抹着眼泪，说："佳佳昏迷十多天了，医生说，但愿出现奇迹，佳佳还能醒过来。我的心痛死了。"她想放声大哭，又不得不忍住，只能低泣。

小袁问："佳佳受的什么伤？"

蔡丽回答："摔伤。"

"什么时候的事？"

"到今天整整十四天。"

"怎么摔伤的？"

"佳佳从二层楼梯滚落到一层半。"

"你们烧符咒是为了……？"

"我和老周去中元道观求的符咒，观里的道长说，昨天夜里子时烧了符咒，就能把佳佳的魂魄招回来。"

"你们相信？"

"我和老周快要急死了，不管什么法子，都试一试。"

小袁没有责备这对爱女心切的夫妻。她想，根据办案经验，估计是因强烈碰撞造成颅内血肿，压迫大脑某一部分，致使佳佳昏迷不醒。随着血块慢慢吸收，佳佳有可能会好起来，但不排除终身残疾。一朵蓓蕾，遭此横祸，哪个做父母的不心如刀割，方寸大乱，病笃乱投医，求神拜佛这种做法不要随意指摘，外人最好少说些高大上的话。

从二层楼梯滚落？小袁心念一转："你说说佳佳摔伤的经过。"

蔡丽再次看向周正，周正微微点了一下头。

蔡丽压抑住悲伤，说起十四天前的事："那天，老周出车，我上晚班，白天在家给佳佳炖了一大锅红烧肉。因为我们佳佳刚跟《女儿红》剧组签了合同，佳佳出演剧里的一个角色，剧组预付了一半演出费。佳佳最爱吃我做的红烧肉，她可高兴了。肉炖到一半，鄢然打来电话，让我带着佳佳到她家去……去玩。"

大客厅，鄢然招呼母女坐下。

鄢然削好一只苹果，递给佳佳。佳佳把苹果送给妈妈蔡丽。乖巧的佳佳用水果刀又削了一只苹果，双手拿着，放到干妈鄢然手上。鄢然欢喜地搂住佳佳，在佳佳娇嫩的小脸上亲了又亲。

茶几上，狭长、锋利的水果刀闪着寒光。

鄢然与蔡丽随意聊着女人间的家常话。

佳佳坐在两个妈妈中间，摇晃着双腿，翻阅新出的影视期刊。

不知不觉一个多小时过去了。蔡丽猛地一拍脑门，糟糕！燃气灶上炖着肉，忘记关火了。肉煳了是小事，引起火灾可就不得了啦。

她飞奔下楼。

她打开家门，屋子里弥漫着白烟，一股焦煳味儿呛得她大声咳嗽。她跑进厨房，先关火，肉早已煳了，铁锅烧得通红，吱吱地响。再晚几分钟，就要酿成大祸。

她敞开防盗门，又打开所有窗户，借助穿堂风向外放烟。

为了怕老周回来看见生气，她赶紧收拾。她把铁锅放进洗池，铲出煳肉，扔进垃圾袋，接着用铁刷子、钢丝球使劲刷锅。忙活了半个小时，烟放走了，锅洗干净了，燃气灶擦得能照出她的脸，她这才喘了口气。

她捶捶酸痛的腰，想起女儿佳佳还在楼上鄢然家。

她正要上楼叫女儿回家，就听大开的防盗门外传来一声闷响。她出门，向上一看，一层半楼梯拐角处，露出一双小皮鞋。

一双系蝴蝶结的白色小皮鞋。

那是她昨天给女儿买的。她的头轰的一下，心狂跳，一步三级楼梯，跑上一层半，只见佳佳蜷缩在地上，不省人事。她跪下，抱起佳佳，见她后脑勺上有个肿块。

她喊："来人呀，谁来帮帮我！"

喊声刚落，201室防盗门打开，鄢然伸头，问："出什么事了？"

打过120，两个女人抬起佳佳，跑出楼门，迎面遇到林芝医生。林奶奶检查一下佳佳的伤情，说："是摔伤，在哪儿摔的，怎么摔的？"

蔡丽看向鄢然，鄢然说："你别看我，你回家半个小时，佳佳说要找妈妈，就从我家走了。她怎么摔的，我怎么会知道，我不在旁边，没看见。"

急救车鸣笛而至。

医院急救室门外，蔡丽、周正焦急守候。门开，急诊医生与林芝医生出来，急诊医生说："佳佳没有生命危险。"蔡丽乐了。急诊医生又说：

"但是，佳佳可能成为植物人。"

讲述到这儿，蔡丽双手捂住脸，泪水从指缝中溢出。她自责地说："都怨我，我不该撇下佳佳，一个人回了家。后来，老周报了警，派出所的民警说，现场只有佳佳一个人，很可能是失足滚下楼梯，头撞到墙面，属于意外。"

蔡丽的叙述中有两处疑点：

一、对于鄢然是佳佳干妈，并帮助佳佳成为童星这件事，蔡丽显得遮遮掩掩，其中必有原因。

二、六号楼的楼层高度两点八米，每层步行楼梯分为折返两段，每段八级楼梯，垂直落差一点四米；一个十岁小女孩，经过舞蹈训练，身体具有较好的灵活性与柔韧度，即便是不慎一脚踩空，滚落时冲力不应很大，怎么会一直向下，重重地撞到拐角处的墙面？事发多日，现场经保洁郭大姐清扫，有关痕迹不复存在。小袁准备向处理这件事的派出所民警了解一下情况。

小袁眼角余光扫向周正。

周正坐在小凳子上，低着头，眼皮下垂，看不出他的神情，但可以感觉到他的身体像风中枯叶一般在颤抖，他的双手紧握成拳。这是痛苦与悲伤也是愤怒与仇恨的典型肢体形态。

周正报警，说明他认为佳佳摔伤不是意外，而是人为！

小袁问："佳佳摔伤，你们觉得是谁的责任？"

"等佳佳醒了，说出害她的人，我要把那个狼心狗肺的家伙身上的肉一口一口地全咬下来。"蔡丽意有所指，就差把恶人的姓名说出来了。她泪如泉涌："这十几天，我和老周守护在佳佳床边，没日没夜，寸步不离，可是，她一点不见好呀。"

她自己说出了夫妻俩案发时间的行踪。

小袁问："你们整夜不睡？"

蔡丽疲惫地说："老周守前半夜，他白天还要出车，我负责后半夜，一有点动静就醒，总好像听见佳佳叫妈妈。"

"昨天夜里十一点到十二点之间，你们是否听到楼上有重物坠地发出的声音，咚的一声？"

"没听见。"

"你再回忆一下。"

"我脑子乱哄哄的，想不起来了。老周，你呢？"

周正像个哑巴。

小区门卫打来电话。蔡丽接通后，听了几句，说："你让那几个人进来吧，他们是来看房的。……我卖不卖房跟你有什么关系，咸吃萝卜淡操心，看好你的大门。"

她挂断手机，冲周正抱怨："都怪你，非要把老房子卖了，将来咱们一家住哪儿，大街上？"

周正紧闭嘴唇，他周身蒸腾起一层煞气。

上 午

08：12

贾彪，楼内六名男性中的最后一名，这个人的嫌疑最重。

刑警老孟以极高的工作效率调查收集到有关此人的详细资料，传递到小袁的手机上。小袁阅后，脑子里形成一个人较为完整的形象，并预感到这是一个不易对付的强劲对手。小袁以较慢的步速迈上一级级楼梯，小刘跟在后面。

二层，小袁停住，面对202室钢制的防盗门。

开酒吧的贾彪是个人物。

在一些人口中，他人丑心狠，狡猾透顶，睚眦必报，日行一恶，枪毙都是便宜他了。另一些人则对他交口称赞，认为他是行侠仗义、乐于助人、心地善良、遵纪守法的好市民。持后一种评价观点的人占多数。

贾彪没有受到过任何刑事、治安处罚，甚至从未接到一张违反交通规则的罚单。

他的档案清白得像初生婴儿。

他出生在一个大家庭，上有哥哥姐姐，下有弟弟妹妹。他的父亲是位厨师，厨艺一流，曾任厨师长。他的父亲性格刚烈，不懂圆滑，识字不多，但为人豪爽，爱做打抱不平之事，后被同行中的小人诬告偷拿酒店的食材出去变卖，蒙冤入狱。当时，初为刑警的毕队长为他的父亲洗刷了冤情。

他头脑聪明，将八面玲珑的处事技巧运用到炉火纯青，极有可能是吸取了父亲的教训。他认识到为人处世不能一味逞强，当得起孙子，才能有朝一日反过来当上爷爷。他从不与人正面为敌，但是，凡是有心或无意中得罪过他的人都很怕他，这些人或早或晚都没有好果子吃。

他的朋友很多。朋友有了难处，他真心相助，不吝惜金钱。他常把一句话挂在嘴边上：

钱与屁一样，憋多了难受，放出去痛快。

他是个经营鬼才，干什么生意都赚得盆满钵满。

他爱喝酒，就开了一家酒吧。

酒吧名叫小宛，取自明末秦淮八艳之一董小宛的芳名。有人问他为什么起了这么一个香艳婉约的店名，他一本正经地信口胡说，中元道观的道长说他阳气太重，借阴柔之气补一补，以求阴阳调和。他不管董小宛是不是青楼女子，他说，董小宛比起那些一身珠宝、抱叭儿狗、开千万豪车的名媛贵妇干净得多，也高贵得多。众人眼中，他是个不易捉摸、有点怪异的人。

酒吧生意兴隆。他的酒吧不用陪酒女郎，不搞灰色经营，尤其是不卖假酒，年年被评为本市娱乐、餐饮行业的先进单位。他的经营方法独特，凡是漂亮的年轻女性到他的酒吧，入座后，一律赠送小果盘、小点心，加送一杯名为"女人心"的鸡尾酒。"女人心"粉红色，用一份金酒、红石榴糖浆、四分之一只柠檬挤汁，摇酒壶摇匀，倒入马提尼杯中，杯沿镶一粒红艳艳的樱桃。因此，他的酒吧引来靓女云集。鲜花多了，自然一群狂蜂浪蝶闻香而至，男客们随之拥入小宛酒吧。酒吧夜夜一座难求，酒气太浓，溢到街上，过往的行人闻到都要醉了。每逢周末午夜十二点，他的酒吧还要选出一位最美女客，评选规则非常简单，只有一条，以男客所送玫瑰花最多为唯一标准。他的酒吧里的玫瑰花是要掏钱买的，只刷卡，不收现金，以免金钱亵渎了爱情。结果揭晓后，一位小提琴手会在当选的最美女客身边演奏一首经典名曲《爱的致意》。

女人是感性动物，哪受得了这个，大多数感动到泪洒当场，扑入男友怀抱。至于离开酒吧、酒醒之后会怎样，就不得而知了。

小宛酒吧就像一杯将生意与爱情放进摇酒壶摇匀的粉红色鸡尾酒。

他酷爱读书，是娱乐、餐饮行业老板群体中的一个异类。除了烹饪、小说、野史、考古、经营学、量子力学（科普版）之类的书籍以外，他还阅读了大量法律方面的专著。与他私交不错的法官朋友评论，他的水平绝不亚于资深的执业律师，如果不说超过的话。

他奉行的原则是学以致用。

一次，酒吧里来了位绰号猪头的男客，假醉调戏邻桌的漂亮小姐姐。服务员劝阻无效，差点被猪头用酒瓶打破脑袋。老板贾彪亲自出马，他贴在猪头耳边，悄声说了一句话。猪头听后勃然大怒，挥起酒瓶，向他砸去。他举起手中托盘，用力推挡，酒瓶与托盘相撞，酒瓶破碎，碎片四溅，飞向猪头脸上，只听哎哟一声，其中一块扎入猪头眼睛。猪头用手捂住，鲜血涌出，涂满一脸。

由于有托盘遮挡，贾彪毫发未伤。

警察赶至，依法处理此案。

医生诊断，猪头左眼球因扎入酒瓶碎片而穿孔，房水溢出，失明无可挽回，落下终生残疾。根据《人身损害伤残鉴定标准》，属于重伤二级。猪头聘请的吴良律师声称：本案起因是酒吧老板贾彪在猪头耳边悄声说了一句极具侮辱性的话"你就是个二尾子，裤裆里的那玩意儿不如一根牙签"；贾彪挑衅在先，猪头挥动酒瓶只是为了吓唬，无意伤人。吴良律师代表猪头提出巨额民事赔偿，并请求以伤害罪对贾彪判处三至十年的重刑。

贾彪危矣！

贾彪不慌不忙，辩称他说的那句话是"你再对女士不敬，扰乱正常的经营秩序，就要报警了"；那晚客人多，酒吧服务员忙不过来，他临时给客人上酒，所以手里凑巧拿着托盘；他举起托盘挡住酒瓶，纯属自卫，没有超过必要限度，不存在过当行为。

一切有酒吧内视频为证，高清的。

满天乌云散。最后的处理结果是，他不负刑事责任，也无需赔偿一分钱；出于善意，他免了猪头那晚的酒水账单。至于他在猪头耳边是否说过戏弄、侮辱性言辞，猪头举证不能，主张被驳回。

小宛酒吧再也没有痞子混混敢来捣乱。

（小袁认为，正当防卫整件事出自贾彪的精心设计，但找不出其中的破绽。）

贾彪是男人中的男人，许多来酒吧的女人成了他的"密友"。他应接不暇，周旋于花丛之中。情劫难逃，他与一个叫柳依依的女人好上了。两人好了半年，已经你依我依，依成一块泥。不料，柳依依某日不辞而别，人间蒸发，事先毫无征兆。三个月后，噩耗传来，柳依依数日前猝死于南方某市她新开不久的服装店中，死得蹊跷。他因此受到刑事调查，至今没有下文。

（刑警老孟备注：已与南方某市刑警队取得联系，请求提供柳依依猝死一案的全部案卷。）

经过刑警老孟的说服工作，桃花源小区物业经理交出没入档的几页纸，其中翔实记录了贾彪与鄢然在去年四月末发生冲突的事情经过。鄢然在家中遇害，这是人命关天的大事，物业经理顾不上怕因此得罪贾彪了。

记录大意如下：

暮春，月上柳梢，清风宜人。

夜班保安巡逻至六号楼前。

突然，一个女人的呼救声响彻夜空："有人非礼呀，救命！"

声音从二楼一扇打开的窗户中传出。

保安急忙开楼门，上楼，201室防盗门大敞，保安冲入。

主卧室，鄢然只穿一条丁字内裤，全身湿漉漉的，像刚从水里捞出来，她双手抱肩，缩在墙角。一个矮壮男人站在卫生间门口，手里拿着不断向外喷水的花洒，水量调到最大。

矮壮男人笑嘻嘻的，像在玩游戏，嘴里说着："你太臭，再洗洗。"

一见保安，鄢然跑过来，扑到保安身上。

保安年轻，软玉温香抱个满怀，顿时变成结巴："谁、谁要非、非……"

"就是这个臭流氓。"鄢然怒指矮壮男人，诉说，"今天回到家，我想冲个温水澡，正脱衣服，卫生间门口出现一个男人，就是他，他让我脱光了，说是先要用水把我洗干净，然后，跟我那个。他过来就用冷水滋我。"

年轻保安美人在怀，舍不得松手，他质问道："你是不是企图非礼这位女士？"

矮壮男人爆句粗口。

年轻保安说："我都看见了，你还不承认？"

矮壮男人上来要揍他，又忍住。

鄢然看出对方不敢动手，她挡在年轻保安前面："你有种打我呀，哼，打女人的英雄好汉，你为什么在我家，你怎么进来的，你就是看我长得漂亮，图谋不轨，想欺负我！"

"大婶，你长得跟我脚后跟似的，别恶心我了。"矮壮男人发出呕吐的声音。他不想纠缠下去："懒得搭理你，我走了。"

鄢然叫道："你不能走，保安，抓他到派出所。"

矮壮男人眼睛一立："是吗，你试试。"他的样子很凶，年轻保安吓得倒退一步。矮壮男人临走前，晃晃手里的手机，指着自己的鼻子，说：

"认清我，我住对门，名叫贾彪。"

他大摇大摆地走了。

接着，对面的防盗门咣的一声大响，震得整栋楼直摇晃。

一听"贾彪"这个名字，鄢然没让报警，此事不了了之。

不出三天，年轻保安被人在小胡同里用黑塑料袋套住头，打了个鼻青脸肿，丢了小半条命，他不敢再在本市待下去，辞职回了老家。

贾彪，一个胆大、狡猾、说不清是好是坏的男人。

小袁正要按响门铃。

防盗门打开。

一个矮壮男人站在门内，双手抱拳一礼，带笑说道："两位女警官大驾光临，我贾彪恭候多时，请。"此人身高一米六五，体宽也差不多，肌肉发达、结实，像一块方方正正的厚石碑。他长着一颗方脑袋，一对耳垂大得超过常人的耳朵，一双豹子似的眼睛，鼻头肥厚，大嘴叉子，寸头，黑且硬的头发像钢刷子一样根根直立。他一身中式裤褂，白得耀眼，更衬出他黝黑的皮肤，脚下一双千层底圆口布鞋。他没戴翠戒、大金链子之类暴发户身上常见的饰物。

他左手夹着一支粗大的雪茄。

他的耳朵一定极灵，动作够快，听见门外停下的脚步声，判断出调查案件的刑警驾到，立即过来开门。

小袁一笑，平稳走进门内。

贾彪侧身礼让。

暗中，二人气场相互碰撞，贾彪轻"咦"了一声，倒退一步。

这间大客厅摆放着全套明式家具，一水硬木制成，漆成深栗色。多宝格里，陈列着形态各异的瓷器，它们是贾彪这些年一件件搜罗来的，每件都有一个故事。多宝格旁，立着一个没摆花盆的空花架。最显眼的是，深色地板上铺着一张巨大、完整的斑斓虎皮，虎头是立体的，张开血盆大口，亮出尖牙利齿。

女刑警小刘绕开走。

贾彪说："这是工艺品，假的，不违反野生动物保护法。"

宾主分坐到三把太师椅上。

坐下之前，小袁又看了一眼空花架。

贾彪说："我这儿没茶没水，只有啤酒。"他从茶几下的纸箱里取出几罐进口黑啤，也不问声喝不喝，啪啪打开，放到两位女刑警面前。

小袁说："工作时间，不能饮酒。"

贾彪深表同情地看看小袁。他喝了一口黑啤，说："请记录吧。"

等小刘打开空白的询问笔录本，他眼光一扫之下说："是询问，不是讯问，说明我暂时不是犯罪嫌疑人。"不用提问，他自报姓名、性别、年龄、职业与住所地，然后，他自问自答："昨夜我在哪儿？做什么？准确时间？谁能证明？昨夜我不在酒吧，早早回到桃花源小区六号楼202室家里，备好五香花生米，黑啤酒，我的最爱。从不到十点开始，我守在电视机前等着看欧洲足球五大联赛之一的现场足球比赛实况转播，一个人，没旁证。我看了整整一个通宵，直到凌晨四点郭大姐拍我的房门。昨夜十一点到十二点的球赛内容我可以一一回述，证明我当时专心看球，没空干别的。"

小袁问："十一点到十二点，你为什么单挑出这个时间段？"

贾彪坦然说道："因为鄢然是那个时间段死的。我是个超级球迷，整场九十分钟比赛的细节我都能说清楚，我不想全说一遍浪费两位女警官的宝贵时间。"

小袁疑问："你凭什么确定鄢然是在那个时间段里遇害的？"

贾彪品着黑啤的苦味："我是报案人，比你们更早到的现场。我看过法医方面的书，处理朋友的后事时有过一两点实践经验。我摸过鄢然的颈动脉，看她有没有心跳，需不需要先打120。她死得不能再死了，身体不凉，余温尚在。活人的皮肤温度二十八度左右，她的估摸着二十度多点儿吧。四月底，室温较高，人死后每过一小时大约降温一度，书上说的；再加上我肉眼观察，鄢然身体还没完全僵硬，所以我大胆推测她死了四到五个小时。两位女刑警面前，我是当着鲁班耍大斧，见笑见笑，说得不对，敬请指正，我好再长点学问。"

他还挺谦虚。

小袁问："昨夜十一点多，你看到什么，听到什么？"

贾彪喝黑啤酒就像是喝水。他说："抱歉，那会儿正是球赛进行到最激烈的时候，我的眼睛里只有比赛实况，耳朵里全是现场解说。"

"你是否听到有人进出201室或是上下楼的脚步声？"

"我家的防盗门隔音良好。"

"你是否碰巧从猫眼向外看了一眼？"小袁问。

"我不是偷窥狂。"贾彪又一次喝起罐装黑啤酒，袖子下滑，手腕处露出密密的点状瘢痕，像是激光清除彩色文身后留下的伤疤。他发觉小袁投来的目光，忙拉拉衣袖。

小袁问："贾彪，你住在鄢然对门，据你所知，在这栋楼里，鄢然是否与哪位邻居发生过冲突，产生过矛盾？"

贾彪龇牙一笑："呵呵，袁警官，你不用拐弯抹角，旁敲侧击，我与鄢然结过旧怨。"

"非礼？"

"正是。"

贾彪一副坦荡荡的样子，他说："那是去年四月末，我入住小区第二天发生的事，物业有记录，你们可以去查。我声明，那个夜班保安没有看到事情的全过程，说的都是偏袒鄢然的一面之词，歪曲、抹黑了我的正面形象。事情原本是这样的，二位请听我细细道来。"

贾彪说书一般，只差手里少了一块醒木：

凌晨一点多，贾彪开着黑色大越野车回小区。

马路上，车辆稀少。一辆红色跑车歪歪扭扭，开得飞快，超过贾彪的车，开车的是个女司机。后来知道她就是鄢然。

超车时，两车险些碰撞，贾彪骂句脏话。

红色跑车越开越快，鄢然身体里的酒精在燃烧。她燥热难耐，右手伸进上衣领口，摸索几下，随后一扬，扔出一件黑色的丝织物。疾风将它带起，飘落在后面黑色大越野车的前挡风玻璃上，是一件女人的文胸。

呸呸呸，贾彪连啐三口，道声晦气。

红色跑车开进小区大门，贾彪的车远远跟在后面，离马路女杀手远一点为好。

停车场，红色跑车横着停下，占了两个车位。

"嘿，你会不会停车。"贾彪吼了一句。

鄢然不理，踉踉跄跄地往六号楼走去。

贾彪停好车，他看见红色跑车的车钥匙没拔。他拔下车钥匙的工夫，再一转头，鄢然不见了。这是遇到狐狸精了？

贾彪快走到楼门时，听到草坪上有人哼哼。

鄢然四脚朝天，哇哇大吐，吐了她自己一身。

真臭！贾彪捏住鼻子，本想不管。转念一想，这女的八成是邻居，不管不够仗义。他过去拉起鄢然，想扶她上楼，鄢然像一摊烂泥身子往下出溜，走不了路。好人做到底，贾彪索性把她扛在肩上，鄢然喊："接着喝，谁醉了谁趴在地上学王八叫……"

你家王八会叫？贾彪心说。打开楼门，他问："你住几号？"

"201，你想干吗？丑八怪，你想泡我？"鄢然抱住他的头，秽物蹭了贾彪一脸。坐电梯上到二层，201室门外，他问："密码？"

"我不告诉你。"鄢然在密码锁上胡乱按了几下，没开，又试一次，门开了。

主卧室，贾彪踢开卫生间的门，把鄢然扔进去，见她的吊带裙上沾满呕吐物，就说："自己好好洗洗，我走啦。"鄢然拉住他："你给我洗，别走。"女人的身子贾彪见得多了，面对臭烘烘的鄢然，他更是生不出半点绮念。他三下五除二，扒下鄢然的套裙与长丝袜，好歹给她留了条内裤。

鄢然喊："上酒，咱俩一人一瓶，对嘴吹。"

贾彪打开花洒，用冷水朝着鄢然一通猛滋。看着她左躲右闪，嗷嗷乱叫，贾彪觉得很好玩儿。

鄢然酒醒了多一半，问："你是谁，怎么在我家里？"

贾彪说："是我送你回的家，你打算怎么谢我。"

发觉自己身上只有一条内裤，鄢然一声怪叫，缩到卫生间一角。她见贾彪没有追过来，也没有伤害她的意思，不再害怕，问："你是不是看上我了，从酒店一直偷偷跟着我，趁我没锁门，溜进来的？"

贾彪鄙视地："你少自作多情，我看上你哪儿了？"

鄢然眼珠一转："私闯民宅，意图非礼，该判几年？这么着吧，我不去警局告你，咱们私了，你出多少钱？"

贾彪不怒反笑："你是从里到外都臭了，臭不可闻，快点脱光了，包括见不得人的地方，彻底洗洗。"

"你不掏钱私了，我可喊了，你别后悔。"

"你这叫敲诈勒索，触犯了《刑法》第五章第二百七十四条。"

鄢然狂呼不已：非礼，救命……

叙述至此，贾彪喝光罐里的黑啤酒："我说完了，若有半句虚言，天雷劈我。"

"鄢然没告你？"小袁问。

"没有，她敢吗？我留了个心眼，当时用手机录了视频。就她那样的，全身整过形，假货，我能看上她？！因为那天的事，别看我跟鄢然住门对门，从不来往。"贾彪满脸厌弃地说。

在他叙说过程中，先后三个女人打进电话约他相会，他都以各种理由婉言回绝，颇有几分万花丛中过、片叶不沾身的正派绅士模样。

小袁问："视频呢？"

贾彪回答："不好意思，上个月换了新手机，事情过去这么久了，就没再保存。"

非礼事件将永远真相成谜。

小袁停顿几秒，问："你听说过六号楼闹鬼的故事？"

贾彪划着一根大火柴，想去点雪茄，他看看两位女刑警，吹灭火柴，回答："听说过。"

"听谁说的？"

"小区门外有家小酒馆，有个老头儿，山羊胡子，天天坐在靠窗口的位子喝酒，最爱吃韭菜鸡蛋馅的饺子，一肚子奇闻逸事，六号楼闹鬼的故事就是他说的。"

"那位老先生叫什么名字？"

"我问过他，他说忘了。"

"他一般几点去小酒馆？"

"他死了，上个月死的，早过奈何桥了。"

小袁想，这个贾彪上辈子准是一条泥鳅。

"郑重声明，鬼故事里的白面书生、青楼花魁不指向任何人。"贾彪将雪茄放在鼻子下，贪婪地闻了闻，"两位女警官，如果没有新的问题要问，也没有证据要把我当作杀害鄢然的犯罪嫌疑人抓起来，我就要喂猫去了。"

喂猫？

贾彪提着半袋进口品牌的高档猫粮，与两位女刑警一起下楼。

等电梯时，贾彪接到电话，他看下显示号码，对小袁说："我家小弟，大一学生，我家唯一的大学生。"他接听："小弟呀，找哥什么事，又没钱啦？"他语音温和，看样子很疼家中的小弟，他说："行，要多少？你去找酒吧会计，就说是我说的，给你现金。"电梯上来，门开，他请两位女刑警在先。他随后走进电梯轿厢，问了句："你要钱干吗用？"

他的声音刺耳："文身？"

电梯轿厢里充满他的咆哮："不许文身，我说不行就是不行，你敢！爸不管你，我管，我打断你的腿！"他被小弟的一句话噎住了，额头青筋暴起："我是文过身，那是我年少无知、不懂事时文的，以为文身漂亮，有男人的豪气，走在街上没人敢惹，哥现在后悔了。"他出汗，解开两粒领扣，露出跟手腕上一样的清洗文身后的点点瘢痕："我想法子洗掉文身，找了最好的师傅，洗了半年，洗不干净，哥后悔已经晚了，你知道正经人用什么眼光看我吗？"

手机那头的小弟是个犟种，不听劝，大概正值青春叛逆期。

一层，贾彪边打手机边往楼门外走，他的口气软下来，连哄带劝："小弟，要不这么着，哥给你买辆好车，你不文身，怎么样？买什么车，随你挑。你想买摩托，不行！骑那玩意儿太危险。你要买新能源车，行行行，哥明天就带你去提车。"

贾彪挂断电话，长出一口气，他重又系好两粒领扣。

这是个重感情、有原则的人，不是混蛋，小袁想。

楼前，草坪旁有一张绿色长椅。江燕招手，贾彪把猫粮交给她，朝四下看看。

楼门从里向外推开，兰蕊独自走出来，手里也拿着一袋猫粮，文彦没有伴随她的身边。她一身湖绿套裙，同色半跟皮鞋，皮肤不够白皙的女人不敢穿绿色调的服装。

她脸上的红斑消退了一些。

一只野猫跳上长椅，十几只杂色野猫从不同方向朝这儿快跑。

小袁坐在警车里，她找到飞龙文身店的电话号码，给店主李大龙打去电话。

一起碎尸案中，李大龙凭借尸块上三公分见方的一小片文身图案，认出被害人曾是他的客户，某娱乐场所的"夜莺"，协助警方成功侦破了此案。破案过程中，小袁与他打过交道，他是本市最好的文身师。电话中，李大龙讲，贾彪的文身是在他的店里、由他亲手刺绘的，是他最出色的作品，没有之一。贾彪全身文了三只猛虎，前胸一只，后背两只，隐迹于山林泉石之中，从手腕到脚踝，通体彩绘文身，色泽鲜艳，有立体感，三虎霸气十足，栩栩如生，像是随时会从身体上一跃而出。每当贾彪赤裸全身时，都会引来女人们忘情的欢呼。她们抚摸文身时，手指战栗，为雄性之美而迷醉、倾倒。多美的文身，不知贾彪抽哪门子疯，去年秋天找到他，竟然提出一个要求：

洗去全部文身！

李大龙怀疑耳朵出了毛病，听错了。他苦劝无效，只能照办。清洗文身需要用脉冲激光刺入皮肤，一点点击碎色素颗粒，使之形成微小碎屑，一部分通过皮肤结痂，一部分被体内巨噬细胞吞噬，逐步消解清除，但是，会留下难看的瘢痕，遍布全身。不仅如此，刺绘文身痛苦，清洗文身更是痛楚难耐，需要打麻药，而且过程漫长。贾彪不用麻药，牙齿咬住毛巾，说声："哪来的那么多废话，动手。"连续数月，从始至终，贾彪哼都没哼过一声。

贾彪为什么甘愿忍受极大痛苦洗去曾经引以为傲的文身？

李大龙不知道，贾彪不说。李大龙猜，瞎猜的，贾彪绝不是怕世人的眼光，他才不在乎别人怎么看他呢。只有一种可能，贾彪为了女人，不是一般的女人，而是一个他真爱、爱到让他发狂的女人，那个女人讨厌他的文身。除此之外，再没有理由解释得通了。

为了柳依依？

不对，贾彪决定洗去文身时，柳依依早就猝死他乡，贾彪给她买的墓地上已是青草萋萋了。李大龙又说，柳依依的服装店倒闭后，是她主动向贾彪投怀送抱的。一夜缠绵，贾彪如果不要她，柳依依声称她就会心碎而亡。

警车前，贾彪与江燕在长椅这头，兰蕊在长椅那头，中间相隔数米，彼此没有交流。贾彪与江燕说说笑笑，江燕抱着贾彪的胳膊，是抱着，不是挽着。虽然略有发胖，江燕的身材仍是超一流地棒，人又活泼爱笑，还是非常讨男人喜欢的。

三层阳台，康健朝下看，贾彪冲他打着招呼。

康健一笑，露出洁白的牙齿。

小袁想，这真是人与人之间的奇妙关系。小刘向她报告：与处理周佳佳意外摔伤一事的派出所民警联系过了，了解到一个重要情况。小刘让她猜猜是什么情况。

"快说，别卖关子。"

"周正控告，是鄢然把他的女儿佳佳推下的楼梯。"

"证据？"

"佳佳滚下楼梯的时候，周正在街上出车拉活呢，他没有证据，他就是认定这事是鄢然干的，强烈要求把鄢然抓起来。"

这的确是个重要情况。

09：04

小袁略假思索，命令："你联系一下《女儿红》剧组的制片人、导演，询问三个问题：谁向剧组推荐的周佳佳？谁跟剧组签的周佳佳出演剧中角色的合同？谁是周佳佳出演费的收取人？"

小刘问："《女儿红》剧组的电话号码是多少？"

"查。"

"怎么查？"

"用你的脑子，想办法去查。"

"是喽，袁组长。"

小刘俏皮地敬个礼。小袁打开一份询问笔录，只见小刘的字迹清秀娟丽，一看就是女孩子写的，字如其人。小袁的字则是方方正正，有棱有角，用毕队长的话说：有点颜体字的神韵。毕队长话里有话，不直说。以前，小袁在刑警队是一枝独秀，小刘来了以后，成了姊妹花。小刘第一次见到毕队长时，眼神就不对劲，这瞒不过站在旁边的小袁的眼睛。小袁是老刑警了。

毕队长喜欢哪种性格的女孩子，小袁走了一秒钟的神。

用疾风般速度收集的六份询问笔录摆在眼前。小袁的眼睛像电子扫描仪，从一页页记满文字的纸面上飞掠而过。

她收敛心神，从字里行间中搜寻蛛丝马迹。

第一份，对文彦、兰蕊的询问笔录：

小袁的直观印象中，这对夫妻琴瑟和鸣，感情真挚，与邻居交往不多，家是两人的堡垒。

文彦性格沉稳内向，含而不露，这是一个具有极强自制力的成熟男人。

娶兰蕊为妻，是他在人生前进道路上做出的最聪明、收益最大化的抉择。据查，兰蕊家是本市的名门望族，婚后，文彦进入岳父老朋友为董事长的外资公司，连年稳步上升。作为上门女婿，他凭借的不仅是自身能力，岳父岳母在本市政、商两界的深厚人脉更是他强有力的依托。他成为底层白领们无比艳羡的对象。大学校园里，他用的什么法子，从追求兰蕊的一众男生中脱颖而出，一举击败所有竞争对手？这不是一个无聊的问题。为了达到目的，一个人采用何种手段，集中体现出他的素养与人品，杀猪的屠户一怒拔刀，文明人则讲究设局下套的暗中博弈。

一个爱妻子，家庭幸福美满，前程如花似锦的男人会是变态的性侵杀手？大千世界，凡事皆有可能。但是，对于爱妻新孕，他的兴奋与喜悦发自内心，溢于言表，刚杀过人的凶徒不会有如此晴朗的表情。

鄢然等待的来客是谁？文彦加班夜归，第一次上楼时直接回家，不应是他。

唯一疑点，昨夜，文彦第二次上楼，从一层到五层，六十四级楼梯，两分钟足够，他用了十几分钟的时间，耽搁在什么地方了？小袁想，可能文彦用正常步速回家后，看看妻子的过敏红斑有没有进一步发展，让妻子躺得舒服一些，跟妻子说些关心、安慰的话，等等，过了几分钟才照顾妻子服药，那时桃花茶水的温度正好。一般人口中的"马上"只是一种修辞。

十分钟的时间里杀人灭迹，即便是犯罪老手也难以做到。

询问中，文彦不愧是公司总经理，他的回答四平八稳，多余的话一字不说，对楼里死了个人漫不经心，一副置身于是非之外的态度。

小袁初步排除了文彦的作案嫌疑。

小袁网查了一下桃花茶，真有这种茶，据说长期饮用，体有幽香。

第二份，对邹怀仁教授的询问笔录：

邹教授属于胆汁质的气质类型，率真，热烈，易动感情，他同时具有孩童般的活泼与老夫子的迂腐。

邹教授并不讳言他曾单恋鄢然，至今抱有痴念。

邹教授人老心不老，每天坚持服用两次枸杞原液，期望再振雄风；鄢然死亡时，内裤褪至膝处，性侵并未发生；两者似有契合之处。小袁认为，邹教授作为一个自恃清高又属于高智商精英人士的心理学者，干不出这种愚蠢、龌龊的事。

依据一，小红作证，昨夜十一点至十二点之间，邹教授在书房看书写字，没有外出。小红是家政公司介绍来的保姆，到邹家时间不长，与邹教授没有亲戚关系，缺少作伪证的动机。因此，她的证言可信。

依据二，生理上，邹教授患有腿疾，行动不便，日常行动需要借助拐棍或小红搀扶；而且久坐书房，高龄，手无缚鸡之力；他不具有作案的身体条件。

依据三，心理上，这个小老头年逾古稀，追求漂亮女人使他在垂暮之年的生命重新焕发了色彩、激情与活力，他并非世俗眼光中的好色之徒。

邹教授也被排除作案嫌疑。

想到小红的一句话，小袁翻看物业报来的业主资料，她眉尖一挑，林芝医生入住桃花源小区的时间比邹教授晚了一个月，做了不到一年的邻居，独身六十年的老太太遇到人生的春天了？小袁想，向物业投诉鄢然举办家庭舞会行为不端影响极坏的人大概就是林芝医生。小袁拿出手机，拨号。徐法医接的，她正在对鄢然做全面尸检。小袁说："徐姐，请查一下鄢然是否患有宫颈癌。"徐法医问："与案子有关吗？"小袁说不好，她心里有个疑问。

凶手为什么不等着鄢然病死？

这样既不承担风险，又能"欣赏"鄢然饱受病魔折磨的痛苦。

小袁倾向于认定，本案凶手是临时起意杀人。

第三份，对康健、江燕的询问笔录：

健美大赛中，因为"有人捣乱，评委偏心"，康健的第三名失之交臂。作为一名健美教练，大赛名次对他的职业生涯十分重要。用压分的暗箱操作将康健排挤在名次之外，手段太狠，这种打击可能让他从此一蹶不振。

有人收买主审？从康健说一半留一半的话语中，可以听出他实际指向的那个人是谁。

只因一句"小短腿"的戏谑之言，鄢然连出阴招，康健、江燕就算是小白兔，惹急了也要扭头咬上一口。

康健具有犯罪动机，他的头脑未必与肌肉一样发达。

江燕的"我作证"不可信。

鄢然拖欠辅导费？她不是个富婆吗，辅导费应该只是一笔小钱。会员制健身馆算是一家富人俱乐部，鄢然不会为了欠交辅导费丢了面子，影响个人声誉，以后生意都没得做了。对生意人来说，钱等于诚信，有钱才有诚信，欠钱不给就是最大的不讲诚信。经济纠纷也是犯罪动机之一，小袁给刑警老孟发出短信：速查鄢然名下的公司收支与银行对账单，搞清她的经济状况。

小袁将康健留在嫌疑人名单上。

第四份，对常亮的询问笔录：

鄢然是常亮的姨，还是他的姐姐？

答案，都不是。鄢然曾是他的继母。根据刑警老孟调查来的情况，常亮十五岁时，鄢然成为常亮父亲的第五任妻子，这段婚姻维持了十七个月。鄢然与常亮的父亲离异后，她带着常亮回到本市，分别入住桃花源小区六号楼201室、302室。她名下的这套大房子有可能是常亮的父亲出资购买的。离婚绝非出于鄢然的自愿，而是被迫的，她心里肯定恨透了常亮的父亲，所以她在入住业主登记表上婚姻状况一栏中，先写离异，勾掉，改填为配偶死亡，她巴不得那个负心的男人死翘翘。

询问中，涉及鄢然时，常亮对她的称呼忽而"姨"，忽而"姐姐"，像是面对两个不同辈分的人。传闻不假，鄢然以"姨"的身份对他极尽宠爱，但又管束颇为严格，为了爱护他，为了他的学业，为了他的健康成长，不许他与异性来往，早早地谈情说爱。鄢然如此尽心尽力地善待前夫的儿子，博得小区业主们的一致好评。

但是，鄢然的行为不符合基本的人性，对常亮的爱与对其父的恨如何住在同一个身体里的？

笔录中的一段话引起小袁的重视：常亮帮着"姐姐"试穿睡裙，每隔两天常亮在"姐姐"家留宿一夜。按照中国人的传统理念，这有点逾越了两辈人的界限。

小袁有种衣服里爬进一只小虫子的感觉。

小袁没有深入追究，与本案无关的事，她不想牵扯精力。

今晨，常亮在床上睡得很踏实。如果鄢然是他杀的，以他神经质的性格，应该表现为缩在房间角落里，蜷成一团，通宵不眠不休，在黑暗中睁着眼睛直到天亮；由于恐惧的折磨，他的相貌干瘪到不成人样，精神接近失常。闻听鄢然死讯，他表现正常，短暂悲伤过后，喜滋滋地忙着升红气球去了。推定红气球是他与楚楚约定联系的暗号，怎么搞得神秘兮兮，像是间谍碰头似的。

据此，小袁将他从嫌疑人中移出。

小袁忍不住想，那个石雕像是怎么回事，为什么让常亮近于崩溃？

第五份，对周正、蔡丽的询问笔录：

小刘正与《女儿红》剧组的制片人通话，她边听边记，看样子很有收获。

查物业记录，周正一家今年初最后入住的六号楼，室内拼凑的陈旧家具表明了周家所处的社会阶层，以及购房后经济上的捉襟见肘。小袁推测，购房款来自周佳佳的演出收入，周、蔡除了微薄的工资，没有其他经济来源。

小袁看笔录，询问中，周正一言不发，像锯了嘴的葫芦。

蔡丽话多，在她的口中，她与鄢然亲如姐妹。

当真如此？蔡丽没说实话。周正向警方反映，他认为女儿佳佳滚落楼梯是鄢然所为，这等于指控鄢然故意杀人。两家之间必定发生了激烈的重大冲突，以致反目成仇。

经纪合同？除此，两家没有别的共同利害。

两家友谊始于周佳佳走上演艺之路，最初离不开鄢然的经纪行为；当一名刚入道的不入流演员冉冉上升为新星后，最易与经纪人发生什么纠纷，不言而喻。

昨夜子时，夫妻俩为周佳佳烧符招魂时，想到女儿成了植物人，周正悲愤交加，上楼去找鄢然，他失去理智，拿到现场的水果刀，一刀刺出；杀人后，妻子蔡丽为他提供两人一起看护女儿的伪证？这个推理存在两个不合理之处。其一，两家关系破裂的情况下，鄢然不会放杀气腾腾的周正进来，并带到主卧室。如果受到周正的劫持，在他举刀正面刺出时，鄢然不可能笑脸相迎，丝毫不做抵抗，但她的手、双臂没有防御伤。根据小袁的观察，周正不是一个脸上堆笑说着好话、暗地里突下杀手的人，这不是他的性格。其二，佳佳出事后，周正向派出所控告鄢然，寄希望于警方主持公道。他是守规矩的老实人，虽然心中有恨，血管里流动的却是黏稠的忍耐，想都没想过凭一己之力去私刑报复。

但是，许多案例证明，被逼急了的老实人会做出更极端的行为。

小袁沉吟。

她将周正列为重点嫌疑人。

第六份，对贾彪的询问笔录：

贾彪说的话不少，大多无法查证，等于没说。他在说话时，不断喝黑啤、闻雪茄，掩盖住了可能暴露内心活动的肢体语言与表情，因而难辨哪些话真，哪些话假，这是个一坑浑水看不见底的家伙。

他把自己择得非常干净。

他低估了面前的女刑警。他说漏了一句话，只有一句，即"鄢然全身整过形，假货"，这句话被小袁精准地捏住了。贾彪自称因非礼事件，他与鄢然结怨，两人门对门住着，互不理睬。一个女人做过全身整形，是件不愿告人的深度隐私，只有与她赤身相拥相对的人才能摸到、看到整形留下的刀疤。这对男女何止来往，其亲密程度远胜一般！贾彪若是再次假托是听一个死人说的呢？小袁另有证据，能够证明就在鄢然死亡当天，她还到过贾彪家里。

证据就是贾彪客厅里的空花架。

如果贾彪是凶手，他几乎具备所有的作案条件，除了一条，他的犯罪动机是什么。贾彪身边女人多，在他的圈子里，这是荣耀的事。他不在乎女人的纠缠，并非无情，本就无所谓情。面对刑警的询问，他没有必要隐瞒与鄢然的密切关系。除非做贼心虚，他有什么把柄落在鄢然手上，鄢然借此要挟他，他要封口。

鄢然昨夜等待的人是他？

贾彪刻苦研读法律书籍，又精于算计，从不明目张胆地直接做违法的事，这是他的一贯行事风格。再者，他有钱，大可以买凶杀人，无需亲自动手。

突发不得不断然处置的紧急情况？

一切只是猜测，没有证据。

小袁少见地皱起眉头。

她将嫌疑人名单中的贾彪标记为重点调查的对象。

综合六份询问笔录，经过梳理、归纳、分析其中的疑点，第一轮筛选后，笔记本电脑屏幕上，六张涉案嫌疑人照片中的文彦、邹教授、常亮被删除，还剩三张：

康健、周正、贾彪。

现在是上午九点十八分。

手机铃响，徐法医打来电话。小刘与《女儿红》剧组制片人的通话没有结束，为了不相互干扰，小袁戴上耳机。电话中，徐法医扼要介绍了尸检结论：

一、鄢然睡裙上提取的是人的毛发。

需要小袁尽快提供比对的检材，即取得嫌疑人的DNA样本，如毛发、体液等。

（睡裙昨天下午六点快递送达，常亮用滚筒进行过清理。）

二、鄢然死因确定为刀伤，即尖刀穿过左乳植入的硅凝胶假体与第三、四肋骨之间，刺入心包，伤及心脏，一刀致命；死者体表无其他暴力外伤。但是，有件奇怪的事，死者左胸有三处极细小的创伤，仅刺破皮肤，环绕在距离尖刀直刺心脏的创口周边一公分范围内，疑似刀尖轻戳造成的表皮损伤，其中一处形成于十几天前已经自愈，一处结痂，一处是两天之内的新伤。

三. 凶器是一把刀身狭长的水果刀，锋利，单刃，白色金属刀柄上刻着古埃及死神阿努比斯的狗头人身像。

刀柄长十公分，刀身长十五公分。

四、鄢然生前做过多次终止妊娠术，俗称人流。她的子宫壁薄如纸张，失去生育能力。

她患有多种妇科病。

经病理切片检查，她的宫颈溃疡没有发生癌变，换言之，她并未罹患宫颈癌。

（妇科专家林芝医生误诊了？）

五、鄢然生前做过双眼、鼻、颧、下颏、乳、腹、臀、腿等全身整形，手术刀口藏在内眼皮、鼻孔、口腔、腋窝、乳下、两臀之间，以及更隐秘的私处；为了改变脸形，她还做了磨骨术；整形医生挑战上帝，重塑了一个新人。

鄢然同时长期做全身皮肤美白术、注射玻尿酸、驻颜理疗等。

为了外形的美，一个女人要忍受痛苦，花费大量金钱，还有无时无刻的担忧，最后一点最折磨人。全身整形的女人每天都要战战兢兢地对着镜子，照上一遍又一遍，一寸一寸地检查：隆胸植入的硅胶假体是否破裂、走形，或失去弹性不再具有良好的触摸手感；高挺的鼻梁是否坍塌，成为马鞍形状；削骨改造过的椭圆脸形是否因骨质增生变得左右不对称、一边大一边小；面部是否因神经受损造成不能自主的抽搐、瘫痪；美白针打的次数太多是否引起可怕的癌变；等等。这种心理上的无尽煎熬将相伴终生。

当美成为商品，买家就要付出对价。

鄢然整过容的部位、植入假体与皮肤均已开始老化，或脆化，美将离她而去。

六、鄢然面部涂抹了厚厚的一层面霜。

怪异的是，两边的脸不一样多，左脸糊得太厚重，显得油汪汪的；右脸的又少又薄，像是用什么东西擦去了。

七、红酒瓶碎片、高脚杯上只提取到鄢然的指纹。

鄢然血液中酒精含量为 22 毫克/100 毫升，相当于喝了一大杯红酒。

鄢然死前处于相对清醒的状态。

八、鄢然的死亡时间为昨夜二十三点三十分，前后误差半个小时，受到现代法医技术的限制，只能精确到这个程度了。

徐法医补充，鄢然凝固在脸上的笑容是真实的，并非因死亡痛苦造成的面部肌肉抽搐、痉挛。

她死得很欢欣？咄咄怪事！

小袁认真听、记。徐法医说，尸检报告很快就会发到她的手机上。徐法医又说："鄢然不是孤身一人，她在本市亲属有父亲、母亲、哥哥、嫂子、小侄子，还有其他一些亲戚，不少呢。派出所民警查阅户籍档案后挨个通知，她的父母来认尸了。"据物业讲，鄢然入住一年，没有亲戚到小区找过她，她也自称是孑然一身。

徐法医接着说："鄢然的父母就住在距离桃花源小区不到四百米的大杂院里，鄢然从小在那儿长大。她十四岁离家出走，南下打工，再也没有与父母联系过，从此音讯全无，父母以为她早已不在人世。"

近二十年间，父母没有寻找过她。

双方各自居住的地方步行几分钟即可走到。

徐法医简单介绍了鄢然父母的认尸经过：

半小时前，徐法医为一对老年夫妇做了 DNA 比对。这对夫妇衣着朴素，比六十岁的实际年龄苍老许多。根据户籍档案，他们是鄢然的父母。电脑打印出 DNA 比对的结果，他们与鄢然具有生物学上的亲子关系。

徐法医带老年夫妇来到解剖室外。

徐法医拉开门，老年夫妇瑟瑟缩缩，不敢走进躺着死人的屋子。

解剖台旁，徐法医掀起白布一角，露出鄢然的脸。老年男人只看了一眼，摇摇头。老年女人凑近一点，看了看，她拉过老年男人，指指鄢然的耳垂，上面有一粒黑痣，老年夫妇商量几句，一起冲徐法医点点头。

徐法医解说，他们的女儿做过整容手术。

门外，鄢然的父亲嗫嗫嚅嚅地有话要说，说不出口。老年女人用胳膊肘儿捅捅他。他终于说出一句话："我跟老伴儿，儿子儿媳，小孙子，一家五口，住十二平方米的铁皮顶平房，搭上下铺，连个小厨房都没有。"

徐法医不明白什么意思。

鄢然的父亲口拙。老年女人说话了："派出所的民警跟我们讲，我女儿住桃花源小区六号楼，有一套一百多平方米的大宅子，我们是她的父母，来之前我们找人问了，我们作为父母有继承权，是第一顺序继承人，我们可以搬进去住。"

徐法医说："这事不归我管，你们去找这个案子的负责人，她姓袁，袁警官。"

老年女人又问："我女儿留下多少钱？"

徐法医无法回答，赶紧把这对老年夫妇送出刑警队大门。门口，这对老年夫妇几乎异口同声地说："我们最爱这个女儿，她死了，我们做父母的心痛得眼泪都哭干了。"

两人的脸上确实不见眼泪。

送走这对老年夫妇，徐法医长出一口气，她是法医，了解人体的每一部分构造，唯独看不清人心。

老年夫妇对于女儿的后事如何处理只字未提。躺在冰冷解剖台上的鄢然无论活着、死后都没有亲人惦记，更别提为她而哭了，徐法医这种情况见得不多。

电话中，她对小袁说："鄢然的本名是……"

"我知道。"小袁说。

"颜秀英。"

这是鄢然的本名，她自己改成现在的名字。刑警老孟心思缜密，他对鄢然做了进一步的调查，查出鄢然有意掩盖，不愿为人所知的过往。他同时传送过来一张鄢然（颜秀英）的小学毕业照。小袁点开手机，找出这张一寸黑白照片，放大：一个长得不好看的女孩子，方脸，干枯的头发不多，瘦瘦的，皮肤灰暗，黄褐色的眼球看向右下方，她的神情像是几分钟前挨过打骂。

小袁心生怜悯。

警车前方，贾彪、江燕与兰蕊还在投喂野猫。

兰蕊抱起一只小奶猫，轻轻抚摸。

贾彪、江燕黏在一起，江燕表现出的亲热程度一看她与贾彪就不是夫妻。

康健不在阳台，眼不见心不烦。

一个穿杂色旗袍的少妇从警车旁走过，她牵着一条雄壮的黄色大狗。这条大狗外观凶猛，体重足有五十公斤，属于居民社区禁养的犬种，物业也不管一管。

江燕伸手想去摸摸大狗。

大狗哼了一声，前爪抓地。

贾彪冲少妇喊了声："拉住狗绳。"

没等少妇反应过来，大狗一纵身已朝江燕的小腿咬过去，只差一点咬住她的裤管。江燕扭身就跑，边跑边喊："彪哥，救我！"

贾彪站着没动。

大狗没追。江燕嗔道："彪哥，你怎么不拦一下。"

贾彪说："这么大的狗，我怕它咬我一口。"

大狗雄赳赳地往前走。101主卧室的纱窗里，小黑猫球球弓起腰，喵喵示警。

长椅上，野猫们停止进餐，集体转向黄色大狗，猫狗双方对峙，剑拔弩张。野猫叫声凄厉，大狗吼声低沉，一场大战一触即发。球球急得想从纱窗里冲出来。

大狗作势欲扑，兰蕊不知哪儿来的勇气，挡在猫群前面。少妇用力拉拽狗绳，无奈力气太小，大狗拖着她步步向前。

兰蕊被猫群、大狗夹在中间。

这群野猫有十好几只，为首的是只老猫，毛掉了一大半。它回头看看自己一方，猫多势众。大狗气昂昂的，它仗着自己胸肌宽阔，自认为一爪能拍扁一只野猫，根本不把猫群放在眼里。双方都不肯后退半步。

老猫一声厉叫，发动进攻。

这时，慌张的兰蕊本想退出，脚被石子儿硌了一下，身子一歪，前倾，大狗误以为她与野猫是一伙的。

大狗向兰蕊猛扑上来。

少妇的小胳膊比麻秆粗不了多少，她被狗绳拖倒，摔趴在地上，狗绳从她的手中脱落。

大狗挣脱束缚，一下子冲到兰蕊跟前，跃起，猛扑。

兰蕊缩起身子，闭上眼睛。

眼看大狗就要扑到兰蕊身上，危急时刻，只听一声愤怒的虎啸！

一团白影抢到，贾彪伸出大手，一把抓住大狗后颈皮毛，再收紧五指，大狗发出惨痛的叫声。贾彪将大狗扔了出去。大狗回头，龇出白森森的利齿，欲咬。

它没敢向前。

贾彪的眼神凶狠，残暴，充满蛮荒的野性。

大狗终归是家养宠物，哪里敢与野兽为敌，它退缩了，惨哼着跑回女主人身边，摇起尾巴。

贾彪过去，拿起狗绳一端，半扶半抱地搀起少妇。少妇身子一软，倒在他的怀里，她看着贾彪那张男性的粗野面孔，竟自痴了。贾彪帮她拉拉旗袍的下摆，还用手掸去她旗袍上的土，难免触碰到敏感部位，她不知拒绝。

少妇走时，回了几次头，眼里全是贾彪。

贾彪冲她做出一个夸张的亲吻嘴形，还发出"啵"的一声。少妇面红如血，腿一软，差点化成一汪水。江燕旁边笑看，一点不显醋意。

兰蕊坐到长椅上，脱下半跟皮鞋，揉着脚踝。

离警车不远，贾彪搂着江燕的腰，他说了句什么，逗得江燕咯咯笑得前仰后合。本案中，贾彪自知是嫌疑最重的人，理应尽可能地隐迹遁形，两腿之间把尾巴夹得紧紧的。在两位女刑警的眼皮子底下，他却如此招摇，好像唯恐小袁注意不到他。他是真的心中无鬼，还是反其道而行之，表演一出光明磊落的戏码？

野猫们散了，几根猫毛随风飘走。

小刘打完电话，很有成就感地说："袁姐，重大发现。"她将记录的通话内容交给小袁。

小袁没接，眼睛看向停车场。

一辆白色轿车驶入停车位，停稳后，左前门打开，文彦下车，他的手里提着一只深棕色纸袋，从装帧上看，纸袋里的东西档次不低。贾彪甩开江燕的手，向文彦走去。文彦原地站着不动。

白色轿车前，贾彪与文彦相对而立。

两人在小袁眼前上演了一出哑剧。

文彦递上纸袋。贾彪双手背在身后。文彦将纸袋硬塞过来。

贾彪摆手拒绝。

文彦没有笑容，将纸袋塞入贾彪怀中，松手，纸袋向地面滑落。

贾彪只好接住。

纸袋在两人之间推来推去。

文彦急了，收回纸袋，要走。

贾彪笑了，抢过纸袋，朝袋子里看了一眼。他像老朋友似的拍拍文彦的肩膀。

文彦有个躲开的轻微动作。

两人没有语言交流。文彦身高一米八，贾彪只有一米六五，给人的感觉反倒像是文彦矮了一头。这一幕小袁看懂了，文彦不情不愿地送出一份厚礼，他因为某事有求于贾彪。贾彪收下礼物等于答应帮忙。

纸袋里装的什么，两个男人捣的什么鬼？

两人不是并肩而是一前一后走向楼门。贾彪手提深棕色纸袋，大摇大摆，明知在小袁的注视下，他毫无遮掩之意，似是有意炫耀。

两人走进楼门。

小袁收回目光，翻看小刘与《女儿红》制片人的通话记录。

阅后，小袁推开警车车门，下车，说声："走。"小刘问："去哪儿？"小袁说："101，周家。"

09：35

"您慢走。"蔡丽送一对年轻夫妇出门。

她见两位女刑警站在门口，脸上笑容飞走，变成不欢迎的表情："袁警官，你又找我？还有事？"

"嗯。"小袁微笑。

"你问吧。"

"楼道里谈？"

蔡丽只好说声："进来吧。"

大客厅，地板上，堆着几只大包袱。小袁问："搬家？"

蔡丽脸色阴郁："老周收拾的，房子要卖了，提前给买家腾地方。"她向四周看看："才住了几个月，唉。"

两位女刑警不请自坐。

蔡丽说："我们家老周要出车拉活，挣钱。"

小袁说："至多耽误你们二十分钟。"

周正从主卧室出来，仍然坐到远离两位女刑警的小凳子上，双手扶膝，眼睛看着自己的脚面。

小袁直截了当地问："谁向《女儿红》剧组推荐的周佳佳？"

蔡丽回答："没人推荐，听说《女儿红》剧组招小演员，看上佳佳了，我找上门的。"

"你听谁说的？"

"……"

"这才一个月的事，忘了？"

"鄢然。"

小刘电话调查来的情况是，《女儿红》剧组选中周佳佳出演剧中角色，制片人打听到鄢然是周佳佳的经纪人，主动与她联系。鄢然当即表示同意，并将这件好事通知了蔡丽。相隔一天，蔡丽找到制片人，说与鄢然的经纪合同一年期满了，她以周佳佳母亲（法定监护人）的身份跟剧组签订了出演协议，出演费全部汇至她的账户上。

又隔一天，鄢然给制片人打电话，声称：她与周、蔡签的经纪合同为期三年，她还是周佳佳的经纪人，只有她有权与《女儿红》剧组签订周佳佳的出演协议。

周佳佳的亲妈、干妈二人你争我夺，势成水火。

《女儿红》剧组夹在中间，左右为难，以致迟迟不能开机拍摄。

得知周佳佳摔伤成为植物人后，《女儿红》剧组取消与周佳佳的出演协议，现已物色到另外的小演员，已付蔡丽的出演费全数追回。

制片人请小刘转告一句话："祝愿小佳佳早日康复，重返荧屏。"

小袁问："你们与鄢然签的经纪合同期限是一年还是三年？"

"一年！"

蔡丽斩钉截铁地说。她从太上老君像后面取出一只大信封，从信封里面抽出两页被揉得皱皱巴巴、撕裂过又用透明胶带粘贴好的信纸。

两页信纸放在小袁面前，这是一份手写的经纪合同，字体像虫子爬。

蔡丽手指一处：合同期限一年，一横的"一"。

蔡丽说："合同一式两份，我跟鄢然一人一份。鄢然在她那份上做了手脚，她在一的上下各加了一横，变成三年。我拿出我的这份跟她讲理，她上来就抢，她没我劲儿大，没抢走，撕坏了，我又粘好的。怕弄丢了，就藏在太上老君像的后面，求道祖保佑。"

小袁想象着两个女人争抢合同的画面。

这世上，感恩知报的人少，过河拆桥的人多；同样，无私奉献的人少，挟恩图报的人多；利人利己，等价交换，更为符合商品交换的规则。

蔡丽愤愤地说："鄢然还对《女儿红》剧组的制片人说，我不是佳佳的亲妈，她说我和老周长得丑，生养不出这么漂亮的女儿，她还说佳佳是我抱养的，没准是拐来的。自从我俩闹翻了，她就到处散布，那个女人的嘴要多臭有多臭，比晒过太阳的大粪堆还臭。"她拿出一本影视期刊，指着封面："你看看，佳佳像不像我。"

封面上，佳佳笑容灿烂，纯净。

小袁对比一下，蔡丽与周佳佳眉眼之间有几分相像。因为整日操心柴米油盐，生活不如意，蔡丽的容颜过早衰老，上眼皮耷拉着，嘴角下垂，而且她的戾气太重，总是一副要跟人吵架的样子，相貌大变样，让人看不出她是周佳佳的亲妈，不能全怪鄢然的搬弄口舌。

"看我有个好女儿，鄢然没有，心里不舒服，她命里就是个绝户！"蔡丽特别解气地说。

小袁不用提问，只需静听。

周正一再用眼神制止，蔡丽的话刹不住车了。她说得兴起："鄢然是个心思歹毒的女人，她不当着我的面，背地里虐待我们佳佳，有一次，让我碰上了……"

去年八月，骄阳似火，又闷又热。

公交车上，蔡丽挑了个车前头的座位，视野开阔，她去超市上晚班。

中午一点多钟，正是一天最热的时候。

车窗打开，吹进来的全是热风。前方，蔡丽看见路边的一个小身影。没有树荫的地方，路面滚烫的人行道上，站着佳佳。她穿着一件蓝白水手服，被烈日烤蔫了，身体有点摇晃。蔡丽大声叫着"佳佳"，听见妈妈的声音，她抬起晒红的小脸。

公交车到站，车门刚开一半，蔡丽跳下车。

她往回跑。

佳佳身边，蔡丽蹲下身，佳佳伏倒在妈妈的怀里。

蔡丽摸了摸，佳佳额头滚烫，手是凉的，这是中暑了。她问佳佳："你怎么在这儿？"

佳佳指了指不远处的咖啡屋。

隔着落地大玻璃窗，鄢然与两个男人坐在小圆桌旁，每人一杯加冰块的啤酒，聊得开心。鄢然搂着一个男人的肩，脱了高跟鞋的脚搭在另一个男人的大腿上。

蔡丽领着女儿走进咖啡屋，开足的冷气让她身子一激灵，她让服务员端来一杯温水，看着女儿一口气喝光。她又要了一杯。

她走到鄢然跟前，板起脸问候了一句。

鄢然介绍："这两位都是影视界的大腕，我让佳佳见见他们，日后有什么好角色想着点儿我的干女儿。佳佳等着召见，就在外面多站了一会儿。为了有戏可演，这点苦都吃不了？"

蔡丽忍住气："你可以叫佳佳进来等，今天气温四十度。"

鄢然的舌头伸缩自如："佳佳害羞，不好意思见生人，她自己不进来的。"

蔡丽的火冲到脑门，她要发飙！

两个男人没拿正眼瞧过她。他们又与鄢然说笑起来，商量晚上到哪儿吃饭，再到哪家酒吧，今夜鄢然陪谁，就像蔡丽不存在。

蔡丽不仅没有当场掀翻小桌，反而赔着笑脸给两个男人与鄢然又要了三杯冰啤酒，再加小果盘，她出的钱。那时，佳佳还没出名，鄢然正为佳佳出演一部电视剧中的小角色到处疏通关系。有求于人，蔡丽不得不咽下这口气……

蔡丽眼睛喷火，她对小袁说："袁警官，我当时只能忍了，为了佳佳的前途。我带佳佳回家，按邻居大妈说的，赶紧脱了她的衣服，用湿毛巾给佳佳擦身，还从冰箱里取出冰块，装在塑料袋里，放在佳佳的脑门上做冷敷，还好，佳佳没出事。我那天没上班，超市扣了我一个月的全勤奖。"

周正没抬头，手在抖。

蔡丽接着说下去："鄢然是个烂女人，她跟许多男人鬼混，搂搂抱抱，又啃又咬，她干这些丑事从不背人，当着佳佳的面呀。

我真怕女儿学坏了，佳佳上小学四年级，不到十岁哪。"

蔡丽喉咙发干，叙述：

天黑了，大杂院里家家做着晚饭。

墙上挂钟的表针指向十点，佳佳还没回家。蔡丽右眼狂跳，心慌意乱，她给鄢然打去电话，问女儿佳佳在哪儿。鄢然说，带着佳佳正在剧组试镜头。蔡丽听见手机里传出舞曲声。

风雨中，蔡丽撑着伞走出大杂院。

201室门外，蔡丽按下密码门锁的六个数字，门开了，从里面传出舞曲声。

大客厅，灯光迷蒙。地板上，滑过各式男人的皮鞋与女人的高跟鞋，一对对男女紧紧相拥，摇动身体。

蔡丽在大沙发一角找到女儿佳佳。

佳佳睁着大眼睛，似懂非懂地看着眼前的憧憧人影。

蔡丽捂住女儿的眼睛，拉起她往外走。

鄢然冲着母女俩的后背嘻嘻一笑……

小袁似乎随便地问了一句："你知道鄢然家的门锁密码？"

蔡丽说："知道呀，我每周去一次，帮鄢然收拾家务，搞卫生，她家里又脏又乱，我成了她的免费保姆。"

周正咳嗽一声。

蔡丽忙说："因为经纪合同的事，我跟鄢然闹了别扭，她就换了密码。"

小袁问："你怎么知道密码换了？"

蔡丽支吾："鄢然也知道我们家的门锁密码，自从成了仇人，我就换了新密码，防人之心不可无，我得防着点儿那个女人。我估摸着，鄢然也会跟我一样想，一样做。"

小袁问："原来的门锁密码是多少？"

蔡丽说了一组数字。小袁想，根据案发现场勘查结果，鄢然家的门锁现在使用的还是这个密码，并没有变更。她问：

"佳佳摔伤那天，你去鄢然家，开门时，用过密码吗？"

"我拍的门。"

以蔡丽的个性，她"拍"门时的力气一定不小。

小袁说："你不是去串门的，你找鄢然有事？"

面对这个问题，蔡丽不知该如何回答，她求援地向周正看去。周正气恼地扭过脸，意思是帮不了她，谁让她是大嘴巴。

小袁问："什么事？"

蔡丽只能说实话："我找鄢然谈钱。按照经纪合同，鄢然从佳佳的每笔出演费中提取百分之三十的佣金，是别的经纪人的三倍。她还以送礼、餐饮住宿、服装等各种名义往外拿钱，剩给我们家的只有三成多一点，大头被她拿走了。我请一位老会计看了账，鄢然的大部分支出没有发票、收据，净是白条，这里面一准被她私吞了不少黑钱。我去找她算账。"

两小时之前，蔡丽说了假话，她说是鄢然请她带着佳佳到家里玩儿。

蔡丽气哼哼地说道："听了老会计的话，我越想越生气，那是很大一笔钱，我们家的钱，我跟老周一辈子挣不来那么多钱，鄢然真不是个东西。一气之下，我就带着佳佳上楼，去找鄢然把事说清楚，我要拿回我们家的钱。我咣咣咣拍门，拍了好一阵子，门才开，鄢然好像刚哭过，眼睛肿得烂桃子似的。"

小袁想，两周前，正是鄢然刚被诊断为患有绝症的时候。

蔡丽说："鄢然见是我，堵在门口不让进，我往里闯。大客厅里，我往沙发上一坐，对鄢然讲，她这是贪污，钱一分不少地都要给我吐出来。她玩着手里的水果刀，她说，所有的发票、收据、还有白条上都有我的签字，贪污这个罪名扣不到她的头上。"

小袁问："都有你的签字？"

蔡丽懊恼地说："我不懂呀，鄢然让我签什么，我就签什么，我上了她的套。我气得抹眼泪，肚子鼓起老高，全是气，快炸了。鄢然在音响上放了一首老歌，歌名叫《真是乐死人》，她跟着唱，嗓子破锣似的，她这是要活活气死我呀！"

蔡丽呼呼大喘气，胸脯上下起伏，她用手揉着心口。

小袁脸上严肃，心里暗自发笑。

"当时，我真急了，我不能吃这么大的哑巴亏，谁都知道我是从不吃亏的人。"蔡丽转眼成为泼妇，"我对鄢然讲，我要报警、见官，拼个鱼死网破。一听我这么说，鄢然的脸一下子僵住了。我带着佳佳要走，她拦住我，叫声姐姐，让我先吃个苹果消消气，有话好商量。她把佳佳搂在怀里，态度变了。听着她一口一个姐姐，我心里纳闷，她怕什么？我寻思，账里是不是有她跟那些制片人、导演说不清、不能说的烂事？"

转败为胜，蔡丽的脸上没有高兴的样子。

她说："我并不想跟鄢然撕破脸，我担心逼急了她，她暗地里给我们佳佳使坏，钱追回来一半就行。聊了会儿，我们俩又成了好姐妹。这时候，鄢然说闻见一股煳味儿，我想起火上炖着红烧肉，鄢然让我快点回家看看，她说要是引起管道天然气爆炸，整个六号楼都得飞上天，吓得我撒腿就跑。我后悔死了，不该带着佳佳去鄢然家，更不该撇下佳佳一个人……"

蔡丽欲哭无泪。

一个聪明可爱的小女孩，初升的影视童星，恰如含苞待放的蓓蕾，如果终生瘫在床上，令人痛惜。

蔡丽忽说："袁警官，我们有证据，证明就是鄢然把佳佳踹下楼梯的。"

小袁问："证据在哪儿？"

"丢了，被人偷了，找不到了。"蔡丽言之凿凿，"我没骗人。

佳佳的白裙子上有个高跟拖鞋留下的鞋印,佳佳在医院换病号服,脱下来的白裙子放在椅子上……"

急诊室。病床上,医护围在佳佳身边施救。

周正去大厅缴费。

蔡丽握着女儿的小手,低头垂泪。

换下的白裙子放在一把椅子上。一只手悄悄伸过来,抓起白裙子。

周正缴费回来,椅子上空了……

蔡丽说:"一条不值钱的裙子,谁偷它干吗?那天,鄢然跟我们一起送佳佳去的医院,只可能是她偷的。"

"就是她干的!"

大客厅里响起周正喑哑的低吼,这是他第一次在两位女刑警面前开口说话,只憋出来五个字。他的脸色更加蜡黄,双颧泛红,那是遏制在心底的火焰。

蔡丽解释:"老周的意思是说,将佳佳踹下楼梯与偷白裙子的人就是鄢然。"她向周正抱怨道:"都怪你,是你没看住,裙子丢了,证据没了。"

周正闷声不语。

小袁问:"送佳佳去的哪家医院?"

蔡丽说:"市立医院。"

"急诊医生叫什么?"

"姓高,高医生,三十多岁,男的。"

不等小袁命令,小刘很快查出市立医院急诊室高医生对外的手机号码。

小袁打去电话,询问十四天前抢救佳佳的情况。据高医生讲,周佳佳腰腹部确有疑似蹬踹造成的皮下软组织挫伤,形成瘀青,较明显的是一处直径一公分的圆形紫斑。由于当时抢救重点集中于女孩的颅脑内伤，这处不起眼的小伤无需治疗，没有引起注意，因而没有写入诊断。小袁分析，这处小的圆形紫斑极有可能是金属鞋跟造成的。她请高医生出具情况说明，刑警队派人去取。

听着小袁与高医生的对话，蔡丽对这位年轻的圆脸女刑警不再敢怠慢，敬服地说："袁警官，你真厉害，几分钟就把案子破了。"她的脸又耷拉下来："早点遇上你就好了，鄢然死了，查清是她干的又有什么用，被她贪污的钱我找谁去要？"

周正站起身，他给小袁倒了一杯热水。

"我们家老周是个认死理的人，天生的犟种，凡事都要讨个公道，要个说法。"蔡丽的话里带有赞许，不是一家人，不进一家门。她往小袁跟前凑了凑："袁警官，跟你说个事儿。前天，我在楼门口碰见鄢然，那时候的她还能喘气儿，没死哪。我诈她，说佳佳醒了，叫了声妈妈，踹她下楼梯的恶人跑不了，早晚要被抓出来，判大刑，坐大牢，鄢然的脸都白了。"

小刘如实记录，作为破案线索之一。

蔡丽长叹一声："对门的林奶奶说，佳佳的康复治疗最少要一年时间，还要花不少钱，只能把这套房子卖了，我们一家三口搬回大杂院。我想开了，只要我们佳佳能像从前那样活蹦乱跳的，做个普普通通的小学生，我就知足了。我天天上香磕头，神仙怎么不显灵呀。"

她看看太上老君画像，说："香烛钱花了我半个月的工资。"

根据说话时的语气、表情以及所述事情的合理性、逻辑性，加上已经收集到的旁证，小袁综合评价判断，蔡丽这次说的基本是真话。她先前做不实陈述的原因是什么？蔡丽主动说出她的顾虑。

她说："袁警官，不是我这人说话不实在。鄢然死了，谁知道

101

是怎么死的，如果是被人杀了呢？住在这栋楼里的人差不多都听见过我跟鄢然吵架，我怕惹祸上身。"

小袁说："你应该相信警方。"

蔡丽说："相信，我相信，可是哪个坟地里没有屈死的鬼。"

趁着谈得融洽，又取得被询问人的信任，小袁重提老问题："请两位师傅再回忆一下，昨天夜里十一点至十二点之间，你们是否听到楼上有重物落地发出的咚的一声？"

蔡丽想也不想："袁警官，我跟你说过了，真没听见。"

"这段时间里，你与周师傅是否离开过主卧室？"

"没有，我和老周一直守在佳佳身边。"

"你们几点在楼道里烧的符纸？"

"十一点多，我和老周就出去了三分钟，烧完符纸，打开楼道小窗户放放烟，然后就回家了。佳佳身边没人，不放心。"

"十一点几分？"

"我想想，我正迷糊着，不知怎么地一惊，醒了。一看表过十一点了，中元道观的道长说过，焚烧符纸要在子时一刻，不能误了时辰，过点就不灵了。"

子时一刻，即深夜十一点零分至十五分之间。

小袁问："你们误了时辰吗？"

蔡丽说："我只记得十一点多了，一着急没顾上细看时间，赶紧叫上老周，我拿符纸，他带上打火机，就出门了。球球可能就是那会儿溜出去的，它跟鄢然熟。这中间我没听见咚的一声。"

小袁脸上没有表现出失望。

"我听见了。"周正说。

"您记得听见咚的一声的准确时间吗？这个时间对警方很重要。"小袁追问。

周正想了不止一下，摇了摇头。

蔡丽自顾自地说:"佳佳醒不过来,准是误了烧符纸的时辰,所以不灵。老周,都怪你。"

小袁说:"夜里十一点多,你们烧符纸的时候,楼道里很静吧?"

蔡丽说:"静得可以听见心跳。"

"除了心跳,你还听见什么异常的声音吗?"

"我好像听见有人唱歌,女人唱的,声音很远很远。"

"声音从哪儿传来的?"

"我没敢东张西望,大半夜的,一个女人唱歌,叫魂似的,听着心里发毛。"

"从楼上传过来的?"

"那声音飘飘悠悠的,说不好。鄢然是不是昨夜十一点多死的,哎哟,我身上都起鸡皮疙瘩了。楼道里的灯灭了,符纸快烧成灰的时候,一明一暗,映在我和老周的脸上,我觉得周围黑影里全是鬼。我去开一层半楼道的小窗户放烟,一阵冷风吹在我脸上,真瘆人。我是跑回家的。"

周正没听这边的对话,他的眼睛盯着墙上的挂钟,眼神发直,不知他在用力地想些什么。

小袁客气地说:"周师傅,还得麻烦您一件事。"

周正没有回避小袁的目光。

小袁:"请您跑一趟刑警队,找一位姓徐的法医,提供一下您的 DNA 样本。"

蔡丽惶惶然:"你们要把老周抓走?"

小袁说:"不,周师傅自己去就行了,我们不派人跟着。"

蔡丽还是心慌:"DNA,我们佳佳演过一部电视剧,那里面就是用 DNA 抓住的杀人犯,你们怀疑我们家老周?"

"不是怀疑,是排除嫌疑。"小袁措辞巧妙。

"听着好听,可我这心里打鼓。袁警官,昨天夜里,老周就在我身边，我们俩一分一秒都没分开过，我可以作证。"蔡丽很不踏实。

"我去。"周正神色坦然。

周正起身要走，蔡丽拦住他："你早饭还没吃哪，自己煮碗面，空着肚子，你的低血糖又要犯了，记着卧个鸡子儿。"

小刘不明白，让周正自行到刑警队提供他自己的 DNA 样本，如果他是真凶，岂不是打草惊蛇，他趁机跑了呢? 小刘侧过脸。

她看见小袁胸有成竹的样子。

就在这时，窗外传来一声巨响，什么东西砸到楼门前的甬路上，接着，又是一声!

小袁冲上阳台。

10：06

一台黑色液晶电视自天而降，砰的一声，地面砸出一个坑，爆裂的碎片四处飞溅。又一只组合音响直线掉落，击中最先落地的电脑主机。

楼前，甬路上，四五件电器残骸混杂在一起。

小区散步、遛狗、闲聊的业主们纷纷向后退去，谁的脑袋都不喜欢挨那么一下子。他们朝楼上指指点点。

小袁仰起脸。

三层阳台，常亮赤裸上身，眼睛像两只燃烧的红煤球，几近疯癫，双手高举一只小冰柜，作势往下扔。

楼门打开，小红搀扶着邹教授从里面走出来。小袁冲两人大喊："回去! "小红戴着耳机听外语，阻挡住外界的声音。邹教授拄着鹰首拐棍，脚步蹒跚，他年纪大了，耳朵有点背。危险高悬在一老一少的头顶上，两人浑然不觉地往前走。

小袁一声断喝："常亮，住手！"

常亮举着小冰柜，正要松手，小袁的喊声让他浑身一震，停顿。小冰柜门敞开，里面的各式饮料稀里哗啦滚落到他的头上。他的手一滑，小冰柜脱手，先是撞上阳台护栏，继而飞速下坠。

一片惊呼声中，邹教授来不及躲避。小红反应快，拉他后退，他一屁股坐到地上。

砰，小冰柜落地开花。

小冰柜玻璃柜门的碎片闪着寒光，从邹教授头上划过，边缘锋利如刀的玻璃碴子削下他的一缕白发。

阳台上的常亮见差点伤了人，吓坏了，溜回大客厅。

远处，保安队长带着两名保安跑来。

周正、蔡丽站在小袁旁边。蔡丽说："邹老爷子这是要去医院看腿，刚才多亏了小红。哎，老周，你干什么去，回来，你还没吃面哪。"

周正不理她，开门往外走。

楼门前，周正扶起邹教授，与小红一起搀着老爷子走向停在不远处的出租车，他拉上活儿了。

蔡丽发着牢骚："为了拉活挣钱，命都不要了。袁警官，你是不知道，我们家老周胃切除了三分之一，他还有膀胱炎，开出租开的……"

她停住嘴，小袁不在阳台上了。

三层。小袁按响 302 室的门铃。

门内，传出丁零当啷砸东西的声音。这个常亮受到什么强烈刺激，他有精神病史？

小袁反复按着门铃，没人开门。

小袁高声说："常亮，开门，我是警察。你从楼上往下抛掷重物，危害他人生命安全，如果造成严重后果，将构成高空抛物罪，受到法律严惩！我命令你马上开门！"她连说两遍，门那边的常亮就像没听见一样，砸得更起劲了。

咚，常亮把一件沉重的东西往地板上摔，一次又一次。

小袁的手指没离开门铃按钮，铃声不断。

小刘按捺不住："再不开门，我们要采取强制措施啦。"

强大的法律威慑力对常亮丝毫不起作用。隔着防盗门，他在大客厅里边摔东西，边叫："我就不开，就不开，就不开……"这是个被惯坏了的大男孩，越不让他做什么，他偏要去做。他又在摔那件沉重的东西，像砸夯一样，一下又一下。

整栋楼随之颤抖。

小袁非常担心，在情绪完全失控的状态下，常亮会不会做出出格的举动，比如点燃管道天然气，殃及全楼。防盗门十分坚固，破门而入耗费时间，还会刺激常亮的行为更加极端。

江燕、康健从对门出来。江燕说："我来试试。"

小袁想，你能有什么好办法？

江燕隔门说："常亮，我是你的江燕姐姐，听得见我说话吗？"

门内静了一下。

江燕说："鄢然姐姐让你开门。"

"她死了。"

"谁说的，她就在这儿。"

"你骗我！"

"你的鄢姐姐在我身边哪，不信，你看。"

一只眼睛贴在防盗门的猫眼上。

江燕用手挡住猫眼。

"我没看见她。"常亮困惑的声音。

"鄢姐姐不想见你，你不乖，不听她的话，她生气了，真的生气了。"江燕吓唬他。

"我不信！"

"你打开门，出来看看呀。"

一阵风，楼道里阴气浮动，好像鄢然的鬼魂儿真的回来了。鄢然的名字似有某种奇特的魔力，常亮安静下来，他在犹豫不决，心思惶恐不安。

江燕小声说："袁警官，常亮最怕的人就是他的鄢姐姐。"

"你让她跟我说话。"常亮说。

"她现在不想理你。常亮，我的好弟弟，你是乖孩子，最听鄢姐姐的话。你有什么要说的，开开门，让鄢姐姐进去，抱着你，听你说。再不开门，鄢姐姐就要走了。"江燕佯装生气，"你敢不听鄢姐姐的话，看她怎么收拾你。"

防盗门锁咔地响了一声。

门开一缝，露出常亮的脸。小袁猛地推开门，门后的常亮被挤得背贴在墙上。两位女刑警与江燕走进大客厅，常亮还站在门口，探出头，朝楼道里张望，在找他的鄢姐姐。

康健双手抱肩，横在他的面前。

江燕对他说："别找了，你半天不开门，不听话，鄢姐姐被你气走了。"

常亮懵懵懂懂，似是信以为真。这个大男孩外表俊美，有灵性，内里却是浑浑噩噩一包草。据说，纯情少女就爱这样的美少年。

大客厅里，满地狼藉。

最显眼的是一只摔坏了的石雕，棱角缺损，依稀是一个高鼻深目的头像。地板被它砸出十几个深浅不同、大小不一的坑洼。

常亮靠沙发站着，气喘吁吁。

小袁问："这是怎么回事？"

常亮被女人惯坏了，他梗着脖子，一字不说。

小袁怒气勃发，忍无可忍。

江燕劝道："亮亮，你说话呀，你不说，警察抓你去小黑屋，跟一群小偷流氓关在一起，夜里睡在尿桶旁边，你受得了吗？"

警察不会这么干。但小袁没有阻止，让江燕吓吓这个大男孩也好。

常亮偷觑一眼，见女刑警小袁面色严峻，他怕了。

小袁指着地板上面目全非的石雕头像，问："这是什么东西，哪儿来的？"常亮咬住下嘴唇。小袁怒声："说！"常亮一哆嗦："楚楚妈妈今天早上收到的快递，她把我叫过去，让我立刻拿走，今后再不许楚楚见我。"

常亮形容狂躁，狠狠地朝石雕头像踢去，伤到脚指头，痛得他龇牙咧嘴。他忍住不叫，一瘸一拐地朝主卧室走。

小袁问："你干什么去？"

常亮眼里充满绝望："我去卫生间，撒尿。"

咣，卫生间的门关上。

小袁看不出这个引发轩然大波的石雕头像有什么名堂。

江燕说："去年秋天，在鄢然家，常亮也像这样大闹过一回，比这次还凶，他差点杀了鄢然。"

"因为什么事？"小袁问。

"谁知道呀。"江燕嘴上这么说，看她的表情应该了解一些内情。她没忍住，说："那天晚上，我和康健在外面吃完火锅回家，见楼前围了不少人，常亮站在二层鄢然家的阳台上往下扔东西，跟这次一样。他胳膊上戴着黑箍，听说他的亲妈死了没几天。康健多管闲事，上楼敲201室的房门，鄢然开的门……"

大客厅里，除了大沙发等重物，能一个人拿动的小件家具、陈设都被常亮扔下楼了。

他抄起水果刀，又到主卧室，把大床上的被、褥、枕头一刀刀割开，里面的羽绒满室飞扬，沾到他的身上、头发上，模样滑稽，但不可笑。

他当时像个疯子。

他要用水果刀捅自己的下身，男人的命根子，他没下去手。

鄢然笑嘻嘻地一旁观看，不劝阻。她点燃一支细长的坤烟，吸了一口，悠然自得地像在看猴戏。等到常亮折腾累了，她柔声说："亮亮，到姐姐这儿来，来呀，姐姐抱抱你，你脑门子上全是汗，姐姐给你擦擦。"

常亮手握水果刀，一步步朝鄢然走过去，眼睛是红的。

鄢然解开睡衣，挺起胸："你想杀了姐姐，来，往这儿，扎进去，用不了多大劲儿。"

常亮逼近，两人几乎脸贴脸，对视了半分钟，他的手一松，水果刀落地。鄢然把他揽在怀里，让他的脸紧贴高耸的胸部，摸着他的头发，说："乖，你妈不在了，还有姐姐哪，你是姐姐的宝贝儿，姐姐爱你。"

常亮放声大哭，哭得像个失贞的女人……

江燕说："从那以后，他就像鄢然怀里的小猫，又乖又听话。以前，他可不是这样，时不时地敢跟鄢然顶嘴。"

小袁问："水果刀？刀柄上刻着埃及死神阿努比斯？"

"对，狗头人身，那是鄢然带着常亮去埃及旅游时买回来的纪念品。鄢然特别喜欢这把刀，她说适合用来杀人。"

"常亮要自残？"

江燕说："他就是比画一下，哪敢玩真的。"

卫生间传出哗啦啦一连串脆响。

小袁跑向主卧室。康健、江燕跟在后面。小袁推开主卧室里卫生间的彩绘玻璃门，黑色瓷砖墙上镶嵌的洗漱用方镜被打碎了，碎片满地。常亮用右手两根手指捏着一小块碎镜片，试图割自己的手腕。一见小袁，他手一抖，割下去。小袁动作敏捷，将他的右手反拧到后背，再用力一捏他的手腕，他手指松开，碎镜片落地。

常亮的腕部已经割破一个不大的小口子，流出两三滴血。

意外状况出现，卫生间门口的康健见到红色的血，向后倒退。他脸白如纸，一只手扶住彩花玻璃门，身子摇摇欲坠，两条腿筛糠似的不停颤抖。

江燕扶住他，低声问了一句。

康健说："快，扶我出去。"

江燕顾不得帮助小袁，还是丈夫要紧。她挽着康健的胳膊，往卫生间外走，嘲笑道："老毛病又犯了，你呀，这点出息，不是个男人。"

康健双腿发软，举步维艰，身体重量全压在江燕身上。

常亮还在挣扎，象征性的。

大客厅，小袁问："有创可贴吗？"常亮指指电视柜上的小抽屉。小袁从中找出一只家庭用急救包，先用棉签擦去常亮手腕上的血渍，酒精消毒，再贴上一片创可贴。

涂酒精时，常亮像女孩子一样哎哟连声。

小袁批评："娇气，这点小伤不如扎根刺，忍着点儿。"

小袁动作隐秘地收走染血的棉签。她转过身，将染血棉签放入透明的证物袋，再收进警服上装的衣袋内，没人看见。

江燕拍拍大男孩的脸蛋："姐走了。"

常亮打心里畏惧从不给他好脸色的女刑警小袁，他扯住江燕的袖口，央求道："姐，你别走，陪我。"

江燕拨开他的手，架起康健走了。

小袁黑着脸："常亮，坐下，坐好了，问你几个问题，你必须如实回答。"

常亮缩成一小团。

小袁问："你和楚楚交往了多长时间？"

常亮眸子亮晶晶的："两个月，我们躲开五妖精，偷偷约会。"

小袁问："五妖精？是谁？"

常亮的脸冷下来："颜秀英，就是鄢然。"

小袁说："鄢然是你的继母，后妈。"

常亮语气中带有厌恶："常有福娶她、娶那些女人的时候，我妈还没死哪，我没有后妈。"

小袁说："常有福，你就这么直呼你父亲的名字？"

"我妈叫他常大耳朵。"常亮没有尊敬之意。他越说越恨："我妈跟常有福办了婚礼，没领结婚证，生下我。常有福发财以后，不认我妈是他老婆，我妈让我跟着常有福，逼着我叫他爸，说是为了我好。我妈没钱，没地方去，靠种地养活自己，到死住在常有福家的老房子里，房子又破又小。常有福娶了六个老婆，离一个娶一个，我妈叫她们大妖精、二妖精……鄢然是五妖精，我不认她们，我只有一个妈。"

姐姐，鄢姨，五妖精，看似混乱的称呼表达出常亮复杂多样的情感。

小袁问："鄢然对你好不好？"

常亮脸色酡红："常有福给我的钱都在她那儿，钱她管着，她总让我跟常有福要钱。她说我是常有福送给她的，这是她同意跟常有福离婚的一个条件，还说我是她的大玩具，不许别人碰。"

小袁问："昨天夜里，和你通话的同学是楚楚？"

常亮默认。

"几点到几点？"

"十点多到半夜一点，被楚楚妈妈发现了。"

"你们用手机通的话？"

"……用手机。"

查一下常亮的手机通话记录，就可以得到证实。小袁放缓语速，加重语气，问："这个石雕头像有什么特殊含意？"

常亮面露羞耻的表情。

见他不回答，小袁又问："鄢然为什么将它送给楚楚的妈妈？"

这句问话刺激下，常亮的脸一点点涨成紫色，双眼直勾勾地向前看，身体摇晃，嘴里发出短促的笑声与含糊的单音。小袁接触过患有精神类疾病的犯罪嫌疑人，她迅速过去，摇动常亮，力图将他从幻境中拉回来。

常亮伸出双手，抱住小袁，嘴里叫着："妈妈……"

小袁不及防备，身为刑警，她不能粗暴地使用武力推开这个大男孩。常亮身体剧烈颤抖，女孩子似的大眼睛里噙满泪水，泪珠挂在长长的睫毛上，再滚落到红嫩的面颊，他无声地哭着。小袁从未与一个异性如此亲密接触，一股母性浪潮席卷她的全身。

她想挣脱，常亮抱得更紧。

她低下头，看着伤心欲绝的常亮，温言抚慰："不要哭。"

小刘不记录了，她看到另一个小袁。

女刑警小袁心生警觉，常亮会不会以他过去跟女人打交道的经验，利用女性心软、易受感动的特点，用这种方法博取同情，进行掩饰，躲避她的提问？

小袁的身体变硬变冷，常亮感觉到了。

常亮不哭了，眼睛射出妖异的光。他跳起身，跪在地板上，双手抓起石雕头像。他把长期淤积在心的全部感情发泄到这块石头上，猛力一摔。

一下，两下。

第三下，石雕头像应声裂为两半。

常亮累得脱力。他头埋在两膝之间，无论小袁怎样提问，不再说一句话。

他拒绝在询问笔录上签字。

为了不影响案件调查进度，两位女刑警只能先行离开，小袁打算去找楚楚妈妈了解情况。

小袁拉开防盗门，门外，康健背靠楼梯扶手，江燕用手帕朝他脸上扇风。

康健缓过一点，面颊有了些血色。

小袁问："他这是怎么了？"

江燕说："他这个人呀，见不得血，一见血就这样，没人扶瘫地上，不像个爷们儿。我都不敢让他下厨房用菜刀切菜，更别提杀鸡了。"

康健的表现符合晕血症的典型体征。

这对夫妻不像是在小袁面前演戏。小袁想，请刑警老孟查一查，找康健儿时的邻居，每件事都要核实。

小袁问："不回家躺着，在这儿干吗？"

江燕说："他在等你，有话要说，说健美大赛的事。"

康健和盘托出："一个评委私下告诉我，鄢然头天晚上请大赛评委会主审，就是我的启蒙教练到一家酒店吃饭，喝高了，开了间钟点房，结果第二天比赛我的启蒙教练给我打了全场最低分。我气不过，找到评委会要个说法，听说我的那位启蒙教练在钟点房里出汗又吹了凉风，得了急性肺炎，坚持到评分结束后住进ICU，正在抢救。这是上天给他的惩罚，我也就没有再作计较。"

江燕说："我们家康健心善，大度，他谁都不恨。他还劝我，鄢然是健身馆的VIP会员，惹不起，为了保住教练这份工作，我们还有房贷要还，以后见了鄢然不再搭理她就是了。"

康健用力吐出嚼剩的口香糖。

这对夫妻说的话符合两人的身份、心理。小袁想到昨夜九点电梯轿厢中的视频，一通热吻后康健抱起江燕急急回家，这对新婚不久的小夫妻正在享受生活，忙得很，没工夫去记恨、报复鄢然。

康健身上的嫌疑色彩逐渐淡化。

询问在楼道里进行，小刘不便书面记录，她用微型录音机录下谈话内容。

小袁说："先到这儿，如有新的问题再来麻烦二位。"康健、江燕如释重负，飞也似的回家，锁紧房门。两位女刑警坐电梯下楼。

一层，电梯门开，小袁出来。

她跑步上楼，二层半，她找到康健吐出的口香糖，收进证物袋。人的唾液中含有 DNA，可以作为比对的样本。

一切以证据为准。

两位女刑警走向六号楼对面的那栋楼。

用时不到八分钟，小袁与楚楚妈妈的对话简洁、高效：

小袁问："石雕头像什么时候收到的？"

楚楚妈妈回答："今天上午九点。"

"谁发的快递？"

"发件人署名鄢然。"

"她是什么时候发出的？"

"昨天下午，快递员上门取件，鄢然要求必须在今天上午送到。"

"石头雕刻的是谁的头像？"小袁问。

"我可以拒绝回答吗？"楚楚妈妈不配合。

小袁明确说："不可以。"

楚楚妈妈放弃正面对抗，换个方式："如果我说不知道呢？"

小袁和气地说："如果你不如实提供案件有关的情况，可能因此承担相应责任。"

"有法律规定吗?"

"有。"

"说给我听听。"楚楚妈妈是位大学老师,小袁跟她的学生同龄。

小袁详尽告知相关法律条款、规定。小袁已经看出,楚楚妈妈是个爱讲理的人,那就好好地跟她讲一讲理。讲完法规,小袁又循循善诱地说:"你是老师,为人师表,更应该主动协助警方的调查工作,争取早日查明案件真相,以彰显正义,惩治邪恶。"

楚楚妈妈对这位圆脸女刑警颇为赏识,她让了一步,说:"我不是不配合,我耻于说出石雕头像是谁,说出来,污了我的嘴。"

"你可以写出来。"

"脏了我的笔。"

"用我这支。"小袁双手递过去。

楚楚妈妈被逗笑了。她是个爱较真的人,说:"你们可以把石雕头像拍成照片,上网搜索,不必问我。"

小袁说:"石雕头像被常亮砸烂了,辨认不出本来面目。"

楚楚妈妈伸出手:"你的手机给我。"她在小袁的手机上一番搜索,点出一帧画面,说:"你自己看吧。"

画面中,侧面光线投照在一尊石雕头像上。

这是一张古典南欧人的脸,戴顶小圆帽,鬈曲的络腮胡须,眼窝深陷,钩状高鼻,他用被自己刺瞎的眼睛看向人欲横流的尘世。

石雕头像下刻着四个字:俄狄浦斯。

刹那间,小袁恍然。上警校时,犯罪心理学课程中,教官讲过:俄狄浦斯,古希腊神话中的悲剧人物,反映的是男孩子憎父爱母的本能愿望,即所谓恋母情结。鄢然向楚楚妈妈送去这只石雕头像,等于在公开宣示她与常亮的不伦之恋。

世人眼中，常亮额头将永远留下耻辱的烙印，同时，鄢然用这种方式羞辱了楚楚及其一家。

楚楚妈妈告诉小袁，架不住女儿软磨硬泡，加上常亮家庭经济条件不错，她原本已经同意两个刚成年的少男少女在长辈监督下试着交往，并在几天前亲自登门征求鄢然的意见，因为鄢然对外宣称她是常亮的监护人。听完楚楚妈妈的来意，鄢然笑着点头说"好啊"，转脸送来这件石雕头像。楚楚妈妈不明所以，上网查询，弄明白石雕头像的含意那一刻，如遭五雷轰顶，立即明令楚楚与常亮断绝来往，女儿如果不听，她这个当妈的就在女儿面前自尽，说到做到！为了女儿的名声，她家将在一星期内搬离桃花源小区。

楚楚躲在自己的小屋里哭到现在。

回六号楼的路上，小袁想，昨天下午，鄢然发出石雕头像，当夜暴毙；今天上午石雕头像送达楚楚家，进而引发常亮近乎疯狂的仇恨之火；从时间顺序上看，不构成常亮的杀人动机，两者没有因果关系。

小袁坚持认为，常亮不是本案疑凶。

为了慎重起见，她请刑警老孟联系电信公司，查常亮昨夜十一时至十二时的通话记录。

小袁又想，鄢然送石头雕像的行为近乎失去理智的疯子，她这样做，不怕常亮对她切齿痛恨？难道她预知自己即将死亡，以后不再见面，她要用一对少男少女的一生作为她的陪葬？小袁眼中精芒一现：

鄢然怎么知道她就要死了？

六号楼前，两位女保洁员从楼前、常亮家清理出大量毁坏的家具、电器等，用小车拉走。

三层阳台上，常亮不知疲倦、固执地升起一只只红气球。

红气球飘上看不见的高空，破裂，化成碎片，坠落。

楼下，小袁抬头，看着他忙碌的身影，心绪难以用语言表达。鄂然毁了这个大男孩，也毁了楚楚，两个十八岁的少男少女将终身生活在阴影中。

常亮停止升红气球，他在听。

随着一段吉他前奏，从二楼敞开的窗户中，飞出粗野而又沙哑的歌声。

11：18

爱上一个人，

就要不顾一切追求她，

缘分不由天，

为情舍得一身剐；

爱上一个人，

别送不值钱的玫瑰花，

献上你的心，

任由她煎炒烹炸；

爱上一个人，

不求生生世世到白发，

两情相悦时，

哪怕只有一刹那；

……

歌词缺少文采、粗鲁、直白、俗气，赤裸裸表达出一腔真情，像铁锤敲击一样有力。

二层，202 室房门大敞，歌声戛然而止。

自内传出贾彪的声音："猜到两位女警官要来，恕未远迎，请进，请进。"

两位女刑警脚步很轻，这家伙耳朵真灵。

大客厅，小袁问："歌词是你写的？"

贾彪摆摆手："我小学文化，哪有这水平。去年，我认识一位流浪歌手，他住在大桥下面的桥洞里，我听他唱过，记下来的。后来，这人不知去哪儿卖艺，找不到了。"

又是一个无法查证的人。

贾彪从茶几下拿出两罐可乐："这是我跟江燕要的，专为两位警官准备的。"

茶几上，放着文彦所送的深棕色纸袋。贾彪说："两位警官大人，请稍候一分钟。"他从纸袋里取出一个三十公分长、二十公分宽、十公分厚的精美棕色木盒。打开，里面装着一支支粗大的雪茄。贾彪搓搓双手，取出一支，放在鼻子下面闻了闻，面现贪馋之色。他用雪茄剪剪去茄帽，摸出随身的金质打火机，啪地打着，旋转雪茄，用火焰炙烧几次茄头，点燃，深吸一口，徐徐吐出青色烟雾，一脸飘然欲仙的表情。

小袁饶有兴味地看着他的一番操作，这个男人的手十分稳定。

贾彪将冒烟的雪茄放入大烟缸，拿到阳台上。回到客厅，他说："雪茄是一个朋友送的。如今假货太多，我试吸一下，自岛国进口的真品无疑，如果是冒牌的，我立刻把它扔回去。没呛着二位吧？"

这种雪茄价格不菲，文彦因为什么事有求于贾彪？

小袁手里转动可乐，问："你猜到我们还要来？"

贾彪大大咧咧地说："不全是猜，我有一本卦书，《金钱课》，正在学习，我是算出来的。用不用给袁警官摇上一卦？本卦师义务为人占卜，概不收费。"

"请你好好说话。"

"是是是，袁警官，还有这位女刑警正气在身，百邪难侵，倒霉才上卦摊呢。"

"你是怎么猜到的？"

"两小时前，回答袁警官的询问时，我说漏一句话。"

小袁问："哪句？"

贾彪答："我说鄢然做过全身整形，是个假货。如果我与她不曾有过亲密接触，不可能知道这些。"

小袁问："你说漏的不是其他的话？"

贾彪再答："我有百分之两百的把握，其他的话滴水不漏。"

小袁问："你是不是故意说漏这句话，引警方再来？"

贾彪三答："对于两位女警官我避之唯恐不及。"

小袁问："你与鄢然究竟是什么关系？"

贾彪一脸坦诚："我与鄢然好过，总共二十七天。"

"这次说的实话？"

"大实话。"

贾彪讲起他与鄢然的曲折过往：

那夜，贾彪好心做好事，却被诬为企图非礼的臭流氓，心中难免愤懑。凌晨三点，贾彪带上雨伞与改锥，翻出阳台护栏，顺着排雨水管爬到楼下。

停车场上，贾彪撑开雨伞，挡住监控探头，用改锥将鄢然红色跑车的四个轮胎扎破，放气。

贾彪原路返回。

第二天，他站在阳台上，看见鄢然围着红色跑车转了一圈。鄢然冲他竖起左手中指，晃了晃，他忍不住笑了，心想，这个女人真没教养。

贾彪满面笑容，友好地冲她招招手。

鄢然气得头顶冒烟，她向物业投诉。物业查了一通，查不出是谁干的缺德事，贾彪煞有介事地协助破案。

两人再在楼前、电梯相遇，犹如仇人见面，鄢然分外眼红。

事情过去一个月，贾彪在他的小宛酒吧布置开业若干年的店庆，实际是找个由头，与时常光顾酒吧的新老朋友们共同乐上一乐。是夜，酒吧爆满，酒水果盘小吃一律七折收费，驻唱歌手唱着《爱上一个人》，贾彪头戴金纸做的生日王冠，挨桌向来客们敬酒。

到了第27桌，他与一个女人面面相对。穿黑色吊带裙的鄢然坐在两个男人中间，喝着大杯扎啤，有了五分醉意。

敬完酒，贾彪回到吧台。他叫过保安，吩咐：如果27桌穿黑色吊带裙的女人借酒撒疯，在酒吧内寻衅捣乱，立刻将她扔出去，不妨在她的屁股上踢一脚。

鄢然拿眼瞪着他，显然在向两边的男人打听贾彪的来头。她回到本市时间不长，对各条道上的人物还不甚了解。

27桌加酒，鄢然的扎啤杯子空了。

贾彪心里冒出一个坏主意。他打个响指，叫过服务员，附耳说了几句。他到卫生间，在一只空的扎啤杯里撒了一泡尿，他这几天有点上火，尿液金黄，与啤酒同色，热乎乎的。他端出来，在尿液里加冰块降温，再注满啤酒，交到服务员手上。

服务员将满满一大杯冰镇扎啤端给27桌的鄢然。

鄢然喝了一大口，觉得味道不对，咂了咂嘴。她看到吧台前贾彪的一脸坏笑，生气地把扎啤杯蹾到桌面上。

贾彪乐不可支，双手捂住肚子，怕笑破了。

鄢然脸气白了，她跑到卫生间，吐了个昏天黑地，直至吐出绿色胆汁，这回是真吐。

她居然没有当场发作。

当天半夜，贾彪回到202室，脱得只剩小裤衩，要去冲澡。有人砸门，是砸，不是敲。猫眼中，门外没人，是鬼？贾彪胆大包天，打开门。

门口站起一个披头散发的女人，长发遮脸。

贾彪轻声一笑，伸手撩开覆在"女鬼"脸上的一缕鬓发，她是鄢然。她刚才蹲下身，所以从猫眼中看不见。

她柳眉倒竖，双目圆睁，一手叉腰，浑似吃人的母夜叉。

不怕鬼的贾彪连连后退，怕被她咬上一口。

鄢然径直走进门内，她的左手握着一样东西，直接去了主卧室里的卫生间。贾彪跟在后面喊："嘿嘿嘿，你干吗去？"鄢然关上卫生间的门，只听里面传出哗哗放水的声音。

诡计多端的贾彪搞不清要出什么事。

过了会儿，鄢然叫道："姓贾的，你敢不敢进来？"

天底下没有贾彪不敢干的事。他举着手机，边拍视频边推开卫生间的门，只走进一步，又立马退出来。鄢然躺在加满热水的三角按摩大浴缸里，光溜溜地泡澡哪。她说："你往我的啤酒里掺尿，别以为我不知道。"

"我没往酒里掺尿。"贾彪拒不承认。

"男子汉大丈夫，敢做不敢当？"

"我是往尿里掺酒。"

"你这个混蛋！"鄢然切齿怒骂。

"那是我们老贾家的特产，味道怎么样？"贾彪哈哈大笑，他的眼睛盯住鄢然紧握成拳、没有松开的左手，保持高度警惕。

他有理由怀疑鄢然的左手里藏着一只小刀片。

"敢不敢跟我一起泡澡。"鄢然挑战。

"不敢的是孙子。"贾彪一脚踏进浴缸，他问，"你左手拿的什

121

么东西？"

"看把你吓的。"

"让我看看。"

鄢然慢慢松开左手，一点点摊开五指，她的手心里躺着一只金色磨砂小圆瓶，这是一瓶世界知名的高档香水：

FeelMore 香水。

贾彪不是圣男，鄢然不是贞女，二人冰释前嫌，只羡鸳鸯不羡仙了。

对于这种苟且行为，贾彪辩解道：如果当时将鄢然轰出门去，岂不是加深矛盾，不利于安定团结，他也是为了顾全大局。一件龌龊之事被他说得如此冠冕堂皇，正气凛然。

一夜结下的露水情，太阳一出，就会消散。贾彪本以为会这样，不想鄢然纠缠上他，在外面招摇，以贾彪的女人自居。几次鱼水之欢，贾彪在她身上见到大小十余处刀口，这是全身整形留下的疤痕。贾彪问她以前长什么样，她勃然变色，声称再问就阉了他。

相处一段时间，贾彪觉得看不透这个女人，鄢然对她的过去绝口不提，问她也不说。贾彪本能感到，她接近自己，必有所图。

果然不出所料，祸事来了。

金风送爽，贾彪与几个男女朋友野游爬山，站在山顶一块巨石上，一罐黑啤在手，尽览群峰秀色，迎风而立，好不舒畅、惬意。他不由得想起诗圣的一首诗，正要高声吟诵。

他的手机响了。

一个尖细的男声："你老婆欠我们大哥的钱，限你半小时内带钱赎人，不然的话，卸她一条腿。"

贾彪摸不着头脑，他是成色四个九的足金光棍，哪儿来的老婆，准是电话打错了。

"彪哥，快来救我！"手机中传出鄢然的哀号。

听着鄢然挨打求饶的声音，贾彪明白了。救不救，他本想置之不理，一转念，号称为人仗义的彪哥若是见死不救，朋友们面前形象崩塌，以后在社会上就没法混啦。他以一百四十迈的时速驱车赶回市内，按照鄢然所述方位，找到一家名为洗浴中心，实则藏污纳垢的黑店。前厅是餐饮区，角落里的圆桌旁，鄢然低头坐着，两腮红肿，印有抽耳光后凸起的数条指痕。她身旁、身后站着三条凶神恶煞般的汉子。

贾彪挑了一张相隔最远的桌子，坐下，假装看菜单。贾彪认出，三条汉子中领头的瘦子绰号"麻秆儿"，开了一家咨询公司，专干替人讨债的营生。麻秆儿看似文弱书生，实则心思阴狠，手段歹毒，以致在讨债中逼死逼疯数人，正被警方悬赏通缉。

鄢然像砧板上拔光了毛的小鸡。

贾彪不愿与麻秆儿这种烂人发生正面冲突，他可不想小宛酒吧的落地玻璃窗让一块不知从哪儿飞来的石头砸个粉碎，为了鄢然不值得。

他轻拍脑门。

出了洗浴中心，他找到一处公用电话，向刑警队匿名举报。不出五分钟，两辆警车赶至，当场将麻秆儿三人擒获。混乱中，一只手拉起鄢然往外跑，带她逃出生天。

事后，贾彪甘做无名英雄，没去领取举报者应得的奖金。

贾彪严审之下，鄢然交代，她打着贾彪老婆的幌子，在外面借了不少外债，挥霍一空，现在债主们纷纷找上门，她寻死的心都有了。

贾彪醒悟，让他挡灾，这才是鄢然接近他的真实目的。他再有钱，也不会扔进鄢然的无底洞。他要与鄢然一刀两断，但这个女人像贴上的狗皮膏药揭不下来了。她抱着贾彪大腿，哀求不要抛弃她，哭得梨花带雨，惹人生怜。

贾彪一时心软，险些酿成一场大祸。

两人继续相处。怪事来了，每次两人同睡在鄢然家的圆形大床上，贾彪都要整夜做同一内容的噩梦，梦见一只狗头人身的怪物俯身对着他的脸，一手摸索着他的左胸，一手举刀，像要剜出他的心。梦境如此真实，他似能闻到怪物腐败的呼吸。

他惊醒，冷汗淋漓，身边的鄢然睡得正沉。

连续几次，他觉出不对，鄢然的熟睡像是装的，她的身体绷得很紧，没有放松。

他留个心眼。再一次从梦中挣扎出来时，他没有睁开眼睛，感觉到一只手在他的左胸滑动。他的眼皮微裂开一道缝，看见鄢然那只贴着红色假指甲片的左手摸着他的左胸第三、四根肋骨之间，那是心脏的位置。

他身体一动，猛然睁开双眼，与鄢然四目相对。

鄢然黄褐色的眼球冷酷如冰，闪着毒蛇般的恶意。两人的脸离得如此之近，他在鄢然的瞳仁中看到满面惊怖的自己。瞬间，鄢然的眼神转为温暖柔和，她说："你醒啦，又做噩梦啦？"

他像是听到咝咝的毒蛇吐芯。

他故作轻松地说："今天没做梦，宝贝儿，我渴了，给我倒杯水。"当鄢然从床上爬起身时，他还轻挑地拍了一下鄢然的屁股。他从后面看着鄢然扭动的蛇样腰肢，心想：

对这个女人必须提高警惕，别让她把自己剁成包子馅儿。

他不动声色地观察鄢然的一举一动。

鄢然几乎天天来酒吧，喝着不用买单的酒，结交各种类型的新男友，她在这方面的口味爱好广泛，而且不挑食。她不担心贾彪会吃醋，一个坐出租车的人不会关心谁在他之前或之后也坐这辆车。

贾彪意外发现，酒吧员工中有一个人常常与鄢然以目光交流，两人并不说话，偶尔悄悄打个手势。这个人就是酒吧的专职采购冯老二，他是贾彪的换帖兄弟，过命的交情。冯老二与贾彪住在同一条胡同，从小一起长大，刚满二十岁，他抢先娶了邻居家的女儿淑贞做老婆，淑贞也是贾彪的暗恋对象。隔年，淑贞生下儿子，乳名小军。老婆、儿子是冯老二的命，他可以不要自己的命。冯老二在一家装修公司做水暖工，淑贞摆了个水果摊，小军由爷爷带，一家人其乐融融。那时，贾彪在社会上还没混出个名堂，在冯老二眼里，他成了不务正业的人，两人来往渐少，许久没在一起喝过酒了。转眼数年，贾彪的生意有了大起色，冯老二与他断了联系。一天，淑贞忽然找到他，哭着说冯老二出事了。

冯老二杀了人！

前两天，淑贞的水果摊来了几个无赖，见她长得好看，出言调笑，嘴里不干不净，还对她动手动脚，被下班回家的冯老二撞见。冯老二怒斥无赖们快点滚蛋，无赖们仗着人多，上前围殴。冯老二孤身一人，难以招架，他挥起随身携带的管钳，只一下，砸破其中一个无赖的脑袋，眼见红的白的都流出来了。

冯老二没跑，赶来的警察给他戴上手铐。

淑贞今天接到警方通知，冯老二因故意杀人罪被正式逮捕，现羁押于市看守所。冯老二与淑贞两家的父母、亲朋好友都是老实巴交的平头百姓，聚在一起商议，除了唉声叹气，谁都拿不出个办法。淑贞只能来求贾彪帮忙，救救她的丈夫冯老二。

贾彪二话不说，一拍胸脯："这事我管了！"

他放下生意，东奔西走，为冯老二请来最好的刑辩律师，还找到十几位现场目击证人，提供证言，证明被害人有重大过错，冯老二属于正当防卫。同时，他让刑辩律师通过警方向被害人家属表示，冯老二的父母愿意出一笔钱作为赔偿，以寻求被害人家属的谅解，其实这笔钱以及律师费等所有费用均由贾彪一力承担。一审开庭，法院部分采纳了刑辩律师的辩护意见，冯老二的罪名由故意杀人改为故意伤害，又因取得被害人家属的谅解书，故从轻判处其有期徒刑十二年六个月。冯老二没上诉，转往监狱之前，他与父母妻儿见了一面。冯老二的母亲哭着说："我的儿呀，十二年半，判得太重了，都怨贾彪不帮忙，还是拜把子兄弟呢，他找的那个律师更是没用。"

淑贞把这句话转告贾彪时，他听了没生气，笑了一下，又笑了一下。淑贞说："公公婆婆不让我跟你见面，我是偷着来的，我和小军感谢你。"

淑贞走后，贾彪独自喝到大醉。

冯老二服刑期间，淑贞的水果摊没人敢来捣乱，也没人敢欺负小军，因为母子身后有贾彪撑腰。贾彪待小军视如己出，爷俩常在一起玩儿，这时，贾彪的笑声最狂最野。冯家无论遇到什么难事，都是贾彪出面解决，他隔三差五去冯家送钱送物。但是，贾彪从不迈进淑贞的房门半步，无论淑贞怎样请他进来，他只在门外三米处的院子中间站着，哪怕天上下雹子。他谨记一句老话：朋友妻，不可欺，他的朋友现正落难关在大牢里。尤其他与冯老二都喜欢淑贞，更要防止街坊邻居的非议。尽管如此，每次他来时，冯老二的母亲仍然隔着门缝儿紧盯。

小军长大，考上名牌大学，给贾彪端端正正地磕了一个头。

冯老二因表现良好，几次减刑，十年后，走出监狱铁门。

冯老二找不到工作，贾彪安排他做酒吧的采购，每月薪资优厚。冯老二知恩报恩，工作认真负责，经他手买进的酒水既价格合适，又绝对是真品。懂酒爱酒，本市没有胜过冯老二的人。

小宛酒吧的酒，口碑极佳，成了货真价实的同义词，更为酒吧吸引来源源不断的客人。

贾彪的所有朋友中，冯老二是他最信任的人。

一般人见到冯老二与鄢然之间的小动作，大多会想，准是两人有了私情。贾彪不这么认为，因为他从两人相互的眼神中，看不到情与欲。

这天下午六点钟，冯老二开着厢式小货车，拉着一批新到的酒回到酒吧。卸车后，他站在吧台前，向调酒师要了一瓶矿泉水，开车时他滴酒不沾。吧台另一端，鄢然坐在高脚凳上，她今天抹的黑色唇膏。她摸摸脖子上的项链，左手食指、中指指尖向下，在台面上交替向前移动，意思是跟我走。做这些手势时，她没看冯老二一眼。

鄢然出酒吧，朝东走。

相隔二十几米，冯老二尾随。

办公室里，调酒师向贾彪密报。贾彪从黑色皮圈椅上起身，扔给调酒师厚厚的一沓大钞。

咖啡厅一角，鄢然与冯老二隔桌谈话。

咖啡厅外，贾彪拦住一对年轻情侣。他掏出一沓大钞，晃动着，跟年轻情侣说着什么。情侣中的女孩子伸手抓向钱，贾彪缩回手。

年轻情侣走进咖啡厅，背对背地坐在鄢然身后。

三十分钟后，年轻情侣与贾彪在咖啡厅外会合。女孩子汇报："我听那女的跟那男的说，你怕什么，这种假酒喝不死人；那女的说那男的不是爷们，让人绿了，儿子都不是亲的，连个屁都不敢放，真是个窝囊废；那女的还跟那男的说，等事成了，小宛酒吧改名叫嫣然酒吧，她跟他一人一半股份，那男的没说话。"

贾彪把一沓大钞给了女孩子，年轻情侣商量着如何用这笔钱潇洒一晚，搂抱着走了。

贾彪回到办公室，已是晚上八点半，他没开灯，摸黑坐到皮圈椅上。他一个人坐了很长时间，黑暗中，只能看到雪茄烟头一红一灭。

　　随后几天，冯老二照常上班，他眉心紧锁，一副魂不守舍的样子，脑子里大概正在翻江倒海。他远远地一见贾彪，马上绕行，避免碰面。

　　他与鄢然又去了数次咖啡厅。

　　贾彪真心希望，他的老朋友不要受人蛊惑，做出背叛多年友情的蠢事。

　　过了一周。贾彪刚进办公室，冯老二紧跟其后，他把几页纸放到大写字台上，这是一份订购一大批名牌威士忌的合同。冯老二解释说：这批酒是一家贸易公司库房里积压的存货，因急于还债，不得不低价出让，要买全买，不拆开卖。一次买进这么多酒，本市只有小宛酒吧有此实力。贾彪毫不怀疑，赞道："好事啊，咱们酒吧大赚一笔，少不了你的提成。"冯老二语调低沉："提成，这钱我不能要。"贾彪从抽屉里取出专用的签字笔，就往合同上签自己的名字，糟糕，笔没水了，签不了字。这支笔帽上有白色六角星、请大师开过光的笔专门用于在合同上签字，贾彪从不用其他的笔。他对冯老二说："辛苦你一趟，去买根专用笔芯。"

　　冯老二前脚走，贾彪后脚离开办公室，开上他的黑色大越野车。

　　合同注明了提货的仓库。库房里，贾彪叫来库管员，打开一箱，取出一瓶，酒的外观与真品无异。开盖喝了一口，贾彪噗地吐到地上。

　　酒质低劣，这是假酒！

　　连开数箱，箱箱如此。这批假酒不仅能让小宛酒吧倒闭，还能让贾彪判刑坐牢。贾彪想不通，冯老二为什么与鄢然联手欲置他于死地？

他给冯老二打去电话。

冯家的小院里，一张圆桌，两人分坐左右。两人在这张圆桌旁喝过无数次酒，如今，圆桌旧了，老了，快散架了。圆桌面上，今天只有一瓶贾彪带来的威士忌。

冯老二说："我承认，这是假酒。"

贾彪说："你我过去的交情是真的。"

"是真的吗？"

"你的意思是交情也是假的？"

冯老二把整瓶威士忌倒在地上。

贾彪问："鄢然跟你说了些什么？她的话你也信？你信她不信我？"

冯老二默不作声。

屋里，窗户后面，冯老二的母亲、淑贞、小军看着这两个不是一奶同胞，却亲如手足的兄弟，曾经的。

贾彪不耐烦："有屁快放。"

冯老二说话了，一句："鄢然说，小军不是我的种。"

"屁话，你跟小军一起照照镜子，你们爷俩一个模子倒出来的，他不是你的是谁的？"

"小军跟你比跟我亲。"

"我真想有这么个好儿子。"

"你没有，这点我比你强。"

贾彪纳闷："我还以为你听信了鄢然的鬼话，认为我给你戴了绿帽子，所以恨我，要报复我，看来不是这么回事。那你与鄢然合伙害我，因为什么？"

冯老二冷笑："因为什么？当年你不如我，我有正式工作，你是街头混混，所以淑贞主动跟了我，她不是我从你手里抢走的。"

"那时你时不时地请我在这儿喝酒，就是为了让我看着你跟淑贞的幸福生活？"

"后来你发了，淑贞总在我耳边念叨，说我不如你，她嫁错人了。我犯了命案，淑贞求你帮我，你帮了，你是不是借机在我、在淑贞面前显摆你钱多，朋友多，有势力，让我对你感恩戴德？我大刑出来，你让我在你手底下做个跑腿的催巴儿，让我干这干那，天天冲我吆五喝六，在众人面前，你是老板，我是你赏碗饭吃的伙计，你是不是特得意？过去喝酒，都是你先给我倒酒，现在，你的杯子空了，都得是我给你满上，当着淑贞、小军，你是不是处处要压我一头？你狂什么狂，我是你换帖子的大哥，我才是老大！"

说到动情处，冯老二声音颤抖，闷在心里的话倾泻而出。

贾彪问："这些话是鄢然对你说的？"

"她说得有道理。"

"你不动脑子想想，她这是在挑拨离间。"

"她是看你做得太过分，我太受委屈，替我打抱不平，说几句公道话。"

"公道？将来酒吧的股份你冯老二跟鄢然一人一半，是挺公道。"

冯老二见他和鄢然私底下的秘密交易被揭穿，脑门冒出汗珠。他恼羞成怒，问："你刚才叫我什么？"

"我叫你冯老二。升米恩斗米仇，恩将仇报，我今天算是领教了，你我就此恩断义绝。"贾彪缓声道，"不打一架，我这口气出不来。"

冯老二毫不示弱："打就打。"

两人不摆花架子，踢开圆桌，同时吼叫着冲上前，拳脚并用，开打。

一阵烟尘扬起。

冯老二明显不是对手，左软肋挨了重重一拳，痛得弯下腰，他连连后退，只有招架之力。贾彪毫不留情，越打越凶。冯老二的母亲、淑贞、小军同时冲出屋子，贾彪以为他们是来劝架的，大大出乎他的意料，小军从后面抱住他的腰，冯老二的母亲用拐棍敲他的头，淑贞则用身体护住冯老二，让贾彪无法再行攻击。这一家子原来是过来帮着冯老二的。

冯老二缓过一口气，反攻。贾彪难以应对四个人，他又不想伤到淑贞与小军，一时落了下风。

贾彪、冯老二衣衫破碎，身上都见了血，谁也没占到便宜。

两人同时住手。

看着眼前同仇敌忾的冯家四口人，贾彪抹去嘴角的血沫子。临走之前，贾彪想撂下一句场面话，最终一字未说。

他耸肩一笑，带走那只空的威士忌酒瓶。

他回到桃花源小区。

他悄无声地打开 201 室的密码门锁，放轻脚步，走进去。

大客厅，鄢然盘腿坐在大沙发上，拨打一个人的手机号码，通了，没人接，她一遍又一遍拨号，心中忐忑不安。她骂着脏话，用水果刀扎果盘里的苹果，直到扎烂。

一个声音："给谁打电话呢？"

鄢然吓得噭地叫了一声。她看见进来的是贾彪，嗔道："你走路一点声没有，鬼似的，吓死我了。"她用手揉着胸脯。

贾彪不正经地说："吓着宝贝儿了，我帮你揉揉。"

"去你的。"

"问你呢，给谁打电话哪？"

"一个姐妹，约着去做头发。"

"我看看。"

鄢然想躲开，贾彪坐到她身旁，左手搂住她的腰，右手抢过她的手机。贾彪看了一下："你找冯老二？他不会接你的电话啦。"

鄢然问："他怎么了，出车祸啦？"

贾彪说："不是。他玩了个小把戏，被我识破了，这几天他应该在家里养伤。"

鄢然的身子下意识地往旁边挪动了一下。

贾彪将她搂得更紧："宝贝儿，你不用害怕，我不打女人。"

鄢然说："冯老二的事与我无关，我怕什么。"

贾彪从裤子口袋里掏出空的威士忌酒瓶，在鄢然头上比画了一个敲下去的动作，他说："我去仓库了，那批假酒做得跟真的一样。我查了，进货人是你，宝贝儿，你从哪儿搞来的？"

无可抵赖，鄢然只好说："彪哥，是冯老二逼我进的货。"

"宝贝儿，你是个女天才。"

"彪哥这是在夸我？"

"冯老二对我心生反意，你是怎么看出来的？你还能见缝下蛆，几句话拱起冯老二的心火，让他为你所用。"

"彪哥，你冤枉我了。"

"宝贝儿，我只想搞清一件事，你为什么要这么做？"贾彪手不老实，在鄢然身上随处乱摸，他又亲了一下鄢然的红唇，发出很大声音。他一口一个宝贝儿地叫着："你如果不说实话，我会很生气。"

他的眼睛没有笑意，没有温度。鄢然知道瞒不过去了，说：

"因为你有钱。"

贾彪诧异："就因为这个？"

鄢然抱住他："坏主意是冯老二出的，我不按他说的去做，他就要用刀片划我的脸，我是胆小的笨女人，没想到后果有多严重。彪哥，你要是真没钱了，我养你。"

"像养条狗？"贾彪笑着捏捏她的脸蛋。

第二天，冯老二没来酒吧上班。仅隔一条马路，在小宛酒吧正对面，他用这几年挣的钱开了一家自己的酒吧，取名"景阳冈"，开业后门可罗雀，结果赔惨了，不出两个月，黯然倒闭。现在他重新干起水暖工的老行当，淑贞天天与他吵架，离婚二字常挂在嘴上。

鄢然更倒霉，有人揭发她倒卖假酒，匿名的。经查证属实，嫣然经纪公司被市里有关部门处以高额罚款，假酒没收销毁。为了凑齐罚款，鄢然四处借钱，她的那些相好的无人施以援手。鄢然求助无门之时，贾彪顾念旧情，借钱给她交清罚款，免了她的牢狱之灾。不过贾彪有个小小的附加条件，她的201室房产、红色跑车、值钱的金银珠宝首饰等全部抵押给贾彪，还不上钱就用这些东西抵债。

她含泪签下抵押协议。

她欠贾彪的钱恐怕这辈子无法还清。有了这份抵押协议，贾彪随时可以将一文不名的她赶到大街上。

贾彪一口雪茄没抽，讲了二十分钟。

小袁没有打断他的话。小刘埋头速记，记满八页询问笔录专用纸。

贾彪从茶几下的隔层取出一个牛皮纸袋，递给小袁，纸袋里装着市有关部门对嫣然经纪公司倒卖假酒的处理决定书、缴纳罚款的凭证、鄢然与贾彪签订的借款抵押协议，这些材料是他早已准备好的。小袁粗略看了一遍，与贾彪所述一致。贾彪说："我与鄢然的……特殊关系仅仅维持了二十七天，这个女人可怜，可怜之人必有可恨之处，她一身毛病，我对她厌恶至极。我说这么多，就一个意思，我不是凶手，我没有杀人动机，因为跟我打交道，是鄢然吃了大亏。凭这些文件，我可以让她跪在地上舔我的脚指头，没必要杀她，反倒是鄢然做梦都想宰了我。还有，不是自吹自擂，我这人做事，讲究天衣无缝，嘴又严，做了什么事对亲爸亲妈都不会说，更别提外人，我没有把柄落在鄢然手上，不存在杀人灭口。"

小袁心里想的，全被贾彪说了出来，说得还蛮有道理。

小袁问："鄢然害你，只是因为你有钱？"

贾彪回答："她想看着我坐牢出来，变成穷光蛋，沿街乞讨，最好要饭要到她面前，她开恩赏我一碗残汤剩菜，再赏我一个烟屁股。"

"有钱的人很多，不止你一个。"

"鄢然认识的有钱人里，我跟她最有相似之处。她小学毕业，我还不如她，都没文化，小时家里都穷，都曾经混迹社会底层，凭什么我发达了，她却混得欠了一屁股债，穷得叮当响，一天二十五个小时缺钱，要靠我高兴时候的施舍。我在她面前还牛气烘烘，拿她当个玩意儿，她恨我恨到牙根痒痒。她几次问我怎么发的财，我不告诉她。她见我的办公室里供着一尊披着红袍的武财神关老爷，她干出一件任何人想不出来的缺德事。"

"什么事？"

"她趁办公室没人的时候，在关老爷的红袍上抹了一把她的脏血，被监控拍下来了。这个女人有多下作！我不打女人，我的一个朋友，女的，狠狠揍了她一顿。"

贾彪连喝几大口黑啤酒，浇灭心中的怒火。

小刘想问是什么"脏血"，终于没问。

贾彪说："从那以后，我不再去她家，也不让她再到我家。那个女人是个变态，心理不正常，为了防止她半夜溜进我家，趁我睡着给我一刀，她干得出来，我变更了门锁密码。"

"不对吧？"小袁说。

"怎么不对？"贾彪反问。

"鄢然家的梳妆台上摆着一盆花，是从你这儿搬走的，而且就是这一两天的事，说明鄢然仍能随意进出你的家门。"

"谁跟你说的？"

"它。"

小袁指了一下多宝格旁的空花架。

贾彪糊涂了："一个花架，它会说话？"

小袁唇角含笑："你看，花架的面板上留着一个六角形花盆底座的印痕，泥水渍还是新的。鄢然家梳妆台上那盆花的花盆底座也是六角形，根据我的目测，如果现场进行比对，应该严丝合缝。"

"如果我说是巧合呢？"贾彪试探。

"你就要说清楚你的那盆花去哪儿了。"

"即便我现编瞎话，也禁不住警方调查，是这样吧？"

"警方还可以提取鄢然家花盆里的泥土与你家花架上的泥渍做微量元素比对，鉴定一下是否同一。"

"如果我说是我送给鄢然的呢？"

小袁哂笑："男女之间什么关系才会送花？你刚说过，你对鄢然厌恶至极。用这么弱智的话欺骗警方，你可是聪明人。"

贾彪一跷大拇指："我对袁警官早有耳闻，不愧是女神探，观察细致入微，分析有理有据，判断准确无误，佩服，佩服。"

小袁等他的回答。

贾彪坦承："我与鄢然还有一般性往来，虽然相互恨到肚子里长牙，表面上还是朋友。印度有一种耍蛇的人，吹着笛子似的乐器，控制眼镜蛇跳舞。眼镜蛇剧毒，耍蛇人不怕，我与鄢然就是这种关系。她对我还有用，我可以带她出席一些特定场合，有她敬酒，那些老色鬼们醉得快，合同也签得快。她欠着我一大笔钱，她为我做些事，就算是付利息啦。我自以为能像耍蛇人一样牢牢控制住眼镜蛇，只要时刻小心提防别被她反咬一口就是了，玩儿的就是心跳。"贾彪自鸣得意的脸上掠过一片阴云，眼神黯淡下来。

他仍未说出那盆花怎么到的鄢然家的梳妆台上。

小袁说:"你扯远了。"

贾彪回答:"花是鄢然偷走的。昨天上午,她敲我的门,说是给我送来一笔稳赚不赔的生意,我放她进来,她东拉西扯,一听就是狗戴嚼子。我轰她走,她赖着不走,跟我这儿发骚。我接到一个电话,不便让她听见通话内容,就到阳台上去接。电话打完,我回到大客厅,鄢然走了,花架上的花也不见了。"

小袁问:"她喜欢花?"

贾彪说:"她只喜欢一样东西。"

"什么?"

"钱。"

"她搬走那盆花做什么用?"

"可能是为了引我上门,与我重温旧梦。她做梦去吧,她家的门不能进,她的床不能再上。"

小袁问:"那盆花叫什么名字?"

贾彪说:"朋友送的,我忘了问。"

小袁说:"那盆花开得很好,看来经过你的精心养护,想不到你还是个爱花之人。"她的话里听不出是褒是贬。

贾彪引开话题:"我与鄢然分手之后,一眨眼的工夫,她就在这栋楼里钓上一个新男友。"

"谁?"小袁脑中闪现摩托车上鄢然抱着康健后腰的画面。

"十天前,停车场……不说啦,不说啦,袁警官,你可以去问问邹教授家的小保姆。"贾彪欲语还休,这更能诱发人的探查欲望。

小袁开门见山:"贾先生,警方需要采集你的 DNA 样本,希望你能配合。"

136

"我是嫌疑犯之一？"贾彪笑了。

在小袁的注视下，贾彪一伸手，从头顶正中揪下几根头发，眉头不带皱一下的。他挑出两根，双手奉上："带毛囊的，请袁警官查收。"他的动作从容，干脆，没有一丝犹豫。这个男人身上疑点最多，却又是所有疑点都得到合理解释与排除的人。

小袁将毛发收进证物袋，注明证物名称、来源、日期等。她说："贾先生，请你……"

贾彪忙说："不用叮嘱，警方正在采集嫌疑人DNA样本这件事我不会对任何人讲，有幸成为凶案嫌疑人，并不光彩，我不想在小区业主面前自毁形象。"

耳朵听着贾彪说的话，小袁的目光停留在多宝格上，每个格子里摆放着一只形状、色彩、质地、年代各不相同的瓷器，花架在它们旁边。小袁又想到一个问题。她问："这些瓶瓶罐罐都是真的？"

"当然。"

"很值钱？"

贾彪颇为自负："每个瓶子都能换辆好车。"

小袁还要再问下去，她的手机响了。

刚一接通，传出江燕恐慌的声音：

"袁警官，快来，我家楼上闹鬼啦！"

11：58

江燕指着天花板，一惊一乍地说："我跟康健听见上面有人走来走去，抽水马桶哗哗的流水声，还有席梦思床吱吱地响。楼上是空屋子，没人住的。"

康健捂住老婆的嘴："别说话，听。"

站在 301 室大客厅，小袁仰起头，天花板传下一阵窸窸窣窣像蚕吃桑叶的声音，虽然轻微细小，却清晰可闻。

康健握住江燕的手，小两口靠在一起。康健不住地咽唾沫，他是个大男人，身体健壮如牛，天生怕鬼，胆子比女人还小。江燕说："会不会是古墓里爬出来的那只鬼，白天躲在楼上，夜里出来活动。今天是月圆之夜，天一黑，我就锁紧房门，钻被窝儿。"

小袁从小不相信世上有鬼。她调皮地想，如果真的有鬼，抓一个来，专门负责洗她的臭袜子。妈妈经常骂她，没见一个女孩子的脚丫子这么臭的，将来怎么嫁人。小袁想起，楼上 401 室防盗门的门把上没有灰尘，说明有人出入，由于忙于入户询问调查，没顾上深究。她给市刑警队毕队长打去电话，小声请示。

她要去抓鬼。

四层，401 室门前，两位女刑警站在旁边，开锁公司年轻的师傅干活十分利索，不到两分钟，门锁打开了。

贾彪在三层半拐弯处观望。

防盗门打开一半，里面悄然无声。

小袁提高警惕，全神戒备，将门一下子全部拉开，等了几秒。

没有鬼怪蹿出来。

小刘在门口守卫，小袁只身进入空屋。大客厅，挂着双层窗帘，陈设简单，只有电视、沙发与茶几，显得空旷。主卧室摆放着一张席梦思软床与三门衣柜。小袁打开衣柜，里面挂着一件花格昵子大衣，一件黑风衣。卫生间，小袁摸了摸牙刷，湿的，有人使用，角落斜立着一个湿漉漉的墩布。其他几间屋子没有家具，空的。厨房，灶上有一只平底小锅。小袁打开冰箱，里面装满速冻食品，水果蔬菜还很新鲜。

地上，鼓鼓囊囊的黑色垃圾袋散发出榴莲特有的臭味儿。

有人在这里居住，不是鬼，鬼不需要吃喝拉撒。

但是，人去哪儿了？

小袁回到主卧室，再次打开衣柜，大衣下摆露出一双男人的拖鞋。没人会把拖鞋放进衣柜里。

小袁说："出来吧。"

大衣略微动了一下。

"出来！"小袁喝道。

大衣抖个不停。

小袁伸手摘下大衣挂钩，后退一步。大衣滑落，露出藏在后面的一个人。这是个男人，他双手抱头，半蹲在衣柜里，簌簌发抖。小袁第三次命令："出来。"

男人双膝一软，跌出衣柜，顺势跪倒："别杀我，饶了我吧，我真没做过对不起老婆的事。"

小袁问："你是谁？"

男人不敢抬头，求饶不已。

小袁说："你看清楚，我是警察。"

"警察？"男人这才半抬起头，向上溜了一眼，看清面前的小袁一身警服。他问："我老婆让你们警察来抓我？"

小袁问："你叫什么名字？怎么躲在大衣柜里？谁要杀你？"

男人不知该先回答哪个问题。这个男人四十多岁，小个子，胖乎乎的，白白的，脑袋圆圆的，半秃顶，戴着一副价格不菲的金丝眼镜，同时具有文化人与商人两种气质。他的眼睛又小又圆，眨巴两下，有些相信小袁不是来抓他的了。

小袁说："别跪着了，站起来说话。"

胖男人问："你真是警察？"

小袁说声："起来！"

胖男人乖乖地站起身。他像小学生面对老师一样回答问题：他姓高名大伟，是一家小广告公司的老板，这套401室是他以母亲的名义购置的房产，躲在这里为了保命，因为老婆正在四处追杀他。他忸怩半天，才说出老婆追杀他的理由。

老婆怀疑他有了外遇！

高大伟赌咒发誓，他绝对是冤枉的。

小袁给高大伟住所地的小区物业打去电话，物业反映，高大伟夫妻俩矛盾的起因是这样的：高大伟是位畏妻如虎的"男模"，数天前，他为了一份合同请人吃饭，二两的酒量多喝了一小盅，不胜酒力，回家就倒在沙发上。他的老婆每日例行检查他的手机、衣服口袋与公文包，在他的裤袋中找到一枚女式钻戒。老婆问他钻戒哪儿来的，准备送给谁？高大伟回答，最近赚了点钱，钻戒买来送给最亲爱的老婆的。他的老婆满心欢喜，将钻戒往手指头上戴，死活戴不进去。他的老婆手指头小胡萝卜似的，无名指的指围尺寸起码在17~18号，而这枚钻戒的尺码仅为7号，只有纤纤玉指才适合它。高大伟的老婆强压满腔怒火，没有当场发作。她暗中调查出高大伟身边有三位关系较为密切的女性，之后，她以一家化妆品公司的名义给三位女性分别打去电话，说公司为一款新研发的香水做促销活动，除免费试用香水外还赠送一枚白金戒指，公司随机选定接电话的女士，请告知您的指围尺码，香水与戒指随即寄出。没有哪个女人能够抗拒这种诱惑，于是，高大伟的老婆轻松得到三位女性左手无名指的指围尺码，其中，公司年轻漂亮、未婚女会计的为7号。高大伟的老婆认为铁证如山，去公司大闹，女会计辞职，高大伟吓得躲在外面暂避风头。

查找不到高大伟的踪迹，他的老婆每天买一只活王八，回到家里，先是一刀剁下王八的脑袋，再把王八炖熟了放在楼前喂狗，以致小区里的公狗日渐肥壮，怀孕的母狗随之增多。

高大伟的老婆逢人便叙说她的不幸遭遇，搞得这点破事尽人皆知。

消息传到高大伟的耳朵里，他噤若寒蝉，更不敢回家了。夫妻多年，他对老婆的惧怕已经深入骨髓，融化进每一滴血。好在老婆不知道他在桃花源小区六号楼有一套房子，他终日藏身其中，不见阳光，唯恐被老婆发现找上门来，全靠母亲隔几天给他送一次吃食。

高大伟，响亮的名字配上这么个怯懦的小胖子，令人忍俊不禁。

小袁问："这些天你一直足不出户？"

高大伟说："我每天趁夜里没人的时候，下楼扔一次垃圾，不坐电梯，快去快回，怕被人看见。"

"你昨天夜里在做什么？"

"我不敢开电视，看手机上的连续剧，吃了半个榴莲，在客厅里来回转圈。"

"夜里不开灯？"小袁问。

"不敢开，我怕被人发现屋里有人，你们警察怎么找到我的？"高大伟紧张地问。

"这栋楼里出了点事。"

"出什么事了？跟我有没有关系？"

"你认识鄢然吗？"小袁问。

"鄢然？女的吧，这名字耳熟，我想想。我听说过这个女人，都说她是典型的西式美人。"高大伟来了精神。

根据物业反映的情况以及对这个小胖子的观察，小袁不认为他与鄢然被杀一案有关，这是个偶然闯入者。小袁将他排除在外。

高大伟："我请求警察保护我的人身安全。"

小袁说："我会联系派出所，请民警上门调解你与妻子的矛盾，你必须向妻子悔过，保证改正错误，否则，如若再犯，加倍惩罚。"

"我真的没有……"高大伟还在抵赖。小袁没时间管这种狗屁倒灶的小事，她朝外走，高大伟恭送。

他送小袁出门，一眼看见站在三层半的贾彪，脸上一惊，露出畏惧的神色。

贾彪问："这就是那个鬼？"

高大伟缩回屋内。

中　午

警车里，小袁打开笔记本电脑，详细阅读有关鄢然的全部资料。

为了不影响六号楼业主们的正常生活，她将警车开出五十米外，停在冬青墙后面。她让小刘到小区外的饭馆吃饭，给她打包带回一份牛肉面就行。她全神贯注于电脑显示屏。

整个屏幕显示一张照片。

这是小袁第二次以刑警的眼光，审视照片上的颜秀英，现在的名字叫鄢然。六号楼内绝大多数邻居的叙述中，都将她描绘成一条蛇一样的坏女人，自私，阴毒，心思狭窄，见不得任何人过得比她好。她天性本恶？小袁的注意力没有过多放在鄢然少年时的相貌上，一个人的美丑，取决于父母基因，子女无法选择。小袁更为关注的是照片上这个女孩子的神态，她眼神忧郁，没有欢乐；嘴角下垂，像是心里在哭泣；肤色暗黄，代表营养不良；一件不合身的蓝色旧校服，偏小，双肩不得不缩起来；这张脸上找不到阳光。

小袁又看了一会儿屏幕上的照片，她在少年鄢然的脸上看到隐含的倔犟，还有一股子狠劲儿，就像石缝中长出的小草。

屏幕右下角不断滚动鄢然的基本情况。

对于这些情况，小袁早已烂熟于胸，不用再看。她对鄢然产生浓厚的兴趣，要更深入地了解这个女人的过去。她重点听了一遍刑警老孟与杜老师的通话录音。

杜老师是市立一中附属小学的语文教师，曾为鄢然所在班级的班主任，现已退休。

她对小学生颜秀英（鄢然）的描述栩栩如生：

开学第一天，杜老师站在讲台上，对教室里统一穿蓝色新校服的男孩女孩说："同学们好，从今天起，你们是一年级小学生啦。"

她一一点名，让老师、同学之间相互认识。

叫到颜秀英的名字时，没人回应。她又叫了一遍。

前排一张小桌椅空着。

她在颜秀英的名字下画上记号，第一天上学就迟到，应该批评小学新生的家长。她正要点下一个学生的名字。

教室外的走廊上响起急促的跑步声。门被轻轻推开一点，只听喘息声，不见人进来。杜老师过去拉开门，门口，站着一个没穿校服的小女孩，斜背着手工缝制的小书包。

"你是颜秀英？"

"嗯。"

杜老师问："你怎么没穿校服？"

小女孩不抬头，不说话，她的身体发育不如同龄孩子，怯生生的像只缩在墙角、不能溜回洞里的小老鼠。杜老师摸摸她的头，她感受到这只手的温暖，不再怕冷地发抖了。杜老师从来不用美丑评价一个小学生的外表，班上所有孩子都是可爱的花朵。

杜老师让她坐到空座位上。

放学后，杜老师拉着颜秀英的小手，去她家进行家访。向前、向左、再向右，穿行三条狭窄的小胡同，来到一个曾为王府、如今破败的大杂院。院子尽头，一间低矮的南房，门口用碎砖、油毡与木棍搭起做饭的小棚子，这里是颜秀英的家。颜秀英的父母、哥哥都在，一家四口挤住在十二平方米的铁皮顶小平房里，搭的上下铺。

颜秀英一到家，放下书包，就开始做各种家务，蒸饭、择菜、洗衣服……不时受到母亲的训斥。

与颜秀英父母的交谈中，杜老师了解到，颜父是王族后裔，如今在一家小酱菜厂做操作工；颜母是家庭妇女，患有多种慢性病，药费占去家里的一半开支，她的曾祖父曾是富甲一方的官商；颜秀英的哥哥坐在床边的小桌前复习功课，他上小学四年级，颜父颜母自豪地说，儿子的学习成绩名列全班前三名，重振家业、光耀门楣的希望全放在他的身上了。颜母说，今早，颜秀英刷锅洗碗时，打碎了一只盛咸菜的小碟子，被她爸打了几下，所以上学迟到了。

杜老师没问校服的事，还用问吗？

家访后的第二天，颜秀英被叫到办公室，杜老师用自己的工资买了一套新校服，让她穿上。出乎意料，颜秀英不仅没有因感激流眼泪，反而不愿接受，直到杜老师真的生气了，她才勉强换上校服，没说一声"谢谢"。

颜秀英性格孤僻，不合群，最不喜欢照镜子。她有一个令人浑身起鸡皮疙瘩的爱好，养绿色的大毛毛虫。她用旧报纸卷成纸筒，放进不知从哪儿抓来的毛毛虫，每天打开封口看一看。有时虫子死了，有时蛹化成奇形怪状的各种飞蛾，每当这时，她会把纸筒与蛾子扔到地上，狠狠地踩上几脚，然后，她再去做纸筒，抓毛毛虫……

由于家务负担沉重，颜秀英经常上课打瞌睡，不能按时完成家庭作业，她的学习成绩是全班最差的，倒数第一。作为班主任，为了不让一个同学掉队，杜老师安排班上学习最好的女同学帮助她。两个女孩子很快成为最要好的朋友。颜秀英的学习渐渐有了起色，期中考试她的成绩一跃而至全班中游。

颜秀英的脸色红润起来，也有了笑模样。

通话录音到这儿，杜老师惋惜地说了一句话：如果不发生那件事，颜秀英可能会成为一个正常的女孩子。

附属小学举办一年一度的歌咏比赛。

杜老师动员全班同学共同努力，争取夺得全校第一名。赛前，她要求男同学一律穿蓝长裤、白衬衣，女同学都穿花裙子，不规定统一式样与颜色，要的就是五彩缤纷、绚丽多姿的舞台效果。

小女孩们欢呼雀跃。

杜老师一时疏忽，没注意颜秀英的表情。

比赛那天，女同学们叽叽喳喳，个个穿着她们认为最好看的裙子，如同一朵朵小花。颜秀英不在教室。杜老师这才想到，颜秀英家里经济条件差，她的衣服都是哥哥穿剩下的，她没有裙子。现在给她借一条已经来不及了，如果因此不让她登上舞台，会深深伤害到她的自尊心。怎么办？杜老师想出一个法子，让颜秀英负责看管录音机播放伴乐，就对她说这是最重要的任务。

教室里安静下来，同学们都看向门口。

杜老师转过头。

门口，颜秀英穿着一条圆领口的红裙子，害羞地半低着头，她从没穿过这么好看的裙子，心底的快乐洋溢到全身。

但是，不得不说，这条红裙子太不适合她了。

她是方脸形，圆领口使得脸部线条刚硬，不柔和；她的上身长，臀位低，腿短，红裙短短的下摆将她的身材缺陷暴露无遗；她的肤色偏黑，在红色衬托下显得更黯，更粗糙；她是个土气、质朴的女孩子，穿上华丽且洋味儿十足的红裙子，气质上很不相配；总之，红裙子将她外表上的每处缺点在视觉上进一步放大。还有，不知是否出于恶作剧，有人还在她的头发上别了一只红色蝴蝶图案的大发卡。

同学们静了一会儿，有个女同学笑了几声，捂住嘴。

笑声此起彼伏。

颜秀英这孩子早熟，为了少挨几次打，她学会了察言观色，从父母、哥哥说话的语气中辨识他们的喜怒。她听出女同学笑声中的含意，一呆，眼神中光彩熄灭，她扭头跑了。身后，笑声更响。

她没参加歌咏比赛。

杜老师怕出事，到处找她。河边，杜老师远远看见一个孱弱的小身影。杜老师走过去，没惊动她。近前一看，她蹲在一株柳树下，手拿木棍，一下一下扎着什么。杜老师来到她身后，见她用木棍扎着一只扑棱蛾子，旁边扔着纸筒。那只扑棱蛾子短小、丑陋，翅膀覆盖着白粉，无力地扇动，肥胖的肚子已被扎得稀烂。

扑棱蛾子像是刚刚蛹化而成的。

杜老师叫她的名字，她像没听见，用木棍扎扑棱蛾子的动作更快，更用力。

从那天起，她不与任何同学说话，独往独来，谁也不理。她与那个帮助她学习、关系最好的女同学更是成了仇人。

她再没穿过红裙子。

杜老师觉得她的心理出了问题，专门去请教一位心理学教授，教授讲了一通包含大量专业名词的分析与论述，由于太过高深，听后，杜老师不明就里。

小学六年一晃而过，毕业后，颜秀英与老师、同学们再无联系。

通话录音结束时，杜老师说："这些年，我每当想起穿红裙子的颜秀英，就仿佛又看见地上躺着一只遍体鳞伤、白色的扑棱蛾子。"

查派出所户籍档案，颜秀英小学毕生后，念了两年初中，辍学，南下打工，听说进了一家电子厂，从此，音讯全无，没往家里寄过一分钱。她的父母以为她死在外面什么地方了，也没费心去找。

她遇害后，父母在法医室的解剖台上再见到她时，已是相隔十九年。

这十九年她有着怎样的人生经历？人走过的路总要留下脚印。

二十三岁前，颜秀英靠打工为生，入职不同工厂，少则半月，多则一年，就像无根的浮萍，在南方多个城市漂泊，行踪不定。二十三岁后，查不到她的信息了，就像一粒沙子消失在沙堆之中。刑警老孟不放弃，继续调查，有了意外收获。

一起拐卖人口案中，出现了颜秀英的名字。

一家面馆的朱姓店主报案，他的老婆被人在光天化日之下拐走，生死不明。店主请求警方严惩人贩子，解救他的老婆。他的老婆有孕在身，名叫颜秀英。

警方迅速行动，很快查明真实情况：

一家新成立的整形医院为了扩展业务，连续多日刊出整版广告，招募一名志愿者，入选唯一条件是对自己的外形非常不满意的年轻女性。整形医院将对她进行全身整形，保证将她改造成世上最美的、绝无半点瑕疵的女神。而且不收取任何费用，整形期间包吃包住，整形成功后推荐她参加选美大赛。广告最后，有一行用放大镜才能看清的小字：志愿者自愿承担整形的全部风险。整形医院搞的这次活动有个震撼人心的名字：上帝之手。

由于全身整形风险太大，无人报名成为志愿者。

"上帝之手"出师不利。

这家整形医院的院长外出办事，中午，在街边朱记面馆吃猪脚面。面吃到一半，他听见后厨传来打骂声，一个披头散发的女人逃出，一个肥头大耳的胖子举着擀面杖在后追打。女人逃到店外，胖子身体沉重，没追上，他恨恨道："偷我的钱去割双眼皮，看我不打死你，千层饼的眼皮不如多卖一碗猪脚面。"来吃面的食客随声附和。

院长吃完面，出店门，往医院方向走。走出两百多米，看到那个女人坐在路边，呆望着马路对面的一家五星级大饭店，那是另一个世界。

院长心一动，过去问："你想做整容？"

女人气不顺，回了句："你管得着吗？"

院长说："我是整形医院的，你看看这个。"

女人伸手接过"上帝之手"的广告材料，她的手粗糙，骨节大，指甲黑乎乎的，是一双从小干活的手。女人看完，将信将疑地问："有这好事？"

院长说："你如果有兴趣，可以找我。"

女人问："你不是人贩子吧？"

院长不由得笑了："这是我的名片，请你方便的时候到整形医院跟我们的法律顾问具体谈。"

女人说："我现在就跟你走。"

志愿者找到了，院长喜出望外。他的目光扫过女人微微隆起的肚子，心一沉："你怀孕了？几个月？"

"快五个月了。"

"你是孕妇，暂时做不了全身整形，只能等你分娩后再说了。"

女人态度决绝，她说了句让院长吃惊的话：

"我去打胎！"

这个女人就是颜秀英。

颜秀英没回面馆。院长给她租了一套一室一厅的小房子，并预付了当月的生活费，这大概是她住过的最好的房子，每天还不用再去辛苦劳作，她满意极了。

她与整形医院签了合同。

颜秀英住进特护病房。她又养了一只大青虫，放在枕下，不许女护士碰。

病房外，走廊上一阵吵嚷声由远及近。

一个油腻的大胖子踢开一间又一间病房的门，找人，气势汹汹，他是朱记面馆的胖店主。颜秀英失踪后，他到处寻找，因为颜秀英肚子里怀着他的"儿子"。今早，一位吃面的食客告诉他颜秀英在整形医院的消息，他免了那位食客的面钱，关闭店门，袖筒里藏着擀面杖，冲进整形医院。

保安、护士拦不住他。

颜秀英受惯欺凌，这次有院长撑腰，她不躲了，走出特护病房，站在他面前。

他伸手去抓："果然在这儿，跟我回家。"

颜秀英抬手一记耳光，打得他眼前金星乱舞，分不清东西南北。当他看见颜秀英瘪了的肚子时，哇哇叫着扑上来，抓住颜秀英的手臂，叫道："臭婆娘，还我的儿子。"

颜秀英从头上拔下发簪，照准他的右手就扎，他痛得一声怪叫。颜秀英变成一头凶狠的母狼："滚，再不滚，我一脚踹碎你的两个荷包蛋。"

他双手护住下体，噔噔噔连连后退。

几名保安趁势一拥而上，将他架出整形医院。

悲愤的胖店主向派出所报案，声称整形医院拐走他的老婆，造成他的老婆流产，儿子没了。警方介入，调查中，颜秀英否认她与胖店主是夫妻关系，哭诉她是外地打工妹，在朱记面馆做服务员时，被胖店主以暴力手段强行霸占，沦为泄欲、生育工具。颜秀英还脱去外衣，露出身上胖店主对她施虐留下的累累伤痕，旧伤之上叠加新伤，体无完肤，触目惊心。邻居作证，夜里经常听到面馆传出女人挨打时的惨叫声。

她的悲惨遭遇催人泪下。

颜秀英不忘感激整形医院解救了她，院长站在她的旁边。

案情大反转，胖店主锒铛入狱，判刑，减肥去了。

整形手术正式开始，院长亲自主刀。

整形医院对外广为宣传，为期半年的全身整形过程将在整形医院网站上进行多机位、无死角的全面直播。

半年时间里，颜秀英经历痛苦而又漫长的整形过程。网上，她在整形手术后的身体各个部位依次展现在彩色直播镜头中，同时附有她在整形手术前相应部位的黑白照片，变化惊人，对比鲜明，效果强烈。

整形医院举办"上帝之手"文艺晚会。

聚光灯下，院长牵着一位眉目如画、妖媚动人的西式美女走到舞台中央。

她的椭圆脸形线条柔美，裸露出白皙圆润的双肩，一件紫罗兰色真丝吊带裙装腰线提升，下摆曳地，完美地掩饰了她腿短的不足，这是整形手术无法补救的。她身体的每一寸都经过手术刀的精雕细琢，她太完美了，完美得像一尊大理石女神像。

她是颜秀英？她是颜秀英！

赞叹声潮水般涌来。

"上帝之手"获得巨大成功。

一时间，整形医院门庭若市，排号大厅挤满爱美之人。

颜秀英成了明星一般的名人。她常常挽着整形医院院长的手臂，出入各种饭局、酒会之类的社交场合。这时的她虽然外表完全变了，但是，在硅胶假体隆起的胸脯里面跳动的还是一颗餐馆女服务员的心。

她那双整过形的眼睛里充满渴望。

她的广告热度维持了一个月。整形医院网站撤下她的大幅照片，换上整形新人。风传，她成了院长的如夫人，不再抛头露面，住进了金屋子。

她开启了新的幸福人生。

爆炸性新闻！

一个戴口罩的女人晕倒在火车站，救醒后，人们认出她是颜秀英。医生诊断，她是饿昏过去的。这是怎么回事？颜秀英泣诉，整形手术后，她的社会热度逐步下降，见她失去广告价值，整形医院推出整形新人，取代了她。院方推荐她参加选美大赛的承诺不作数了；一到夜里，她身上几十处整形留下的刀口令她疼痛难忍，如同锥刺、火烧，她整夜睡不着觉，可是整形医院连一片止痛药都不给她；整形医院停发了她的生活费，将她赶出租住的小屋，逼她离开；她向院长请求帮助，院长对她爱搭不理，说她就是整形试验的一块材料，人形小白鼠；院长叫来保安，把她轰出办公室。

院方紧急辟谣：颜秀英所述均不属实，饿晕在火车站是她自编自演的一出苦情戏。院方与她解约的原因是，她找到取代她的整形新人大闹一场，将对方刚整好的鼻梁打塌，谁让人们说这是天下最好看的鼻子。

社会舆论一边倒地同情、相信颜秀英。

一夜之间，整形医院的生意一落千丈，院长灰头土脸。

最后的结果是整形医院与颜秀英私下谈判，谈判内容不得而知，双方握手言和。

颜秀英拖着拉杆箱，当夜坐火车去了另外一座城市。

她又一次销声匿迹。

刑警老孟联系到整形医院的院长。院长因造成一起重大整形医疗责任事故，已被吊销医师执业证，现在是某药厂的销售代表。他说不清楚颜秀英离开后的去向，他还说，他一听到颜秀英这三个字头就痛。

离开整形医院到回归本市的几年时间里，颜秀英在哪儿？靠什么谋生？有无与人结仇？

查清这些情况犹如大海捞针。

刑警老孟分析：

一、颜秀英整形成功，与院长短暂出入过上层社会，初尝奢华生活的滋味，她不会重回流水线做一名辛苦劳作的女工；

二、颜秀英小学文化，只有流水线与小餐馆的从业经历，不大可能被公司录用；

三、颜秀英全身整形后，每年需要一笔维护整形效果的费用，她亟须找到一份收入丰厚的工作；

四、颜秀英的人生经历中，没有亲情，没有友情，没有爱情，没人对她有情，她感受到的只有侮辱与伤害；

五、基于以上四点，最适合颜秀英去的地方就是来钱多且快、吃喝玩乐、虚情假意、只要求一副好皮囊的娱乐场所。颜秀英自恃整形后的姿色，她不会去小城市的低等歌厅，南方一个号称娱乐之都的大城市才能配得上她这位"女神"。女神二字颠倒过来就是另外一种意思。

刑警老孟的判断十分精准。

很快查出，颜秀英先后在那座城市里的多家顶级娱乐场所出现，她给自己取了个新名字"鄢然"，与嫣然同音。古诗云，嫣然一笑百花迟，意思是美丽的女子一笑能够让百花迟迟不敢开放。艳压群芳，她的性情随之大变，不再是过去那个低眉顺眼、任人欺辱的受气包，而是变得张扬，霸道，争强好胜，处处要压过别人。她成长为一只开花带刺的仙人球，在娱乐圈里无人不知，混得风生水起。

一件案子使她浮出水面，刑警老孟从当地派出所调来该案卷宗。

四年多前，一个炎热的夏日黄昏，两名年轻女人相互撕扯着来到派出所，从穿着与做派上看，两人都是下凡到娱乐城里的神女。

值班民警费了好大力气，才分开两个像蛇一样缠绕在一起的女人。

小个女人名叫汪小花，她解开头巾时，民警看到"惨不忍睹"的景象。汪小花的头发被火烧得所剩无几，又焦又黄参差不齐，像只秃尾巴鹌鹑。她控诉，她的头发是被高个女人用打火机点燃的。

高个女人就是颜秀英，一副不以为然的样子，她说，她给汪小花点烟时，不小心燎着了汪的头发，她不是故意的。

汪小花驳斥，她说颜秀英将她按倒在沙发上，用打火机点了两次，头发着得特别快，如果不是她用浇花喷壶里的水浇灭了头上的火，她已经毁容了。

颜秀英说根本没那回事，汪小花诬陷好人。

两个女人越说越激烈，当着民警的面，又动起手来，汪小花个小力弱，不是颜秀英的对手。

民警将两人分开，带到不同的屋子，分别询问，了解到如下情况。

两人本来亲如同胞姐妹，同在一家娱乐场所"上班"，同租一套公寓，同在一个浴盆泡澡。两人同去海边旅游，同时结识了一位年近五旬、做进出口贸易的老板。这次，颜秀英吃了独食，她左胸别着某所大学的校徽，在她不着痕迹的凌厉攻势下，老板意乱神迷，送给她一枚两克拉的订婚钻戒。

颜秀英成功搬入豪宅。

"姐妹"俩在租住公寓门口分别时，妹妹汪小花含泪衷心祝愿姐姐颜秀英一生幸福，与老板早日举行新婚大典，早生贵子。

入住豪宅那天，颜秀英与老板的前任妻子在别墅大门相遇，一个进，一个出，对方是位柔顺的女子，嫁给老板时也曾是粉粉嫩嫩的姑娘，几年后的她像失去水分的橘子，双眼红肿，拖着一只不大的拉杆箱，里面装着她的全部家当，被扫地出门。见到前任下场，颜秀英终日惴惴不安，她对老板撒谎说她只有二十三岁，实际她已年近三十，校徽是她捡来的，而且她早已失去生育能力。谎言一旦拆穿，后果只有一个，她将像一堆 lese 被扔出门外。Lese，即垃圾，这是她学会的不多的几句南方当地话。

她心烦意乱，酒后，跟汪小花该说的不该说的都说了。

再过几天就要办理结婚登记，颜秀英仍然找不到脱困的办法，功败垂成，她想死的心都有了。

天无绝人之路！

颜秀英偷听老板打电话，发现老板一个天大的秘密，偷税。老板在一单进口生意中，偷逃巨额税款，如果被海关查获，老板吃几年牢饭是免不了的。颜秀英大喜过望，溜进老板的书房，偷出那份合同、单据，做成复印件，存入她名下的银行保管箱。老板毫无察觉，他怎能想到，跟他在床上爱得死去活来的女人会来这么一手。

安排就绪，颜秀英一身轻松，去找妹妹汪小花，两人今晚要到酒吧乐个通宵。

她把一张金卡放进包包，这是老板刚给她办的，她要请汪小花去最贵的酒吧，买单时掏出金卡一刷，让汪小花看着眼热吧，她喜欢这种当着昔日姐妹的面一掷千金的感觉。

公寓的钥匙还在，她打开门，在门厅换拖鞋时，听到汪小花的屋里有那种熟悉的很有节奏的声浪。颜秀英敲敲卧室大敞的门，戏谑地说："大白天，不挂窗帘，就干这事。"

床上一个赤条条的男人回过头。

颜秀英几乎惊掉了下巴。

男人是老板。

老板穿上睡衣，坐在床边。汪小花裹着被子，靠着床头，为了羞辱她，颜秀英不许她穿上衣服。颜秀英还是站在卧室门口，她不愿踏入这个充满腌臜气味之地。三人之间酝酿着一场风暴。

老板先发制人："你的情况小花都告诉我了，你是个无耻的女骗子，把订婚戒指退回来。"

汪小花怕挨打，偎向老板，寻求保护，她说："姐姐，对不起，我喝醉了，说走了嘴，别怪我。"

鄢然心在滴血，最好的姐妹背叛了她，出卖了她。

颜秀英看着这对狗男女，不怒反笑。她不为自己辩解，不跪地哀求，这么做屁用没有。她直接挑明，她已掌握老板偷税的铁证，她威胁道："娶我，坐牢，你挑一样。"看到老板脸上变了色，她又魅惑道："我是真心爱你的。"

她昂起头，挽着老板离开公寓，撇下嘤嘤哭泣的汪小花。

老板与颜秀英登记结婚，没有婚礼。

汪小花怀孕了，老板时时私下前去看望。颜秀英知道后不计前嫌，提着水果、补品，满面春风地来到公寓，对汪小花关怀备至，姐妹俩越聊越亲热，仿佛回到了过去的美好时光。蓦地，颜秀英亮出藏在手心里的气体打火机，按住汪小花，点燃了她的一头乌黑秀发。汪小花惨叫，打着滚儿地挣扎，颜秀英脸上泛出青

156

色，笑声如枭……

在派出所，颜秀英死不承认。

没有证据，双方各执一词，民警难以处理。

派出所外，停下一辆加长版豪车，老板赶到。

老板与汪小花交换一下眼神。汪小花撤回指控。老板对颜秀英说："亲爱的，回家。"颜秀英趾高气扬，她从汪小花跟前走过时，晃了晃手中的打火机，得意地一笑。

民警记录下老板的姓名，常有福，他有一双招风的大耳朵。

刑警老孟从卷宗中查到常有福的手机号码。电话打通，常有福说，他已得知颜秀英的死讯，今天上午，他收到儿子常亮发来的短信，三个字："她死了。"常有福料到警方会来找他，他问颜秀英怎么死的，刑警老孟用话岔开。常有福不愧是走南闯北的成功商人，脑子灵，反应快，立即说他现在国外，有不在案发现场的充分证据，再者，他与颜秀英离婚一年多，恩怨已了，他没理由雇凶杀人。刑警老孟问他与颜秀英的离婚经过，常有福简述了一下，他用半年时间补缴了全部偷漏的税款，取得政府有关部门的谅解后，当即向颜秀英提出离婚。颜秀英死活不同意，表示生是常家人，死是常家鬼。离婚官司整整打了一年。说到这儿，常有福补充一句，那时候我倒是真想杀了她。

刑警老孟问他为什么非要离婚？

常有福说，他与颜秀英结婚后，生意场上的朋友们吵着让他把新夫人带出来让大家见一见，听说是个大美人，享不了艳福，饱饱眼福也是好的。推托不过去，常有福只好办了一场酒会。一身黑色夜礼服的颜秀英一露面，朋友们眼睛都直了。男人嘛，见了漂亮女人大多这副德性，少数除外。可是，颜秀英满口的粗言鄙语暴露出她的不学无术、缺乏教养的原形。女客们向她投以轻蔑的目光，颜秀英挑衅性地回击，她对丰腴的说你真够肥的，对云鬓高耸的说你假发戴歪了，对穿大露背裙的说你后背上有个红色暗疮，对衣着华丽时尚的说你买的地摊货真不错，等等。她以为这样可以挣足面子，却不想招来女客们的集体嫌恶。酒会快结束时，她孤零零地站在角落，脱下高跟鞋，用手揉脚，无人理睬。常有福颜面扫地，他当初怎么看上这个女人的，眼盲，心也瞎了吗？以后朋友们见面，都笑话他高价买回一把镀金大夜壶。

常有福说了一件事，至今让他心惊肉跳。颜秀英那个女人是个狠人，她火烧汪小花的头发后，仍不罢手。汪小花怀孕到第九个月，常有福提前安排她住进私立妇产医院。颜秀英从公寓保安口中打听到医院名称。

马路上，车辆川流不息。

汪小花住在 VIP 单人间产房，闷得慌，她挺着大肚子出来散步。路边，小摊上的荔枝很新鲜，她挑了两大串，不要散果。等晚上常有福来了，她亲手剥给他吃。处处先想着男人，这是她胜过颜秀英的不二法门。

眼角掠过一道黑影，颜秀英冲过来，抱住她往一辆行驶中的公共汽车下面钻。

两人面对面，她看到颜秀英眼中闪着疯狂的光。她脑中闪过一个可怕的念头，颜秀英这个疯子是想与她同归于尽。她不知道，常有福今天向法院提起诉讼，要求与颜秀英离婚，不留商量的余地。

汪小花抓住路边小树，指甲抠进树干，死不松手。

路人惊呼声中，公共汽车开过去了。

颜秀英撂下一句话："算你命大，等着瞧。"她走了。

常有福闻讯赶到医院，汪小花伏在他的怀里哀哀地哭了半个小时，她更关心常有福的安全，不要被那个疯女人所害。经检查，她腹中胎儿无恙。常有福先是联系一家酒店，不再回家住，以确保自身安全。接着，他将汪小花转至另一所妇产医院，转到哪儿，对外保密。

常有福换了三位律师，仍未拿到离婚判决。他大发雷霆，拍桌怒吼，案子不见进展。

法庭上，颜秀英眼泪打湿一包又一包纸巾，她请来的吴良律师出示各种夫妻之间亲密的照片、视频与通话录音，有些尺度还很大，用以证明常有福、颜秀英夫妻感情深厚，真挚，人间少有。吴良律师委婉指出，原告常有福之所以提出离婚，是受到一个姓汪名小花的坏女人的蛊惑。

前景不妙，法庭大概率将做出驳回原告诉求的判决。

常有福轰走他请的律师，一方面，他停掉颜秀英手中所有的银行卡，另一方面，他约吴良律师吃饭。饭桌上，他说了两句话："你从颜秀英那儿拿不到律师代理费，她没钱，我有。你帮我出个主意，怎么做能让颜秀英同意离婚？"

吴良律师右手的大拇指与食指搓了几下。

两人笑得像一只狼，一只狈。

再次开庭中，经调解，常有福同意一次性支付一大笔生活费，赠送一辆高级红色跑车，并在颜秀英户籍所在城市给她购置一套一百八十平方米的住宅。颜秀英同意离婚。

皆大欢喜，吴良律师笑得最为畅快。

在调解协议上签字时，颜秀英又变卦了。

她单独向常有福提出新的要求，未成年的常亮跟她走，作为监护人，由她负责照顾常亮的学习、生活，费用每月汇到她的账户上。常有福不同意。她上前一步，抱住常有福，说道："咱们的离婚官司就接着打下去，打完一审还有二审，打到头发白了。我真舍不得你，我要和你做一辈子夫妻，同生共死，死后挤在一个骨灰盒里。"

常有福、颜秀英在离婚协议上签了字。

刑警老孟问："你同意颜秀英的要求了？"

常有福说："我别无选择。"

"你不担心？"

"担心什么，你是说担心那个，无所谓，离婚后的颜秀英不再是常亮的继母。"

"我的意思是你不担心常亮的身心健康？"

"常亮是男孩子，早点成熟未尝不可，那种事男的不吃亏。"

谬论！一向恪守生活与职业操守的刑警老孟如是想。

常有福又说："汪小花给我生了个儿子，取名常明。我亲自提取的 DNA 样本，在三个医院做了三次亲子鉴定，常明确系我的血脉，我的财产有人继承了。"

常有福在电话那头，看不见他此时此刻的嘴脸。

扑棱蛾子、全身整形、离婚诉讼三件事浓缩了颜秀英三十二岁前的人生，她的这段生命应该用哪几个词句形容、总结？

她以鄙然的新面目回到本市，昔日同学、老师、亲友甚至父母与她见面不相识，擦肩而过。她一定是想与不堪回首也不光彩的过去彻底告别，开启新的人生。如果不是被刺身亡，她的历史不会被挖掘出来。颜秀英，这是一个被人淡忘也是她自己努力忘记的名字。

回到本市一年多，她住进桃花源小区一百八十平方米的大宅子，开着红色跑车，名下有一家经纪公司，人美，出手阔绰，男友如同过江之鲫，每日出入高级会所，着实风光了一阵。但是，她仍不喜欢照相，整过形的脸不是她的，如同终日戴着面具，遮盖住深钻在内心的自卑与颓伤。

她的人生之路不长，坎坷，曲折，有时可怜，有时可悲，有时可厌，有时可憎，她最终没有化成彩蝶。

她的一生就像在烈火与冰水中反复挣扎。

霉运为何如影随形地跟着她？

看完资料，小袁有种胸中发堵的感觉。

按照小袁的要求，刑警老孟争分夺秒，以极高的工作效率全面调查了鄢然死亡前的经济状况。她的嫣然经纪公司基本是个空架子，账面上收入寥寥。贾彪向警方提交的文件真实有效，鄢然的 201 室房产、红色跑车确已抵押于他，为了防止鄢然背地里将房子、跑车转卖他人，贾彪还在有关部门设立了抵押登记。鄢然被他牢牢攥在手心里，休想逃出五指山。但是，贾彪也有大意的地方，经鉴定，从鄢然家里收集的贵重珠宝首饰都是仿制的假货，十余张购买发票的查验结果均为"查无此票"。鄢然在不同银行办理了多张借记卡与信用卡，借记卡存款余额为零，信用卡全部处于透支已达限额、逾期不还、冻结的状态。那些信用卡自今年一月起不再有还款记录，只有越来越频繁的透支，直到卡被刷爆；冻结日期集中于三月底至四月上旬。两家银行已对鄢然提起恶意透支的诉讼。

鄢然负债累累，已经破产。说句冷血的话，她死得恰是时候。

小袁移动鼠标，笔记本电脑屏幕上，一张滑过的借记卡对账单引起她的注意。

这张鄢然名下的借记卡有点特殊。

该卡申办于半年前，正是鄢然因倒卖假酒被处以巨额罚款之后，相隔时间不长。对账单记录，该卡收支各有六笔，收入多少，支出多少；除第一笔收入金额较大，其余五笔收入金额相等，相当于本市一个公司白领员工月薪的三倍；这六笔钱每月五日上午收入，十分钟内随即支出；收入的是现金，查不出付现金的人是谁，支出款项都转往同一账号。刑警老孟查出该账号属于一家县级医院，医院收到的第一笔钱是病人赵金凤的手术费，另五笔是她每月的住院费。

这家医院位于千里之外。

赵金凤是一位年近七旬的山村妇女。

从户籍档案中，查不出鄢然有这么一门重要亲戚，再说，鄢然也不是一个顾念亲情的人。

刑警老孟说，当地派出所正将赵金凤社会关系的传真件发过来。

小袁的肚子咕噜噜地响，打雷似的。手机那头的刑警老孟听见了，他说："毕队让我监督你，如果你又顾不上吃饭，就撤了你的小组长，由我接替。"小袁说："我是减……"刑警老孟说："用减肥做理由糊弄不了我这个老刑警。"小袁求道："孟叔，千万别向毕队汇报，求您了，我刚当上小组长，还没过足官瘾呢。"

一老一小两位刑警都发出笑声。

小刘用打包盒带回一份烫嘴的牛肉面。

小袁才挑起一筷子拉面条，没来得及吃第一口，手机响了。

刑警老孟又打来电话，他简要地说：

传真件收到。经查，赵金凤是位普普通通的山村妇女，一辈子没出过县境；因为家境贫寒，没有亲戚往来。半年前，她因意外摔伤，被村民送到县医院救治。

"她孤身一人？"小袁问。

"她年轻守寡，没有再嫁，独自把一个儿子抚养长大，据说，她的儿子混得不错。"刑警老孟说。

"她的儿子不在身边？"

"不在。"

"在哪儿？"

"在咱们这座城市工作，就住在桃花源小区六号楼。"

"她的儿子叫什么名字？"

"文彦。"

12：57

大客厅，浅色纱帘随风飘动。

与清晨六点多初次上门调查询问时一样，小袁坐在单人沙发上，她身边的高背椅上坐着负责记录的小刘，斜对面大沙发上的文彦、兰蕊夫妻俩相依而坐；茶几上，放着两杯待客的桃花茶。

桃花茶的甜香充盈室内。

一切似乎没有变化。细心的小袁看出，文彦内心不安，他与小袁的目光数次触碰，他在揣摩两位女刑警再次登门的来意。兰蕊脸上的红斑只剩一点点，她的精神反而更差，过敏症状不见好转，因为怀孕，抗过敏药物不能多服用的缘故？文彦握住兰蕊的手，这次不是十指相扣，两人身体之间有了几寸的距离。根据心理学，保持距离表明潜意识中抗拒接近，人的肢体动作是内心世界的自然反应。

这对夫妻出现隔阂，因为什么？

从沙发这儿可以看到餐厅。餐桌上，由于两位女刑警的不适时来访，午餐还没来得及撤下，一条白围裙搭在餐椅靠背上。看样子，这顿午餐不仅吃得时间长，夫妻俩的胃口也不佳。一只盘子里的牛排只切了一小块，相对的另一只盘子里的牛排一点没动，盘子旁摆放的刀叉保持原样。牛排早已凉透，油脂凝结，配菜西蓝花、胡萝卜、甜椒都蔫了。两只盘子中间放着盛满酸奶水果沙拉的大玻璃盘，没吃几口。餐桌上还有一瓶打开的红酒、醒酒器、两只斟入适量红酒的高脚杯，从杯子内壁的酒痕上看，只有一只杯子喝了一口。

午餐的形式与花费显示出这对夫妻经济条件优越，十分讲究生活品位、情趣。

小袁的想象中，浮现文彦、兰蕊进餐时的场景：

文彦把两份刚煎好的牛排端上餐桌，他摘下围裙，坐到兰蕊对面。他往两只高脚杯里各倒入三分之一位置的红酒。他放下还剩一半红酒的醒酒器，举起高脚杯，等了会儿。

兰蕊没碰她的酒杯。

文彦切下一小块牛排，用叉子送进嘴里，嚼了又嚼，味同嚼蜡，咽不下去。他喝了一口红酒，像吃药一样把嗓子眼儿的牛排送下去。

文彦吃沙拉时，咀嚼的声音有点大。兰蕊弯弯的眉毛微蹙了一下。文彦咽下嘴里的沙拉，不再吃了。

夫妻相对无语。两人视线偶尔接触，很快向一旁滑开。

风吹起纱帘，吹不散餐桌上的沉闷。

现在，大客厅里的气氛就很凝重。小袁再次到502室文家，她看到文彦显得疲惫，瞳仁蒙上阴翳。第一次询问时，文彦说，他与鄢然只是"见面笑一下，点点头"的邻里关系，这样的假话骗过了小袁，小袁很生气。文彦从商十年，经常参加各种商务谈判，早已学会隐藏真实的内心活动，小袁想，这个人与鬼故事里的白面书生有几分相像。

小袁目光冷冽，瞬也不瞬地投向文彦。

她有三个疑问需要得到解答。

鄢然为什么申办一张银行卡专用于支付文彦母亲的医疗费？

鄢然缴纳假酒罚款后，在她经济最困难的时候，她从哪儿、用什么方法搞来这么多现金，去帮助文彦？

鄢然与文彦究竟是什么关系？

……

164

案发现场没有找到文彦书写、签字的借条。

小袁问："文先生，你的母亲叫赵金凤？"

对于这个问题，文彦没有心理准备，他眼里掠过一丝慌乱，女刑警不会无缘无故地问这个问题。他"啊"了一声。

"你母亲今年高寿？身体怎么样？"

"她六十八岁，下个月生日，身体还好。"

"你想没想过把母亲接来同住？"

"我和兰兰去接过她两次，兰兰还把主卧室腾出来，说是等我母亲来了住这间最好的房子，向阳，宽敞，有卫生间，方便。可是，我母亲不来，她说她不习惯城市生活。为了顺从母亲的心意，我把老家的房子修缮了一下，让她住得舒服一点。我和兰兰还花钱请了一位远房亲戚照顾她，帮她做些上山背柴、挑水、扛米扛面的粗活。"

"你是个孝顺儿子。"小袁的话里多少带点挖苦之意。月光如水，一位头发花白的老婆婆孤独地坐在石块围起的小院里，仰望明月，想念远方的儿子，眼角溢出一滴浑浊的泪，这样的画面让小袁的鼻子酸酸的。她在文彦的脸上看到一大块阴影，向四周扩散。

"我很挂念母亲，每隔几天就会给她打一次电话。我和兰兰说好了，今年中秋节接她来住几天。"文彦说。

这个男人张口"兰兰"，闭口"兰兰"，他自己就不能做一回主？小袁还是不很了解人情世故。她问："你最近一次与母亲通电话是什么时候？"

文彦回答："昨天上午，我告诉母亲，兰兰怀孕了。"

小袁问："你母亲在哪儿接的电话？"

文彦这样回答："我母亲高兴得哭了，她说她要到我父亲的坟前，告诉他这个喜讯。我三岁不到，父亲就去世了。为了我，母亲没有再嫁，无论生活怎样艰难，母亲的脸上永远是笑容，只有夜里她以为我睡着的时候，才会用被角捂住嘴小声地哭。"他尽力用平静的语调说完这段话。

小袁说："你还没有回答我的问题，需要再问一遍吗？"

文彦看看小刘手中的询问笔录，白纸上留下的是黑字，他咽口唾沫，喉结上下动了动。

小袁等待。

"……医院，我母亲在医院接的电话。"文彦不得不说。

"哪所医院？"

"县医院。"

"你母亲住院了？什么病？"

"摔伤。"

"什么时候、怎么摔的？伤重不重？"

"半年前，正值重阳节，我母亲不想总麻烦照顾她的那位远房亲戚，自己上山拾柴，雨后，路滑，她不小心摔倒了，伤得很重。"

"重到什么程度？"

"她摔倒后，动不了，在山上躺了一夜，才被上山干活的乡亲看见，把她背回家。她几天卧床不起，痛得粒米未进，乡亲们又抬她到县医院，走了几十里山路。医生诊断：我母亲股骨胫骨骨折，因为她上了年纪，骨折部位愈合能力差，需要做全髋关节置换手术，这些情况是乡亲们打电话告诉我的，我母亲一个字都没对我讲。"

文彦声音哽咽，眼圈红了。

兰蕊目不转睛地看着丈夫："你为什么不告诉我？"

文彦将她的手握得更紧："我不想让你担心，我以为我可以解决。"

兰蕊抽回她的手。

小袁问："你们家谁掌握财政大权？"

文彦回答："我妻子。"

小袁问："全髋关节置换是大手术，需要支付高昂的费用，你母亲做手术的钱从哪儿来？"

"……"文彦的声音小到听不见。

"请你大一点声。"小袁要求。

文彦见瞒不下去了，他对兰蕊说："我把你送我的表卖了。"

兰蕊不相信："我前几天收拾房间，表还在呀。"

文彦说出实情：

县医院医生向文彦介绍了他母亲的手术方案以及所需费用。文彦犯了难，他的工资卡在兰蕊手中，平时都是妻子管家，他不愿开口要钱。

他发愁了。

他想到妻子送他的手表，那是一款限量版名牌手表，如果卖掉，换回的钱足够了。可是，那只手表对于他与兰蕊的婚姻具有特别重要的意义。给母亲做手术急等用钱，他顾不了太多了。

他不想被妻子发现。

恰巧，他听公司同事讲，南方一些表厂仿制的外国名表几可乱真。

他托人从南方买回一只同款假表。

本市有一家专门回收、转卖名牌包包、手表的二手店。上午十点，店里来了一位戴口罩的男人。店主干这行时间长了，一看来客的举止就知道这是位手头紧，有值钱的东西要卖，又脸皮薄不想被人认出来的主顾。他说："先生，有需要我效劳的，请讲。"

戴口罩的男人从西服上装里摸出一块手表。

店主双手接过，眼睛里有光一闪，问："先生，您想卖这块表？"

戴口罩的男人不作声。

店主用放大镜细看一遍，确定符合正品工艺。他伸出两手十根手指，双掌又翻了一下，问："这个价格您能否接受？"

戴口罩的男人点点头。

店主问："明天这个时间给您钱，您看行吗？"

戴口罩的男人摇摇头。

看对方的意思是要马上拿到钱，店主送上一杯速溶咖啡后，打出一个电话。不到二十分钟，店外高速开来一辆黑色大越野车，在店门口刹住，贾彪从车上跳下来，大步走进店内："表在哪儿，拿过来，我看看。"

戴口罩的男人向上拉拉口罩，尽量多挡住一点脸。

"好表，我要了。嘿，表是你的？"贾彪站在戴口罩的男人面前，大声问。他定睛一看，认出来了："是你，老文。"

摘下口罩的文彦臊到耳朵都涨红了。

店主说："你们认识？"

贾彪说："我们是邻居，楼上楼下。"

"合着我白忙活了？"

"少不了你的好处。"

一听这话，店主乐了，说声："彪哥为人就是仗义！"他又端来一杯速溶咖啡。

贾彪问："老文，遇到难事，手头紧，缺钱？"文彦把卖表的缘由诉说了一遍。贾彪的大眼珠子转了又转，他问了问文彦母亲现住医院的名字，还有老人家的病床号。

贾彪不多说客气话，收走手表，他拍拍胸脯，保证下午一点前给付表钱。

文彦再三强调，千万不要让兰蕊知道卖表的事。

贾彪把表戴到手腕上，让他放心。

文彦去公司上班，他是副总，一般员工不会问及他为何迟到。董事长召见，董事长是他岳父的老朋友，他心中不安，以为卖表的事露馅了。谈话中，董事长夸奖他干得不错，勉励他再接再厉，抓紧熟悉公司的全面业务。董事长的意思再清楚不过了。他舒口气。

差五分一点，贾彪没来电话。

一点半，贾彪与他约定付款的时间过去半个小时。他训斥了一位在走廊上偷着吸烟的公司员工，他极少对下属发这么大的火。

两点整，他接到县医院医生打来的电话，说已经收到他的一位朋友汇来的手术费，他母亲的手术安排在下周进行。医生说，术后，他母亲需要住院康复治疗六个月，让他继续筹措半年的费用。医生问他，手术时直系亲属最好在场，他能否回来一趟。他沉默一会儿，扯了个大谎，说他现在国外，可能赶不回来。

挂断电话，他后悔了。他应该把母亲摔伤的事告诉兰蕊，兰蕊一定会第一时间汇出母亲做手术的费用，并随他一起回老家探望、照顾他的母亲。大错铸成，悔之晚矣。

文彦叙述时，有两处话说得磕磕巴巴，一处是"他不想让妻子担心"，这不是真实原因；另一处是"医院已经收到他的一位朋友汇来的手术费"，朋友？鄢然是怎么掺和进来的？文彦在第一次询问时明明说过，他与鄢然没有往来。文彦感受到小袁目光中的质疑。

两位女刑警茶杯里的桃花茶水还是满的。兰蕊起身，过来续茶。放下茶壶，她没有回到文彦身边，而是坐到小袁对面的单人沙发上。

文彦偷觑妻子的脸色。

小袁问："手术费是谁汇到县医院的？"

文彦说："贾彪的一个朋友。"

"后来又汇了几次住院费？"

"五次。"

"都是贾彪的朋友代你汇出的？"

"啊，是吧。"

"交住院费的钱从哪儿来的？"

"借的。"

"跟谁借的？"

"……"

文彦张了张嘴，用乞求的眼神看着小袁，他做了什么见不得光的事，不愿当着妻子的面说？

小袁说："兰女士，请你回避一下。"

主卧室的门关上了。

大客厅里，只有文彦与两位女刑警。

文彦从胸腔深处呼出一口气。

小袁说："文先生，你为什么要向妻子隐瞒母亲摔伤这件事，我希望听到合理的解释。"

文彦说："为了男人的尊严。"

这是什么意思？

文彦清清嗓子，脸上笼罩一层阴霾："我是小山村里出来的穷孩子，从小学到大学，我永远是班里不能按时交学费、申请困难补助的学生。无论冬夏，我总是一身洗得发白的旧衣服，吃最便宜的菜，有时只有咸菜。在老师、同学们同情的目光下，我很自卑。"

小袁拿他与鄢然的少年时期做比较，两人有相似之处。

文彦挺起胸脯，又说："但是，我的学习成绩是全班、全年级、全校最好的，对此我很自傲。"

双重人格，一枚硬币的两面。

文彦笑得苦涩，他说："我以优异成绩考入名牌大学。我在校外打两份零工，除了支付我上学的费用，还能给母亲寄一点钱。"

女同学中，兰蕊家庭条件优渥，人又长得美，追求者众多。

他没正眼瞧过兰蕊。不是他故作矜持，假装清高，而是他自知不配。他从来没想过牵上兰蕊的手，那是白日梦。他的愿望是毕业后，回到老家，找份稳定的工作，娶个朴实姑娘，生儿育女，好好孝顺含辛茹苦将他抚养成人的老母亲。

兰蕊不免对这个与众不同的男同学多看了几眼。

一个秋夜，图书馆到了闭馆时间，他夹着新借的书回宿舍。宿舍楼前，挖开一个深坑，坑底扎起钢筋，还没浇筑水泥，这里要建新化粪池。施工队拉起黄白两色警示带，还挂上醒目的黄色警示灯。他只顾边走边用旧手机跟母亲通电话，母亲的声音使他不再孤单。他抬脚迈过一条黄白带子，正想着谁挂了一盏黄灯，干什么用的，脚下一空，一头朝坑里栽下去。

女生宿舍里，下铺，兰蕊靠在临窗的床头看书。她忽觉心血来潮，冥冥之中像是有人叫她，向她求救。

宿舍楼前，兰蕊拿着手电筒，远处图书馆灯光熄灭，从图书馆回宿舍的路上不见人影。

兰蕊听到深坑里的呻吟声。

手电光束照到他苍白的脸上。钢筋刺进他的腹部，血流如注，染红半边衣裳。他已处于半休克状态。

第二天，他在白色病床上醒来。

女护士告诉他，一个叫兰蕊的女孩子打电话要的急救车，兰蕊给他输的血，两人凑巧都是极其珍贵稀有的 Rh 阴性、俗称大熊猫血型，如果不是兰蕊救了他，他现在正喝孟婆汤呢。

他康复后，校园里多了一对恋人的身影，他与兰蕊都是初吻。

171

校园盛传，世上真有心灵感应，他与兰蕊都是少见的相同血型，所以唯有兰蕊能够感觉到他发出的微弱"救命"声，这让男同学们集体羡煞，并且一致用白眼球看他。

说到这儿，文彦问："袁警官，真有心灵感应吗？"

小袁说："新生入学要参加一次体检，你的血型特殊，引起同样血型的兰蕊的注意，你们俩同在一个专业班级，这种巧合的概率在千万分之一以上。你学习刻苦，成绩出类拔萃，人长得高大，是个好男人；你来自小山村，为人正派真诚，没有不良嗜好，见了女生脸红嘴笨；这两点不像大城市的男同学浮夸、做作、带几分女里女气，因而得到兰蕊的好感。她对你格外关心，你每天从图书馆回宿舍，都要准时从她的窗下经过，那天，她没听见熟悉的脚步声，想到宿舍楼前新开挖的深坑，不放心，出来看看，救了你一命。哪儿有什么心灵感应，任何事情的发生都有内在的逻辑。"

文彦说："袁警官，你分析得对极了，兰蕊也是这样对我说的。"

小袁并非向他卖弄，而是以此震慑他接受询问时老老实实地回答问题，不要耍小聪明，妄图蒙混过关。她说：

"文先生，你还没有回答我的问题。"

文彦说："兰兰是富家小姐，会花钱，家里没有存款，我们俩的工资不够花，她的爸妈每月都要另外给她钱。我母亲摔伤后，做手术、康复治疗需要的钱不是小数，向妻子伸手，再让她去跟她的爸妈要，我羞于启齿。"

小袁问："你与兰女士十年夫妻，你遇到困难，不好意思向妻子开口？"

文彦被戳到痛处，欲言又止。

小袁想，兰蕊外表贤惠淑良，内里或是个不孝顺婆婆的儿媳妇。文彦的回答非她所想。

"袁警官，你听说过檀香树吧，一种珍稀名贵树种。一般人不了解的是，檀香树是半寄生植物，它必须依附在别的植物上，通过根部吸盘从寄生植物获取养分才能活下去，它不能离开寄主独立生存。"文彦自嘲，"我就是一棵檀香树。"

他说下去：

毕业后，他随兰蕊来到本市。一栋带庭院的别墅里，他第一次见到兰蕊的父母，他没有想到，坐在客厅里的还有兰蕊家的亲戚、好友，足足二十多人，都是本市有头有脸的人物。面对这么多"考官"，他慌了，由于紧张过度，他向兰蕊的父母问好时，脱口说出的竟是家乡的土话，活脱脱一个刚从乡下来的傻小子。

在座的人善意地笑了，其中难免有人会想，兰蕊的父母凡事都顺从女儿的心意，过于娇宠，同意招赘了这么个上不了台面的女婿。

众人面前，他觉得自己活像一只演把戏的猴子，而且没穿衣服。

他与兰蕊各自的家庭相差太远，他想退出这段恋情，只是一闪念而已。兰蕊的父母购置了一套新房，房产登记在他与兰蕊名下，新房里还为他的母亲留出一个长住的房间。兰蕊的父母出资操办了一场盛大婚礼，婚礼当天，他的母亲坐火车赶来本市。按照习俗，一身大红吉服的兰蕊跪下向婆婆敬茶，并叫了一声妈时，他的母亲老泪纵横。母亲对他说：你娶了个好媳妇，岳父岳母待你如同亲儿子，咱们高攀了人家，你要心疼媳妇，孝敬岳父岳母，做人要懂得感恩。婚礼结束，他到处找母亲，母亲不见了。他的母亲跟谁都没打招呼，一个人悄悄到了火车站，回了老家。他的母亲心里明白，一个乡下老太婆长住儿子儿媳家，免不了铁勺碰锅沿，还是分开好，母亲宁愿孤单终老。自古母爱高于天，母亲为了儿子可以付出一切，哪怕打碎骨头熬油给他点灯照明。

婚后，兰蕊的父母安排他进入一家公司，一去就是部门主管，如今做到总经理，前程似锦的年轻 CEO。

他的母亲老了，守寡多年，操劳过度，体弱多病。兰蕊是个好妻子，月月寄钱，几次要将婆婆接来同住，便于照顾。他的母亲坚决不来，理由是不想死在外面。

兰蕊、岳父岳母对他越好，他的心理越不平衡。为什么？

因为他有一个解不开的心结！

偶然之中，他听到有人背后称他为"檀香树"，什么意思？上网一查，他深感受到侮辱。母亲从小不许他跟人打架，孤儿寡母，万事要忍，他的怒火只能憋在心里，无处发泄。冷静下来，细一想，用寄生植物檀香树形容他难道不是很贴切吗？！

檀香树，这是那些追求兰蕊的失败者给他起的绰号，听着典雅，实则讥刺他专吃软饭、不是男人。

他的自尊心受到深刻伤害，进而给他的生理造成影响，以致他一段时间里无力与兰蕊同房。

所以……

小袁说："所以你不愿张口向兰蕊家求援。"

文彦垂下头。

这个男人活得真累。小袁问："到底是谁出钱买了你的那块手表，贾彪，还是鄢然？"

文彦迟疑不决。

文彦说，他至今拿不准是谁。

当时，县医院医生告诉他，汇款人是一位叫鄢然的女士，自称是他的女朋友。他并未多想，以为贾彪事多，让鄢然代办一下。

下班回家，二层，他下了电梯。

他按响202室的门铃。

背后，鄢然的声音："彪哥不在家，你找他有事？"文彦回过头，说："小事。"鄢然很淑女地一笑："到我家坐一会儿，彪哥快回来了。"

文彦不便拒绝一个刚帮他办过事的女人的邀请,他走进鄢然家那扇洞开的房门。

大客厅,鄢然素手给他剥了一只蜜橘。

鄢然身上的香水味儿浓到令人窒息,两人东拉西扯,聊得十分投机。鄢然并不像外面传言的那样风骚入骨,她说出的话让男人听着舒服,举手投足之间别有韵味儿,一件黑色长裙勾勒出她凹凸有致的身材。鄢然作风大胆,热情如火,与温婉恬静的兰蕊相比是两种截然不同类型的女人。

一个小时飞快流逝,不觉到了晚上八点。

鄢然只开了一盏粉红色的小灯。

文彦这才想起,他是在此等贾彪的。他准备告辞。

鄢然说:"你找彪哥为的是一块表吧?"

文彦问:"贾先生对你说的?"他心中不满,贾彪答应为他保密。

鄢然说:"彪哥的酒吧新进了一批酒水,流动资金紧张,为了不误你的事,他把表让给我了。"

文彦心想,难怪贾彪没有按时与自己联系。他说:"那是块男表,不适合你戴。"

鄢然说:"我替你存着,等你有钱了再把它赎回去。"

文彦一口应允:"行。"

鄢然笑着,又说:"你放心,我不收利息,你若是一定要给,利息怎么算,用什么还,咱们再商量,好不好啊,文哥哥?"她这一声"文哥哥"大大拉近了两人的距离。

文彦不知该说什么好了。

鄢然关切地说:"我听县医院的医生讲,你以后每月还要给咱们的老母亲交一次住院费,最少连续交半年。文哥哥,需要我帮助你想办法吗？"

文彦说："不用了，已经够麻烦你的了。"

鄢然亲昵地说："邻居嘛，相互帮助，应当的，我从小就想有个哥哥，你就把我当成妹妹吧。文哥哥，过去我得罪过你，你不会还记我的仇吧？"

文彦忙说："不会，不会。"

听到这儿，小袁问："你与鄢然之间有过不愉快？"

文彦说："事情不大，冲突也不激烈。"

去年四月起，六号楼业主先后入住，文彦、兰蕊是第一批搬过来的，兰蕊父母出资给夫妻俩购置了这处新居，原来的房子偏小，有了孩子需要更宽敞的住宅。文彦心里明白，兰蕊的父母这是变相催生，他像辛勤的农夫很努力了，种子就是落地不发芽，他去男科医院检查过了，种子是好种子。新家安顿就绪，夫妻俩到小区里散散步，看看周围的新环境。

两人乘电梯下楼。楼门口，赶上两个搬运工人往里搬一个梳妆台。

鄢然跟在后面。

兰蕊好心地为搬运工人拉住敞开的楼门。

鄢然与兰蕊打个照面。鄢然的脸色骤变，她怒视兰蕊，像是见到仇人。事后，文彦分析，很可能是两个女人穿了同款的白色套裙，俗称撞衫，可是为这么点小事，鄢然不至于发那么大的火呀。

就在梳妆台一半进入楼门时，鄢然因鞋跟太高，崴了一下脚，她身子一歪撞到后面那位搬运工人的身上。搬运工身体失去平衡，连带他手中的梳妆台向兰蕊倒过去，明亮的镜子眼看着就要砸到兰蕊的头上。如果不幸砸中，镜面破裂，兰蕊不仅会受重伤，还可能毁容。

文彦一个箭步冲过去。

他拉开兰蕊，伸出一只手托住梳妆台镜面，搬运工人松手，咚，梳妆台砸到地面上，好在镜面没碎。

兰蕊安然无恙，她吓得花容失色，偎入文彦怀中。

文彦没有责备搬运工，他恼火地看着鄢然。

鄢然说："你瞪我干吗？"

"请你走路小心一点。"

"你凭什么怨我，地不平。"

"不是地不平，你的鞋跟太高了。"

"我愿意穿这么高的高跟鞋，你管得着吗！"

文彦生气地说："不可理喻。"

鄢然看着偎在丈夫怀里的兰蕊，嘲笑道："呵呵，真是郎情妾意呀，你们俩别当众表演了，让人看着恶心。你们是夫妻吗？我看不像，鸳鸯，野的吧。"她的笑声很难听。

文彦不会吵架，惹不起，躲得起，他与兰蕊只能躲开，散步时，好心情被破坏殆尽。

从那以后，在停车场、楼门口、电梯间偶然相遇时，文彦还是本着绅士精神，向鄢然点头、微笑示好，鄢然对他的态度也有所缓和，有时还开恩似的赏他一个笑脸。可是，鄢然一见兰蕊，仍是横眉冷对，大概同性相斥，两位都是漂亮女人。

这次鄢然主动伸出援手，文彦心存感激。

不是大矛盾，属于常见的邻里小纠纷，构不成杀人动机，应与本案无关。小袁问："鄢然汇往县医院的手术费是你卖表的钱，以后，她按月汇出五笔住院费，你出卖的是什么？"

"你出卖的是什么"，这句话文彦听着十分刺耳。他想多了，小袁并无特别的意思。他说："我母亲手术后，住进特护病房，人上了年纪，恢复得很慢，需要长期住院。住院费每月交一次，预交，交第一个月住院费时，我又犯了难。"

怎么办？没法儿办。

他不想再瞒下去，瞒不住了。他准备今晚向妻子坦白交代，并接受最严厉的惩罚，陪妻子逛整整一天的街。

下班后，他开着白色轿车回家，特地给兰蕊买了一束黄玫瑰。花是他精心挑选的，黄玫瑰的花语是"请原谅我""为爱道歉"，女人都喜欢温馨的浪漫，要善于挠中她们的痒处。

一辆红色跑车追上来，与白色轿车并驾前行。

红色跑车里，鄢然一身火红，发带与墨镜框也是红的。鄢然朝他招招手。两辆车一前一后驶入小区，在停车场并排停下。他有意坐在驾驶座位上没动。他看着鄢然下车，走进楼门。他又等了一分钟。

电梯停在一层，他按下按键，梯门打开。

鄢然倚着轿厢左侧内壁，笑盈盈地看着他。他心跳加快，说声"你好"。鄢然冲他说："花是送给我的？你应该选红玫瑰。"

鄢然毫不客气地将花束抢过去。

对于这种情况，他拙于应付，不知该怎么办才好。他跟异性一向保持距离，拘谨地站在轿厢右侧，想着怎样把花束讨要回来。

轿厢上升中，鄢然说："住院费今天下午汇出去了，你着急了吧？"

母亲的住院费，鄢然还记得这件事？

鄢然接着说："以后我每月按时替你交，直到老人家出院。你的母亲就是我的母亲，我十四岁时，父母就都死了。"父母给她的都是饱受轻贱的童年回忆。

二层，电梯门打开。

"文哥哥，到我家坐坐。"鄢然很自然地挽住他的手臂。

轿厢小，他躲不开。

他在鄢然家只待了十几分钟。从这天起，他与鄢然开始断断续续交往，没对兰蕊说。

小袁有些疑惑，对于与婚外异性的密切接触，大多数男人都是讳莫如深，文彦为何叙述得如此翔实，不遮不掩。他不是出于坦诚，其中必定另有原因。

文彦说："一连五笔住院费，都是鄢然主动借给我的。"

主动借给？小袁想到高利贷，她问：

"利息高吗？"

"鄢然不要利息。"

"借条怎么写的？"

"没有借条，鄢然说不用。"

这种借款有悖常理。小袁的目光像锥子一样尖利，刺向文彦。

她说："你与鄢然不像是一般朋友。第一次询问笔录中，你这样描述你与鄢然的来往，'见面笑一下，点点头，如此而已'。这是笔录，你需要看一下吗？"

文彦说："我与鄢然只是借款关系。"

小袁拉长声音问："是吗？"

文彦看了一眼主卧室紧闭的门，兰蕊在里面。他说："我以人格担保，我与鄢然之间绝对没有越界行为。袁警官，你第一次询问时，我之所以没说借款这件事，是怕引起兰蕊的误解。我是男人，鄢然是让男人心动的女人，她不仅漂亮，而且，而且……与她的交往中，对于她的大胆触碰，如果说我的身体没有响应，那是自欺欺人。但是，我有自知之明。我性格木讷，不解风情，不懂得讨女人欢心；我不是富家子弟，更没有显贵亲戚，祖辈是山沟里的农民；鄢然面首无数，她怎么会看上我这么个人？鄢然找我是想换换口味，吃点粗粮吗？不对，我能感觉到，鄢然是个两性经验丰富的女人，她与我单独相处的时候，表面上热情，妩媚，眼

179

晴水汪汪的，故意朝我的耳朵根儿吹气，她的心里却是冷淡，漠然，甚至有几分厌烦。她用借钱这种方式接近我，绝对是另有所图，她图什么呢？"

小袁有同样的疑问。

文彦说："半个月前，又到了该交住院费的时候，鄢然请我去酒吧，我没去过也不想去那地方，又不能不去。"

小宛酒吧，这家酒吧的名字文彦听着耳熟。

黄昏。马路对面，他开着白色轿车，找到一个路边的停车位。来的路上，他打电话跟兰蕊说，今晚请公司客户吃饭，晚回家两个小时，兰蕊体贴地让他少喝酒，对肝不好。他对妻子撒谎，背地里与别的女人泡酒吧，像在做贼，心里很内疚。

酒吧亮起霓虹招牌，鄢然一身低胸长裙，七彩霓虹灯光投射到她的身上，磁石般吸引住每一个过往男人的目光。

春风撩人，鄢然朝他招手。

靠窗座位，预订的，鄢然叫了啤酒、红酒与鸡尾酒。她装出高兴的样子，眉宇间含着一抹愁云。

他的酒量不大，混合鸡尾酒上头，他有点晕。鄢然喝得又快又多，她解开一粒领扣，本来胸口开得就低。他尽力克制原始的冲动，不朝不该看的地方看。两人闲谈，主要是鄢然在说，他的话很少。

两人头上刚好有一只监控探头。

"你带身份证了吗？"鄢然问他。

"带了。"话一出口，他后悔了，应该说没带。

如何补救？他借口去卫生间。坐在马桶盖上，他拨通手机，让兰蕊十分钟后务必给他打电话，以岳父岳母有急事为由让他马上回家。兰蕊以为他喝多了酒打算逃席，答应照办，还说要榨好醒酒的西红柿汁，等他回来。听着妻子关切的话语，他更加惭愧。

他回到座位。鄢然坐到他的身边，长裙下摆搭在他的腿上。

鄢然笑话他："你怎么躲着我，你真是块木头，结了婚的男人，还什么都不懂，一会儿我教你。别总是一本正经的，人没有过去，也没有将来，只有现在，开心一会儿是一会儿。再喝一点酒，陪我去情侣酒店。不许说不去，你要是不去，我就当着全酒吧客人的面，宣布你是我的情人。"

这种事鄢然干得出来。

要命的时刻，兰蕊打来救命的电话。

他调大手机音量，让鄢然能够听到通话内容。

他逃出酒吧。

他坐在白色轿车里，等代驾，酒后不能开车。这时，隔着酒吧的落地大玻璃窗，他看到鄢然身边多了一个男人，贾彪。只见贾彪搂着鄢然，两人说着什么，都绷着脸。鄢然生气地起身要走，贾彪将她拉回座位，笑着拍拍她的脸蛋，往她的包包里塞进厚厚一沓现金。

鄢然转嗔为喜。

两人干了一杯红酒。

贾彪放下杯子，从鄢然的包包里拿出她的手机，塞到她的手里。鄢然一脸嫌弃，拨号，接通，她换上笑脸，说："文哥哥，到家了吗，明天上午我就把住院费汇过去，你怎么谢我呀？文哥哥，你刚走，我就想你了，明天晚上，你得陪我喝酒，不许不来，一言为定。"不等回答，她挂断电话。

贾彪拍了一下她的屁股，以示嘉许……

文彦说："接听鄢然电话的时候，我就在酒吧对面。我想起来了，贾彪是小宛酒吧的老板，他不光酒吧一处买卖，他的生意又多又杂，是本市有名的富豪，他会没钱买我的手表？我想到一种可能，手术费、住院费都是假借鄢然的名义汇到县医院的，实际上是贾彪出的钱，鄢然是一只提线木偶。贾彪暗中帮助我，为的是做好事不留名？我不信，我还没天真到这种程度。这两个人想干吗？"

小袁问："你出卖的手表有什么特别意义？"

文彦说："手表是兰蕊送给我的定情信物，寓意爱在每时每刻，对我们俩之外的人没有意义。"

小袁说："你换了一块假表。"

文彦听出这句话中的讽刺之意，脸腾的一下红了。

小袁想，案发现场没有找到这块手表。

文彦说："我想不通，贾彪能从我这儿得到什么好处，值得他如此大费周章？也许是我想多了，我觉得他给我挖了一个大坑，这是个什么坑，挖在哪儿，我不知道。我本想找鄢然开诚布公地谈一谈，可是，没来得及。"

鄢然死了！

小袁问："你与鄢然单独相处过几次？"

文彦说："三次。"

"在哪儿？"

"两次在她家，一次在酒吧。"

"你再回忆一下，没有遗漏？"

"没有。除此之外，通过有数的几次电话，每次通话时间不超过五分钟，你可以查我的通话记录。我一般不接她的电话，以免引起不必要的误解。"

"你与鄢然平时怎么联系？"

"每次都是我步行上楼时，在她家门口碰到她。"

"这么巧？"

"袁警官的意思是她有意等我，我没往那方面想过。"

小袁问："你们有没有过身体的亲密接触？"

文彦信誓旦旦："绝对没有！鄢然挽过我的手臂，我很快躲开了。"

这个男人的话几分真，几分假？世上没有不说假话的人，人不可貌相，那些道貌岸然的君子往往更具欺骗性，他们一脸正气地撒着弥天大谎。第一次询问中，文彦在他与鄢然的关系上做了虚假陈述，因此，对于他在本次询问中所说的话小袁要用两只耳朵去听。小袁决定敲打他一下，说："我听到一个六号楼闹鬼的故事。"

一向沉稳的文彦有些激动："袁警官，请你不要听信那个鬼故事，编故事的人用穷书生、青楼花魁影射我与鄢然，目的是搞臭我的名声，挑拨我与兰蕊的夫妻关系。"

"你不要自己对号入座嘛。"

"不是我多心，建这栋楼的时候根本就没挖出过古墓，更没有砍下头的僵尸，所有这些都是无稽之谈！我知道编鬼故事的人是谁。"

"谁？"小袁明知故问。

"我……已经向那位邻居当面提出抗议，他不承认，让我拿出证据，我没有。"文彦无奈地说。

文彦话里话外，隐隐指向的人是贾彪。贾彪躲在鄢然后面，向文彦大笔借款，使他债台高筑，不得不与鄢然保持暧昧关系；贾彪编排散布鬼故事，影射文彦是个无情无义、行为不端的伪君子；贾彪这样做的理由是什么，文彦没说，说不出来。

贾彪未向警方说过对文彦不利的坏话。

上午，文彦专门外出，买回一盒进口雪茄，送给贾彪，明显是被迫的。贾彪假意推让，收了，又信不过地试吸，以防不是真品。这两个男人面和心不和，相互之间似有很深的成见，原因不详。

小袁拉家常地问："文先生，你们家的家务活儿谁做？"

文彦说："我负责做饭，我的厨艺还算不错，这些年练的；兰兰洗衣，搞卫生；我们有分工。"

"你们下班就回家，不外出？"

"我们每天散步，每周三、周六去岳父岳母家吃饭。"

"旅游吗？"

"每年两次，一次国内，一次国外，岳父岳母和我们一起。"

"年年如此，没有变化？"

"嗯，除了有时加班、出差。"

这种婚后生活美满、舒适，但是，日复一日，不断重复着昨天，犹如表针，按照不变的刻度，不变的速率，不变的轨迹，不变的嘀嗒声，转了一圈又一圈，有人因此患上幸福疲劳综合征。

小袁问："对于婚后生活，你不觉得平淡无味吗？"

"哪个男人没有轰轰烈烈征服四方的英雄梦?！"文彦警觉，他说，"我更习惯平静、稳定的生活，不追求刺激，不去猎奇。人的欲望没有止境，作为一个山沟里出来的穷小子，能有今天，我很知足，也很珍惜。袁警官，我不会因一时的纵欲，飞蛾投火，毁了我的家庭、事业、前程，这点自制力我还是有的。"

这话有道理。但是，欲火焚身，如果一念之差，一步走错，为了保住家庭、事业、前途，足以使人产生杀人的犯罪动机。

文彦的嫌疑直线上升。

小袁喝一口桃花茶，朝门口的方向瞟了一下。防盗门左侧，有一只嵌入墙壁的衣帽柜，便于主人回家后，一进门，把外衣挂在那儿并换上拖鞋。衣帽柜里，挂钩上挂着一顶深蓝色男式渔夫帽。

小袁说："文先生，借用一下你家的卫生间。"

文彦说："请便。"

184

六号楼各套住宅布局相同。在102室林芝医生家洗手时，小袁记住供客人使用的卫生间的位置，就在衣帽柜的斜对面。她向小刘丢个眼色，走向卫生间。

小刘心领神会，为了转移文彦的注意力，她问："文先生，你打算什么时候告诉妻子向鄢然借钱的事？"

文彦说："明天吧。"

"为什么不是今天？"

"我没想好怎么说，我说不出口。"

小袁从衣帽柜前经过，挂钩上的渔夫帽不见了。

过了会儿，卫生间里传出冲水声。

小袁回来时，渔夫帽又回到挂钩上。

小袁已从男式渔夫帽上提取到两根毛发，这家只有夫妻二人，毛发只能是文彦的。

文彦被重新列入嫌疑人范围，重点。

13：45

电梯下行。轿厢里，小袁将收集的四份检材放进一只大证物袋，交给小刘。四份检材分别为文彦、贾彪的毛发，康健吐出的口香糖，染有常亮血渍的棉签。

小袁说："你把检材送到技术科，请徐法医进行DNA比对。"

小刘说声："是"。

小袁说："拜托徐法医，比对结果出来得越快越好。"

小刘问："怎么没有邹教授的？"

小袁说："邹教授一头白发，不用比对，就知道鄢然睡衣上提取的黑色毛发不是他的。"

电梯停在二层，小袁走出轿厢。小刘问："你去哪儿？"小袁说："201室，案发现场。"

小刘问："你一个人？那儿刚死过人，你不怕？"

小袁说："我是刑警。"

小刘说："当心，别撞见鄢然的鬼魂。"

小袁笑道："真能那样就好了，我可以当面问问她，是谁杀的她，案子就破了。"

201室门外，拉着警戒胶带。也许是心理作用，一走近这道门，就会给人以死气沉沉的压迫感。小袁打开防盗门。

大客厅，她按下组合音响的开启键，昨夜歌声重又响起，音量未变。她听了一会儿，歌声没有招来鄢然的鬼魂，也许，现在是白天，阳光下，鬼魂都躲起来了。

小袁决定做一次侦查实验。

她走出201室，关上防盗门。

她先下到一层，再顺楼梯走到三层，在201室门前有意停留了两三秒钟，防盗门隔音效果良好，听不到歌声。

第一次询问中，文彦说他上楼时没有听到歌声，由此推论，当时防盗门应该是关着的。昨夜，文彦两次步行上楼时间与鄢然遇害死亡时间高度重合。文彦从201室门外走过时，凶手就在门内。杀人后，留在案发现场，守着一具死不瞑目的尸体，不害怕，不慌乱，冷静细致地处理掉全部犯罪痕迹，常人难以做到。六号楼业主中，唯有贾彪具有这份心智、见识与胆气。

到现在为止，查找不到贾彪的犯罪动机。

如果文彦没说实话呢？

小袁按照报案人郭大姐所述，将防盗门打开，留出四指宽的一道缝隙，歌声从门内传出。

现在是午休时分，楼道里很安静。

她站在一层，侧耳倾听，歌声细小遥远，可以听到高音，低音儿不可闻。

一层半，楼梯拐弯处，可以听到变大的完整歌声。

二层，经过开着的 201 室防盗门外，歌声清晰入耳，每一句歌词都能听得很清楚。昨夜，十一点半左右，人们大多上床睡了，万籁俱寂之时，人的听觉感受上歌声会放大一倍，因为没有白天楼外的背景噪声。

她继续向上走，二层半，三层，歌声由大及小，与从一层上楼时反向变化。

四层，基本听不见了。

她重复走了一遍，两次结果相同。

根据侦查实验的结果，昨天深夜文彦步行上楼时，如果当时 201 室防盗门开着，他不可能没有听到歌声。一个常人的反应是，从 201 室门外经过，听到歌声，看到门没关，起码会放慢脚步，心想这么晚了怎么不关好门？门内黑乎乎的，胆小又不愿管闲事的会加快脚步走过去；好事者则会敲敲门，大声问"有人吗，没事吧"；作为接受过鄢然多次帮助的人，文彦理应停下来，拉开门，进去看看，关心一下。或许，他怕这是鄢然设下的套，引诱他自投罗网，他装没听见，没看见，不闻不问，走了过去。

其时凶案已经发生，凶手逃离现场。

小袁设想中，还有第三种情况。鄢然利用手中掌握的把柄逼迫文彦做某件事，文彦被逼上绝路，因此铤而走险，杀了鄢然。

除了借款，他还有什么短处在鄢然手上？

逼他做什么事，目前看只有一件，离婚再娶。

文彦有太多利益不能失去。

小袁眼前出现一组动态画面：

楼前，刚下楼的文彦与夜班保安说话。二层，窗帘拉开一角，鄢然朝窗外看。文彦走向楼门。

文彦上楼，拐过一层半，他听到歌声，抬起头，脚下一滞。

鄢然倚在自家门口，笑吟吟地看着他。

文彦皱起眉头，最近鄢然不断地纠缠他，他不胜其烦。鄢然约他今晚见面，有要事相谈，他没答应。他硬着头皮往上走，经过鄢然身边时，猛地快走。

鄢然一把拉住他的手。

鄢然凑上来，吻他。他头向后仰，躲开。他警惕地看着对面202室防盗门上的猫眼，那是贾彪家。这是他送给贾彪一盒雪茄的原因，为他保密的酬谢？

主卧室，鄢然偎入他的怀中。

他的反应被动，冷淡。

鄢然的右脸紧贴在他的胸口，感受他剧烈的心跳。这就解释了尸检时，徐法医发现鄢然右脸上的面霜又薄又少的形成原因，大部分蹭到他的衬衣上了。

他推开鄢然。

鄢然感觉受到羞辱，变脸，冲着他快速说出一堆话。他面有愧色。鄢然步步向前，他连连后退，后背碰到那盆花，一片花瓣飘落。鄢然态度坚决，看神色是在用话威胁他，强迫他做一件事。他摆动双手，表示拒绝。鄢然从大客厅取来一把水果刀，指指自己的左胸，那里是心脏位置，然后把水果刀塞到他的手里，意思大概是你不答应我，就杀了我。

他低下头。

鄢然认为他屈服了，媚笑着伸开双臂，要与他来个大大的拥抱。

他猛然出刀，刺中鄢然左胸。

刀身狭长锋利，没至刀柄。鄢然没有感觉到痛苦，只像被针扎了一下，身体向后面的躺椅上倒去。

鄢然的手碰落红酒瓶，咚的破裂声。

摇椅晃动，鄢然气绝身亡。

他愣在当场。

落地灯吐出血红的光，迷蒙如雾。一阵短暂的恐惧之后，求生欲驱动下，他迅速行动，抹去刀柄上的指纹，以他从刑侦小说、影视剧中学到的知识，清理现场。

他溜出201室，因极度恐慌忘记关上防盗门。

全部过程持续时间不长，这很好地解释了文彦第二次步行上楼为何多用了十分钟。

……

上述三种假设均有可能。

文彦，一介书生，公司高管，履历清白，温文尔雅，他会是凶手？刑事犯罪中，任何事情都有可能发生。

人有理性，仍是动物！

从案发现场提取到的直接证据只有一根毛发，从外观上看，它与文彦、常亮、周正的毛发都有些相似。现场的气味、足迹、指纹等全部被破坏了，这根毛发的鉴定结论将成为认定凶手的关键证据。

小刘打来电话，四份检材已经送交徐法医。她又说："周正周师傅还没到。"

小袁说："知道了。"

周正先于小刘一小时前往刑警队，十几公里的路程，即便堵车也用不了三十分钟，路上有事耽搁了？或是……

周正心虚潜逃了？

小刘担心地说："袁姐，你没请示毕队，自作主张，万一周正逃了，你要承担责任。"

小袁一点不着急。

如果周正心中有鬼，趁机外逃，等于自证他就是杀人疑凶。周正能跑到哪儿去，每辆出租车上都安装了GPS定位器，他的行踪一目了然。周正的朋友大多是开出租车的，他和蔡丽的亲戚一查户籍便知，都是普通打工者。他缺少社会人脉，亲友们没有能力为他提供长期藏身之所，也没人敢于包庇他。更为重要的是，作为一个父亲，他舍不得抛下重伤昏迷中的宝贝女儿佳佳而亡命天涯，从此难得再见。让周正自行到刑警队提供他的DNA样本，是对他的试探与考验，小袁这招叫欲擒故纵。从警数年，办案无数，小袁成熟、老练了。

小袁没有布置警力对周正实施跟踪。

出租汽车公司按照小袁的要求，随时向她通报周正的行车轨迹。

周正开着出租车离开桃花源小区，送邹教授、小红到医院后，先是朝刑警队所在的方向行驶约七公里。出租车匀速行进，不快不慢，十分平稳。

出租车停下不动。周正迟疑了？

过了一分钟，车头右转九十度，向南开去。随后，出租车时南时北，忽东忽西，在市区走大街，钻小巷，左拐右绕，飘忽不定，画出一团乱麻似的行车图。周正这是在干吗，他做贼心虚，终于沉不住气，不敢到刑警队提供自己的DNA样本，他在向住在本市不同位置的亲友们寻求帮助？

出租车再次开向刑警队，中途没有停留。周正求助无门，明知逃不掉，不得不投案自首？还剩一百多米路程时，出租车又停下了，几分钟纹丝不动。周正再次动摇，他在做激烈的思想斗争？

出租车动了，朝着去刑警队完全相反的方向，即向北高速行驶，车速达到百公里以上。

出租车开出市区。

经查，周正在北边没有可以投靠的亲友，他是慌不择路，向北逃窜？北面是邻省。小袁想，不能允许出租车开出本市辖区范围，她正要向毕队长汇报，准备设卡拦截之时，出租车急停，所停地点是片小树林。

周正及时醒悟，还是要找棵歪脖树自寻短见？

出租汽车公司十分配合警方工作，保卫部长向小袁介绍：周正这个人话少，像个闷葫芦；工作上表现一般，没出过大事故；与同事们的关系马马虎虎，没什么朋友。这人最大的特点就是挣钱不要命，每天出车超过十六个小时，饿了路边摊上吃碗面，困得实在不行了在车里睡一会儿，有人敲车窗要车他开上就走。这么玩命地干，搞得他的身体一团糟，一身病，唉，开出租的有几个不是他这样的。周正老实本分，没跟乘客吵过架，更别提动手打架了，顶多因为堵车绕行被投诉过两次，公司查了，不怨他。今年初，他添了个吹牛的毛病，也许是总被人瞧不起的缘故。他说他在桃花源小区买了一所大宅子，一百八十平方米，全款。桃花源，那是木市的高档小区，他一个开出租车的，哪儿来的钱，他连个卫生间都买不起。同事们起哄，让他请客，他不请。第二天，有人在他的出租车的前挡风玻璃上画了一个母牛的屁股，尾巴还撅起来，意思是他吹牛……不文明，不说了。过了几天，他改了口，说桃花源那套大宅子不是他买的，是他的一个出国的远房亲戚的，他替人家看房子，暂住几个月。同事们更笑话他了，说他哪儿有什么国外的亲戚，又吹牛，他没分辩。周正是个好人，就这么点吹牛的小毛病。

保卫部长在为周正说好话，小袁听得出来。

保卫部长问：老周犯法了，严重吗？

小袁回答，这是例行摸排调查。

突然，周正的出租车一百八十度大掉头，往回开，车速不减，方向不变，照直开向刑警队。

小刘在电话中说："周正到了。"

法医室，小刘旁观。徐法医戴好橡胶手套，用酒精棉球擦擦周正的左手无名指，用采血针轻刺指尖的皮肤表面，待红红的血液流出一两滴后，以采集卡轻轻一拭，采血完毕。

周正全程没有说一句话。

小刘拍了个视频，发给小袁。小袁仔细观察，采血时，周正神态淡定，没有表现出不安与畏缩。

小袁问："周正开着车在城里四处转悠，那是怎么回事？"

小刘说："周师傅在来刑警队的路上，遇上几个打车的，他就拉了几个活儿。"

"他开车出城，一路向北，不是逃跑？"

"不是。周师傅说，那是一个男的包租他的车，去城北的乡下收购土特产，一去一回三天，那人出双份车钱。他见这是大活儿，给佳佳治病正缺钱，就应承了。车开到城外，他想得跟老婆打个招呼，蔡丽听了坚决不同意，一是他答应了袁警官去刑警队提供DNA样本，做人不能说话不算数；二是怕那个男人是坏人，别半道上害了他，抢走车；三是他不能扔下佳佳不管。他觉得老婆的话有道理，主要是觉得佳佳身边离不开人，他不放心粗手笨脚的蔡丽，就没再往北开。那位男乘客说没到地方不给钱，两人争论了一会儿，给了点儿油钱，他觉得亏了。"

原来事情这么简单。

小袁问："男乘客叫什么名字？去乡下采购什么土特产？"

小刘说："周师傅只知道那人姓胡，自称胡总。"

小袁要求："你调一下出租车内的视频，查查男乘客的真实身份。"

小刘服从命令，她不理解为什么这么做。

根据人脸识别（上传到出租汽车公司的行车记录仪视频显示），很快查明，男乘客确系外地客商，来本市采购一种中药材，他刚下火车。

小袁说："刑事侦查要求不放过任何一个疑点。"

周正泰然接受去刑警队提供他的DNA样本的警方指令，路上，他开着出租车，还顺便拉了几趟活儿，不耽误挣钱，无法想象一个身负命案的人能够做出这种有点逗笑的事。综合相关调查，周正通过了考验，他的嫌疑大幅降低。

笔记本电脑屏幕上，重新加入文彦的照片。

经过第二轮筛查，嫌疑人数量不减反增。小袁聚精会神，逐张审视着文彦、康健、周正、贾彪四张相貌迥异的人脸照片。

康健、周正看上去顺眼多了，两人脸上阴影消退。

文彦嫌疑凸显。

下　午

14：25

一夜春雨，洗去绿树、草坪染上的尘埃。几朵白云飘过，将天擦得又蓝又亮。

六号楼前，邹教授坐在花坛旁的绿色长椅上，他捧着一本厚厚的书，打开，没看。他闻着草木的清香，听着树上小鸟的悦耳叫声，春光照在他的两条老腿上，暖洋洋的，有一点点痛。

十几米外，小红靠着一棵树背外语单词。

邹教授身边坐下一个人，他没有转头看看是谁，说："小袁警官，你也来晒太阳？"

"你怎么知道是我？"小袁问。

"你有一股不同于别人的气场。"邹教授说。

"有什么不同？"

"锋芒毕露，气势逼人，恕我直言，缺少女性的柔软，坏人隔几十米就能感觉到你是警察。"

小袁想，难怪几天前处理一起绑架人质案时，毕队长不让她假扮女店员接近绑匪，而是派小刘给绑匪送去啤酒、烧鸡。小刘柔弱瑟缩的样子让绑匪放松警惕，结果小刘趁绑匪不备，一招将其制服，出色地完成任务。小袁还以为毕队长偏心，道理原来在这儿。最近，小袁常拿自己跟小刘做比较，小刘有些方面确实比她强，她有点泄气又很不服气。

不想这些了。小袁问："邹教授，你看的什么书？"

邹教授举起手中的书，说："研究变态心理的专著。"小袁扫了一眼书名。邹教授说："看样子，你好像懂一点心理变态，这可是一门很高深的学问。"

小袁说："学过，皮毛，了解得不多。"

邹教授好为人师："说来听听，说得不对的地方我教你。你先说说什么是变态心理。"

从警以来，小袁与各种心理变态的罪犯打过交道，出于刑侦工作的需要，她结合实践看过这方面的书，有些心得。她说："在一定的社会准则下，有异于常人的心理就被视为变态。变态心理的形成有遗传、内分泌紊乱或身体某一部位功能缺损、童年创伤经历、生长环境等多种原因，我个人认为，人的欲望被强行压制下去，得不到满足，就会在挫败中滋生出反社会情绪，这是变态心理的主要成因。人的欲望无穷无尽，大多不能实现，因此，每个人或多或少都有一点变态心理，一般不易觉察，或自己根本意识不到。"

邹教授赞道："小袁警官，你的高论令我刮目相看。"

小袁谦虚地说："这些是我的想法，跟书上写的不大一样，不对的地方请您指正。"

邹教授当仁不让："你有资格做我的学生。"

石子甬路上，林芝医生难得地出来散步，雨水洗去了空气中飘浮的大部分病毒、细菌。她与小红有说有笑，慈蔼可亲。

邹教授问："林芝的洁癖是否属于心理变态？她一天洗手无数次，每次严格按照七步洗手法。"

小袁说："讲究卫生是医生的职业习惯，如果超出必要限度，至多算是强迫症。"

对于这位古板的老太太，小袁初始并未注意。徐法医在尸检时，否定鄢然患有宫颈癌，因为涉及本案，小袁这才多看了林芝医生一眼。林芝医生是位负有盛名的妇科权威，宫颈癌并非疑难之病，她会误诊？徐法医与林芝医生的诊断谁更正确？身患绝症必将影响到鄢然的心理状态，这与她的被杀有无重要关联？小袁心里默默思忖。

邹教授说："所有人尤其是我身边的人都是我的研究对象。"

小袁问："包括我？"

邹教授说："也包括我自己。"

"总被这么一双眼睛盯着看，被观察研究的对象一定很不舒服。"

"彼此彼此，小袁警官在我身边坐下前，就先用警察的眼睛从上到下把我打量了一番，我若是犯罪分子，心里早发毛了，亏得我是守法公民。"

两人相视，会心一笑。

小袁说："我妈妈骂过我，她说，你一进家就用那种眼神看什么看，这是你的家，不是犯罪现场，你爸你妈也不是犯罪嫌疑人。"

邹教授问："你看什么呢？"

小袁回答："我只是想看看，我好几天没回家，我妈妈是不是又欺负我爸爸了。"

邹教授朗声大笑，引得林芝医生、小红朝这边看。

邹教授说："你看那一老一小像不像亲奶奶和亲孙女。小红是个乡下丫头，卫生习惯差一点，饭前便后常常忘记洗手，还不爱洗澡，林芝却不嫌她脏。鄢然早晚沐浴，衣服一天三换，浑身总是香喷喷的，林芝反而觉得人家从里到外散发着臭气，臭不可闻。

简直是荒谬，不讲道理。"

小袁说："这很好理解，林芝医生是位追求完美的理想主义者，有精神上的洁癖。她大概认为小红是位心灵纯洁的好姑娘，鄢然只是外表干净。"

邹教授执拗地说："人心九窍，谁的心里都能清理出一堆脏东西。我是个俗人，跟冰清玉洁的林芝没法相处，只能愧对亡妻的一番苦心了。"

这里面有故事。邹教授是个心里有话、一吐为快的人，小袁只需静听。

邹教授说道："我的亡妻生前与林芝既是同事，又是好友，两个性格截然不同的女人，却亲如同胞姐妹。"

邹教授与林芝医生还有这么一重关系。

"我的亡妻是先天性心脏病患者，具有家族遗传史，她家里的人都活不过六十岁，所以她学的医科。愿她的灵魂在天国安息。为了不给她的心脏增加负担，我决定不要孩子。我的亡妻不想在她死后，留下我一个人孤独无依，因此，在她感觉病势加重，即将不久于人世时，就开始物色一个能够接替她的人。她瞒着我，选择了林芝。她多次安排我与林芝接触的机会，我们三人一起结伴外出旅游，我像绅士一样，尽心竭力为两位女士服务。我粗心呀，一点没想到这是亡妻最后的时光，她特别开心。旅游归来，半夜，她在我身边，在睡梦中安详辞世。她给我留下一封信，信很短，只有一句话。"邹教授沉浸在对亡妻的追思之中。

小袁猜到这是一句什么话。

"她希望我娶林芝为妻，她在天国祝福我们。捧着这封短信，我不禁潸然泪下，临走之前，她惦念的全是我。不过，即便我有心，林芝是否同意，当时我拿不准。"邹教授说。

"林芝医生已经向你的妻子做出承诺，她同意。"小袁说。

"嗯？这件事没人知道，你们专门调查我了？不对，你们就是查也查不出来，林芝绝对不会向小红透露半个字，她的口风很严。你是怎么知道的？"

"推测。"

根据邹教授所述，小袁做出符合逻辑的判断。

邹教授望向天上的白云，说："遵从亡妻的遗愿，我与林芝交往了一段时间。我这个人不修边幅，邋里邋遢，狂放不羁，率性而为；林芝则是冷静，刻板，像钟表一样循规蹈矩；我们两个人处处相反，性格迥然不同。跟林芝在一起，我就像、就像……"

"就像什么？"

"就像我的内裤里钻进一只毛毛虫，爬来爬去，我又不能在她面前，手伸进去把虫子抓出来，那种感觉难受极了。"

小袁没憋住，笑出声。

邹教授愁眉苦脸："我实在受不了她的七步洗手法啦，我坦诚地对林芝说，咱俩不合适。林芝早有预料，她静静听完我的话，不愠不恼，只说了一句，你去告诉她吧。"

"她？她是谁？"

"我的亡妻。"

小袁能够想象林芝医生当时的神态，一个过于理性的人与爱情无缘。

邹教授说："后来，我搬了家，搬到了这儿。住在原来的老房子里，到处是亡妻留下的痕迹，她的影子二十四小时在我身边，对她的思念使我深陷痛苦不能自拔，甚至有了轻生的念头。不行，我要换个新环境，我必须忘记她！在这儿，我遇到鄢然，她使我那颗日渐衰老的心脏重新跳出青春的节奏，哈，老夫聊发少年狂，发全白，又何妨！小袁警官，你不会认为我是个老不正经吧。"

小袁不好如实回答。

邹教授勉强笑笑，他从小袁的脸上看到答案。他说："我向鄢然求婚被拒的流言在小区传开后，林芝见了我，她的眼神像是夏天的空调，喷出的全是冷气。她心里一定对我极为不齿，因为我在感情上背叛了亡妻。唉，林芝不懂，从心理学的角度讲，男人的心里永远住着一个伸手要糖吃的大男孩。我对鄢然的感情更多的是源自这些年我生活上的孤单，心中的寂寞，以至演了一出闹剧，春梦难醒啊。"

小袁想，邹教授说了一大堆话，必定意有所指。他要表达什么意思？

邹教授把话挑明："小袁警官，你们询问了六号楼里的所有住户，警车停在楼前，没有撤走的迹象，搞得人人紧张。从你的严肃神态上，我感觉到，鄢然一定是死于非命，她是怎么死的，具体案情什么样子，我不得而知，也不该随意打听。不过，看到你们的调查工作紧紧围绕着这栋楼展开，我分析，警方极有可能认定罪犯就在我们这些住户当中，只差找出那一个。我要主动洗清嫌疑。我负责任地说，林芝以为世界应该像她的白大褂，小红天性纯洁无邪，她们只是讨厌鄢然，对她侧目而视；我对鄢然的单恋更像一出滑稽戏；我们三个人与鄢然之间不曾结下不解之仇怨。作为心理学教授与资深心理咨询师，我保证，我们三个人心理健康，不存在精神异常与人格缺陷。基于上述两点，我建议警方不要把精力耗费在我们三个人身上。"

邹教授兜兜转转，绕了个大圈子，原来真实意图在这儿。

对于邹教授的建议，小袁不便正面回答。她的记忆库中，自动弹出一张鄢然患有宫颈癌的诊断书，医师签名林芝，开具时间半月前。这张诊断书与本案存在似有若无的牵连。她另选话题，问：

"邹教授，你和林芝医生入住桃花源小区，是商量好的？"

"这纯属巧合。"

"你和林芝医生现在的关系？"

"兄妹，超出血缘的亲人。"

小袁像是相信了。她说："我猜，你妻子在世时，你一定很听她的话。"

邹教授微诧："咦？的确如此，你真是猜的？"

"你现在还想念她吗？"

"人不能沉湎于过去的回忆中。"

"恕我直言。坚守承诺，你不如林芝医生；看得清楚，你不如小红。"小袁说。

邹教授品味这句话的弦外之音。

春光明媚，雨后空气中富含负氧离子，小区业主们纷纷换上薄薄的春装，走出家门，在湿润的甬路上散步。六号楼前，康健、江燕与贾彪站着聊天。江燕习惯性地抱着贾彪的一条胳膊，叽叽喳喳地说个不停，康健嚼着口香糖，不在乎他的老婆跟别的男人亲亲热热。

贾彪抽着大雪茄，那是文彦刚送给他的，雪茄烟的香味随着微风飘过来。

江燕抢过来吸了一口，呛得直咳嗽。贾彪拍打她的后背。这三个人站在一起，贾彪与江燕更像夫妻，康健成了站对面的朋友。小袁回头瞟了一眼，并非是表面上看到的样子，贾彪的动作很有分寸，他的身体并未靠近江燕，而是幅度不大地倾向另一侧，脸上的笑容沉着稳定，眼神中没有邪念，更没朝江燕身上乱看。小袁对这个男人有了进一步的认识。

小袁不仅眼尖，耳朵也灵得很，她听见三个人的对话：

江燕甜甜地说："彪哥，你答应我的事没忘吧？"

贾彪问:"什么事?"

"我要开个健身馆。"

"好事呀,开业那天,我送只大花篮,我再打个招呼,地面上的混混没人敢欺负你。"

"你答应的投资呢,拿来。"

"我什么时候答应的?"

"前几天,我坐你身上,你说没问题。"江燕笑靥如花。

"哎哎哎,当着你男人的面,话可不能乱说,那是我做俯卧撑,你坐在我的背上,代替杠铃,加大健身锻炼的强度。"贾彪忙不迭地解释。他问:"需要多少投资,多长时间收回本金?"

"如果会员卡卖得好,只需要三个月。"

"这么好的事,你们干吗不自己干?"

"你是我的好哥哥呀。"

"说实话。"

江燕银铃般脆笑:"我和康健挣的那点钱,还房贷都费劲。好哥哥,你放心,赔不了,如果真赔了,康健说,把我赔给你。"

贾彪是生意人,说道:"我赔了投资,还得收留你,养活你,我岂不是赔大了,这笔买卖不划算。"

六号楼门打开,文彦先一步出来,他拉住楼门,兰蕊随后走出。文彦伸出左臂,兰蕊没有去挽,文彦轻轻抓起她的手,放在自己的臂弯处。每逢周末这个时间,夫妻俩都要在小区里随意走一走,再到兰蕊的父母家吃饭。

冲着文彦,贾彪挥了一下手中的雪茄。文彦扭过脸,装没看见,也没跟三个人打招呼,这不符合他讲究礼数的一贯做派。

等文彦与兰蕊走过去,江燕小声道:"用不用跟这两口子说一声?"

贾彪问:"说什么?"

"昨天晚上，我和康健回家，坐电梯到五层，电梯门一开，我见外面有一道白影，一闪而过，绝对不是我的眼花了，会不会是鬼呀，砍头鬼，可能就住在楼顶的阁楼里，夜里一出来，正好在五层。"

"几点的事？"

"昨夜九点。"

"你们坐电梯到五层干什么？"

"你管不着。"江燕摇着贾彪的胳膊，"健身馆的投资用不了你身上的一根毛。"

"我身上哪儿的毛这么值钱？"

……

在外人眼里，文彦与兰蕊是一对和谐的模范夫妻。

文彦穿一件长袖彩条T恤，下摆遮住微凸的小腹，没有塞进裤腰；兰蕊跟喂猫时的衣着一样，素面朝天，她挽着文彦的胳膊，夫妻俩真是一对天作之合的璧人。不知怎么的，小袁联想到动物世界里相互守护一生的黑颈天鹅。

文彦护着妻子远离月季花开的花坛。

邹教授似乎有所发现，他的目光在文彦、兰蕊身上不住转悠。他说："这对夫妻之间出了大问题。"

小袁说："是吗？"

邹教授大为不满，小袁表示怀疑的语气公然挑战了他作为心理学教授的权威。他说："你用心看。"

小袁朝那对夫妻的背影看了看，没看出特别之处，说："因为过敏反应，兰女士精神不佳，文先生对她比平日更加呵护，我就看出这么多。"

邹教授批评："你的观察力还需要提高，这次不及格，C-。"

小袁随口一猜："夫妻俩吵架了？"

"以兰蕊的性格，她不会跟人逞口舌之争，温柔似水，这个词用在她身上再合适不过了。"邹教授怅然，"真像我的亡妻。"

"邹教授，您老人家慧眼如炬，见识独到，有什么发现，请指点一二。"小袁大拍马屁。

"孺子可教。"听着恭维的话，邹教授心里很受用。他用左手三根手指捋着虚拟的山羊胡须，看向文彦、兰蕊走远的身影，娓娓而谈：

"文彦、兰蕊常在小区散步，这对夫妻亲密无间的样子惹人注目，谁不向往美满幸福的婚姻？就连从不相信真情的鄢然，一见两人相互依恋的身影，也会胸脯起伏，眼白充血，四肢抖动，接下来连续几天情绪恶劣，需要我去给她做心理治疗。"

鄢然反应如此强烈，这一点需要记入案卷，小袁想。

"人与人的距离，是由亲疏、情感决定的。就在刚才，我注意到，这对夫妻的身体之间出现了三十公分宽的距离。兰蕊虽然仍是挽着丈夫的手臂，但不像以往那样揽向自己怀中，每当文彦向她靠近，她会下意识地躲开。小袁警官，你想说在公共场合，夫妻也要保持适度距离吧。这是夫妻散步，不是非礼勿动的道德示范，我最厌烦老夫子们湮灭天性的说教。"

"不是说距离产生美嘛。"小袁半开玩笑。

"这句话不适用夫妻关系。"邹教授说。

"为什么？"

"夫妻之间，距离产生的只能是距离。"

小袁琢磨一下，邹教授所言似乎不无道理。

"不仅是距离，文彦、兰蕊夫妻二人各自细微的肢体动作也与以往不同。兰蕊的右手不是伸开握住丈夫的手臂，而是五指收拢，虚搭在文彦的臂弯上，分明是勉强为之，尽量减少两人的身体接触。文彦则是左肘夹紧身体左侧，以防妻子的手松脱，或是不想让她把手抽回去。夫妻是最亲、最近、结合最紧密的关系，如果一方抗拒触碰另一方的身体，意味着什么？说明一方对另一方发自内心地反感、排斥。"

未婚且没谈过恋爱的女刑警小袁完全没有体会。

"还有，文彦需要不停地调整步子的大小、快慢，才能与妻子保持并肩前行。两人过去散步时，步幅、步频相同，这是夫妻长期共同生活形成的默契，即所谓心灵共振。很多夫妻身高不同，性格各异，在一起时却能走出协调一致的步子，就是这个道理。如果夫妻感情变化，不再考虑另一方，双方行为上的和谐性就会随之被破坏。"

小袁的思想开了小差。她与毕队长一起外出办案时，两人的步子总是不统一，害得她的脚步忽快忽慢，特累，不如自己一个人时随心所欲。而小刘跟毕队长同行时，则能做到步步紧紧相随。小袁想，邹教授的话不一定有道理。

"最重要的一点，文彦、兰蕊两人的表情与几天前截然不同，没有了往日的温情、愉悦、恬静。文彦半侧上身，倾向兰蕊，目光在妻子脸上盘旋，他带有明显的紧张、焦灼、不安。兰蕊眉尖锁着一团阴云，目光无神，心里像是躁动着深深的忧虑，或许还有对文彦的嫌弃。我用词可能不准确，记录在研究笔记上时还要再推敲。这对夫妻各有心事，不能向对方说的心事。"

邹教授总结道：

"这对夫妻之间百分之百发生了重大变故，责任在文彦一方。"

小袁问："何以见得？"

邹教授说："我看见，面对兰蕊时，文彦的腰弯了下去，证明他的心虚理亏，理直气壮的人会如此谦卑吗？一个人的肢体语言是思想情绪的外在表现。"

小袁在警校时学过相关课程，考试得的满分。她不是不懂，而是想多听听邹教授的高论，以便开阔思路，取长补短。她问："您能分析出这对夫妻变故的起因吗？"

邹教授说："外人无法窥探夫妻私生活中的秘密。我按常理推断，文彦、兰蕊两人不会是经济、工作或性格不合方面的原因，只有一种可能，感情危机。"

小袁听到一声欢呼，江燕尖叫："彪哥，你同意投资啦！"

贾彪搂着她变粗了的腰。康健站在一旁，视而不见，颇有点舍不得老婆套不着色狼的胸怀气度。贾彪说："健身馆的投资我出，健身馆的会计由我选派，健身馆的分红我一分不能少。"

江燕与康健交换一下眼神。

江燕说："都依彪哥。我和康健保证，不对任何人提起昨天夜里看见鬼的……"

贾彪用手堵住她的红唇，朝小袁这边一瞥。

小袁不关心那边三个人商量投资办健身馆的事，她问："邹教授，你的意思是文彦移情别恋，被兰蕊发现了，所以在两人之间造成巨大的裂痕？"

邹教授否认："我可没这么说，文彦、兰蕊都是忠诚度很高的人，我从不怀疑两人的人品，我对兰蕊有十分把握，对文彦嘛，也有九分。"

小袁想到，在对贾彪的询问中，他提到鄢然"在这栋楼里钓上一个新男友"，小红对此知情。

小袁说："我要向小红了解一些情况。"

邹教授说："请便。"他朝小红招手。

小红戴着耳机，专心背诵外语单词。邹教授喊："小红，过来。"小红听不见外界的声音。邹教授捡起一粒石子，朝小红丢过去。

石子滚到小红脚下。

小红抬起头，朝邹教授看看。

邹教授不出声，冲她说了一句话。

小红读懂了邹教授的唇语。她摘下耳机，挂在脖子上，走过来。

贾彪的听力不比小袁差，他与江燕夫妇谈投资办健身馆的时候，小袁与邹教授的对话一字不落地送进他的耳朵。

健身馆是个赚钱的买卖，按他的条件谈成了，贾彪心里满意。他使劲搂一下江燕，让她哎哟哎哟叫个不停，然后撒手，向楼门走去。

他还有重要的事要抓紧办。

"小袁姐姐，你找我，什么事？"小红问。

邹教授要起身回避，膝关节一阵刺痛，双腿无力，站不起来。小红要去搀扶他。邹教授摆手："不用，我自己能行。"

小红笑话他："你怕丢脸？"

邹教授再次努力，屁股离开椅面一寸，又跌坐回去，一叹："庄子曰，人生天地之间，若白驹过隙，忽然而已。昨日风流倜傥美少年，如今已是老病缠身，将朽之躯。"

小袁对他说："我不做记录，不算正式询问，只是跟小红妹妹随便聊几句，您继续在这儿晒太阳。"小刘去刑警队送检材没回来，她在等 DNA 比对结果。正式询问必须两名刑警在场进行，小袁不能违反规定。

小红说："你问吧。"

小袁从何问起呢，她想了想，说道："十天前，停车场。"

"你问的是那件事呀。"小红一听就明白。

"说说看。"

"那天，我去上补习班，邹爷爷给我报的名，交的钱，逼着我去的。晚上九点多下课，坐公交车回来，进小区挺晚的了，我走到停车场……"

路灯下，小红背着双肩包，追着自己的影子走。

停车场上，停满私家车。一个路灯照不到的车位上，停着一辆白色轿车，车窗贴着防紫外线的隔热膜，看不见车里。小红感觉白色轿车的车身微微晃动，她心想，车里有人，会不会是偷东西的贼？

白色轿车左前侧车门从里推开，一个人探出头，身后有只手又把他拉回去。也许是看见小红，缩回去的？

小红是乡下姑娘，胆子大，更不懂什么是侵犯他人隐私。她走到车头，站住，透过前挡风玻璃朝车里看去。她隐约看见前排驾驶、副驾驶座位上坐着两个人，一男一女。

这对男女缠绕在一起，像开春时的两条蛇。

男的是文彦，女的压在他上面，背对车外，看不见她的脸。文彦与小红目光相碰，他一怔之下，奋力推开女人，再次推开车门，跳出来。

他喘息着，整整扯歪的领带，提提裤子，扎好腰间的皮带。灯下不观色，他的脸上有十余处深色的印痕。

白色轿车右前侧车门开了，伸出一双穿着十公分高跟的黑色皮鞋的脚，踩到地面，接着，依次是一条裹着黑蕾丝长袜的腿，黑皮裙，敞开的上装，波浪般披肩长鬈发遮住的脸。黑发一摇，露出美得像一幅画似的面容，除了鄢然，还能是谁。

她拉上裙子侧面的拉链，系好内衣扣子，香汗淋漓，像是刚与人打过一场贴身肉搏战。

小红无意间撞上这种事，让她耳热心跳。她站在原地，走也不是，不走也不是。

鄢然从车里拿出她的手机、包包，视小红如空气，施施然走向楼门。

文彦打开四个车门，降下车窗，通风换气。他用湿纸巾擦脸与衣领，擦了一遍又一遍，湿纸巾用了一张又一张，直到整包纸巾用完，还是觉得没擦干净。

他又清理了一下车内。

楼门前，文彦掏出门禁卡时，头上有人呵呵冷笑。二层阳台，贾彪扶着护栏，向下看着文彦，怪笑桀桀："你原来是只花心大萝卜，车里就干上了，弹性足，节奏好。"

文彦闷声不语，低下头，打开楼门，贼似的闪身进去。

小红跟在后面，贾彪对她说："你都看见了？"小红没说话，她不知道该说什么好。

她回到402室，没心思复习功课。

小袁问："这件事你对谁讲过？"

小红说："我跟谁都没说，后来，憋在心里难受，就告诉林奶奶了。"

邹教授说："你跟那个老太婆比跟我还亲。"

小袁问："文彦见到你，脸上什么表情？"

小红偏起头，回想。

邹教授说："如果换作是我，一定羞愧难当，无颜见人。"

小红说："天黑，没灯，我看不清。我觉得吧，文彦叔叔好像挺生气的。"

因为"好事"被打断了？小袁又问："夜里十点多，贾彪在阳台上干什么？"

小红回答："贾彪叔叔说他等着看月亮，净瞎说，阴历初五，那会儿天上只有星星，早起鸡叫月牙儿才会升起来呢。对了，他还拿着一个大望远镜。"

小袁心里计算一下，六号楼与停车场相距三十米以上，夜深之时，白色轿车停在没有灯光的车位，贾彪不可能看到车里的情形。他如何断定文彦与鄢然有婚内不忠的行为，只凭两人同乘一辆车回到小区？望远镜，红外的，贾彪有备而来，上阳台看月亮只是托词？他能未卜先知，预先知道那个时间将要发生的事？

贾彪可以解释他是初学的天文爱好者，不清楚新月升起的时间。这个人滑得很，圆谎极快。

小红说："第二天，我出门买菜，文彦叔叔在楼前等我，他再三叮嘱我千万别把看见的事说出去，我做了保证。第三天，文彦叔叔送给我一块特别好看的纱巾，我想要，但是没要，我妈说了，好女孩儿不能随便拿人家的东西，尤其是男人送的。"

小袁明白一盒雪茄的用途了。

对于小红所述，小袁并不完全采信，她不是认为小红在故意撒谎。警校上课时，老师举过一个例子：圆锥体，侧面看是三角形，从上往下看是圆形。同一件事物，由于观察者所处位置不同，看到的影像随之不同。刑事调查中，当事人讲述事情经过时，难免掺杂进个人的主观情感，加上认知能力、语言表达水平有高有低，反映的情况或多或少存在一些偏差；如果添加臆想、夸大与其他人为成分，甚至会对事情性质做出根本性的错误描写。

小袁要对本案所有证据材料逐一进行审查与甄选。

短促的汽车喇叭声，一辆出租汽车停在楼前，驾驶座上坐着周正，他回来了。

小袁很欣慰，她从心里同情佳佳一家三口。

周正下车，从后备厢拿出一只二手旧轮椅。

一层，蔡丽听到熟悉的喇叭声，打开主卧室的窗户，探出大半个身子，朝丈夫招呼。她像是遇到大喜事，脸上有笑，愁云尽扫。

几分钟后，周正、蔡丽推着轮椅出现在花坛旁，轮椅上坐着佳佳。

六号楼业主们围上来。

周正木刻般的脸上有了笑纹。

蔡丽激动地说："我们佳佳醒了，手能动了，眼睛睁开了，能喝奶了，她还叫了声妈妈。"最后两个字是带着哭腔说出来的，她的脸上泪光点点，喜悦的泪。

邻居们异口同声地道喜，大家真心喜欢佳佳，虽然蔡丽的嘴有点伤人。

蔡丽在人群中寻找，她看见两三米外的林芝医生，感激地说："林医生，谢谢您，您介绍的神外专家真是神医，按他的治疗方法，半个月，佳佳真的醒过来了。我和周正当初不信，对您说了不敬的话，您别跟我们这种没文化的人一般见识。我们两口子这辈子忘不了您的大恩大德，还得麻烦您，再请那位专家给佳佳会诊一次。往后您用车，周正随叫随到，不收您车钱。"

林芝医生从医四十年，感谢的话听得太多，已经麻木了。

江燕大声宣布："我和康健新开了一家健身馆，我们免费帮佳佳做康复训练，用不了半年，保证还你一个活蹦乱跳的小公主。"

康健冲她一跷大拇指。

阳光下，佳佳重又凝聚起活力。

小袁想，随着佳佳的苏醒，她是否被鄢然推下楼梯的疑案即将水落石出。可是，查清了又能怎样，鄢然已死，一个死人不会再被追究刑事责任。

鄢然死得很是时候，小袁脑中再次闪出这个想法。

小袁感到有人在看她，先向四周搜索，没找到那双不友善的眼睛。

她仰起脸。

15：11

四层，401 室阳台上，贾彪冲着小袁举起手中的酒瓶。

贾彪与小胖子高大伟勾肩搭背，一边喝酒，一边朝楼下看。两个男人一人手握一瓶烈性威士忌，不用杯子，不加冰块与苏打水，高举酒瓶，对准瓶口，咕嘟就是一大口，再用手背抹一下嘴，这才是男人喝酒。

威士忌酒液金黄，瓶身上有细齿纹饰。

贾彪说："我平日舍不得喝的酒，便宜你小子了。"

高大伟舔舔嘴唇："好酒，一口喝下去，像吞了一团火，从嗓子眼儿直到肚脐眼儿。"

两人碰"瓶"，又灌一口。

"贾总。"

"叫我彪哥。"

"彪哥，小弟我酒量有限，只喝半瓶，行不行？"

"不行！别扫我的兴，欠揍。"

从贾彪与高大伟对话的神态上，小袁看出这两个人不是刚认识的，过去有过交往。

高大伟点头哈腰的，他像是很怕贾彪。

几大口下去，威士忌还有半瓶。

喝得太急，酒在肚子里造反。高大伟将胃里翻上来的酒强咽回去，说："彪哥，我喝不了快酒，我、我想……"

贾彪瞪眼："不许吐！"

高大伟用右手掐住自己的脖子，总算喝下去的酒没喷出来。

贾彪像是急于灌醉这个小胖子，他不再逼迫，换了法子，说："看你的面相，最近交了桃花运。"

高大伟扭扭捏捏："没有的事。"

"你的小情人二十一岁，肤白貌美，嫩得一掐一股水儿，是你公司的会计，对不对？"

"彪哥，你真的会相面，太准了。"

贾彪举起酒瓶："你小子艳福不浅，为了你的情，为了你的爱，走一个。"

高大伟大大地喝了一口。

"哪天带来，让哥哥我见见。"

"她脸皮薄，不好意思见人。"

高大伟心存提防，他的小情人别让这位"彪哥"横刀夺爱给抢走了。话题扯到女人上面，小胖子高大伟精神倍增，话也多了，脸上泛起一层油光。他一口接一口，酒瓶里的酒很快见了底。

两人凑得很近，说得津津有味。

小袁听不清两人说些什么，只能看到两张脸上眉飞色舞，不时传来咻咻的笑声。

整瓶酒喝光了。

高大伟意犹未尽。贾彪笑着从左右两边的裤子口袋里掏出两瓶一模一样的威士忌酒，往高大伟的手里塞过去一瓶。不用劝，高大伟拧开盖就喝。

高大伟有了九分醉意。

贾彪借着酒兴，双手一撑阳台护栏，再一偏腿，骑到护栏上。他另一条腿也迈过去，屁腿坐着圆圆的不锈钢管护栏，双腿垂在外面，仰脖喝了一口酒。他自在地摇晃着双腿，下面是十几米高的落差。这家伙面不改色，胆子忒大。

他拍拍护栏："上来坐，敢吗？"

高大伟脑子里涌上燃烧的酒精："敢！"他学着贾彪，笨拙地爬上护栏。他球状的身材很不灵活，贾彪揪住他的脖领子，他才保持住平衡，没掉下去。

高处有风，风吹热脸，爽快。

两个男人并肩坐在护栏上，不停地喝酒，大声说笑。

危险！下面是坚硬的水泥花坛，从这么高的地方摔落，八成吃不到晚饭了。

江燕第一个发现，她冲两人喊："快回去！"
六号楼的业主们仰头观望。

在酒精的作用下，高大伟飘然欲仙，他觉得身体逐渐变轻，直至消失，只剩一个脑袋。他的精神高度亢奋，喃喃自语，笑出声，嘴唇噘起来冲着空气亲吻。他这会儿天不怕、地不怕、谁也不怕，就算是老婆那只母老虎来了，他也能三拳两脚把她干趴下。他命令贾彪："喝酒！谁不喝谁是孙子。"

贾彪心里乐："喝喝喝，兄弟，好酒量。"

高大伟的胖屁股圆圆的，阳台护栏也是圆的，他身形不稳，前后摇晃。

楼下，业主们为他担心。

小袁看出险情，她双手在嘴边拢成喇叭形状，喊："贾彪，高大伟，马上回到房间里去。"

高大伟沉醉于幻觉中，对外界反应迟钝。

贾彪喝得舌头都大了："袁警官，上来，你也喝点儿。"

一只北归的燕子在两人头上飞来飞去，它在寻找去年衔泥搭的窝。窝被高大伟捅掉了，小燕子无家可归。

小袁预感不妙。

她快步跑上四层，凭记忆按下401室的门锁密码，门从里面反锁上了。她按门铃，大力拍门，没人来开。如果用消防斧破拆，厚重的防盗门也不是一时半刻就能劈开的。

她从楼道里四层半的通风窗探出身子，离阳台还有一米半以上的间距。

她决定冒险跳过去。

救一个因为偷情怕被老婆暴打而在此地藏身避难的猥琐小老板，值得吗？她是警察！

她深吸一口气，蓄势待发。

阳台上，贾彪一手握酒瓶，另一只手牢牢攥住身下的不锈钢管护栏，虽然他看似醉得一塌糊涂，身体也晃来晃去，其实稳当得很。

高大伟喝酒如喝水，他对酒已经麻木了。他满脑子是一位丽人的情影。他有个小嗜好，爱读诗，老诗，随口吟道："啊——微风吹动了我的头发，教我如何不想她？"小燕子飞到他的正前方，对着他的脸扇动双翅，喳喳地叫，像是在问："我的窝呢？"高大伟诗兴更浓，声情并茂地朗诵："啊——燕子你说些什么话，教我如何不想她？"

燕子扇起的风打乱他的平衡，他一晃，向前一栽，双手乱抓，抓住的全是空气。

贾彪伸手去救，但动作迟缓，指尖只碰到高大伟的衣角。将来贾彪为自己辩解的理由当然是他的酒喝得太多了，所以反应慢，来不及施救，只能眼睁睁看着高大伟摔下去，高大伟的死与他无关。

众人惊呼声中，高大伟以倒栽葱的姿势向下坠落。

与此同时，小袁纵身一跃，凌空飞渡，闪电般跳进阳台。她单膝跪地，右手从护栏的两根立柱中间伸出去，一把抓住高大伟的左脚踝。

她的动作快如电光石火。

高大伟头朝下，倒吊在空中，他吓破苦胆，喊着："妈妈，救命！"

小袁呵斥："别乱动！"

高大伟昏了头，求生欲望驱使他不停地挣蹦，他本来就胖，体重一百六，这下更沉了。他的脚踝一点点地从小袁手中滑脱出去。

贾彪或许被突发情况震蒙了，只在一边看着。

小袁喝令："过来帮忙！"

贾彪如梦初醒，他从护栏上下来时，重心不稳，摔倒在阳台的瓷砖地面上，大概闪了腰动弹不得。他咬牙忍痛，一手捂腰，坐在地上，慢慢朝小袁这边挪动。

小袁像是单手提着一头胡乱挣扎的肥猪。人类体能终有极限，她的力气快速耗尽，坚持不了几秒钟了。

最后一刻，她的手上感觉一轻。

她没听到重物落地的闷响。

有人在三层阳台出手抱住高大伟的上身。小袁朝下看，只见康健与江燕连拉带拽，将高大伟弄进阳台，原来是这两口子赶回家，救了小胖子一命，帮了小袁一个大忙。

小袁想，康健没有袖手旁观，见死不救，体现出基本的人性。

江燕从自家阳台探出头，笑着冲小袁说："袁警官，没事了。"

高大伟哇哇大吐。

高大伟把绿色的胆汁都吐出来了。

这会儿，他斜躺在 401 室大客厅的沙发上，四肢瘫软，多一半酒吐出去，少一半酒受此惊吓化成冷汗，他清醒了。

空气里，呕吐物与榴莲皮的臭味儿混杂在一起。

他有气无力地对小袁与江燕说："两位女士救命之恩，没齿不忘，日后必有一份人心。"

江燕毫不客气："我开了一家健身馆，请你做 VIP 会员。"

高大伟对女人一向大方，尤其是救过他命的女人，他说："会员费多少钱，我现在就给你转账。"

两人手机对手机，嘀的一声，付款成功。

江燕说："我做你的一对一教练。"

高大伟一下子挺腰，坐直，说："求之不得。"他把差点从楼上掉下去摔死的事忘在脑后。

"胖哥，幸亏你没摔死，咱们六号楼要是连着死人，该成凶楼了，谁还敢住呀。"

"连着死人？"

"昨天刚死一个，201室的鄢然。"

"鄢然？什么时候死的？"

"夜里吧，白天见她还是好好的。"

"夜里几点死的？"

"我哪儿知道，这你得问警察。我该回家了，不用送。"江燕说走就走，听见她开门，没听见关门声。

大客厅里，在小袁目光的压力下，高大伟的手脚不知该放在哪儿才好。小袁问："你与贾彪以前认识？"

高大伟说："就见过一次面。"

"朋友？"

"不、不熟。"

"你们喝的是威士忌？"

"哎，那是高档货，若是让我掏钱，我可喝不起。"

"贾彪为什么请你喝这么贵的酒？我看你不敢不喝？你怕他？"小袁连续提问。她知道那种威士忌市价多少钱一瓶，贾彪请不是朋友的高大伟喝如此贵的酒，出手过于阔绰，不符合一个生意人的行事风格。她看出两个男人之间的关系处处透出不正常。她甚至觉得，如果高大伟不幸摔死，正是贾彪想要的结果。

高大伟支支吾吾。他问："袁警官，昨天夜里真死人了？"

216

"嗯。"

"是不是十一点多死的？"

鄢然的死亡时间没有对外公开。

小袁问："你为什么认为人是这个时间死的？"

高大伟小而圆的眼睛眨巴两下："我、我昨天夜里闲得无聊，躺在这张沙发上玩手机。十一点多，窗户外面有只黑猫，喵地叫了一声，都说黑猫是地狱使者，来接死亡的人去该去的地方，所以我想人是不是那个时候死的。我跟黑猫还对视了一眼，不会惹祸上身吧？"他打了个冷战。

高大伟不像是信口胡诌，他的说辞符合一些民间传说。

小袁问："你上过大学吗？"

"我是本科毕业，硕士研究生。"

"你信这些，学白上了。"

高大伟自嘲："从小听奶奶讲鬼故事，听多了。"

小袁问："你每天夜里几点下楼扔垃圾？"

"十一点左右，没人的时候。"

"你厨房里有一袋垃圾，在洗菜池下面，用黑塑料袋装着，榴莲味儿很大，是昨天的吧，怎么没扔？"

高大伟一时紧张，说不出话，稍停片刻，他的回答是："我酒喝多了，头痛欲裂，我想睡会儿。"

小袁不放过他："发生了什么事，让你没有出门扔垃圾，缩头躲在屋子里？说。"

高大伟的舌头不灵活了："这个，这个……我跟你说了，你可得替我保密。"

"放心吧。"

"昨天夜里，我提着垃圾袋正要出门……"高大伟刚说了个开头，他的脸色一变，看向小袁身后，"彪哥，你来了。"

小袁回过头，贾彪站在大客厅入口处，他来得无声无息，像个幽灵。可能江燕走时，在防盗门口遇到他，因此小袁没有听到关门声。贾彪进来一会儿了，他应该听到了小袁与高大伟的对话。

贾彪不用请，坐到高大伟身边："兄弟，我来看看你，酒醒了？都怨哥哥，不该让你喝那么多。"

高大伟挤出笑容："谢谢彪哥惦记我。"

贾彪说："你命大，没摔死，魂吓丢了吧，晚上到我家，再喝点还魂酒。"

高大伟作揖："彪哥，你饶了我吧。"

谁都不说话了，沉默。

小袁冷眼旁观，这两个人装出朋友的样子，绝对不是朋友。见贾彪在场，高大伟如坐针毡，不敢说话，小袁下了逐客令："贾先生，请你回家休息，我与高大伟有事要谈。"

贾彪不好赖着不走，走之前他拍拍高大伟的脸蛋。他走了。

这次，小袁听到关防盗门的声音。

小袁抓紧时间："你接着说吧。"

高大伟想说，又面露犹豫之色。

小袁说："不录音，不记录，现在的谈话内容不会被人知道。如果需要，警方会对你另行正式询问。"她这是告诉高大伟躲是躲不过去的。

"我说。"

"你昨夜出门倒垃圾的时候，在楼道里看见谁了？"

"我没看见，只是听见。"

"你听见什么？"

高大伟张嘴要说，他的手机响了，他看看显示的来电号码，接听："妈，我跟您说了多少次，别给我打电话，让她发现不得了，什么？"

他脸都吓绿了。

母亲在电话里说：他老婆不知从谁那儿打听到，桃花源小区有一套空关房落在他母亲名下，他老婆认定他就藏在这套房子里，现在正在来这儿的路上。他老婆的包包里装了一把新磨好的菜刀。母亲让他换个地方躲几天，等老婆消气了再回家。

高大伟张皇失措，他的目光落到小袁身上，像是溺水之人见到救生圈："袁警官，你救救我，我老婆要来，要来……"

"杀你？"

"不，她是要阉了我。"

小袁觉得可笑。对于这种夫妻矛盾、家庭内部事务，刑警不便出面干预。

高大伟哀求："我老婆说得出，做得出，世上最毒妇人心。"

"嗯？你说什么哪！"

"我嘴欠！袁警官，您心善，您是大慈大悲、救苦救难的观音菩萨。"

小袁不能不管，她问："你老婆包包里带着菜刀？"

"我妈说的。"

"这么办吧。"

小袁给小区保安经理打去电话，等高大伟老婆来的时候，就以她携带凶器为名，把她送派出所，不是真送，吓唬几句、批评教育一下就行了。小袁判定，高大伟的老婆并不真是一个恶妇，她是被高大伟的背叛行为气极了。所谓阉了高大伟，更是一时的气话，没有哪个女人愿意丈夫是个公公。

对小袁的安排，高大伟感激涕零。

他说："我老婆人厉害，心不坏，就是观念跟不上时代。"

问话接连被干扰、打断。小袁回归本题，问："你听见什么声音？"

高大伟十分配合："十一点多的时候……"

"准确时间？"

"我大约记得是十一点多，不到十二点，我提着垃圾袋，把门打开，一只脚还没迈出门，就听见……"

小袁的手机响了。

对高大伟的问话正到关键之处，她本想不接，不能不接，是小刘打来的。小刘在电话中说："DNA 比对结果出来了。"

"在楼内六个男人的范围之内吗？"

"在。"

小袁嘴角上翘，她初始的判断完全正确。她问：

"与谁的样本一致？"

"你猜。拿到 DNA 比对结果的鉴定报告之前，我先试着猜了一下。"

"猜对了？"小袁问。

"猜错了。"小刘沮丧地说。听她的口气，徐法医出具的鉴定结论出乎她的意料。

"我试试。"小袁喜欢直接面对各种挑战。对于她的推理能力，毕队长不止一次大加赞赏。她不是信马由缰，随意猜想，而是在调查收集的现有证据基础上，经过缜密分析，得出一个相对合理的结论，随着新证据的出现，结论需要不断修正、完善。

在鄢然红蕾丝睡裙上提取到的黑色毛发是谁的呢？

只听小刘说："鉴定报告就放在我旁边的副驾驶座位上，袁姐，你想不想现在听一听 DNA 比对结果？"她的声音充满诱惑，自制力差一点的人会默许她说出来。

小袁不答，问："你在哪儿，开着车呢？"

"我快进桃花源小区了，车速八十迈。"

"开车不许打手机，注意安全。"

小刘笑道："是，组长。"

不受诱惑，小袁有这份定力。她开动大脑，瞬间进入深思状态，如同老僧入定。

高大伟大气不敢出，生怕惊扰了这位女警官。

用时两分钟，小袁反复掂量，基本确定了其中一人。

基本，大致的意思。基本确定，也就是还没有百分之百确定。小袁又慎重地思考一遍，完全确定了她的推断。

从默想中回到现时，她要继续向高大伟了解情况："高先生，你接着说。"

高大伟半垂的头歪向一边，他没回应。

小袁提高音量："高先生，高先生。"高大伟不胜酒力，睡着了。小袁正要叫醒他。

楼下，警车鸣笛两声，小刘回来了。

见高大伟睡得像死猪一样，小袁先下楼去看鉴定报告，印证她的推断是否正确。

咣，防盗门的关门声。

高大伟眼皮裂开一道缝，他长舒一口气。

15：45

楼前，面对小刘询问的目光，小袁说了两个字：

"文彦。"

小刘钦佩地说："袁姐，你猜对了。"

小袁边翻看 DNA 比对的鉴定报告，边说："办案不能靠猜，要靠调查收集的证据，靠分析，靠逻辑推理。"

小刘说："袁姐，你是怎么推理的，教教我。"

回想刚入刑警队时，正是毕队长、刑警老孟，还有邢局等老刑警们对她尽心尽力地传帮带，才使得她迅速成长，一股暖流涌上小袁心间。她毫无保留地将推理过程讲给小刘。

她首先排除康健与周正。

她运用发散性思维，扩展视野，想到：在接受警方询问时，江燕、蔡丽从容应对，言谈、表情如常。昨夜，两个女人都在家里，如果是她们当中某一位的丈夫外出作案杀人，作为从事服务性职业、没经过大风大浪的普通女性，她们能够面不改色地对警方说谎，作伪证，以包庇罪犯丈夫？她们没有这么高超的表演天赋与心理素质。

这是具有证明力的间接证据。

贾彪与文彦疑点并重。

两人都与鄢然关系复杂，交往密切，至案发前没有中断，其中有哪些见不得光的事情远未查清。

两人深夜登门，都不会引起鄢然的戒备之心，这点很重要。

两人一个矮壮，一个高大，都有作案所需的体能。

两人一个常年混迹社会，经验老到；一个受过高等教育，IQ居于优秀级别；都有预谋、实施杀人、清理现场抹除犯罪痕迹等作案必备的智商。

两人一个住鄢然对门，自称整夜居家看电视中的足球比赛实况转播；一个案发前后两次步行上楼从201室门外经过，都有作案时间。

两人都不能提供昨夜十一点半左右没有进入201室，即不在案发现场的证据。

两人是否都具有作案动机？

作案动机，即驱使行为人实施犯罪的内心动因。一万个人一万条心，人心似水，水无常形，最难揣测的就是不断变化的人心。

世俗眼光中，贾彪不算是正派人。

贾彪与鄢然尔虞我诈，勾心斗角，结果鄢然惨败，假酒案中自食恶果，连人带全部身家都落入贾彪的掌控之下。贾彪动动手指，就可随时将鄢然送上绝路。

　　杀掉鄢然，贾彪得不到任何好处，且无必要。

　　贾彪自己动手，从他的头上拔下头发用作比对样本时，丝毫不见他心里发虚，具有绝对的自信。

　　贾彪与那根黑色毛发的 DNA 不会一致。

　　所有人都认为文彦是位真君子，唯有贾彪不这么看。

　　文彦与鄢然"缘"起于卖表，从多次借款到酒吧私会，关系发展到哪一步，外人无从得知。小红所述"车内偷情"是怎么回事，不宜草率定论。但有一点不可否认，文彦是一米八的大个子男人，完全有力量摆脱鄢然的贴身纠缠，他反而被一个女人压在下面，让人无法理解。事后，他向小红送去一块好看的纱巾，又送给贾彪一盒雪茄，要求两人为他保密，难免会被认为是心中有鬼。鄢然接近文彦出于什么目的呢，她三十三岁，已是半老徐娘的年纪，经济上濒于破产，迫切需要找个好男人作为后半生的依靠，眼前就急需治疗宫颈癌与再次整容的两大笔费用，她选中文彦，符合利益最优化的原则。

　　她借出的六笔医疗费可以视为钓鱼的鱼饵。

　　而文彦权衡利害，面对兰蕊、鄢然两个女人，他有太多的理由抛弃鄢然，如果鄢然死缠不放，除掉也是合乎利益的选择。

　　小区流传的鬼故事中，白面书生背叛对他提携有加、恩重如山的岳父大人，抛弃下嫁于他的结发妻子，终日留连青楼，杀死相好的烟花女子之后，落了个身首异处的可耻下场。如果对号入座，文彦就是现代版的白面书生，十足的伪君子。

　　肉眼观察，文彦的发色、发质、发型与那根黑色毛发最为相近。

徐法医出具的鉴定结论应当是：送检的文彦毛发样本与从被害人红睡裙上提取到的毛发中的 DNA 一致。

这是小袁的推理结论。

小刘边听边点头，她有些开窍了，在警校学习再多书本知识，终归需要实战的磨练。

毛发的 DNA 鉴定结果证明，昨夜十一点半前后，文彦两次步行上楼时，进入过案发现场，鄢然死于同一时间。文彦与鄢然之间金钱与情感相互裹挟的关系客观存在，人证物证充分。认定文彦为疑犯是顺理成章的事，一个人，一个家庭，就此毁了，令人扼腕叹息。

可是，小袁心里不踏实，总觉得缺了点什么。

小袁打开笔记本电脑，删除屏幕上康健、周正的照片。

"贾彪的照片不删？"小刘问。

小袁沉吟，凭刑警的直觉，她感到贾彪在本案中是个什么角色远未查清，事情不像表面看上去那么简单。

屏幕上，文彦、贾彪并排，两人的脸一个向左，一个向右。

15：57

"现在就把文彦抓起来？"小刘问。

"不急，先到 502 室，文彦家，有几个问题要问他，现在抓人，证据还太单薄，不够扎实。这也是毕队的意见吧？"小袁不是"小丫头"了。

小刘说："你又猜对了。"

五层。门铃响了一阵，文彦与兰蕊夫妇散步没回来。

下午四点刚过。小区里，小袁快步如飞，四处转了一大圈。

她脱下外面的藏青色警服，手里拿着警帽，脸上表情平和，避免引起在室外享受春日阳光的业主们的注意，她不想干扰他们闲适、安逸的周末生活。她让小刘在六号楼门口守候。

各个角落找遍了，不见文彦、兰蕊夫妇的人影。

小袁擦擦额头的汗珠。文彦感到风声不对，逃跑了？不会，一个半小时前，文彦还有心情陪伴兰蕊在小区散步，未见出逃迹象。

小区大门，小袁向门卫问话。门卫的手朝北指了指。

北面，一条小河自西向东流过。这条河不宽，垂柳夹岸，水质清澈，景色很美。两岸建有不少住宅小区，桃花源是其中之一。

河岸护坡的草地上，坐着一对情侣。

小袁向两人打听，是否见到三十出头的一男一女在此停留，她大致描述了文彦、兰蕊的相貌、衣着。情侣中的女孩看看小袁臂弯上搭着的警服，指向不远处的一株大柳树，说："见过，在那棵树底下，站了好一会儿，面对面，两人说着说着，男的流眼泪了。"

文彦哭了，为什么哭？

小袁问："他们吵架了？"

女孩说："不像，女的还给男的擦眼泪。"

小袁问："两人说些什么？"

"没听见，"女孩摇摇头，她一推身边的男友，说，"你那时候非要亲我。"

大柳树下，湿地上留下两双鞋印，一双四十四码，一双三十四码，鞋尖相对，根据鞋印的深度，两人在这站的时间不短，没有移动。不是吵架？文彦哭了？他向妻子坦白了一切？

女孩又朝小袁高声喊："那一男一女沿着小区的铁栅栏，向东走了。"

"谢谢。"小袁冲女孩报以微笑。

小区东南角，绿色铁栅栏外面，马路边有个蹬三轮板车、卖草莓的农村老大爷。他见过文彦、兰蕊，在他的摊上买了两斤草莓。老大爷说了个情况，男的付完钱，一转眼的工夫，女的不见了，可把男的急坏了，发疯似的乱找，往西追下去了。

小刘打来电话，文彦一个人回到六号楼，他与贾彪吵起来了。

离六号楼一百多米，小袁看见楼门前围着一小群人，人群中传出一个粗犷的嗓音。

贾彪嚷嚷："我听说你在背后说我的坏话，说我是个见利忘义的生意人，用一盒雪茄就能收买我。"

文彦的声音："我从未说过这样的话。"

"你不敢承认？"

"我的确没有说过。"

贾彪嗓门甚高："你这种人，最让我看不起。吃软饭的没牙男人，惯会躲在女人的裙子底下，不敢伸出头。说了就是说了，你还不认账。"

小袁站在人群外面，她看见文彦提着一袋草莓，只想着绕过贾彪，上楼回家。

贾彪手里提着深棕色纸袋，他从袋里拿出木盒，向人们展示盒里的雪茄，说："这是不是你送给我的，我不要了，请你收回。"

小袁看出，贾彪是在存心找碴儿。

"我没送过你雪茄。"文彦否认。

"不是你送的？卖雪茄的老板我认识，我打个电话，让他带着发票来作证。"贾彪不齿地一笑。

"我……"

"你跟邻居们说说，你为什么送我雪茄。"

文彦有点慌。

"说呀。"贾彪紧逼,"你是不是想封住我的口,别把你的那点烂事说出去?"

围观人群竖起耳朵。

"你不要乱讲。"文彦穷于应付。

"嘿嘿,诸位听好了。十天前,就在停车场上,你和鄢然干什么来着?偷偷摸摸的,在车里搞得热火朝天,车快被震散了。"贾彪用的"热火朝天"这个成语给人以丰富的想象空间。

"你这是诽谤。"

"你别以为鄢然死了,死无对证。不止我一个,小红也看见了。"

文彦面红耳赤,蔫了。

小袁想,看文彦的表情,他真做了不光彩的事,贾彪没有冤枉他。此事传开,文彦将颜面全无,以后不仅在小区没脸做人,兰蕊面前更无法交代,夫妻关系存续都会成为问题。贾彪做得太绝了,丝毫不给文彦留余地。

贾彪还有更狠的话。

他对着人群说:"大伙儿都听过咱们六号楼闹鬼的事吧,我看这位文先生就是那个白面书生,家里放着那么好的老婆,还不知足,还要在外面拈花惹草。兔子不吃窝边草,你倒好,搞上女邻居,真是恬不知耻。"

文彦极力辩白:"我与鄢然之间没有做过任何见不得人的事,我们是……"

"你们是纯洁的男女之间的友谊?你别恶心我了,你从鄢然那儿弄走不少钱吧,没看出来,你还是位同时吃两个女人软饭的文相公。"

"请你不要侮辱我的人格!"

"你还有人格?"贾彪轻蔑地说,"你跟白面书生一样,都是白眼狼，你这么搞，对得起你的老丈人吗，对得起你的老婆吗？你连鄢然也对不起，我看你就是白面书生的鬼魂附体。"

文彦嘴唇失去血色，两颊肌肉颤抖，气得说不出话。

贾彪一惊一乍地说："大伙儿离他远点儿，这个人就是恶鬼。"

人群向后退，与文彦拉开距离。

一时间，文彦身上好像真的冒出黑色的丝丝鬼气。

"还给你。"贾彪把深棕色纸袋扔过去，文彦下意识伸手去接，草莓掉在地上。他弯腰去捡，贾彪的一句话让他停住。

贾彪问："鄢然怎么死的？"

文彦被问呆了。

"跟你肯定脱不了干系。"贾彪说。

面对贾彪的连番指责，文彦无力招架。他被激怒了。正当人群对贾彪的话快要信以为真之时，文彦的腰一点点挺直，垂下的头仰起来，他鼓起勇气，坚定地说："大家不要听这个人乱讲，我没做过对不起妻子的事，我问心无愧。"

贾彪大感意外，没想到文彦敢于反击。他要抛出更为致命的杀手锏：文彦与鄢然在酒吧的幽会！

文彦的手机铃音刺耳。他接通后，听了两句，脸色霎时惨白如纸，就像被天雷击中脑门一样。他撒腿就往小区大门跑，脚下踉跄，跑不出一条直线。什么事让他如此慌乱、急迫？

小袁尾随，不能让文彦脱离她的视线。

贾彪跟上。

人群没有散去，他们议论着文彦这个人的人品，感叹知人知面不知心。

地上的草莓被人踩了一脚，淌出鲜红的汁液。

小区大门外，林芝医生与兰蕊从一辆出租车上下来。林芝医生去付车费。兰蕊行动机械，像只丢了魂儿的木偶，一双清潭似的眼睛变得干涸，失去灵气。

文彦迎上去，他一把握住兰蕊的手，由于跑得太急，喘作一团，说不了话。

林芝医生劈头说道："你是个不称职的丈夫。"

文彦将妻子揽入怀中，动作小心，像是对待一件精美易碎的薄胎瓷器。他含泪对林芝医生说："您救了我们的孩子，等生出来认您做奶奶。"

"将来的事将来再说。"林芝医生严词训斥，"女人怀孕三个月内，正是流产高发期，要让孕妇保持心情舒畅，最忌情绪剧烈波动。文彦，我的话你忘了？你说了些什么，做了些什么，让小兰如此痛心，她跑到我的诊室……"看到小袁在场，林芝医生缄口。

文彦不辩解，唯唯诺诺。

兰蕊低头不语。

二十米外，一棵树后，贾彪隐起身形，朝这边看、听。

林芝医生问："怎么不说话了？"

文彦自责："都是我不好。"

兰蕊柔声道："不怪他，是我不好。"

"你还替这个男人说话。"林芝医生的面色转为慈爱，她生硬地抚摸一下兰蕊的头发，"让女人伤心的男人不是好男人，对这种男人，女人就该休了他。"

休夫？老太太真霸气，小袁心中叫好。

林芝医生说："回家吧，挽着手，别让邻居们说长道短。到家关好防盗门，别让外人进来打扰。"这后一句话是说给小袁听的。

文彦、兰蕊走后，小袁恭敬地叫了声："林奶奶。"

林芝医生警惕地问："你哪儿不舒服？"

"我不是找您看病，我想了解一下，兰女士到医院找您什么事？"

"这是人家的私事。"

"文彦做了什么让兰蕊伤心的事？"

"你一个女孩子，怎么关心起别人的夫妻感情，这与你办的案子无关吧。"

小袁明说："有关。"

林芝医生问："有什么关系？"

"这是侦查秘密，我不能告诉你。"小袁说。

"我也不能告诉你，因为这是医患秘密。"林芝医生眼里闪过慧黠的光。

小袁还要再问。

林芝医生说："把你的手给我。"

小袁不明就里，抬起手，伸过去。

林芝医生拿起她的手，检查一下，不满地说："没好好洗手，再去洗洗，用我教你的七步洗手法。"

说完，她施施然而去。

这个老太太！小袁冲着她的背影吐舌头，做了个鬼脸。

16：40

两位女刑警身着藏青色警服，第三次敲开 502 室的房门。

小袁神色冷峻，她正正警帽。

大客厅，与前两次询问时一样，两位女刑警与文彦各自坐在老位置。兰蕊不在，主卧室门紧闭。气氛沉闷，像是即将到来一场雷雨。

这次不是询问，小刘摊开一沓讯问专用记录纸。

仅仅不到十二个小时，锁定疑犯，案件侦破取得实质性进展。小袁汇报时，毕队长没有说表扬的话，他叮嘱道，不要放松调查，尤其是对贾彪，这个案子还有若干待解之谜。

小袁有同感，她寄希望于通过这次讯问搞清全部案情。

她观察文彦。

文彦头发微乱，衬衣起皱了。他定定地望着眼前一堵白墙，想着心事。他不是那种常跟警察打交道的混混，可以看出，他内心惶恐不安，前额发亮，脑子里正在倒海翻江，掀起冲天狂澜。

他要坦白交代，还是负隅顽抗？

在小袁眼中，文彦的面孔被阴影覆盖，与白面书生渐至融合为一体，透出一股邪恶之气。反复听到鬼故事，她难免受到某种心理暗示。

按规定，小袁第三次问了一遍文彦的姓名、职业、住所地等个人基本信息。

一问一答，十分枯燥无味。

提了几个无关紧要的问题后，小袁不经意地问："昨夜，你步行上楼时，鄢然家里放的是什么歌？"

文彦随口回答："《月圆花好》。"

"开头一句歌词？"

"浮云散，明月照人来。"

"什么年代的歌？"

"三十年代的老歌。"

"谁唱的？"小袁问。

文彦不答，他发觉上当了。他清楚，准确地说出歌名、歌词与歌的年代，等于承认昨夜上楼时听到歌声、见到201室开着门这一事实。微型录音机放在茶几上，有此为证，他无法改口。他在第一次询问中做了虚假陈述。

小袁问："鄢然家的门开着，你又听到从里面传出熟悉的歌声，有没有进去看看？"

文彦答："没有。深夜十一点多，鄢然是一位单身女性，瓜田李下，不方便。"

负责记录的小刘停住笔，两位女刑警想法一样：虚伪的男人。

小袁问："文先生吸烟吗？"

文彦答："不吸。"

"来的客人呢？"

"我也不敬烟，我妻子最反感烟味。"

茶几下，放着贾彪扔还的深棕色纸袋。小袁问："这种雪茄很贵吧？"

小袁用问话编了一张网，雪茄不是买来吸的，也不是待客用的，很贵的东西只能是用于送礼的。文彦不得不说实话，假话瞒不过去。他有些激愤地说："雪茄是我送给贾彪的，可是，真实情况不是像他乱讲的那样。"

小袁说："你讲讲真实情况。"

为了洗刷掉贾彪泼给他的脏水，文彦从头讲起：

十天前。星夜，整栋写字楼只有一扇窗户射出灯光。副总办公室里，文彦完成一份呈交董事长的报告，他看看腕上手表，一敲键盘，将报告发往董事长的邮箱。董事长交办的事他从不拖到明天。

白色轿车行驶在回家的路上。他打开车载音响，一首忧伤老歌的旋律在车内流淌。

路边，街灯下，一个女人招手。

这条路比较偏，两边是绿化带，暗影重重。这个女人什么路数？他不想管闲事，打算开车过去，又觉得不合适，这地方很少有出租车。他减慢车速，驶近，一看，女人是鄢然。

白色轿车停在鄢然身边。

鄢然打开车门，上车，坐在副驾驶座位上。车内，充满令男人心动、难以把持住的香水味道。鄢然甩掉高跟鞋，用手揉着酸痛的脚。

白色轿车行驶中，他问："你怎么在这儿？"

鄢然抱怨："我的跑车坏了，刚让拖车拉走，这个鬼地方，我在路边站了半个小时，拦不到出租车，幸亏遇到你，咱们俩真是有缘呀。"

他问："你去哪儿？"

"回家，你呢？"

"我也是回家。"

白色轿车轻快地行进在马路上，夜深了，车辆稀少，行人绝迹。车里歌声舒缓、伤感。

两人随意聊天，开几句小玩笑，都怪太浓的香水味儿让人心里痒痒的。前面是十字路口，红灯。他的膝上多了一个东西，软软的，暖暖的，在向大腿根爬动，是鄢然的手。他身子一颤，脚下一紧，油门踩到底，车猛然加速，闯过红灯，差点与一辆横向行驶、通过路口的大货车侧面相撞。

他吓出一身冷汗，头脑清醒了。

鄢然一点不怕，倒像是遇见好玩的事，她咯咯笑着说："看把你吓的，喂，如果咱俩出车祸死了，你老婆来到现场，看见从车里抬出两具尸首，一具是你，一具是我，咱俩还手拉着手，死都不分开，你老婆会怎么想？"

这个女人的思维奇特。

他礼貌地把鄢然的手拿开，专心开车。他问："你的车怎么坏在那个地方了？"

"我想去找你。"

"有事？"

鄢然嗲声道："没事就不能找你？"

他心念一动，跑车坏了，鄢然为什么不跟拖车一起走，而是留在原地，就像专门在等他。鄢然是来催他还钱的？

鄢然半侧过身子，一只手搭在他的肩膀上，有意无意地触碰他的耳垂，在生物电流的刺激下，他感觉半边身子麻酥酥的。他是老实人，不会应付这种场面。正当他不知所措之际，接到一个救命的电话，妻子兰蕊打来的，问他怎么还不回家。他说：加班，十分钟后到家。

前面是小区大门。

停车场。他松口气，总算到了。

鄢然没有下车的意思。看着六号楼五层亮着灯光的窗户，问："你老婆在家等你？"

他想着兰蕊，说："无论多晚，我不回家，兰兰不会去睡，一直要等到我上楼的脚步声。我走到门前，门就开了，天天如此。"

鄢然问："天天如此，你不腻吗？"

他没回答，瞳仁深处闪着光，那是自家窗户洒出的温馨而又明亮灯光的反射。

车内很暗，鄢然眼中有一股怨恨之意。

他去解安全带，手被鄢然抓住。鄢然声音凄楚地说："每天夜里，我都是孤孤单单一个人睡在大床上，没有真心爱我的男人陪在身边，我好可怜。你看看我，我美吗？"

他不由得扭过头，看到一张绝美的面孔，与妻子的美风格不同，火与水的不同。

鄢然说："我要你每个星期和我单独相处三个小时，不让任何人知道，你同时拥有两个女人，不好吗？"

齐人之福？他没有抽回手。

他不是圣人，所以有几秒钟的动摇。想到岳父母一家对他的好处，想到来之不易的身份地位，想到桃花茶一样散发着悠长甜香的贤惠妻子，他强敛心神，收回手。他降下车窗，让夜风给发烫的脑门降一降温。

鄢然说："我不求名分，不破坏你的家庭，也不再要你还钱。"

他没有幼稚到相信这种话。如果背叛妻子与岳父一家，被这个女人缠上，结局只有一种。

他发现，二层202室阳台上站着一个黑影。他眯起眼睛，凝神看去，那人是贾彪，正朝白色轿车这边望过来，手里拿着一样东西，好像是大号望远镜。

他有自知之明，他身上根本不具备吸引鄢然这类风流女人的魅力。近一段时间，他无时无刻在想，鄢然处心积虑地接近他，出于什么目的？

他百思不得其解，心里没底，惶惶不可终日。

他说："我抓紧还钱。"

"我不要钱，我只要你。"鄢然像一条柔若无骨的蛇，宛转着向他盘过来。

他的左手推开车门，说："请你自重。"

因为遭到意想不到的拒绝，鄢然又羞又怒，说道："我这么一个大美女投怀送抱，你却推三阻四，真是不知好歹。你的老婆哪儿好？长得不如我漂亮，穿衣跟退休大妈似的，在床上更是像段木头，不懂情趣，这些话都是你说的。你还说，结婚十年，你早就腻了。"

天哪！他从来没有说过这些话，都是鄢然臆想出来的，神经病吧。

鄢然愤愤地："我哪点比不上她？她就是生在好人家，从小像公主一样被父母疼爱，人人都喜欢她。现在的我，处处比她强，比她好看一百倍。"

他问："从小？你和兰兰小时候认识？"

"我……听贾彪说的。你是我的，我要把你从她的手上抢过来。"说完，鄢然倏地扑到他的身上。

雨点般密集的吻，在他脸上留下数不清的口红唇印。

他哪里遇见过这种场面，头轰的一下蒙了，手足无措，像上钩的鱼儿一样挣扎。前风挡玻璃外，小红向车里张望。他奋力推开鄢然……

"真实情况就是这样。"文彦说。

他把自己描述成一个坐怀不乱、忠于婚姻的真君子。他的话里有多少真实成分，躺在不锈钢解剖台上的鄢然不能坐起来与他对质了。

小袁问："既然你问心无愧，为什么要送雪茄给贾彪？"

文彦答："今天早上，贾彪不断给我发短信，要与我见面，在我家门外，我和他说了几句话。他怀疑是我杀了鄢然，我担心贾彪不负责任地信口胡说，给我惹来麻烦，我请求他接受警方调查时能够做到实事求是。"

"哦？"小袁眼前连闪三个画面：今早在文家，文彦多次收到短信；她从邹教授家里出来时，听到楼上五层有两个男人对话的声音；稍后，她走进电梯轿厢，见到面含怒意的文彦。

"雪茄不是我主动送的。他说，他保证不把停车场、酒吧的事说出去，条件是我要送他一盒高级雪茄，还要到他指定的店里去买他指定品牌的进口雪茄，我不得不照办。没想到，他上午拿走雪茄，下午就变卦了。他当众往我脸上抹黑，袁警官，当时你在场，都听到了，搞得我有口难辩，用我老家的话说，黄泥巴掉进裤裆，不是屎也是屎了。"文彦一副万分委屈的样子。

小袁想，这人说的不像假话，那么，贾彪就有引人入彀之嫌。

文彦又说："我不是吃软饭的，我借鄢然的钱已经全部还清了。"

小袁问："什么时候还的？"

文彦说："一周之前。"

"你哪儿来的钱？"

"婚后十年，我妻子定期给我的母亲汇生活费，我母亲一分没花，全部放进一个腌菜的黑罐子里，藏在老家的房梁上。我母亲听医院的护士讲，她做手术、住院的费用都是我汇过去的，她怕兰兰因此跟我不和，就强撑着从病房偷跑出来一天，回家取下黑罐子，把这些年积攒的钱全通过邮局给我寄来了。我收到钱，想到千里之外年迈的老母亲，大哭一场。我找到鄢然，还清全部借款。我要求赎回手表，鄢然说她在牌桌上输掉了，输给谁忘了。"

"你还的是现金，还是银行转账？"

"鄢然要求我还现金。"

"鄢然给你的收条呢？"

"借的时候她没要借条，还的时候我也就没要收条。"

"前两次询问时，你为什么没说？"

"鄢然死了，我手中无凭无据，你们不会相信。"

小袁问："还钱有人证明吗？"

文彦答："我去鄢然家还钱时，听到卧室里有男人的鼾声。我把带去的一大包钱放在茶几上，鄢然两眼放光，惊呼出声。鼾声停了，鄢然跑进卧室，男人问：谁在外边？鄢然说：是文彦，来还钱的；两人小声嘀咕了一会儿。"

"那个男人是谁？"

"贾彪。"

"你见到人啦？"

"听声音是他。他不会为我做证明的，他恨我，他误会我了，我从来没有想过跟他争夺鄢然。"

小袁想，对贾彪的两次询问中，每当谈到鄢然时，他的嫌恶遮掩不住，他逮住机会就要坑害文彦一下，不会为了"争夺鄢然"，应该另有原因。她问："还钱之后，你与鄢然还来往吗？"

"钱已还清。"文彦的意思明白无误。

"下个月的住院费怎么解决？"

"我母亲本月底出院，不需要了。"

"你打算如何处理与鄢然的感情纠葛？"

"我承认，我对鄢然有过一点非分之想，生理上的，过去了。我不是滥情的人，兰兰才是我的一切。"

文彦斩钉截铁地说。几句话展现出他性格的另一面，他有点优柔，事关切身利益时还是能下决断的。他的这番表白是出自对兰蕊的真情，还是为了欺骗警方而装腔作势？

小袁的评价倾向于后者。她问："昨夜，你从鄢然家门外走过时，防盗门处于什么状态？"

文彦没有马上回答。几秒钟后，他说："防盗门是开着的。"

"门开多大？具体一点。"

"门开着一道缝，门缝大约一拳宽。"

与保洁郭大姐所述一致。

"门里亮着灯吗？"

"一进门的玄关、转过去的客厅都没有开灯，黑得让人心紧。在防盗门外，看不到最里面主卧室的灯光。"

"你推开门，走进去了？"

"没有。"

"那你怎么知道主卧室亮着灯？"

"我进楼门之前，在楼外看见鄢然家主卧室里有灯光，比较暗，她不喜欢明亮的环境。"

"你对201室格外关注？"

"不，二层贾彪家，还有我家的客厅也亮着灯，我这个人做了十年上门女婿，习惯于处处观察了。"

文彦眼睛看向外面的蓝天。

"你走到 201 室门外时，歌声唱到哪一句？"

"第一次步行上楼，我确实没有听到；第二次，我想一下，唱到'清浅池塘，鸳鸯戏水'那句。"

组合音响反复回放同一张黑胶唱片。文彦第一次上楼时，刚好一曲终了，尚未再次播放，可以解释得通。

"夜深人静，一扇防盗门没关，开着一道缝，门里面漆黑一团，传出缠绵的歌声，声声入耳。遇到这种情况，胆小的女人赶紧走开，胆大的男人会不自觉地停住脚步，你呢？"小袁问得刁钻。

"我是男人，但我胆小。"文彦答得坦率。

"你否认昨夜进入过 201 室？"

"我对那个女人唯恐避之不及。"

小刘停下记录的笔，这个衣冠楚楚的文彦说起谎话真是铁嘴钢牙。

小袁见得多了，杀人命案中的疑犯深知后果的严重性，不见到真凭实据，大多不会轻易就范。她还是希望文彦能够主动交代，以争取一线生机。她说："一个人出入案发现场，有时会遗留下微量证物，比如指纹、体液、足迹，还有毛发等，警方发现并提取后，采用现代物理、化学分析方法，从中取得所携带的个人生物信息，进行比对，可以最终锁定嫌疑人。"

文彦的屁股在大沙发上扭动两下："我以前去过鄢然家，不止一次，可能留下指纹。"

小袁说："经过调查确认，现场提取的证物是昨天下午以后遗留的。"

在小袁眼中，文彦故作轻松，他说："那就与我无关了。"

在两位女刑警的注视下，文彦局促不安。小袁问他："河边，大柳树下，你和兰女士谈到什么事，让你流下眼泪？"

"家庭琐事。"

"是吗，我可以向兰女士了解。"

文彦的额头暴起蚯蚓似的青筋，他说："袁警官，请你、求你不要扰乱兰兰的平静生活，她是孕妇，需要安心养胎，无论多大的事都由我一人承担。"

小袁发现，文彦的软肋原来在这儿。他对兰蕊的感情像是真的，不是做作，或许，他更为关心的只是兰蕊肚子里的胎儿。

文彦的态度急遽转变："你们想知道什么，问吧。"

小袁说："你把昨夜第二次步行上楼的全过程仔仔细细地说一遍，每一步都要讲。"

文彦低头看着双手，说道："我向夜班保安问完话后，用门禁卡打开楼门，走进楼道，我听到一阵缥缥缈缈的歌声，从上面传来的。我顺着楼梯往上走，歌声越来越近。一层半，我又往上走了几级台阶，看见鄢然家的防盗门开着，开得不大。歌声从门里传出来，我没有马上离开，在门外站了一会儿。门里没亮灯，我想，鄢然忘记关门，她开着音响，在卧室，睡了？我想进去看看，想起停车场的事，又想到一周前还钱时贾彪睡在她的床上，就缩回去拉门的手。这时候，我感到一种莫名的不安，心悸，脑子里有个声音对我说，鄢然会不会出了什么不好的事，是非之地，不宜久留。我转身往楼上走。歌声唱到结尾，楼道里一片死寂。我边上楼边往后看，总觉得什么东西跟着我，身后什么都没有。上到五层，我打开自家房门，进去，锁好全部门锁，心里才踏实下来。"

小袁问："你在 201 室门外站了多长时间？"

文彦说："我没看表，一两分钟。"

小袁想，文彦第二次步行上楼多用的时间没对上。她问："你根据什么认为鄢然可能出了不好的事？"

文彦说："感觉，第六感觉。"

第六感觉，即视、听、嗅、味、触觉以外的心觉，心理感觉。这种感觉是个什么东西，众说不一，有点玄。小袁揶揄地说："你的第六感觉挺准。"

文彦认真地说："今早，两位警官上门调查，我就联想到鄢然出事了。为了避免不必要的麻烦，我没有向警方承认昨夜步行上楼时听到歌声、在鄢然家门外做过短暂逗留，我向两位警官致歉。"他的解说很圆满，不愧是名牌大学的高才生。

小袁不再跟他绕圈子，说："我再提醒你一次，勘查现场时，法医在死者鄢然的睡衣上提取到一根毛发。"

"谁的？"

"遗留毛发的是一位男性，警方推断，他在昨夜与鄢然有过亲密接触。"

"鄢然接触的男人很多，贾彪是其中之一。"

"不是贾彪的。"

文彦控制不住双手的抖动，他说："一周前我把钱还给鄢然，去过她家，相距一米，待了五分钟。自那之后，我几乎没有见过她。"

到了这个时候，文彦还在顽抗，拒不吐实。小袁仁至义尽，只得放弃给他主动坦白的最后机会。她说："经过 DNA 比对，认定这根毛发……"

"等等。"文彦举起双手，"我明白了。"

"你明白什么了？"

"我明白你为什么含蓄地问我昨夜是否出入过鄢然家。那根毛发是……"

停顿了半分钟。

文彦艰涩地说出几个字："那根毛发是我的。"

小袁的表情是最好的回答。

"怎么可能？！"文彦连说三遍。他愕然失色，脸上表情不断变换，从迷乱、茫然，到苦思、顿悟，再转为愤怒、不解，然后是无奈、颓丧。渐渐地，他的眼神起了变化，由软弱、动摇变为坚定、执着，像是就一件事下了决心。他喟然一声长叹，说："我认了。"

他是认罪，还是认命？

套用一句常见的话，小袁看出，文彦的心理防线已经彻底崩溃。她在耐心地等。

文彦的手不抖了，毅然决然地说："请记录吧。"

他交代如下：

昨夜十一点半左右，轻柔的歌声中，他走到一层半，脚下一顿。

鄢然倚门而立，面含微笑。

他低下头，避开那双火辣辣的目光，脚步加快。楼道不宽，他贴着鄢然擦身而过。他的手臂被鄢然一把抓住，将他拉进门内。

主卧室，鄢然偎进他的怀里，右脸紧贴他的胸脯。

他向后退，后背碰到那盆不知名的花。

他大力推开鄢然。鄢然脸色骤变，提出最后通牒：与兰蕊离婚，娶她为妻，否则，哼！

（到此为止，文彦的叙述与小袁的猜想基本吻合。下面就大不相同了。）

鄢然拿出事先备好的水果刀，威胁：如果不按照她说的去做，她就自杀殉情。

他想到怀孕的妻子、新晋的总经理职位，明确说道：绝无可能，今后要与鄢然断绝来往，让她死了这条心吧。

鄢然双手握住刀柄，刀尖冲内，作势往自己的心窝刺去。

他急忙夺刀。

争夺中，他的手一滑，没抓住，鄢然正往回抢刀，刀锋顺势刺入她的左胸，没至刀柄。

鄢然松开握住刀柄的双手，倒下。

他僵立十几秒钟，上前查看，鄢然已是气绝身亡。

他逃离现场……

文彦叙述完毕。

大客厅里，静到落针可闻。

大大出乎两位女刑警的意料，文彦的交代将案件性质做了颠覆性的改变。

小袁问："按你的说法，鄢然死于自杀，你阻止不及？"

文彦一脸正经地说："我认为，鄢然并不想自杀，她只是想吓唬我一下，逼我按她说的去做。不承想，她没把握好分寸，一时失手，以致酿成无可挽回的悲剧，令人心痛不已。"

"你为什么不施救、不报警？"

"来不及呀，我有私心，不愿这种丑事张扬出去，影响我的名声，所以，我没打120，也没打110，我错了，甘愿接受任何惩罚。"

"你为什么抹去刀柄上的指纹？"

"抹去指纹？我记不得了，可能是我做的。现场只有我与鄢然，万一刀柄上有我的指纹，我怕追查到我，很难说清楚。"

"你逃离现场时，为什么不关上防盗门？"

"我太慌张了。"

案件性质发生惊天逆转！

鄢然死于失手自戕？文彦对此做了近乎完美的解释。他说得流畅自如，估计这套说辞他在心里已经预演多遍，倒背如流了。

他的智商远超常人，就像一条滑不溜丢的蛇，要从小袁的手指缝中溜走。

小刘有些着急，她从文彦脸上看到一丝得意的神情，一闪即逝。

小袁不紧不慢地说："鄢然死亡后，你沉住气，弯下腰，近距离面对一具尸体，抹去刀柄上的指纹，你的头发极有可能就是在那个时候掉到鄢然的睡裙上。"

文彦说："我当时大脑一片空白，我做过什么，事后记忆只剩一些碎片。"

小袁问："你是男人，身高一米八，体态强健，怎么会争夺不过一个女人呢？"

文彦答："我常年坐办公室，缺少锻炼，并不像看上去的那么壮实。"

小袁的反应速度只用了百分之一秒，她目露精光："你的陈述中有两个明显的漏洞。"

文彦一震："漏洞？还是两个？"

小袁说："第一个，凶器是一把刀，刀柄仅有十公分。"

文彦说："我没量过。"

"鄢然声称要自杀时，用双手握刀？"

"对，我记得清清楚楚。"

"成年人的手掌宽度一般在八公分以上，鄢然的两只手应当覆盖全部刀柄，你现在可以用你家里的水果刀做个小小的侦查实验。你与她争夺时，你抓住的只能是她的手或手腕，刀柄上不会留下你的指纹。你为什么还要费心费力地擦去刀柄上的指纹，留着鄢然的指纹，不是更能证明你的无辜和清白吗？"

"我以为……"

"你以为刀柄上可能留有你的指纹，为了保险起见，找东西擦了一遍，以求万无一失？"

"对呀！"

"鄢然放开过握刀的手吗？"

"好像放开过。"

"如果放开过，刀是怎么刺入她的左胸的？"

"……"

言多有失，文彦不作争辩。

小袁又说："第二个，刀身长十五公分。"

文彦诘问："刀身长短与鄢然是否自杀有什么关系？"

"你刚才说，夺刀过程中，你手滑松开，鄢然收手不及，刀尖向内刺入自身，只有刀柄留在体外，是这样吗？"

"……差不多吧。"

"差多少？差在哪儿？哪处细节与你说的不一样？"

"一样。"

"你在上述交代中，存在一处无法修补的破绽。刀尖刺破皮肤、损伤敏感的表皮神经时，鄢然会瞬间感到刺痛，自我保护的本能使她不再用力，刀锋自然停止继续刺入。经法医尸检，本案凶器水果刀不停留地刺穿表皮，刺穿皮下脂肪，刺穿肌肉，刺穿厚厚的硅胶假休，鄢然做过隆胸术，再从两根肋骨中间刺穿而过，直到刺入心包、心脏，刀柄被肌肤挡住。刀身长度十五公分，中途没有停顿、再刺。这一刀快速、准确、果断，一气呵成，慢一点只会刺入刀尖，偏一些可能不会致命，迟滞一下刀刺形成的通道不会如此清晰连贯。这一刀的目的非常明确。"

"也许，鄢然真的想自杀。"

小袁微哂："自杀？为了你，为了情，还是为了什么？"

文彦默不作声。

小袁问："你还有什么话要说？"

文彦答："没有。"

"你对说过的话有没有要更正的地方？"

"一字不改。"

"你坚持鄢然是失手自杀？"

"坚持！"

文彦十分决绝。他褪去上门女婿文弱、谨小慎微的外皮，露出倔犟、刚毅的本相。

小袁重新认识这个人。她问："你昨夜穿过的衬衣在哪儿？"

"洗衣机旁的篮子里。"

"洗过了？"

"没洗，今天没有时间，也没有心情做家务。"

"请你拿来。"

文彦没动。小刘出示从刑警队带回的搜查证。文彦不得不站起身，小刘跟着他，一去一回，取来一件换下的浅蓝色薄绒衬衣，与监控视频中昨夜文彦下班回家时所穿衬衣式样一致。

小袁反复检查。

衬衣胸部位置没有沾染面霜的痕迹，也就是说，昨夜文彦与鄢然相会时，两人并未紧紧拥抱。文彦为什么要在这个无关轻重的细节上说假话？

鄢然死时，刀留在她的体内不曾拔出，文彦所穿衬衣前部、袖口没有喷溅上的血渍。

衬衣口袋里有一方折叠整齐的手帕。小袁的手在袋内摸索，她将口袋翻过来，没有找到鄢然右手无名指上那枚不知去向的红蝴蝶图案的假指甲片，可能被文彦丢弃了。

这件衬衣不具有证物价值，无需收集、扣押。

文彦一旁观察，他以目光向小袁询问：你对我的脏衬衣这么感兴趣，在上面找什么？他似有所悟。

小袁到阳台上，用手机向毕队长汇报讯问结果，强调作为高智商犯罪，文彦不仅顽固，而且狡猾，他的诡辩术十分气人，智商不够的人还真编不出"失手自杀"这样的情节。听到小袁情绪化的话，手机那头，毕队长笑了，他问："文彦有早期谢顶吗？"小袁说："有一点，这家伙用脑过度。"毕队长说："那根毛发掉的是时候，也掉的是地方。"小袁没听明白什么意思。毕队长命令："以口头传唤形式，先带文彦回刑警队，给他两个小时思考，再审。同时，请徐法医就鄢然失手自杀的可能性提供专业意见。"

小袁回到大客厅，向文彦宣布口头传唤的决定。她掏出手铐，问："不需要吧？"

文彦还有心情笑了一下："我一不反抗，二不逃跑，我自认无罪，最多是过失。"

小刘让他在讯问笔录上签字画押。

文彦问："我可以跟妻子告别吗？"

小袁同意。

主卧室。夫妻私密之地，小袁第一次进入。这里布置的风格如同兰蕊其人，优雅，精致，温婉可人。和煦的风从窗口吹进来，一股暗香无处不在，轻缓流动。

文彦和兰蕊手拉着手，久久不语。

小袁轻咳一声。

文彦说："我要走了。"

兰蕊问："你去哪儿？"

"两位女警官请我去她们办公的地方（他没说是刑警队），了解一些情况。"

"什么时候回来？"

"可能要晚一点，你早点睡吧，别等我。"

"我等你。"

拆散这对恩爱夫妻，小袁于心不忍，但职责所在，再不得已也要为之。她从警数年，见到太多的生离死别，心却总是硬不起来。

文彦柔声道："记着好好吃饭，别饿着肚子里的小宝宝。我新买了两身孕妇装，你试试。"

兰蕊说："我不穿，丑死了。"

"请个小时工吧，每天来家里一次，做家务，好多事你不会做。"

"我不想家里有外人。"

文彦像在安排后事。夫妻俩你侬我侬，侬得没完没了，嘴唇越来越近，看架势是要吻别。两位女刑警都是未婚女青年，哪见过这场面，同时侧过脸，不去瞧。

文彦抓住时机，在兰蕊的耳边以极快的语速说："我昨夜去了鄢然家，她逼我娶她，我不同意，她就以自杀相威胁，我去抓她握刀的手，阻止她，争夺过程中，刀刺进她的左胸……"

小袁断喝："文彦！"

文彦缓声道："我已向警方如实交代了事情的全部经过。我与鄢然暗中幽会，我对不起你，所以昨夜的事没敢对你说，原谅我。"

兰蕊的眼睛睁得很大、很大，双手抓住文彦的胳膊，指甲掐进他的肉里。她浑身战栗着说："不是你做的。"

文彦苦涩地说："是我。鄢然死了，事已至此，无可挽回。我是男人，我会承担起责任。"

小袁说："文先生，该走了。"

文彦一狠心，扯开妻子的手，说："兰兰，别做傻事，为了咱们的孩子。"

他转身朝外走。

兰蕊没有追上来，她受到极度震惊，被丈夫说的话吓着了。

从后面看，文彦一向挺直的腰弯了。

电梯下到一层。文彦说："我这一走不知哪天才能回来，也许回不来啦。我的妻子有孕在身，她一个人在家，我实在放心不下。我想当面请求林妈妈常去看望一下兰兰，袁警官，可以吗？"

小袁说："我可以代为转达。"

"我不能亲口对林妈妈说吗？"

"不能。"

小袁一口回绝。她一时心软，让文彦与兰蕊告别，造成的后果是文彦借机泄露了他向警方交代的重要内容。这种失误不能再犯。

文彦说："那好吧，拜托袁警官啦。"

小刘将文彦押进警车，六号楼一扇扇窗户后面，多数业主目睹了这一情景。202室的贾彪站在窗前，大口吸着雪茄，捏瘪手中喝空的黑啤酒易拉罐。

按响102室门铃，小袁的脸对准门上的猫眼。猫眼后面，有人朝外看了看，门开了。

门内，林芝医生冷冰冰地问："什么事？"

小袁恭敬地问声"您好"，她将文彦的话适当修改后转述给林芝医生。

林芝医生问："文彦人呢，他自己不来说？"

"他……在和我的同事谈话。"小袁脑子里灵光一现，加了一句，"他最放心不下的，就是兰女士不要做傻事。"这句话虽然不在转述之内，但符合文彦的心思。

林芝医生问："文彦对你说了些什么？"

小袁如何回答？她这样说："在文彦家里，我和他谈了将近一个小时，他说了很多。"这话没毛病，小袁没骗人。

林芝医生又问："文彦都对你说了？"

小袁笑笑，算是回答。

林芝医生误会了，以为文彦说出了那件本该保密的事，她也就不再隐瞒，说："难怪文彦担忧，兰蕊这个傻孩子呀，今天下午找到我，提出一个让我意想不到的要求。"

小袁非常想知道在兰蕊身上发生了什么事，能让文彦那样仓皇失措。

"她居然要求终止……"林芝医生说。

小袁下意识地身子前倾，侧耳倾听。

她的这个动作被林芝医生发觉了。林芝医生的话戛然而止，这位老太太不仅医术精湛，而且机敏过人。她对小袁说："小丫头，你聪明得很哩。"这话不知是褒是贬。

功亏一篑，小袁得到半个答案。

门内较暗。林芝医生说："文彦被抓了，失去自由了？不然怎么会请你传话。你转告他，过十分钟，我上楼去他家，往后天天去，保证母子平安。"

老太太古道热肠，如今不多见了。

小袁走向警车。她琢磨着林芝医生说了一半的话：终止……妇科的什么诊疗中常用这个术语？她打电话向徐法医请教，徐法医想都不想，回答四个字：

终止妊娠。

就是人们常说的人工流产，俗称打胎。文彦与兰蕊结婚整整十年，盼子心切，兰蕊好不容易有了身孕，她为什么要做这种"傻事"？

警车上，小袁不急于发动车回刑警队，她转身向着后排座，问："今天下午，你妻子去医院做什么？"

后排座上的文彦支吾着说:"她身体不舒服,妊娠反应,去开点药。服药可能造成胎儿畸形,林妈妈不让她做傻事。"

"她是去打胎。"

"谁说的,林妈妈告诉你的?"

小袁转告林芝医生的话。听到"保证母子平安",文彦偷抹一下眼角。小袁说:"警方也会尽力保障你妻子,还有她肚子里小生命的健康、安全。"

文彦说:"谢谢。"

小袁问:"为什么?"

文彦好像没听明白。

小袁再问:"你妻子为什么这样做?"

文彦对这个问题没有思想准备,他慌不择言:"兰兰的妊娠反应太强烈,太难受,她是个娇气的女人,她经受不住这个、这个……"

小袁说:"你编也要编个像样点的理由。"

文彦闭紧嘴巴。

小袁看看腕上手表:"给你一分钟,想好了,能够自圆其说再说。"

文彦揉揉有助于清醒头脑的太阳穴:"我说,昨天夜里,眼瞅着鄢然死在我的面前,她倒在摇椅上,身体轻轻晃动,我被这一幕吓破了胆。我跌跌撞撞地上楼,回到家,腿是软的。我照顾兰兰服药,手抖到拿不住杯子,水洒到她的身上。她见我魂不附体的样子,问我怎么了,我哪里敢说,随便找个借口搪塞过去,兰兰那时就起了疑心。夜里,我和兰兰睡在大床上,我不敢闭眼,一合上眼皮就看到鄢然从晃动的摇椅上慢慢站起,动作像具僵尸,胸口插着一把刀。更可怕的是,鄢然冲我笑,笑容阴森可怖,散发着阵阵冷气,冻得我打哆嗦。后半夜,我撑不住了,迷迷糊糊地睡着了一小会儿，噩梦连连。梦里，我分明看见鄢然的脸开始腐烂，腐肉一块一块往下掉，她强拉着我，往焚尸炉里钻，炉口大开，向外喷着橘红色的火焰。我惊叫着吓醒了，见兰兰坐在我身边，看着我，眼里满是疑问。她一定听到我说的梦话了，我记得我在梦中对鄢然喊：你不是我杀的！今天早上，全楼的人都知道鄢然死了。中午，在你们的第二次询问下，我被迫说出与鄢然的私下往来，这些以前都是瞒着兰兰的。她联系起昨夜我的表现，认定我与鄢然存在私情，人是我杀的，我就是鬼故事里的伪君子白面书生。午后，我和她外出散步，河边大柳树下，她质问我，我不得不承认了昨夜发生在鄢然家里的事情，我哭了，流下悔恨的眼泪，请求她的原谅。我说，人绝对不是我杀的，她不信。她对我说，她的孩子如果有一个杀人犯的爸爸，一生抬不起头，受尽歧视，她不能让这个孩子降生到世上。买草莓时，她趁我不注意，拦住一辆出租车，走了。接到林妈妈的电话，我才知道她去了医院，她要打掉未成形的胎儿。"

文彦的心在滴血。

文彦数次陈述、交代的内容与小袁调查了解的情况全对上了。文彦知道凶案发生在主卧室、鄢然死于刀下这些没有对外公开的案件情节，证明他出入过案发现场。所谓"失手自杀"，纯属诡辩。历时不到十三个小时，疑犯归案，案件告破，两位女刑警一身轻松。

红日西垂，天边晚霞像极了一罐打翻的草莓酱。

小袁发动警车。

警车刚要起步，两个人拦在车头前面，是蔡丽与周正这两口子。蔡丽过来敲敲车窗。

有事？小袁推开车门，下车。

蔡丽急火火地说："小袁警官，我们有个重要情况。"

小袁说:"别着急,慢慢讲。"

蔡丽说:"我和老周记起来了。"

她的话没头没脑,小袁问:"记起什么?"

蔡丽说:"袁警官,你忘了,你问过我和老周两次,昨天夜里十一点到十二点,听没听到楼上有重物落地的声音,咚的一声;如果听到了,准确时间是几点几分。"

"噢。"小袁是问过,目的是搞清鄢然确切的死亡时间。现在案子已破,一审文彦便知,这两口子的证言无关紧要了。

蔡丽说:"我想起来,我是被咚的一声震醒的,我还想楼上的鄢然那么缺德,大半夜的不睡,又折腾什么哪。你问我的时候,我想着多一事不如少一事,加上我没看表,不知道是几点,就没说。"

周正嫌她话多,白她一眼。

"你别瞪我。"蔡丽说下去,"我以为睡过了,晚了,赶紧叫上老周,去烧符纸。他拿着符纸往外走的时候,扫了一眼墙上的挂钟,老周说他记得时针、分针像举起两只手,就是这样,"她摆了个造型,"我俩那时候生怕误了烧符纸的时辰,没细看几点几分。"

小袁看看腕上手表,时针、分针形成 V 字造型,分别是十点十分与十一点五分,根据徐法医推断的鄢然死亡时间,应该是后者。

蔡丽说:"今天佳佳醒了,说明焚烧符纸的时辰对了,没有耽搁,就是子时一刻。中元道观的道长真是活神仙,符纸真灵,没白花钱。"她双手合十,鸡啄米似的上下拜着。

小袁含笑而听,心里说,道教叩拜神灵的手势可不是这样的。

蔡丽又说:"还有,烧过符纸,我和老周回家,隔着窗户看见文彦先生开车回来。你可以问问他什么时候回的家,就能证明我和老周说的不是瞎话。"

小袁问："你家夜里不拉窗帘？"

蔡丽说："以前拉上，自从佳佳摔伤，中元道观的道长说，要多吸收天地日月的精华，滋养生命，平衡阴阳，我就敞开窗帘，让屋里白天有阳光，夜里有月光，真管用。"

"还有别的事吗？"小袁急着赶回刑警队。

"没了。"蔡丽说得不够尽兴。

小袁握握两口子的手，表示感谢。她回到警车上，再次发动车。

警车没动。

发动机响了两声，熄火了。小袁坐在驾驶席上，双手扶方向盘，凝然地看着前方。

"怎么不走呀？"小刘问。

小袁的脑子里电闪雷鸣，她的头震得嗡嗡地响。

她想到：

201室红酒瓶落地在深夜十一点五分，与鄢然死亡几乎同一时刻；

蔡丽被咚的一声吵醒后，叫上周正焚烧符纸；

文彦这时还在路上，没进小区；

十一点十九分，开车回来的文彦走向六号楼，蔡丽亲眼所见；

第一次接受询问时，文彦说他上楼时，闻到烧纸的烟味；

文彦有案发时不在现场的完美证据！

太阳落入西山。小区安静下来，业主们都回家吃晚饭去了，警车孤单地停在六号楼前。

小袁思绪有点乱，她想，或有一种可能，蔡丽、周正夫妇被人收买，向警方提供伪证？文彦的岳父有钱，有社会地位，交友广阔，在本市颇有人脉。不可能！小袁否定了这一想法。其一，文彦的岳父不会出手拯救这样一个品行卑劣的女婿；其二，下午三点多，文彦向妻子坦白鄢然之死的经过，到现在不过两个小时，文彦的岳父即便有心施救，也根本来不及疏通关系，物色并收买证人；其三，蔡丽、周正夫妇本性循规蹈矩，绝不敢违法乱纪，冒这么大的风险；其四，如果事发，两口子必会因伪证罪进看守所，初见好转的佳佳谁来照顾，那是俩人的命。

警车后排座上，文彦安安静静地坐着，他斜倚车窗，仰起脸，痴痴地看向五层自家的窗户。

小袁回过身，问："文先生，昨夜，鄢然穿的什么衣服？"

文彦被问住了，他说："……我没注意。"

"鄢然的眼睛什么颜色？"

"黑色。"

"鄢然卧室里的床是方的，还是圆的？"

"大概是、大概是……"

"鄢然手里握的刀柄上有没有图案？"

"……好像有吧。"

"什么图案？"

"光线太暗，我没看清。"

小袁不再往下问了。昨夜，鄢然穿的是红蕾丝睡裙，她戴着蓝色假瞳片，卧室里的大床是一般人家少见的圆形，刀柄上刻着古埃及死神阿努比斯的狗头人身像，在一尺外落地灯投下的光束照射下清晰可辨。文彦抹去刀柄上的指纹时不可能看不清楚，这种可怕的图案令人过目难忘。文彦没有必要对这些细节含糊其词，他是真不知道，又怕乱说说错了。

昨夜，他没有进入过鄢然的卧室，不在案发现场。

结论只有一个：

文彦不是凶手！

小袁做事从不拖泥带水，她干脆地对文彦说："你可以回家了。"

文彦感到意外："不去刑警队，不抓我了？"

小袁说："现已查明，你的交代都是假的。"

文彦心里在想是不是听错了。

小袁重复说了一遍。

文彦说："我始终坚信警方不会冤枉一个好人，感谢袁警官明察秋毫，还我清白。"他这是由衷之言，没有讨好的意思。

"为什么？你为什么要编造这么个故事，误导警方？"小袁不快地问。

"我、我、我害怕，怕我不顺着你们的要求去说，不承认昨夜去过鄢然家，你们打我。"文彦的理由牵强，可笑，他又一次没说实话，他心里像是藏着一个秘密。

负责记录的小刘恼了："每次询问，我们既没有诱供、指供，也没有打过你、骂过你，同步录音可以证明，你不要信口雌黄。"

文彦："……"

小袁目光犀利，看向他，他把脸扭向一边。

文彦下了警车，小袁送他走向楼门，回家。

小袁看到，二层，一扇窗内，红红的火点亮了两下，那是贾彪在猛吸雪茄，他的眼睛没离开过两位女刑警。

贾彪像只大蜘蛛，感受到蛛网的每一丝颤动。

502 室大客厅，文彦和兰蕊紧紧相拥。

兰蕊泪如珠雨。

文彦泪洒衣襟。

两人都在为对方拭去脸上的泪水，相互目光中一往情深。有外人在场，纵有千言万语，两人也不便说出口。

短短十几分钟，这对夫妻经历了过山车般的大悲大喜。

两位女刑警眼中，文彦的形象大为改观。他不再是卑鄙的负心之人，脸上的邪祟之气一扫而光，鬼故事对人潜在的心理影响不可低估。

小袁有种感觉，这对夫妻在用眼神说话，交换着某种复杂的信息。

林芝医生退到一旁，眼中现出少有的暖意。

她毫不客气地对两位女刑警下了逐客令："看够了吧，咱们该离开了。"

18：07

两位女刑警回到警车上。

案件侦破回到原点。

小刘以为，遭受这么大的挫折，小袁肯定蔫头耷脑，心灰意冷。她搜肠刮肚，找不到合适的话安慰小袁。小刘想问，下一步从哪儿查起？

小袁毫不气馁，她将全案材料在脑子里重新过了一遍，不放过任何一个、哪怕是最细微的疑点，说道：

"从头查起。"

302 室。防盗门虚掩，小袁敲敲门，没人？

两位女刑警走进去。

大客厅，砸碎、摔烂的东西都被保洁员清理走了，地板上的斑斑伤痕难以修复。

裂成两半的俄狄浦斯石雕头像没扔，被常亮踩在脚下。

常亮仰靠在大沙发上，只穿着关不住小鸟的三角裤衩，伸开两条大长腿，双臂摊开，摆成一个大字形。他就像堆满阳台的红气球，撒了气，软绵绵的，一副半死不活的样子。

对于两位女刑警的到来，常亮没起身，没让座，甚至没动一下。

小袁问："你怎么不关门？"

常亮说："关上门，楚楚就进不来了。"

小袁说："常亮，向你核实一个问题。"

常亮像个聋子，他的眼皮长时间不眨一下，如果不是胸脯轻微起伏，看不出是个生命体。

他的眼角源源不断地淌出泪珠。这个大男孩的眼泪真多，无声中泪流满面，据说，男人的泪水可以软化女人的心。

常亮头一垂，停止呼吸！

小刘急欲去救，小袁按住她。

常亮憋不住，又喘气了。他说："我在体验死亡的感觉。如果我死了，从头到脚盖上一块白布，谁会为我而哭？我爸，他才不会呢。楚楚会哭得一包纸巾不够用，哭完了，一转身，就把我忘了，她是校花，好多男同学追她。楚楚十个小时不理我了，她又跟哪个男生去吃冰淇淋了，两人吃的准是忧郁蓝莓口味的……"他被臆想出来的楚楚与某位男生同吃冰淇淋的场景深深激怒，双目喷火。出现幻觉，不是好的征兆，这是精神病的初期症状。

小袁说："楚楚在家里，没有出去。"

"真的？"常亮的身体松弛下来。

小袁抓紧问："昨天夜里十一点到十二点，你用什么跟楚楚聊的天？"

"我说过了，用的手机。"

"我们查过了，昨夜你与楚楚的手机通话记录是零。"

常亮耍起少爷脾气："你们凭什么查我的手机？"

小袁叱令："老实回答问题。"

在女人面前，常亮一向是得宠的宝贝儿，被惯坏了，他第一次受到如此疾言厉色的待遇。他缩起脖子，不再轻狂了。

小袁心急，说话不免带出火气。拿到 DNA 比对结果后，侦查重心转移到文彦身上，对于刑警老孟调查来的"昨夜常亮手机通话记录为零"这条线索没有深究，她认为是自己工作中的疏忽，并为此自责。她想，常亮，十八岁的大男孩，正处于青春躁动的叛逆期，一时热血上头，行事往往不可预见，不知轻重，不计后果，就像婴儿敢去抓红通通的炭火，烧到手才会痛得哇哇大哭大叫。常亮独住，可以随意出入 201 室，具有作案时间、作案条件与作案能力。据江燕所述，去年常亮怒砸过鄢然的家，现在回看原因十分清楚，可以作为埋藏至今的犯罪动机。小袁目光如电，再问："说，用什么聊的天？"

"用激光笔。"

常亮从沙发缝里摸出一支黑色、拇指粗细、十几公分长、一般在课堂上当作指示器使用的激光笔。他说："为了不让楚楚和我来往，她的妈妈把她的手机没收了。"

小刘拿过激光笔，站在阳台推拉门前，试了试，确实可以在对面住宅楼的窗户上打出一个红点。她朝小袁点点头。

小袁问："你和楚楚用激光笔怎么聊天？"

常亮说："摩斯密码。"

摩斯密码，又叫摩尔斯电码。从 1867 年开始，茫茫大海上，船舶之间就通过灯光的开启、关闭传递摩尔斯电码，相互进行通信。常亮演示，他把食指放在激光笔前端，拿开、挡住红色射线发送信号，动作十分娴熟，非一日之功。

小袁问："你上过摩尔斯电码培训班？"

常亮说："我买了本书，我和楚楚都是自学的。"

高三面临高考，这对少男少女的精力全用在这上面了。小袁问："你为什么欺骗警方，说昨夜是用手机与楚楚聊天的？"

常亮回答："这是我和楚楚的秘密，不能告诉任何人。"

"你为什么现在又说实话了？"

"楚楚不理我了，说不说出来无所谓了。"

谈话结束时，小袁问了句无关紧要的话："鄢然喜欢花吗？"

"她讨厌花，越是好看的花她越讨厌。"常亮说。他又有了幻听："鄢姐姐叫我呢，她在我的耳朵里。"

从302室出来，小袁立即联系上楚楚。经查，常亮所述属实，昨夜十点至凌晨一点之间，他与楚楚用激光笔聊天，中间没有间断。

常亮不具有作案时间。

乘电梯下楼时，小袁拨出一个号码，接电话的人是常有福。

小袁措辞谨慎，介绍了常亮现时的精神状况，希望常有福作为父亲，能对常亮给予应有的关心。

常有福表示感谢。他说：拜鄢然所赐，他的现任妻子汪小花因在怀孕期间受到惊吓，生下的小儿子常明患有先天自闭症，无法继承他的家业。他把期望重又寄托在常亮身上，他要送常亮出国，去世界顶尖的大学深造，他明天派秘书坐飞机来本市办理相关手续。

小袁说：品格、心智健康的培养更为重要。

常有福不置可否。

电话挂断。

小刘问："你还管这种闲事？"

小袁说："少一个精神不健全的废人，社会就多一份安宁。再不抢救，常亮的畸形心理一旦定型，就难以矫正了。"

"鄢然没起好作用。"

"这是她的报复。"

"报复谁？"

"楚楚、常亮、汪小花、常有福，都是她的报复对象，她更恨与她性别相同的人。"

小刘听不太懂。

楼外。天空一点点降下夜的帷幕。

小刘说："下一个该查邹怀仁了，对不对？"

小袁问："为什么查他？"

"邹怀仁，怀仁与坏人同音。"

"就凭名字？"

小刘说："你别笑，我猜，你准是在怀疑邹教授的腿疾是装出来的。"

小袁说："我不相信表面现象，你看到的不一定是真的。咱们第一次到邹教授家，还有今天下午在楼前，邹教授叫小红叫了几次，这个小保姆都没有听见。她戴着耳机学外语，太过专心，就是耳边打雷也惊不动她。假设邹教授昨夜外出，瞒过小红，敲开鄂然家的房门，趁其不备杀了她，这种可能性只有万分之一，万分之一也不能忽略。你还记得吗，案发前一天，邹教授独自一人去过201室鄂家。小红还说过一句话，邹教授的关节炎是这几天突然加重的。"

小刘说："邹怀仁早有预谋？"

小袁说："必须用证据证明这种假设是否成立。"

"孟叔查过了，看你忙，没顾上向你汇报。"小刘说。孟叔就是刑警老孟，队里年青一代的刑警都这样称呼他。小刘又说："孟叔去了市立医院，找到骨科史主任，要来了邹教授的病历、X光片和诊断书。"

"调查结果？"

"据史主任讲，邹教授的关节炎十分严重，关节变形，行走困

261

难，需要有人扶助。如果换作别人，不要说走路，该卧床不起了。邹教授要强，好面子，强撑着能走几步，不乘坐电梯无法上下楼。为了稳妥起见，孟叔把 X 光片等拿给徐法医看，她的结论与史主任相同。"

刑警老孟的调查先行一步。小袁从警数年，刑警老孟看着她逐渐成长，对她的侦查思路与风格非常了解。

按照小袁的要求，物业经理以缴纳物业费的单据上漏盖了业主名章为由，叫出小红。

楼前，小袁问："昨夜十一点左右，邹教授有没有外出？"

小红说："没有。十一点的时候，我去过书房，向邹爷爷请教一个外语语法，他还笑话我是猪脑子。你们怀疑邹爷爷干了坏事？我要去告诉他。"

物业经理撇清责任："不关我事。"

小袁好言好语，哄劝小红为警方保守秘密，并保证不再打扰邹教授。

小红口头上没答应不说，不高兴地上楼了。

轿厢内监控没有邹教授昨夜十一点前后乘坐电梯的视频。

小袁衷心祝愿邹教授早日治愈顽疾，笔耕不辍，写出更多更好更高深的心理学专著，安度晚年。

康健、江燕都出身于普通人家。两人在校学习成绩一般，高考分数不够，没能上大学。老天爷赏饭吃，两人天生好身材，后天刻苦训练，都有幸成为健身教练，有了份收入还算丰厚的工作。两人结婚后，贷款买了现住的这套大房子，房价九折，房地产开发公司老板是江燕的学员。

如今，两人的小日子过得顺心如意。

两人是一对平凡夫妻，性格随和，有点没心没肺，即遇事不动脑筋，没有心计。两人在健身馆与同事、学员友好相处，没跟人红过脸。

据熟悉康健的邻居们说，康健这小子是早产儿，他妈怀他的时候不慎摔了一跤，让他提前来到人世间。他落地时不到五斤，像只没毛的小猫，所以小名叫猫崽，上学时常受人欺负。他长大后居然成了健身教练，娶了漂亮媳妇，住进高档住宅小区，还要办一家自己的健身馆，当年欺负过他的人都混得远远不如他好，真是太阳从西边出来了。

其中一个老邻居说出，康健从小就有晕血症，见到血就四肢发软，站不住，头晕恶心，半天缓不过来，有几个坏小子最爱做的游戏就是把鸡血涂在他家门上。

以上是刑警老孟调查的情况，他在"晕血症"三字下面标上表示重点的横线。

小袁联想到今天上午，在302室常亮家，康健见到常亮手腕划伤后淌出血滴时的反应，这是晕血症的典型症状。

如果康健是疑犯，刀刺入鄢然左胸，血向外涌出，血量虽然不是很大，足以让康健软瘫坐到地上，他没有能力再去擦除刀柄上的指纹，恐怕离开现场都很困难。

还有很重要的一点，三小时前，高大伟将要坠楼时，康健与江燕主动出手相救。救人一命，说明两口子对于生命的尊重，以及具有人性中最基本的品质，善良。

结论不言而喻。

周正可以从老婆蔡丽那里得到鄢然家的门锁密码。

家里突然出现一个气势汹汹、手持明晃晃尖刀的男人，鄢然不会笑脸相迎，必定大声呼救，拼死反抗。女人尖叫能达到100分贝甚至以上，足以惊动全楼，甚至整个小区。

昨夜，六号楼静悄悄的，无人听到异常声响。

文彦案发时在回家路上。

依据现有证据，以上五个男人被再次逐一合理排除，贾彪成为唯一嫌疑人。

小袁与刑警老孟通话。

刑警老孟讲，他去银行调查了鄢然名下专用于给文彦母亲汇付医疗费的银行卡的详细情况。该卡由鄢然本人亲办，手续正规齐全，存取款与余额变动短信通知的预留手机号码登记在鄢然名下，与银行卡同一天办理。

小袁问："这个手机号码只用于银行短信通知？"

刑警老孟说："基本如此，只有一次例外，今天中午，有人用这个号码打出一个电话。"

鄢然的鬼魂打的？小袁开玩笑地想，鄢然已死，阴间的她还有未了之事要与阳间的人联络？小袁严肃地问："接电话的人是谁？"

刑警老孟说："通过接听的手机号码查到，这个人叫李侠，女，她的丈夫是高大伟。"

一根线弯弯曲曲地牵到与本案不相关的人身上。

刑警老孟说："我请派出所民警上门走访，据李侠讲，电话是一个男人打来的，告诉她，她丈夫高大伟正躲在桃花源小区六号楼401室，让她快来抓人，晚一点儿高大伟又逃了。那个男的要求给点通风报信的好处费，她没给。"

高大伟的老婆是这么找上门的。

小袁问："打电话的男人是谁？"

刑警老孟说："对方没自报姓名。"

小袁从笔记本电脑中调出询问贾彪时的录音资料，发给刑警老孟，她说："请高大伟的老婆听一听，是不是这个男人的声音。"

刑警老孟说："她对来电没有录音，即使她指认声音是贾彪的，如果贾彪死不承认，也构不成证据。"

小袁说："我有办法让他承认。"

刑警老孟从不多问，又说："从手机通话、银行转账与日常往来中，查不出贾彪与鄢然近几个月还有联系。"

这一点小袁想到了，贾彪、鄢然二人门对门，有事要谈到对方家里更方便，还能一举两得。

刑警老孟汇报最后也是最重要的一件事：贾彪前女友柳依依猝死一案的全部卷宗已经整理后发至小袁的邮箱。

刑警老孟一丝不苟地完成了交办给他的每一项任务，他四处奔波，不辞辛劳，没有怨言，没在小袁面前摆老资格，老刑警就是老刑警！

小袁真挚地说："孟叔，辛苦您了。"

旁听的小刘发现，小袁一直没有放松对贾彪的全面、重点调查。到现在为止，贾彪没有露出马脚。

小袁打开邮箱，找到关于柳依依猝死一案的电子邮件。

全部卷宗共计一百零七页。小袁一目十行，页面快速滚动，略过一些程序性文件，主要阅读案件事实部分。该案没有统一结论，办案人员中存在两种不同意见。

小袁阅卷时，小刘去小区外的饭馆买回一些吃食。

有人往小袁的手里塞进一样东西，她闻到酱肉的香味儿，是夹肉火烧。她看也不看，往嘴里塞，狼吞虎咽。她的手里又多了一瓶水，她一口气喝光，打个饱嗝。她吃喝的时候全然不顾淑女应有的形象。

小刘秀气地细嚼慢咽，留意火烧上的芝麻粒儿不要掉在警服上。

小袁吃东西时，眼睛一秒钟也没离开过电脑屏幕。

小刘很想知道卷宗里记录了怎样的案情。

19：55

全卷阅到多一半时，小袁脑中逐步展开一个没有爱情、只有算计的爱情故事：

距小宛酒吧不足百米的地方有一家服装小店，店主柳依依。芳龄三十，先天性心脏病，皮肤白到半透明，像个瓷人，一副弱不胜衣的模样，引人生怜。没有哪个男人敢娶她，生怕亲热时稍一用力，她就会香消玉殒。

她偶尔陪朋友来次酒吧，喝杯不掺酒精的饮料，与贾彪不熟。

这天，她独自坐在酒吧角落，身边放着一只白色大拉杆箱，与往常相比，多要了一杯烈性的朗姆酒。她皱起好看的柳叶眉，喝药似的一点点将酒抿下去。酒吧服务员对贾彪说，柳小姐有个男朋友，爱打牌，输了不少钱。为了翻本，他借了高利贷，一夜输光，还不上，放高利贷的扬言要废了他的两只手。柳依依把服装小店抵押出去，又拿出全部积蓄，替男朋友还清债务，只希望他能浪子回头。浪子没有几个回头的，柳依依的男朋友仍然沉溺于牌桌，没有赌资，他发展到入室抢劫，致人重伤，潜逃在外，至今音讯全无，生死不明。

柳依依的服装小店被债主收走，因交不起租金，被房东赶出租住的房子。她身上只剩几张小面额纸币，到酒吧来买醉。

她数数身上的钱，又要了一杯朗姆酒。

她正要喝，一只大手捂住杯子。贾彪说："柳姑娘，你也就半小杯的酒量，别喝了，我叫人送你回家。"

"家？"柳依依凄然一笑，她拉起大拉杆箱，朝酒吧外走，没忘记买单。贾彪见她走路不晃，就没多管，酒吧里天天都有这种客人，别说他一个开酒吧的，就是玉皇大帝也管不过来。

夜深沉，月牙儿弯弯。

贾彪开上他的黑色大越野车，回城乡接合部的别墅。离酒吧不远的路边，路灯下，一个女人坐在马路牙子上，双手抱膝，头埋在两膝之间，从身形上看，那不是柳依依吗？

贾彪停下车，问："柳姑娘，怎么坐这儿？"

柳依依说："我要去火车站，没拦着出租车。"

"去火车站，干吗？"

"我要回老家。"

"上车，我送你，顺路。"贾彪把她的大拉杆箱放到车后座上，请她上车，朝火车站驶去。到了火车站，贾彪又将她送到进站口，这才回到停车场的黑色大越野车上。贾彪点燃吸剩的半支雪茄，用牙齿咬住，发动车，上了马路。

车开出没多远，他看见柳依依拖着沉重的大拉杆箱，往回走。

咦？

贾彪减缓车速，没鸣喇叭，慢慢地停在路边。柳依依要去哪儿？路灯投下的灯光将她的身影拉得很长，她漫无目的，走走停停，无家可归的样子。这时，马路对面过来三个街头混混模样的男人，为首的凑近柳依依，与她攀谈。贾彪待在车上，静观。

混混头儿比画手势，像在谈价。柳依依深深低下头。混混头儿将她揽入怀中，柳依依没有躲闪。

混混头儿招手拦下一辆出租车。

贾彪开车过去，横在出租车前头，一脚刹车，吱——混混头儿吓一大跳，张口要骂。贾彪跳下车，他认识这几个混混，混混们也认识他，他说："这是我妹子，你们带她去哪儿？"

混混头儿说："你妹子？我看她像是……"

贾彪截住对方的话，摸出几张大钞："哥几个去涮顿锅子，我请客。"他把柳依依拉向自己身边。混混头儿淫笑:"行,人让给你。"贾彪一变脸:"谁把今晚的事说出去,别怪我让他满地数小骨头(意思是打得对方满地找牙)。"

混混头儿接过钱,一抱拳,领着手下走了。

贾彪开车将柳依依带回别墅,让她洗了澡,换上女式睡衣,贾彪家里多的是女人衣物。柳依依木头人一样听从摆布。贾彪领她到客房:"今晚你睡这儿,明天我给你买火车票,送你回老家。你爹妈养你不容易,别作践自己。"

柳依依仰起脸,细看面前的男人。她扑入贾彪怀中,哭得梨花带雨,哪个男人受得了这个,任你是百炼成钢的汉子也会化为绕指柔。

随后,柳依依暂住别墅,贾彪介绍她到一家服装连锁企业做了分店的店长。

一天晚上,贾彪买回蛋糕,为她过生日。

她感动得泪水涟涟。两人一起吹蜡烛,许愿,跳舞。贾彪喝醉了,翌日清晨,他醒来时,柳依依睡在他的怀里。

两人从此同居。

柳依依是个善解人意的女人,对贾彪体贴入微,百依百顺,她在家里常披一袭似雪的轻纱,娶这样的女人为妻也许是前世修来的福气,也许是上辈子缺了大德。

柳依依想开自己的服装店。贾彪先是同意投资了,他的"密友"揭发,柳依依又与四处逃窜、不像人样的男朋友联系上了。柳依依回到别墅就冲澡,她做店长的工资、提成月月分文不剩。贾彪果断改了主意。

柳依依时常心悸、乏力、胸口痛,这是先天性心脏病的症状。医生说,她若怀孕,等于找死。

贾彪与她表面如旧。

半年一晃而过。贾彪应外地朋友之邀，开车去玩了几天，尽兴而归。他远远看见别墅一团漆黑，没亮一盏灯。自从柳依依住进来，这种情况从未有过，迎接他的总是明亮的灯光和一个糯糯的女声："你回来啦。"

他推开雕花木门，走进伸手不见五指的门厅。

他开亮一层客厅的枝形吊灯，空空荡荡。他各屋转了一圈，没见半个人影。他来到书房，查看监控，全部视频已被清除。

他向派出所报了人口失踪。

他受此打击，在乡间大别墅一躲三个月，闭门谢客。

他的"密友"们替他打理酒吧。

据坊间流言，他大醉一场，从墙上摘下柳依依的照片付之一炬，借一杯烈酒将余烬吞服，可见他对柳依依用情至深。之后，他日日捧读一卷《金刚般若波罗蜜经》，时不时念叨几句"如梦幻泡影"的经文，莫非他受刺激太深产生出家之念？别介呀，红尘繁华谁能舍得，反正色即是空。

警方寻找柳依依的同时，南方某城市，一位外地的年轻女子买下一家服装店面。她出手大方，一次性付清全款，用的现金，这可是满满一个手提公文箱的钱。她又进了一批时尚女装，开门迎客，生意做得红红火火。

她的皮肤如同白色瓷釉。

服装店后面自带一间小巧的卧室。隔壁商家有两次看到，半夜时分，一个瘦瘦高高的男人潜入店内，脸捂得很严，像暗夜的鬼魂。

店里雇了一名年轻的女导购。

服装店开业差一天不到三个月，上午九点一刻，年轻女导购照常上班。玻璃店门没锁，她进店一分钟，惊慌跑出，边跑边喊："快来人呀，老板死啦！"

刑警赶到现场。

店面位于路边，营业面积约六十平方米，店内四周立着十几个展示服装的塑胶假人，中间一排排衣架，挂满各种款式的女装，朝南是整面落地大玻璃窗与玻璃店门。一个年轻女人坐在地上，背靠衣架，头垂在胸前。

店门上方的监控视频中，昨天关店后到今天上午九点一刻，只有年轻女导购进入服装店。

店内监控视频中，今晨八点半左右，年轻女人一人在店内给塑胶假人换穿新款服装，调改多次，直至满意为止。她完成开店前的准备工作，心情轻松地望向落地大玻璃窗外，蓦地！她神色剧变，双手捂住像要尖叫的嘴巴，满脸惊悚的表情。她后退，再退，倒了下去，挣扎两下，寂然不动。

她看见什么可怕的景象？受到监控探头视域所限，没有拍到。

法医鉴定，年轻女人死于惊吓过度引发的心脏骤停，她患有先天性心脏病。

年轻女人姓柳，名叫柳依依。

店内没有任何犯罪痕迹。店外，警方在落地大玻璃窗的窗根下，提取到一只空的啤酒易拉罐，罐体上印有数枚一个人的指纹。输入数据库，经过比对，与一个入室抢劫、致人重伤的通缉在逃犯的指纹相符，此人曾是柳依依男友。

警方布下天罗地网，不出一天，柳依依的男友在一间脏乱的出租屋内束手就擒。

审讯中，柳依依男友交代：他犯下入室抢劫案后，整日东躲西藏，全靠柳依依给了他一张卡，不时往卡里存钱，他才能有吃有住有牌可玩。柳依依没钱了，他就找上一个又胖又丑又蠢的有钱老女人，柳依依伤心也没办法，他吃喝玩牌离不开一样东西，钱！后来，他听说一个叫贾彪的大老板收留了柳依依，他找上门去，与柳依依重温旧好。在他的怂恿下，趁贾彪外出，柳依依偷空别墅保险柜里的钱，与他远走高飞，来到这座南方城市。

他隔三差五到店里过夜，每次零点以后来，天不亮就走，被隔壁商家撞见过两回。柳依依死的那天，他夜里在柳依依身上花费的精力太多，累了，起床晚了，七点半才走。他把喝空的啤酒易拉罐、熟食袋打包扔进店外的垃圾箱，他也不知道其中一只空罐怎么会跑到落地大玻璃窗的窗根下，它长腿了？

他是通缉在逃犯。他每次来与走时，都让柳依依关了服装店的监控，这就很好地解释了视频中为什么没有出现过他的身影。

交代完毕，他说：我知道柳依依被谁吓死的，贾彪追来了。

警方对店里的年轻女导购进行了询问。

她说：老板长得好看，人也好，我叫她依依姐。依依姐有个小电炉子，自己买菜做饭。她爱吃鱼，常去菜市场买些最便宜的小杂鱼，经她手做出来闻着可香啦。服装店生意好，赚了不少钱，可她总是缺钱，钱也不知去哪儿了。两天前，依依姐又去买鱼，跑着回来的，鱼扔在半道，鞋也跑丢了一只。回到店里，她缩在衣架后面，不肯出来，店门上挂的铜铃铛一响，她就浑身发抖。铜铃铛是她夫尼姑庵里求来的，为了驱邪、降魔、保平安，依依姐挺信这些的。再去买菜，她就把我叫上一起去，哪怕关店耽误了做生意。去的路上，她一边走，一边不停地回头看。对了，她还买了链条特粗的新锁，这两天打烊后，她就会用两把锁将店门锁好。

办案刑警问：她在怕什么？

年轻女导购说：我问过她，她不说。我猜，她怕的兴许是一个矮个子、很壮实的男人。

办案刑警问：你猜？根据什么？

年轻女导购说：店里来过一个这种体形的男顾客，依依姐就像

271

受惊的小兔子，远远地看，不敢上前接待。我也是瞎猜的，就当我没说。

经查，街边一家名为四季飘香的水果店自装监控的视频中，出现过一个男人，尾随在柳依依与年轻女导购身后。男人个子不高，肩宽，由于他戴着帽子，视频分辨率较低，看不清他的侧脸。到了岔路口，他向另一方向走了，也许他只是一名普通行人，碰巧走的是同一方向。

这条线索没有引起办案刑警的重视。

打铁趁热，两名承办此案的南方刑警星夜赶赴本市，向贾彪了解情况。

询问在贾彪的别墅里进行。

听到柳依依的死讯，贾彪表现得恰如其分。他的言谈、表情与举止中有一分意外，一分悲伤，一分惋惜，一分怀旧，五分对于柳依依背叛行为的余怒，还有一分原谅。他说：不能让柳依依的魂魄无处可依，我去接她的骨灰回来，选一块风景优美的地方，做她的安息之地，我会时时祭奠。

贾彪爱憎分明，恨声道：柳依依毁在那个赌棍手上，绝不能轻饶了他，应该重判，让他烂在牢里。

贾彪详尽叙述了他与柳依依相交半年的过往，无一遗漏。听完这段故事，南方来的办案刑警对贾彪印象不错，认为他是条重情重义的汉子，而柳依依则成了薄情女子，她虽不幸，咎由自取，怨不得别人。

办案刑警问：听说你托了很多朋友寻找柳依依的下落？

贾彪回答：我担心她出了意外。如果你们不来找我，我还不知道她躲在离我那么远的一座城市。

办案刑警单刀直入：你最近一个星期去过哪儿？

贾彪说：自从柳依依失踪，我像丢了魂儿一样，整整三个月，我没有离开过这栋别墅，去过最远的地方就是在院子里绕圈散一散步。

办案刑警问：谁能为你作证？

贾彪指向停在院子里的黑色大越野车，答道：它。它三个月没挪动地方，轮胎没补气，胎压不足，跑不了长途，高速行驶会爆胎，我这儿离你们来的那座城市不止两千公里吧。我不用交通工具，插上翅膀飞过去？

办案刑警说：你可以坐飞机、火车。

贾彪说：飞机、火车都需要实名购票，一查便知。

经查，黑色大越野车胎压低于 2.0bar，不宜上路行驶，数天内往返疾行四千余公里轮胎无法承受，该车三个月没在加油站加过油；机场、车站查不到贾彪的出行记录；多名证人证明他隐居别墅，其间"密友"们上门探望，每晚别墅灯火通明。

贾彪亲送南方来的办案刑警返程。临别之际，他说：柳依依的墓地已经选好了，所有费用由他承担。

办案刑警中产生两种不同意见。

一种认为本案属于意外事件。一种认为贾彪作案的嫌疑不能完全排除，他明知柳依依患有先天性心脏病，算准了他的突然出现，有可能导致柳依依连惊带吓而病发；柳依依倒地后，他见死不救，性质应定为以其他方法间接故意伤害或杀人。后一种意见是从犯罪心理角度的演绎、推导，基于人性本恶，贾彪是个恶人。来过本市、与贾彪有过面对面接触的两名办案刑警对此表示强烈反对，理由是贾彪为人豁达大度，绝非心胸狭窄、辣手摧花的奸诈之徒。

两种意见不能统一。除了印有柳依依男友指纹的易拉罐，现场没有提取到其他证据，于是，有位刑警提出第三种意见：柳依依的男友入室抢劫伤人、教唆女友盗窃，均为侵财犯罪。会不会是他设计吓死柳依依，企图以此侵占服装店房产？再次提审关在看守所里的柳依依男友，他说，柳依依死了，他将失去长期经济来源，他不做这种傻事；他说，他是逃犯，无法出面将柳依依名下的房产出售变现；他还说，他与柳依依真心相爱，纯洁无瑕，不掺杂金钱与肉欲。他说到动情之处，声泪俱下，鼻涕泡儿糊了一脸。

此案至今悬而未决。

以上案件概况由刑警老孟综合全部卷宗整理而成，小袁阅读时，对当时情景添加了个人的想象。

小袁推演出的案发经过：

柳依依出走后，贾彪发动全部关系，倾尽全力寻找她的去向。第八十几天，一个朋友走进别墅，在贾彪耳边说出一座南方城市的名字。

周末，黑色大越野车夹在车流中出城南下，随带四个大容量油桶，车牌经过遮挡或变造。贾彪预储油料，车牌造假，抹去行车踪迹，此行目的就是实施报复性犯罪。他日夜兼程，中途不下车，实在累了，车停路边打个盹。

南方某城市。他向一位路人问路。柳依依提着一袋小杂鱼，从他身边走过。柳依依看见他的侧脸，拔腿就跑，鞋跑丢一只顾不上捡。

翌日，他在街上跟踪柳依依，年轻女导购在旁，他不便上前。

事发那天，黑色大越野车停在服装店斜对面的路边。他坐在车内，七点多，他忽然握紧双拳，看见柳依依的男友走出服装店，将一只鼓鼓囊囊的塑料袋扔进垃圾箱，走了。

如何能在事后顺利脱身，不用承担刑事责任？他遥望店内柳依依忙碌的身影，想到一个主意。他走向服装店。走到落地大玻璃窗前，他猛地转身，面对隔着一层玻璃的柳依依。他面目狰狞可怖，眼睛闪着噬人的凶光，如同平地冒出的恶魔。柳依依大骇，尖叫，叫不出声，后退。

柳依依的脆弱心脏承受不住重负。在她倒下的一刻，贾彪是否想过拨打120急救电话？

过往行人没有注意到刚发生的事情。他转身来到垃圾箱旁。他戴着赛车手套，忍着恶心，找到柳依依男友扔的塑料袋，打开，里面有熟食包装，烟蒂，十几只空的啤酒易拉罐。由于心脏不好，柳依依极少喝酒，这些空罐应该来自那个赌鬼。他挑出一只捏瘪的易拉罐，斜对阳光检视，罐体上隐见多枚指纹。他嘴角向上翘了一下，将这只易拉罐放到落地大玻璃窗的窗根下。

他得意地一笑，看守所将很快住进一位新人。

他回到本市，车牌恢复原状，黑色大越野车的四只轮胎撒些气，造成胎压不足的假象。

他睡足觉，等待南方办案刑警到来……

小袁反复看了多遍四季飘香水果店自装监控拍下的视频。画面中，矮个男人脸部模糊不清，但步伐特征明显，挺胸，晃肩，外八字大步，与贾彪相似度极高。根据新的刑侦技术手段，可以通过步态，即走路的姿态，辨认出一个人。以该视频作为证据，能够证明贾彪于案发前两日内到过南方某市、在服装店附近出现，并跟踪过柳依依。南方办案刑警之所以对这条视频未予重视，一是矮个男人在视频中出现时间很短，与其他行人没有不同，且在岔路口朝另一方向走去，不再继续跟在柳依依后面，因此，以前没见过贾彪的刑警很难将他与矮个男人联想到一起；二是贾彪仗义、多情、豪爽的表象极具欺骗性。

仅凭一条孤证，即便证明案发时贾彪身处南方某城市，但不能证明他对柳依依实施了蓄意的恐吓行为。

贾彪肯定预备了多条理由为自己辩解。

柳依依与鄢然两件命案之间没有事实方面的关联性，小袁主要是从中深入剖析贾彪此人的心理特征。她总结出四条：

一、贾彪占有欲极强。

他寻找、追踪柳依依不是为了丢失的钱，更不是为了露水之情。如果是他不要柳依依了，随便谁拿走都行，他那时还会掏出一笔钱给柳依依作为补偿。但是，柳依依偷偷出走，重回前任男朋友的怀抱，等于他的东西被别人抢走，严重侵犯了他的所有权，当众打了他的脸。

混迹社会多年的经历，使他像独行荒原的野兽。

二、贾彪的报复冷酷无情。

柳依依不过是以一个弱女子的方式背叛了他，却要用命偿还。

这是个走极端的人。

三、贾彪行事不按常理，有急智。

他"吓"死一个活人，这种犯罪手法难以取证，超出一般人的思维。

他临时起意，用印有指纹的空易拉罐将警方视线吸引到柳依依的男朋友身上，致其被抓获归案，假公济私报了一箭之仇，这不能不说是一个绝妙的好主意。

四、贾彪胆大妄为，无法无天。

从柳依依猝死一案中，小袁受到如下启发。

她想：

鄢然伙同他人设下假酒圈套，险置贾彪于死地。依贾彪的个性，活剐了鄢然的心都有。报复心理极强的贾彪一反常态，他破天荒放过鄢然，车、房都没收走抵债，供鄢然照常使用，两人相安无事。贾彪不是心慈手软、顾念旧情的人，他连柳依依都没放过，怎会对鄢然网开一面。事出反常必有妖，他留着鄢然必有大用，而且是只有鄢然才能助他实现目的的大用。贾彪以耍蛇人自居，鄢然的七寸被他捏在手里，只能听命，不得不供他驱使。

鄢然能有什么不可取代的大用？

贾彪与文彦积怨甚深，总要有个理由。

男人对鄢然来说只是提款机。她竟然代付文母的医疗费，因而有了接近文彦的正当理由。她哪儿来的这么大一笔钱，只有贾彪承担得起，他有钱，也舍得花在女人身上。

停车场事件与酒吧幽会看来明显与贾彪有关。

雪茄更可能是贾彪先向文彦敲诈索取，再反咬文彦一口的阴谋。

贾彪利用鬼故事，广泛散播，暗指文彦与鄢然。

所有这些都是为了败坏文彦的名声。如果文彦因此与兰蕊婚姻破裂，他将前途尽毁，在本市无立足之地。

按照常规思维，人们很容易想到：鄢然与文彦搞到一起，看似动了真情，她就像第二个柳依依，暗中背叛贾彪。盛怒之下，贾彪痛下杀手。贾彪伪造现场时，本可以随机使用任何人的毛发，他选用了文彦的。既除掉鄢然，又嫁祸文彦，一石两鸟。柳依依男友因带有其指纹的空易拉罐被捕，文彦因他的一根毛发险些走进看守所，两者具有异曲同工之妙，符合贾彪在处理事情与行为方式上的特点，即移花接木、借风行船。

六号楼其他业主不具有贾、鄢、文三人的特殊关系。

一个老套、庸俗的三角故事？

为了鄢然这种女人铤而走险，冷血到犯下杀人重案，不值得，除非疯了。

贾彪有病态的占有欲？

贾彪作为报案人，明知鄢然死于凶杀，他是嫌疑人之一，按理应当韬光养晦才是。他却不予收敛，说话、行事更加高调，还在两位女刑警眼前晃来晃去，不时露出一点小破绽，好像生怕警方注意不到他，有意吸引警方对他的调查。

他狂妄到在玩一场老鼠逗猫的游戏？

一堆疑问，如同一团乱麻，相互缠绕，理不出头绪。

想到这儿，小袁眉峰微蹙。推理是刑事侦查中的思维形式，没有证据支持的推理犹如沙上建塔，必须以证据作为认定案件事实的依据。犯罪动机是不可缺少的证据，更是组织证据、进行推理的基石。

万事皆有因果，唯有因果不空。刑案中，"因"即犯罪动机。

最根本的一个疑问，贾彪的真实动机是什么，看不清。

贾彪家里满柜子的法律书籍不是就饭吃的，他熟知各种刑侦案例与犯罪手法。面对这样一个旗鼓相当的对手，小袁燃起更强的斗志。

自古邪不压正。

查，一查到底！

笔记本电脑屏幕上，只剩一张贾彪的照片。他嘴角向下，用挑衅的目光看向小袁，似乎在说，你能奈我何？

贾彪的脸占满整个屏幕。

夜

高大伟提着一只小皮箱子，轻手轻脚地打开 401 室的防盗门，跨出一步。

他不往外走了。

两位女刑警挡住去路，小袁问："高先生，去哪儿？"

高大伟支支吾吾。

大客厅。高大伟送上两瓶矿泉水，他说："不瞒两位女警官，这个地方被我老婆知道了，不敢再待，我出去住酒店。"

小袁问："你老婆怎么知道你躲在这儿的？"

高大伟不傻，习惯性地眨巴一下眼睛："有人向我老婆通风报的信。"

"谁？"

"除了彪哥，还能有谁，我妈不会出卖自己的亲儿子。彪哥这是轰我走，不让我在这儿再住下去。"

"为什么，你碍他的事了？"

"没有，没有，没有。"

小袁问："你好像很怕贾彪？"

高大伟说:"没有的事,彪哥是好人。"

小袁这次登门,要向高大伟重提一个没有问完的问题:他昨夜十一点多扔垃圾时听见了什么。高大伟上次回答到"提着垃圾打开门"时,被小刘带回毛发 DNA 比对结果的电话打断了。

小袁不抱太大的期望。

高大伟这人胆子小,怕惹事,对他提问题要讲究方式方法,不能太直太硬,如果问"惊"了,他的回答就容易走样。小袁问:"酒醒了,好点儿?"

高大伟说:"谢谢袁警官的关心,感觉好多了,头不像刀砍的那么痛了。"

"你酒量不大,喝酒不节制,伤身其次,今天差点从四楼掉下去,你不后怕?"

"彪哥踹我的门,进来就逼我陪他喝酒,我不敢不喝。"

"你还说你不怕他?"

"有点……怕。"

"怕他什么?"小袁语气温和。

"怕他揍我。"高大伟面露窘色。

"揍你?"

"彪哥揍过我一次,下手特狠,我住了半个多月医院,我一见他就腿软站不住。"

"什么时候的事?"

"去年春天。"

"你没报警?"

"没有。那事我理亏,挺丢脸的,我能不能不说?"

"不能。"小刘插话。

高大伟两只手扭在一起:"我给两位警官冲咖啡。"

"不喝。"小刘冷着脸说。

高大伟见混不过去，吞吞吐吐地说了：

"去年初，我赚了点钱，买下这套房子。四月底，老婆又没事找事，跟我吵架，我就想到这儿清静两天。我开着车跟在一辆白色轿车后面，进了小区。六号楼前，白色轿车减速，向左拐进入停车场，我随便朝那辆车里看了一眼，只看了一眼，就被牢牢吸引住了。我是学油画的，画得不好，鉴赏力特高，开车女司机侧脸的线条柔和极了，简直完美无瑕。一件普普通通的白色衬衣穿在她的身上，宛如仙女轻舞的罗衫。我故意把我的车紧贴着白色轿车的左车门停下，我没憋坏心思，我发誓，我就是想跟白衣仙女离得近一点，再欣赏一下她的倩影。两辆车离得太近，白色轿车的左车门打不开，她只能从右车门下车。鬼使神差，我的脚不听我的指挥，我跟了上去。唉，我没看到停车场的东南角停着一辆黑色大越野车，一个又矮又壮的男人正在擦车。"

不用高大伟说，小袁也能想到，开白色轿车的是兰蕊，擦黑色大越野车的是贾彪。

"我拦在白衣仙女前面，问她：你也住六号楼，咱们是邻居，我住401，你贵姓？她从我身边绕过去，没搭理我。我死皮赖脸地跟她并排走，一阵春风吹过，她身上飘来若有若无的香气，这种香气我第一次闻到，我的头一下子晕了，不由自主，我问：你用的什么香水？我可能还有一个伸过鼻子，凑近了去闻的动作。天理良心，我绝无半点轻薄的意思。她朝一旁闪躲。"

小袁心里一笑，重头戏该登场了。

"我还想靠过去，再闻闻那种香气，一个人从背后狠狠踹了我一脚，我朝前摔个大马趴。踹我的矮壮男人向我逼近，我喊：你是谁，干吗踹我？矮壮男人二话不说，上来揪住我的脖领子，左右开弓，抡圆了抽了我一顿大耳刮子，打得我头昏脑涨，眼前金星乱舞；他又一脚踢到我的、我的裆部。我被打得满地打滚，抱头求饶。矮壮男人没有停手的意思，就像我跟他有不共戴天之仇。后来，还是白衣仙女救了我。"

小袁问："她救了你？"

高大伟点点头："她轻声细语地说了句'别打了'，矮壮男人立刻住手，举起的拳头不再落下。我看得出来，这两人的关系不一般。"

小袁问："你从哪儿看出来的？"

"眼神。"

"眼神？"

高大伟认真地说："矮壮男人看那位女士的眼神就像是看天上的月亮，女的看男的嘛，不太在意的样子。"

"后来呢？"

"我拖着一身伤去的医院，医生叫来了警察，我坚决否认身上的伤是被人打的，骗警察说是我酒后撞南墙了，自己撞的。我住了半个月的院，脑震荡，大耳刮子抽的；我小便尿血，三个月不能人道，那一脚踢的。我后来打听到矮壮男人是谁，白衣仙女是谁。你说彪哥让我陪他喝酒，我能不喝吗？我敢不喝吗？除非我想再挨一顿揍。"

"以后见了兰蕊，要控制好你的荷尔蒙。"

"是是是，我把她当作我的姑奶奶，这总行了吧。"

两位女刑警笑了。对于有些人光靠讲道理没用，需要适当触及一下他们的皮肉，道理才能更好地深入灵魂。

小袁想到今天上午贾彪狂野地抓向大黄狗的那一幕场景。

她问："昨夜十一点多你扔垃圾时，听见什么？"

高大伟全身绷紧。

"有人威胁你，不许你说？"

"没有、没有、没有。"

小刘准备好记录。

一看这架势，高大伟动着脑子。磨磨唧唧地说："昨天夜里，我先到阳台上看了看，全楼没几户亮着灯，大多睡了。我到厨房提起垃圾袋，榴莲皮味儿太大，我扎紧袋口，手上沾了点儿，我拧开水龙头，洗了洗手。我在门厅换下拖鞋，打开防盗门，刚要出去，听见楼下传来上楼的脚步声。我怕撞见人，就关上门，回客厅了，垃圾没扔。"

"说完了？"小袁问。

"完了，就这些。"高大伟回答。

"听脚步声是男是女？"

"听不出来。"

"是轻是重？"

"我没注意。"

高大伟明显是在糊弄。

小袁语气严厉："高先生，作为公民你有法定义务向警方反映你所听到、见到的真实情况，如果故意隐瞒，妨碍侦查，你要承担相应责任。"

高大伟被镇住了。

小袁的目光像锥子一样："打开防盗门之后，你听见什么，重新说。"

高大伟只得吐实话："我……我听见楼下，二层，传来噔噔噔上楼的脚步声。我把防盗门拉上，虚掩着，我站在门后，脚步声从门外经过，又往上走，上到五层。我没从门缝往外看，真的没有，我老婆那种人才喜欢偷窥。脚步声很重，不是胖子走路，像是扛着一件很沉的重物。"

小袁边听边想，这栋楼的住户中没有胖子。

高大伟说："听脚步声是个男的。女人的鞋跟落地声是嗒嗒的，男人皮鞋鞋底的声音发闷。"

小袁问："脚步声上到五层，进了501室，还是502室？"

高大伟说："这栋楼的防盗门是统一安装的，都加了密封胶条，开门关门没声，我听不见门响。"

小袁想到，501室业主全家出国旅游去了。

高大伟说："我这人好奇心重，心里琢磨着是谁扛着挺沉的东西不坐电梯，爬楼，我要不要出去看看。过了几分钟，那个脚步声又从五层下来，跑着，很急，也轻了许多，像是卸下了身上的重物。四层、三层，在二层停住，后来就再没出现，消失了。"

"你听到脚步声的确切时间呢？"

"袁警官，这个问题你问过我，我的确记不起来了。"

"你反映的这些情况具体，生动，非常重要，对警方破案帮助很大，谢谢你。"小袁及时表扬。她问："你还有什么要说的？"

高大伟做出回想的样子。

看来从高大伟这儿也就了解到这些了。小袁示意小刘结束询问，履行被询问人签字手续。

高大伟说："还有个情况。"

"说！"

"我站在防盗门后面，正犹豫着出不出去扔垃圾的时候，我又听见一个脚步声，上楼的。这次的脚步声平稳，踏实，与刚才那个不一样，不是同一个人。我听着这个脚步声像是五层的文彦，文先生，以前我在楼道里跟他碰见过，彼此寒暄过几句。文先生稳重，待人友好，不多管闲事，呵呵，他真有福气，是兰蕊的丈夫。文先生上到五层，过了十来分钟，我又听见他的脚步声从楼下响起，他是坐电梯下去的。他好像在二层停留了一会儿，还敲了敲门。防盗门是钢门，一敲又脆又响，可能门里没人回应，文先生就上楼回家了。昨天夜里跟往常不一样，不断有人走楼梯上楼下楼，我索性关上防盗门，没出去扔垃圾，榴莲味儿熏了我一整夜。"

高大伟提供的情况太重要了。根据三次上楼脚步声的先后顺序推断，沉重脚步上楼的时间与凶案发生几乎同时，即十一点五分。

十一点五分之后几分钟，沉重脚步声下楼。消失在二层。那个时间，鄢然已死，二层只有一个活人，贾彪。

贾彪终于露出了马脚。

贾彪扛着一件重物，上到五层，卸下，再返回二层，下楼时跑得很急。

重物，是什么东西？

五层。小袁推开通往阁楼的小门。

她要再次勘查，寻找贾彪昨夜卸下的重物。同时，她向毕队长做了汇报，请求对贾彪实施全面的监控与调查，毕队长当即批准。一张无形的大网撒了出去。

一只强光手电打出的光柱照亮阁楼。

小袁今晨来过一次，这里浮尘如旧。青白色的光柱从地面、斜梁、顶板一寸一寸地移过，最后落到采光的小窗上。小袁爬上斜梁，蹲行着来到小窗前，她拔了一下窗上生锈的插销，没拔动，锈死了，没人从这扇小窗钻进钻出。她跳下斜梁，再次站在电梯设备间的木门外，隔着门上的玻璃窗口朝里看，几平方米的狭小空间藏不住东西。所有地方的积尘都是均匀的薄薄一层，没有人为后补过的痕迹。

小袁拍拍手上的土。

她站在501室的防盗门前，门把与密码锁上的淡淡灰尘与早晨时没有两样。她给业主刘处长打去电话，刘处长说，他们一家三口出国旅游，家里安装有监控探头替他们看家，可以在国外用手机查看，他保证没有外人进入。

贾彪扛到五层的那件重物踪迹杳然，融化在空气中了。

只凭高大伟提供的证言，奈何不了贾彪那个狡诈的家伙，他会嬉笑着死不承认有这么一回事。

刑警老孟来电，汇报一个重要情况。

四十分钟前，刑警老孟接到一个电话，从公共电话亭打来的，打电话的人自称是一家旅游公司的经理，姓吴，说有关于鄢然一案的重大案情相告，约刑警老孟在一间小酒馆见面。刑警老孟赶到小酒馆，角落里，坐着一个没有面部特征的中年男人，四方桌上已点好酒菜，此人就是吴经理。吴经理边喝、边吃、边说。以下是吴经理的谈话录音：

"我与彪哥是酒友，酒桌上无话不谈。前两个月，我们就在这间小酒馆喝酒，每人两瓶，二锅头，啤酒不限。彪哥喝高了，开始吹牛，说他在南方一座城市活活吓死过一个叫柳依依的女人。我听了一笑，不信，以为彪哥就是酒桌上逗个乐子，没往心里去。就在刚才，彪哥给我打来电话，他说要出国旅游，去一个护照免签的国家，什么国家都行，明天必须走，请我代购一张单程机票。我问他干吗这么急，彪哥说他犯了事，昨天夜里杀了人，要出去躲一躲，三年五载的不回来。我听他说话的声音像是又喝醉了，在跟我开玩笑，就问他杀了谁。他说，他杀的人名叫鄢然，女的，他跟她好过，鄢然不知怎么知道是他害死的柳依依，想敲诈他一笔钱，他如果不给，鄢然就要向警方举报。两人约好昨夜在鄢然家谈钱的事，鄢然狮子大开口，谈崩了，他一时怒火攻心，失手把鄢然弄死了。彪哥让我帮他出国逃难，事后必有重谢。这是命案，我若是帮了他，就会成为包庇犯，也要跟着坐牢，这种事不能做，在我老婆的劝说下，特向警方报告。"

说完以上这些话，吴经理将杯中酒一饮而尽，抬屁股走了，像是完成任务。

刑警老孟汇报完毕。

连夺两命，罪不容诛，如果举报属实，贾彪只有一条路可走，不归路。小袁不是初入警队的"小丫头"了，已经成长为一名老刑警，她沉住气，问："吴经理怎么有你的手机号码？"

刑警老孟回答："吴经理说他先给刑警队打的电话，值班员让他找我，给了他我的手机号码。"

"你与值班员核对过了？"

"核对了，值班员说没接过这人的电话。"

"这人什么样？"

"痞里痞气的，酒没少喝，是个酒篓子。"

"旅游公司有姓吴的经理吗？"

"我查了，旅游公司是有位姓吴的经理，女性，在家休产假，三个月没来上班。"

"冒名举报？"

"对。"

"孟叔，您觉得这个假冒吴经理的人说出的话有多少真实的成分？"

"查过才能知道。"

挂断刑警老孟的电话，小袁的高兴劲儿去了一大半，假吴经理所说的话中漏洞太多。贾彪城府极深，不相信任何人，他不可能向鄢然或在酒桌上吐露杀了人这种掉脑袋的秘密；贾彪喝酒海量，号称千杯不醉，有时醉了也是装的，他不可能酒后胡言；贾彪表面粗野，实则心思细密，他不可能不打自招，在警方并未掌握他犯罪实证的情况下，抛弃万贯家财，急急慌慌地遁出国门，老死异国他乡。

这个举报来得蹊跷！

手机嘀嘀两声，刑警老孟发来两条信息：

第一条，据小酒馆老板讲，假吴经理是附近街头混混，无业游民，找到他，就能查清他是受何人指使。

第二条，贾彪预订了去某国的机票，一张，单程。

小袁脑门发烫，用脑过度所致。她让小刘在警车里等她，她要到201室一个人待一会儿。这是她的习惯，置身于凶案现场，肃杀的环境常常能够清醒她的头脑，集中她的注意力，打开她的思路。

她让小刘公开监视贾彪，不用怕打草惊蛇。

"明白。"小刘是个玲珑剔透的姑娘。

201室，一切保持案发时的原样，温度比室外低，一股清冷之气顺着人的裤脚向上钻，爬遍全身。主卧室，粉红的光线中，小袁站在摇椅前，一手抱肘，一手托着下巴颏，她的目光从圆形大床、紧闭的窗帘、梳妆椅、梳妆台、不知名的盆花、小圆桌、桌下红酒渍、落地灯、摇椅上依次滑过。

梳妆台上，那盆红色的花正以肉眼可见的速度枯萎。

她的眼前重现鄢然躺在摇椅上的场景：

摇椅微微晃动。

摇椅上，躺着一个左胸插着刀、脸上却在微笑的美丽女人。

这个画面非常诡异。

此时，小袁的脑细胞格外活跃，她努力厘清纷乱的思路。

指使假吴经理举报的神秘人对贾彪、对柳依依、对鄢然、对昨夜发生的凶杀案情相当了解，像个无所不知、无处不在的幽灵。小袁预感，假吴经理已销声匿迹，他将长期失踪，三两年内找不到此人下落。

果然不出小袁所料，追查假吴经理的刑警报告：假吴经理买了去外地的火车票并进站，火车鸣笛起动后，他不在火车上。

单凭这份举报，至多传唤贾彪四十八小时，他一口否认，又查无实据，只能看着他大模大样地走出刑警队大门。出大门时，他还会不忘叼上雪茄，晃着肩膀，吞云吐雾。

举报更像贾彪自导自演的一出恶作剧，这个人属于旁门左道，爱出一些邪招。

他引火烧身，意欲何为？

文彦在几次询、讯问中，表面畏畏缩缩，实则内心镇静、稳定，他虚构"鄢然失手自戕"的故事，堪称想象力丰富；他明知这是命案，不是儿戏，仍置怀孕妻子、锦绣前程于不顾，承认昨夜到过案发现场，揽下不是他的杀人罪责。

他为何甘愿付出如此大的牺牲？

两个聪明男人的行为用同一个词"昏乱"形容最为贴切。

幕后必有深层次的原因。小袁好像已经触摸到案情的核心，伸手去抓，握住的却是一团雾气。

喵，一声猫叫，什么东西拱她的脚，是球球。

小袁弯下腰，张开双手，球球跳入她的怀中。这只小黑猫在楼道里四处游荡，趁小袁打开 201 室防盗门的时候，跟着溜了进来。小袁抚摸球球，手上沾了几根纯黑色的猫毛。

陡地，她的心里像是打开一扇窗，豁然明亮。她想到：文彦的毛发！

凶手如何搞到它，再放到鄢然的红蕾丝睡裙上？

按照一般人体新陈代谢规律，小袁认为是凶手作案时毛发的自然脱落，一种巧合，故将注意力集中于 DNA 的比对上。比对结果出来后，按图索骥，确定文彦为凶嫌。随后，她又专注于再次逐一排除楼内六个男人的嫌疑，以致忽略了这个至关重要的问题。

小袁找到解开全案的钥匙。

文彦不是一只随处掉毛的老猫，他的头发保养得不错，外人能够找到他的毛发的地方只有两处：家里，车里。

平日，文家鲜有客人。防盗门一关，门内就是文彦、兰蕊这对夫妻的二人世界，不受打扰，风光旖旎。最近，林芝医生来了两次，那是兰蕊怀孕初期有特殊需要的缘故。

文彦有时开车上班，周末拉上岳父岳母或亲友外出郊游、就餐，车里不会只有一个男人的毛发。能够分辨出其中哪根毛发是文彦的，谁有这么大的神通。

昨天下午，兰蕊五点多下班后，家里只有她一个人，她不会放进外人，尤其是男人。

没有人能在短时间内准确搞到文彦的毛发！

除非……

小袁想挥去这个不切实际的想法。

挥之不去。

调查再次遇阻。小袁不像男刑警那样可以用抽支烟提神，纾解一下郁闷的心情，她的办法是冲着梳妆镜，自己对自己做个鬼脸。镜中，她的脸与盆花花瓣相映，一样地红。手机铃音乍响，在空寂的屋子里十分响亮，毕队长打来的。他说："小丫头，又没吃晚饭吧，回队，毕叔叔请你吃大餐。"什么大餐，准是曹记面摊的牛肉面。毕队长絮絮叨叨地讲了一通到点吃饭、有益健康的大道理，像个烦人的碎嘴老太婆。小袁跟毕队长通了一会儿话，心情大好。

毕队长没有一个字提到案子。

小袁抖擞精神，她与幻想中摇椅上的鄢然面对面，相距咫尺，你看着我，我看着你。她觉得，鄢然不是在看她，而是看向她的身后。她站到一边，身后是梳妆台上的那盆红花。

鄢然对着那盆花在笑。

这盆花是鄢然从对面贾彪家偷来的。贾彪家大客厅里，放着盆花的花架旁，多宝格上的瓷器琳琅满目，贾彪吹嘘每只都能换回一辆豪车。鄢然缺钱，她不偷贵重的瓷器，偷回一盆花，岂不怪哉。这花很值钱吗？

贾彪说，他不知道这盆花叫什么名字。

小袁不放过每一个细节。刑警老孟是有名的爱花之人，他家里地方不大，摆满了各种各样的花，工作之余的所有时间他都用在养花上。他这方面的知识极为广博，号称花的小百科全书。小袁拍了一张盆花的照片，发给刑警老孟，又打去电话。刑警老孟看过照片，说："这是案发现场梳妆台上的那盆花。"小袁说："您好眼力，这是什么花？"

刑警老孟说："这是兰花，名叫红河红，虽然不是稀有、珍贵的品种，但北方少见。兰花喜酸性土壤，碱性土壤长不好，有点娇气，需要精心培育、爱护。"

小袁问："在花卉市场这花能卖多少钱？"

刑警老孟的声音透出不悦："小丫头，你怎么也动不动就是钱呀钱的，对于爱花之人，花是无价之宝；对于不爱花的人，再好看的花也是路边的一根草。"

小袁忙说："孟叔，您误会了，我问这花值不值钱，是为了破案需要。"

刑警老孟说："错怪你了，根据我的经验，这盆兰花虽不多见，不会很贵。"

小袁问："如果跟一只清代瓷瓶比呢？"

刑警老孟笑出声，说："若论价钱，这盆兰花可差远了，天壤之别。不过对我来说，如果只能要一样，我选这盆兰花，红河红。"

一盆值不了几个钱的兰花。

小袁想到常亮说的一句话：她（鄢然）讨厌花，越是好看的花她越讨厌。

鄢然偷花回来装点她的卧室必有目的。

小袁想，鄢然偷花，为的是逗引贾彪上门，二人再结鱼水之欢，所以她把兰花放在卧室？不对，鄢然有对面202室的门锁密码，她如果心痒难耐，大可以过去开门而入，直奔主题。这对男女不需要如此大费周折，玩什么浪漫。

一个念头从小袁心底跳出来！

这个念头让她很不舒服，身体一阵阵发冷，像有一群蚂蚁在皮肤上爬。思路朝着她最不愿意前往的方向滑过去。

全新的思路。

性侵未遂，是将楼内六名男性纳入犯罪嫌疑人的主要依据。凶手抹去现场遗留的指纹，为何不把死者褪到膝处的内裤提回原位，消除这一重要的犯罪痕迹？疑犯胆大心细，不应留下如此大的漏洞。

伪造现场，将侦查引入错误方向？

犯罪嫌疑人不限于男性！

楼内林芝医生、蔡丽、江燕、小红四名女性因为各种原因均与鄢然关系不睦，鄢然也未必看得上她们。只有一人飘然在外，她姓兰，名蕊，兰蕊。

她的姓是兰花的兰。

案件侦破至此，一个身形模糊的人出现在雾中，雾渐渐散去。

一整天调查得来的情况在小袁脑中一掠而过。

她的眼前叠现两组画面。

第一组：

监控视频中，昨天下午，兰蕊下班回家，走在通往六号楼的石子甬路上，她下意识地避开花坛，神态正常；

深夜，楼前，文彦与一位夜班保安说话；

文家大客厅，小袁初见兰蕊时，她的脸上因过敏反应泛起大块红斑。

第二组：

鄢然卧室里的梳妆台上，兰花盛开如霞；

解剖台旁，徐法医俯下身，检查鄢然脸上含有香叶醇成分的面霜，两边脸涂抹的面霜厚度明显不同，一边被蹭去了一层，徐法医看看手中镊子夹着的棉球，皱皱眉。

兰花与面霜共同构成引起兰蕊过敏反应的过敏源。

兰蕊与鄢然是两种截然不同的女人，一个高雅、婉约，一个低俗、跋扈；两人处于不同的社会阶层，就像生活在不同的世界。这两个女人难道有着不为人知的交往，匪夷所思。

现在发生的事情究其根源往往隐藏于尘封的过去。小袁打开手机，履行必要程序后，调出兰蕊的个人履历。她想看一看，兰蕊与鄢然的人生经历中，有没有过交集。她的目光落到兰蕊履历表的一行字上，记录表明：

兰蕊、鄢然就读于同一所小学，同一年入学、毕业。

小袁像是挖到金矿。她拨出一个电话号码，这是鄢然上小学时她的班主任杜老师家里的座机号码，刑警老孟存档备查的。座机响了好一会儿，才有人接，一个奶声奶气的声音问："你找谁呀？"

小袁说："我找杜老师。"

"姥姥，电话，有个不认识的阿姨找你。"过了十几秒钟，电话里换成一个苍老、中气十足的女声："我是杜老师，你是哪位？"

小袁介绍了自己的身份、来意。杜老师的声音："有位姓孟的男警官向我调查过颜秀英，你们还想了解哪方面的事情？"小袁问：“您还记得一位叫兰蕊的女学生吗？”

“当然记得，兰蕊是我教过的最好的学生之一，她现在每年春节都来看我。”

“兰蕊、颜秀英（鄢然）都是您的学生？她们两人是同班同学？”

“两人还曾经是最要好的朋友。”

“兰蕊就是那个全班学习成绩最好、帮助颜秀英在学习上取得长足进步的女学生？”

杜老师的声音：“正是。一切恍如昨日，我仿佛又看到两个小女孩手拉着手，欢笑着一起走进教室。如果不是因为那条红裙子……”一声长长的叹息。

小袁说：“麻烦您详细讲讲。”

杜老师的声音：“不麻烦，有人听我回忆往事，我求之不得。那年，为了参加全校歌咏比赛，兰蕊的爸爸妈妈给她买了一条红裙子。兰蕊白白的，带点婴儿肥，扎上两条长辫子，穿上红裙子像画上的洋娃娃。颜秀英到她家玩儿，站在一旁，眼里尽是羡慕之色。兰蕊是个乐于助人的好女孩儿，征得爸爸妈妈的同意后，把红裙子送给了颜秀英。第二天，颜秀英穿着红裙子到学校，受到全班同学的嘲笑，说实话，她穿上是不好看。她把红裙子剪碎，扔到河里，两个好朋友的友谊也随着河水而去。我分析颜秀英的心理，她可能认为兰蕊故意让她在同学们面前出丑。我找她谈过两次话，任我苦口婆心地开导，她咬着嘴唇，咬出血，不作声，我在她的脸上看到一种像她这般小小年纪不该有的表情。”

“什么表情？”

“怀恨在心。”

小袁听着杜老师的回答，眼前浮现一张因饱受屈辱而变形的脸。

鄢然从小心灵受到的创伤终生没有愈合，她成了一个偏激、记仇的女人。小袁想起，文彦今天中午接受询问时说过一件事：

294

夫妻俩在楼门口遇到鄢然指挥搬运工往楼上搬梳妆台，初次见面鄢然就对兰蕊怒目而视，她又借崴了一下脚，碰撞搬运工，致使搬运的梳妆台砸向兰蕊，她这是故意的。当时，鄢然一眼认出了兰蕊，而兰蕊没有认出整过容的鄢然。事隔多年，鄢然念念不忘旧恨。

小袁说："您对孟警官讲，从那以后，颜秀英再没穿过红色的裙子？"

杜老师的声音："小学六年里，只有那一次。"

小袁问："兰蕊喜欢兰花？"

"喜欢，可是她对花过敏，不只是兰花，听医生说，花里含有一种什么醇，她只能远远地看。"

"小学同学都知道？"

"都知道。有一次学校组织春游，兰蕊在公园的花坛旁多待了一会儿，凑过去闻了闻花香，就胸闷，喘不上气，我和几个女同学送她去的医院。颜秀英在旁边看着，不过来帮忙，脸上还有幸灾乐祸的表情。我这个做老师的不应该这样评论孩子。颜秀英和兰蕊过去是多么好的朋友……"

"姥姥，姥姥。"电话那边，稚嫩的童音在叫。杜老师的声音："外孙女叫我了，一分钟都离不开我。小袁警官，改日再聊，跟你们年轻人说说话，我好像回到了从前，再见。"

"再见。"

小袁面对兰花，落地灯粉红的光线给它染上一层血色。她明白鄢然临死之时为何盯住这盆兰花不放了。

这盆兰花是专为兰蕊准备的。

昨夜，鄢然等待的客人是谁，兰蕊？

小袁再次上楼到 401 室。

她叫出高大伟，问："你再回想一下，还有什么没向警方说的事？"

　　"都说了。"高大伟举起左手，要发誓。

　　"你有鼻炎吗？"

　　"有、有、有。"

　　"可是你说因为昨天夜里没扔垃圾，榴莲皮的臭味儿熏了你一整夜，说明你的鼻子很灵嘛。"

　　"这个、这个、这个……"

　　小袁说："你隐瞒了一件最重要的事，没向警方报告。"

　　高大伟的眼睛瞪得像一对圆圆的玻璃球。

　　"需要我提醒你吗？"

　　"请袁警官指点。"

　　"昨天夜里，你躲在门后，闻到什么？"

　　"袁警官，你神了。我是有件事没说，昨天夜里我躲在防盗门后，听着脚步声上楼，这时，有一股香气从门缝钻进来，是女人身上的香味儿，我没舍得关上门，闻了十几分钟，全部身心陶醉于其中。闻香识女人，我的鼻子比狗的都灵，这是我超越凡人的长处。"

　　"这种香味儿你过去闻到过？"

　　"那种香味儿只能用诗来形容。在我心目中的女神身上，我闻到过同样的香味儿，此生难忘。"

　　"你心目中的女神是谁？"

　　"兰蕊。"

　　"你的那顿揍挨得不冤，值了。"小袁的话费琢磨。她说："你现在是证人，未经警方允许，不准私自离开这栋楼。"

　　"我作证，上楼的脚步声绝对不是她的。"高大伟拍着胸脯。

　　案情逐步明朗化，雾散，人现，兰蕊成为重大嫌疑人。

小袁的心一点点往下沉。她断定：

客人就是兰蕊。多年不见的老同学叙旧，如何演变为一场血案，杀人，兰蕊下得去手？

文彦、贾彪应该已经知道人是兰蕊杀的。

河边，大柳树下，兰蕊和盘托出昨夜之事，文彦深知后果严重，他的眼泪是为妻子而流的。

文彦舍身而出，间接证明他已知情。今天下午四点四十分文彦接受讯问，得知被害人鄢然红裙上的毛发是他的时候，他的眼神与表情急剧变化，震惊之余，他没有戳破这是有人栽赃陷害。为了阻止警方继续深入调查到兰蕊，他将错就错，选择将杀人罪行揽向自身，以保全怀孕的妻子。作为丈夫，他的行为法无可恕，情有可悯。

贾彪呢？本案中他扮演了一个护花使者的角色，胆大妄为，不遗余力。

他甘冒风险，指使假吴经理举报自己，目的不外乎把水搅浑，干扰警方破案，以掩护兰蕊。

贾彪的所作所为揭开他隐秘的内心情感世界。他的家里只有一盆花，兰花。他在这盆兰花上没少付出心血，所以花才开得那么好，仿佛有了灵性。正所谓"兰花不是花，是我眼中人"，三百年前郑板桥写的这句诗道出了今日贾彪的心境。

两个男人"昏乱"的行为得到了合理的解释。

贾彪挖空心思，时时要阴文彦一把，处处看文彦不顺眼，根子原来在这儿。

鄢然非她不可的大用处隐约露出端倪。

手机铃响，小刘从警车里打来电话，她报告说文彦出了六号楼楼门，手里提着一只白色塑料袋，走向小区东北角。

"知道了。"小袁说。

21 : 16

夜色朦胧，云纱遮住明月。

文彦专挑灯光照不到的地方走，他走得不快，与平常散步时一样。

他蹲下，系了系没有散开的鞋带，动作幅度不大地回头看看身后。警车里，小刘吃着叫来的外卖，一份汉堡、薯条、冰饮，车载音响放着轻音乐。他放心了。

他摸了一下鼓鼓的塑料袋，站起身，继续往前走。

小袁借助茂盛的灌木丛，隐起身形，跟在后面。尽管天黑，文彦手里的塑料袋是白色的，远远地很好辨认。六号楼门前设有垃圾筒，他不就近，偏要舍近求远，往位于小区东北角的垃圾集纳站跑，这点很可疑，塑料袋里可能藏着什么不可见人的东西。

前面，小区垃圾集纳站到了。这里有一个值班保洁员，每天这个时间点去物业食堂吃盒饭，现在不在。四顾无人，文彦把白塑料袋扔进四方的大垃圾柜。

他往回走。

小袁等着，只要文彦一走远，她就会去检查塑料袋。这是脏活，对于身为刑警的她是常事，刑警并不总是闪闪发光的天神。

走了一段路，文彦掉头回来。他站在大垃圾柜前，不顾腌臜与气味难闻，欠起脚，身子探进大垃圾柜，黑暗中摸索了一会儿，又将白塑料袋找到，拎了出来。

文彦走向小区大门。

小袁如影随形，在他身后几十米处紧随不舍。经过六号楼前时，二层阳台上，贾彪朝下大声喊："袁警官！"小袁低声喝道："闭嘴。"文彦回过头，向这边看了一眼，脚步加快。

贾彪声音更高："我有重要情况汇报。"

他从楼上下来，文彦远去。小袁问："什么情况？"

贾彪说："我发现文彦非常可疑，有六大疑点。"

小袁说："贾先生，你一分一秒都不闲着，在楼上的窗户后面盯着我们的一举一动，你不累吗？"

贾彪的脸从来不红，他打着哈哈，说："哪有的事，我是真有情况要报告。"

小袁的目光牢牢盯住文彦的背影，她叫过小刘，对贾彪说："你向刘警官报告吧。"

贾彪似乎无意地挡在小袁前面。

"让开。"小袁的气势不容违抗。

文彦出小区大门，向北走。路遇河边散步归来的小区业主。对方是个话痨，说道今晚月亮又大又圆又亮，问他怎么没与妻子同行，见他把白塑料袋放在身后，又问他袋里装的什么，是不是买的小鱼，去放生。他应付了几句。

夜风徐徐。平缓的河水向东流淌，河面上映出周围小区楼上的点点灯光，像水中的星星。岸边，斜坡草地上散坐着对对情侣，空气中满是荷尔蒙特有的青春气息。大柳树下，这里水深河宽，水面不时泛起漩涡。

树旁，站着文彦，这里人少。

他往白塑料袋里装了几块石头，排出袋内空气，扎紧袋口。他的手一扬，要把白塑料袋扔进河里。

一只手抓住他的手腕。

警车旁，借助车内灯光，小袁打开白塑料袋，从袋里拿出一双白色坡跟女鞋。

白色麂皮绒鞋面上，沾着喷溅状的几点黑渍。

小袁问："这是昨夜溅上去的红酒吧？说话。"

文彦像庙里的泥塑神像。

21：44

文家大客厅，小袁每次来的感觉都不一样。

阳台门没关，强劲的夜风灌进来，掀起双层窗幔，啪啪作响。春季四月，北方早晚气温低，又逢一夜透雨，带着寒意的风吹遍每个角落，大客厅里温馨不再，一片萧索之气。

两位女刑警对面，坐着只穿一件单薄的白色睡衣的兰蕊，她身体瑟瑟，微微颤抖。

这次是文彦回避。他请求陪在妻子身边，保证不说一个字。小袁说："不行。"文彦嘟囔了一句。小袁问："你说什么？"文彦没回答，走进卧室，关上门。

小袁分明听见他说了句："无情的女人。"

讯问前，小袁拿过一件外衣，披在兰蕊身上。她按前几次来时的观察与记忆，从茶几下取出白色瓷罐，打开盖，拈出几粒红色花蓓，给兰蕊冲泡了一杯桃花茶。兰蕊双手捧着桃花茶杯，手暖，心暖，她用眼神表示谢意。

小袁的目光中没有审视一般疑犯时的冷峻。

兰蕊脸上红斑褪尽，留下干巴巴的白，乌黑的头发失去光泽。仅仅过了几个小时，她的眼角新添了几道细细的鱼尾纹。她的气质不减优雅，身上香气依旧。

难以想象这么恬静的外表下竟有一颗杀人犯的心。

啪，一阵突起的强风，将电视柜上文彦、兰蕊在西山山顶拍下的彩色合照吹翻。

小袁过去关上阳台门。

"你昨夜去过 201 室鄢然家吗？"小袁提出第一个问题。如果兰蕊否认，小袁将用刚查获的染上红酒渍的白色坡跟女鞋作为证据，粉碎她的抵赖。

"去过。"兰蕊回答简短。

讯问开头顺利。

"你几点到的 201 室？"

"约的八点，我迟到了。"

"你为什么没坐电梯？"小袁的这个问题看似普通，实际非常重要。昨夜九点以后的电梯轿厢内的监控视频中，无论上下，都没有出现兰蕊的身影。如果兰蕊不坐电梯是为了躲避监控，说明她去鄢然家之前已有行凶故意，因而隐藏行踪。这种犯罪属于预谋，主观恶性大，量刑重。

兰蕊说："我是想坐电梯下楼，我按下按键，电梯上到五层，电梯门打开，我看见轿厢里有人，我就没进去。"

"有谁？"

"住 301 室、做健身教练的小夫妻。"

"康健、江燕妨碍你坐电梯？"

"他和她正在……"

小袁回想起昨夜九点，轿厢内的监控视频中，探头下的康健、江燕热情接吻的画面。小袁自责，她忽视了一个细节：康健、江燕进入一层电梯，没有按键，轿厢不会自行启动上升至五层，间接证明走出家门的兰蕊确实在那个时间按下过电梯按键，她不是有意躲避监控。

兰蕊说："我就走楼梯下去了。"

"康健、江燕看见你了？"

"江燕面朝电梯门，她看见我了，还冲我笑了笑。"

这个情况找江燕核实一下便知。小袁心里莫名地松了一口气，激情犯罪对兰蕊有利，故意杀人罪中手段不残忍且被害人有过错的话，一般不适用死刑。

小袁问："去201室鄢然家，你穿的什么衣服和鞋？"

兰蕊回答："白套裙，白坡跟鞋。"

小袁举起装入证物袋的白色女鞋，问："这双吗？"

兰蕊看了一下："是，怎么会在你这儿？"

"你为什么要扔掉它？"

"扔掉？我很喜欢这双鞋子，只穿了两次，我没想过要扔掉它呀。"

小袁想，文彦自作主张，毁灭证据，这个做丈夫的，难逃包庇的罪名了。她指指鞋面上的黑点，问："去201室鄢然家之前，有这些污渍吗？"

"没有。"

"肯定吗？"

"嗯，我的鞋都是我丈夫清理，他很细致的，每双鞋都收拾得很干净。"兰蕊习惯性地向一旁伸出手，空的，文彦不在她的身边。

"鞋面上的污渍在哪儿沾上的？"

"除了她家，我没穿着它去过别的地方。"

兰蕊口中"她"，指的是鄢然，也是颜秀英。从"她"这个称谓中可以听出，兰蕊到现在还没有确定鄢然与颜秀英是不是同一个人。

这双白色坡跟绒面女鞋上的污渍是干涸、氧化变黑的红酒液，仔细观看还有一点暗红。暗红黑点呈喷溅状，应该是兰蕊、鄢然同处于主卧室时，红酒瓶落地，破碎，酒液溅出所致。因为难以清洗，文彦才要在无人处将它扔掉。根据这一物证与兰蕊的供述，完全可以确认：昨夜九点零一分至十一点五分，兰蕊就在案发现场，即 201 室主卧室。

凶手就是兰蕊。

这件事上谁也救不了她，除非出现奇迹。奇迹会发生吗？

小袁问："你什么时候入住桃花源小区的？"

兰蕊回答："去年这个时候。"

"你与鄢然做了一年邻居，关系处得好不好？"

"……不好。"

"怎么个不好？"

"我和她不常见，偶尔碰到，她一看到我就很生气的样子，有时还骂人，挡我的路，撞我。"

"你有没有骂她，吵上一架？"

"只有生活中不如意的人才会那样做。"

"入住以后，你有没有在什么地方得罪过她？"

"没有呀，我跟她连句话都没有说过。"

小袁想，这进一步印证，鄢然早已认出兰蕊是她的小学同班同学、最好的朋友，那段经历至今深刻在鄢然的回忆中，随着时间的流逝反而愈加鲜明。

兰蕊说："还有……"

小袁问："还有什么？"

"说人闲话，不好吧，再说她已经死了。"

"这是讯问，你要如实、彻底交代。"

兰蕊含蓄地说："还有她常在家里招来各种社会闲人，在小区里的名声和一般业主不一样，她的谈吐、举止有点像保洁阿姨，所以我对她敬而远之。"这段话隐含着植根于兰蕊心里的优越感，她出身于一个有知识、有教养、有地位的家庭，而鄢然呢，不说也罢。

小袁问："你以前听说过你丈夫与鄢然有来往吗？"

"江燕跟我说过,我不信,没往心里去。"

"江燕亲眼所见,还是道听途说?"

兰蕊不想回答,还是说了:"她听 202 室的贾先生讲的。"

这个贾彪无处不在,他像是一只头上没毛、专食腐肉的秃鹫,时时在文彦、兰蕊夫妻的上空盘旋。小袁问:"你与贾彪熟吗?"

兰蕊问:"贾彪是谁?他是 201 室的贾先生?不熟,没有说过话。"

从兰蕊的表情、语气中看出,她不仅不知道贾彪的大名,还有点轻视。贾彪,横跳黑白两道、赫赫有名的大佬,身边美女成堆,他不为所动,却对兰蕊不计代价地单方面付出,剃头挑子一头热,让两位女刑警诧异不已。

异数!

小袁问:"昨天夜里,你去鄢然家做什么?"

兰蕊回答:"她请我去的。"

"你们之间的关系并不好,她请你去,你就去了?"

"昨天下班回家,我刚换上拖鞋,有人按门铃,开门一看是她,我很意外。问她什么事,她说邀请我到她家做客。"

"鄢然为什么不用电话跟你联系?"

"她说登门相邀更显诚意,我想,她可能是不知道我的电话号码。"

小袁查过鄢然手机的通话记录,想从中找到谁是昨夜来客,结果全是乌七八糟的男人,而且近两个月无人接听鄢然的电话,更没人找她。刑警老孟与其中几个取得联系,他们说辞一致,鄢然打来的电话就是一件事:借钱,她借了从来不还,没有哪个男人愿意跟她玩了。

小袁问:"你没请鄢然到家里坐坐?"

兰蕊说:"没有,我和她一个门里,一个门外,说了几句话。"

"你同意去了？"

"她说有件重要的事，能给我一个惊喜，只能到她家两个人坐下来好好谈。我想，楼上楼下，都是女人，就同意了。她定的八点。我想让我丈夫陪我一起去，我丈夫昨天加班开一个很重要的会，快九点了还没回来。"

"你就自己一个人去了？"

"嗯。"

小袁给她的桃花茶杯里加了些水："说说你到鄢然家后的详细经过。"

兰蕊双手捧着发烫的茶杯，她更冷了，从心里往外冷。

她回忆起昨天那个可怕的夜晚：

兰蕊按下201室门铃。

防盗门向外打开，鄢然红裙、红鞋，像一团火，她上来拉住兰蕊的手，满面春风地说："我的好妹妹，我还以为你不来了呢，快请进。"

又拉手，又叫好妹妹，把兰蕊整晕了。

鄢然拉着她走进门厅。

大客厅没亮灯，组合音响红灯闪动，放着一首老歌《月圆花好》，窗帘紧闭，一股阴冷的气息向兰蕊侵来。

兰蕊以为会打开灯，在大客厅说话。鄢然不放开她的手，带她来到不应对外客开放的私密重地——主卧室。兰蕊很不适应与生疏女人的亲密肢体接触，但她力小，甩不脱鄢然的手。主卧室只亮着一盏落地灯，血红的灯光中，一盆兰花散发着香气。

卧室门窗紧闭，聚集的兰花香气更加浓郁。

鄢然将梳妆椅转过来，椅背靠着梳妆台，请兰蕊坐下，紧挨着那盆兰花。鄢然站着，对兰蕊上上下下看了又看。

兰蕊浑身不自在。

鄢然的笑容有股邪气，她说："你比上小学的时候更漂亮了，我是女人，都不免动心。"

兰蕊想到关于 GL 的传说，慌了神，后悔来做客了，想站起身走。鄢然双手按在她的肩上，不让她动。鄢然的假指甲片抠进她的白色套裙上装，问道："你认得出我是谁吗？"

兰蕊心里说，这还用问吗，女邻居呀。

鄢然说："你再好好看看我。"

面对鄢然那双蓝色的眼睛，兰蕊没说话。

鄢然魅笑：

"我是你的小学同学，颜、秀、英。"

兰蕊难以置信。

鄢然说："我改了名字，不瞒你，我还做了全身整容手术，从毛毛虫变成了美丽的蝴蝶，难怪你认不出来。为了见你，我专门买了一条红裙子，当年你送过我一条，我到死都忘不了你对我的情意。现在的我穿上红裙子好看吗，和你比一比，咱俩一起照照镜子。"

梳妆镜中，映出两张女人的脸，都很美。

鄢然说："一个女人的美貌，是爹妈给的，还是出自医生的手术刀，有什么区别？！"

兰蕊理解不了一个爱养大青虫子的女人的心结。

"你生来什么都有，而我一无所有。"鄢然夸炫地说，"我现在有钱了，办公司，开跑车，穿用都是名牌，住着跟你一样的大房子，我还跟你一样漂亮，我可以送你一条红裙子，我身上穿的这件你要不要？别嫌是我穿过的。"

兰蕊不知该怎样回答。

鄢然的声音里没有热情："老同学见面，这是不是一大惊喜，来，拥抱一下。"

她拉起兰蕊，张开双臂，抱了过来。她个子高，又穿了十公分高跟的拖鞋，比兰蕊高出二十几公分。她低下头，与兰蕊脸脸相贴，使劲儿蹭了一下，她右脸上的面霜大部分转移到兰蕊的右脸上。

兰蕊被动地接受拥抱，她难以将眼前这个叫鄢然的女人与小学同学颜秀英合并为同一个人。

鄢然兴致勃勃地回忆小学生活，喋喋不休。

兰蕊有了初起的过敏反应，气短，心悸，两颊泛红。

鄢然看在眼里。见时机成熟了，她说："老同学，今天请你来，有件事，要请你帮忙。"

兰蕊说："只要是我能做到的。"

"你能做到，也只有你能做到。"

"什么事呀？"

鄢然羞答答的，有些难以启齿。她握住兰蕊的手，鼓起勇气，说："听了你别激动，我跟文彦好上了，我要让他娶我。"

兰蕊没有"激动"。

"你不信？我跟文彦相好半年了，我们俩是真心相爱，我爱他，他也爱我，我跟他在这间屋子里幽会时，他对我说了好多的柔言蜜语，还有海誓山盟。"鄢然口中的"这间屋子"指的是她与兰蕊现在所处的这间卧室，给人以充分的想象空间。

鄢然满怀期待，她要欣赏兰蕊痛不欲生、肝肠寸断的样子，兰蕊定会匍匐在她的脚下，苦苦哀求她不要破坏自己的幸福家庭，甚至卑屈地吻她脚上穿的红色拖鞋。幻想中的这一场景使她亢奋到全身发抖，她终于将这个小学时云端之上的公主踩进烂泥里，报了当年的一"裙"之仇。

鄢然错愕地看到：

兰蕊仅仅是淡然一笑。

鄢然惊问："你不伤心，不生气，不求我与文彦断绝来往？"

"我信任我的丈夫。如果他真是见异思迁、喜新厌旧的男人，也不值得留恋。"兰蕊的声音变哑，吸入的兰花香气与蹭上的面霜同时起作用，过敏引起咽喉水肿。她在梳妆椅上坐不住，摇摇欲倒。她勉力站起身，说："我头昏，我要回家。"

鄢然抓住她："事没办完，你不能走。"

"还有什么事？"

"我跟你丈夫在一起的视频，你看不看？"

"不看。"兰蕊此时只想回家，她的脑子里进了一团雾。

"不看也得看。"鄢然要用强。

兰蕊从小受到万千宠爱，小脾气不小，她执拗地说："我就不看。"

鄢然一时无计可施。

兰蕊问："你真是颜秀英？不像。颜秀英小时候是个受气包，低着头任人欺负，总爱哭，我和杜老师都很可怜她，同情她。"

鄢然勃然："我不用你们可怜、同情，在你们眼里，我永远是一只扑棱蛾子，变不成蝴蝶。文彦要甩了你，娶我，你的心里像不像插进一把刀，还在那儿不停地搅！"她的声音像个女巫："你不想杀了我？"

兰蕊身体向后，碰落一瓣兰花，说："谢谢你请我来做客，我该走了。"

鄢然逼近，嘴里酸腐味儿的热气喷到兰蕊脸上。她声音放低："杀了我，就能保住你的丈夫，你的家庭，你的美美满满的生活。"

兰蕊手里多了一把刀，右手。

鄢然塞给她的。兰蕊想扔掉。鄢然双手握紧她的右手，刀扔不出去。

鄢然的嘴唇贴在兰蕊耳边，催眠似的喃喃低语：

"杀了我，杀了我，杀了我……"

两人拉扯中。

兰蕊因过敏反应毫无力气。

鄢然手上的力道忽地一松，退了一步。兰蕊手中的刀不见了，鄢然向后缓慢地倒下去，躺到摇椅上。

她的手碰落红酒瓶，咚的一声。

她的目光从兰蕊脸上转向兰花，她在笑。

兰蕊头重如铅，意识模糊，她跌跌撞撞地向外走。

防盗门外，她再也走不动了，顺着墙一点点滑坐下去。接着，她像腾云驾雾一般，身体浮在空中，向上飘。当她恢复一些思辨能力后，已经躺靠在自家的大沙发上……

讯问告一段落。

小袁翻看笔录中的重点部分，让兰蕊休息两分钟。

兰蕊抿了几小口桃花茶。

小袁问："回家以后呢？"

兰蕊说："不知过了多长时间，我丈夫回来了。吃过药，我好些了，我丈夫扶我上床睡了。我做了一夜噩梦，梦见她冲我笑，她的胸口插着一把刀。今早醒来，我的大脑一片空白，直到你们上门调查，我还以为那是一场梦。林妈妈来给我检查身体，林妈妈告诉我，住201室的她死了，我一点点回想，醒悟到梦是真的。今天，河边，大柳树下，我把昨夜发生的事都跟我丈夫说了，他料想到我的结局，心疼我，他哭了。"

小袁搞清一件事，怪不得文彦与兰蕊各自所述的案情经过具有惊人的相似之处，文彦只是略加修改，将兰蕊做的事移植到他的身上。

小袁问："你离开时，鄢然还有没有生命迹象？"

兰蕊回答："她躺在那儿，随着摇椅一起晃动，不说话了。我不敢看她的脸，又忍不住看，她在笑，冲着兰花笑，没完没了地笑。"

小袁说："经法医尸检，鄢然死于刀伤。"

兰蕊抬起头，说：

"刀原本在我的手里。"

她努力回想昨夜的情景，又说：

"刀不在我手里时，插在她的胸口上。"

她艰难地说：

"她是我杀的。"

她低下头看看右手，用特别小的声音说：

"我没想杀她。"

外面的风声伴随着她的啜泣。

兰蕊主动承认杀人罪行，讯问取得重要成果。小袁并不满足于到此为止，她有几个疑问需要得到解答，兰蕊有可能没有说出全部实情。

小袁一问："你在鄢然家时，看没看到那把刀放在什么地方？"

兰蕊回答："我没看到。"

"鄢然从什么地方把刀拿出来的？"

"我不知道。"

刀是凶器，从何而来？主卧室没有削下的果皮，水果刀不该出现在那儿；鄢然只穿一条半透明的红蕾丝睡裙，而刀把与刀身全长二十几公分，锋利无比，她不可能带在身上；兰蕊第一次到鄢然家，她不会知道大客厅茶几上的果盘旁有一把适于杀人的尖刀；兰蕊的愤怒达到高潮时，跑出主卧室去取刀，鄢然不加阻拦，笑着等兰蕊来杀她，实在不合逻辑。刀应该就在触手可得的地方。小袁的脑子里回放她用眼睛拍下的一张张主卧室场景照片，停格在兰花上，放大。

花盆泥土中有一个洞。

这里插过一把刀？需要证实。小袁想到刑警老孟的一句话，兰花喜欢酸性土壤，碱性土壤里长不好。鄢然主卧室里的那盆兰花花开繁盛。小袁给徐法医发去一条短信：请即查明鄢然伤口内及刀身是否沾染了微量酸性土壤。

这个问题的答案对于确定本案性质将起到决定性的作用。

小袁二问："你离开凶案现场时，是否进行过清理？"

兰蕊不解："清理什么？"

"你在刀把、门铃按钮、梳妆椅等处留下的指纹。"

"没有呀，指纹怎么清理？"

"你常看侦探小说或电影吗？"

"我不看，我看都市生活连续剧。"

小袁三问："你回到家后，又返回过凶案现场吗？"

兰蕊连连摇头，意思是人家刚从那个恐怖的地方逃出来，为什么要回去，为了再看一眼死人？

小袁说："法医在鄢然的睡裙上提取到一根毛发，经DNA鉴定，是你丈夫文彦的。"她问："文彦的毛发为什么会出现在那儿？"

兰蕊没听懂这句问话的含意，她也问道："为什么呀？你是说……"她明白了一点："不会的，DNA检测的准确率不是百分之百，我的同事做过亲子鉴定，准是你们搞错了，那不是文彦的毛发。"

她情急地为文彦辩护，像是发自真心。

小袁想，在凶案发生后的三两分钟内，能够从家里的枕巾、或梳子上搞到文彦毛发的人只有一个，就是兰蕊。

小袁又一次打量面前的这位少妇。兰蕊的端庄、温和、贤良、对丈夫的爱都是装出来的？她或是她指使某人返回现场，扯下鄢然的内裤造成性侵未遂的假象，并将一根文彦的毛发放到鄢然的红睡裙上，一个坏到什么程度的女人才能干出这种栽赃陷害亲夫的事。如果真是这样，这个女人太可怕了，与她共枕，等于与蛇蝎同眠。

小袁四问："昨夜，你从 201 室鄢然家出来，没坐电梯，步行上楼回的家？"

兰蕊说："我回忆不起来了。"

小袁指着讯问笔录："你说你的'身体浮在空中，向上飘'，你飘回家的？"

"我当时的感觉像在梦游。"

"有没有人扶着你，或是抱着你上的楼？"

"没有！"兰蕊回答时态度坚决，眼神有一点飘忽。

小袁说："昨夜发生的事，离现在不到一天的时间，你不会一点都回想不起来吧。"

兰蕊不留余地："我忘了，你别问了，这一段我全忘了。"

小袁几乎可以肯定，昨夜抱着兰蕊走楼梯上楼的人是谁，沉重的脚步声是负重所致，卸下的重物就是他抱着的兰蕊，然后跑步下楼回到 201 室抹去指纹、放置毛发的也是这个人，一个同住六号楼的男人。

这个男人是谁，无需说出姓名。

关键在于他是共犯，还是仅限于事发后协助兰蕊逃离并伪造清理现场的从犯。

第一次对兰蕊的讯问到此结束，案情基本明朗。除了兰蕊的供述、溅上红酒的白鞋，小袁还需再找到一份证据。这份证据在哪儿，她已成竹在胸。

兰蕊在讯问笔录上捺下鲜红的指印。

小袁问："你昨天夜里穿的白套裙在哪儿？"

衣柜前，兰蕊拉开柜门，一身白色套裙挂在里面的横杆上，夹在其他女装中间。

小袁问："我可以检查一下吗？"

兰蕊说："查吧。"

小袁戴上塑胶薄手套，她的手伸进套裙上装的口袋，摸索。她收回手，五指摊开，手心多了一样东西，现场遍寻不见的红蝴蝶图案假指甲片在这儿找到了。这枚假指甲片没有使用过，完好无损，绝对不是搏斗中因暴力脱落的。只有一种可能，鄢然将它放进兰蕊的口袋。

小袁问："这是你的吗？"

兰蕊回答："我从来不用这种东西。"作为金融机构部门经理，上班时间不能做美甲，留长指甲都不可以，这是纪律。

"它怎么会在你的口袋里？"

"我不知道它是怎么来的。"

小袁脑中闪过画面，鄢然与兰蕊昨夜拥抱时，一只手把假指甲片放进兰蕊的口袋。

手机响，徐法医打来电话，她说："在死者鄢然的伤口内与刀把上均检测出微量的酸性土壤，还有用作花肥的腐殖物质。"案发前，本案凶器水果刀放在哪儿总算搞清楚了，它插在兰花花盆的泥土中。卧室光线暗，又有兰花茎叶的遮掩，难以察觉那里藏着一把刀。

只有鄢然具备把刀预先藏在那儿的条件。

案发时，兰蕊背靠梳妆台，台面上的兰花在她的侧后方。鄢然向她迫近到脸对脸的距离，伸手从兰花花盆的泥土中拔出刀，再塞进她的手中……兰蕊的供述合理，可信。

假指甲片与水果刀的藏匿之处，小袁推测奇准。小刘看她的目光里全是钦佩之情。

真凶归案，案子基本查清，按理小袁应当感到轻松才是，她的眉头反而打了一个结。

鄢然为什么把刀提前藏在兰花花盆里？

鄢然将一枚假指甲片放进兰蕊口袋，目的显然是向警方指示凶手是谁。一个疑问再次提出：鄢然预知她就要被兰蕊杀死了？

兰蕊不是冲动型性格的人。她在并未相信鄢然与文彦存在私情的情况下，就起意杀人？这样的犯罪动机站不住脚啊。在法庭上，一个初出茅庐的刑辩律师就能将其驳倒。

但是，兰蕊承认人是她杀的。

这对夫妻的供词如出一辙，兰蕊在玩弄与文彦同样的把戏，装作说不出行凶的具体经过，为"失手伤人"预留后路？

每个疑问都令人费解。

一团更大、更浓的迷雾笼罩在这个案子上。

小袁将讯问情况向毕队长做了汇报。

毕队长听后，没有马上表态。手机里传出骤然加大的呼呼风声，毕队长大概降下了高速行驶中的警车车窗。毕队长说："嫌疑人兰蕊交代，她在梦中见到刀插在鄢然胸口，是这样吧？"

小袁说："是。"

毕队长的声音："嫌疑人兰蕊并没有明确讲是她将刀刺入鄢然胸口的？"

小袁说："案发现场只有她与被害人。"

毕队长的声音："嫌疑人兰蕊的记忆表现为不连续的碎片化，这中间出现一处最重要的空白，两人在拉扯过程中发生了什么事，刀怎么插到鄢然胸口上的？这是本案的关键情节，务必查清。嫌疑人兰蕊可能是应激性失忆，要注意疏解她的情绪，让她在平稳的心态下回忆案发时的每个细节。除了口供，相应证据必须确凿充分，构成完整的证据链，才能认定嫌疑人兰蕊有罪或是无罪。记住，刑警有时可以决定一个人一生的命运。"

小袁像用冷水擦了一把脸。

刑事拘留证送到之前，文彦为兰蕊准备了一些换洗衣物。

大客厅，在小袁的要求下，文彦与兰蕊保持一定距离，这次是丈夫送别妻子。夫妻俩默默对视，久久无语，满腹的话儿尽在不言之中。

从警以来，小袁见过多次这种生离死别的场面，她总是于心不忍，做不到心硬如铁，无动于衷。

文彦泪眼婆娑，不能自已。

兰蕊比他更能把持住一些，温言说道："我走了以后，你常去看看爸爸妈妈。"

文彦说声："是。"

"妈妈身体不好，别跟她说我的事。"

"是。"

"咱们离婚吧。"

"是。不！我查过刑法，你最多判十几年刑。孩子生下来我带，爸爸妈妈有我奉养，我们都等着你出来。接你回家的那天，月亮会像今晚一样圆。"

"我不想没出生的孩子有个杀人犯的妈妈。"兰蕊说的话中有种不祥的味道。

"你不是杀人犯，那个女人该死！"文彦牙齿咬得嘣嘣响。

"她是个可怜的人。回想起小学的事，如果她是颜秀英，我理解她，也原谅她。"兰蕊的话像是说给自己听的。

有一种人的感情世界里没有仇恨，只有宽容。

看到这对夫妻依依惜别，又听到兰蕊最后说的那句话，小袁的一个想法动摇了，兰蕊会是把文彦的毛发放到鄢然红睡裙上的邪恶女人吗？兰蕊产生严重过敏反应后，处于神志不清状态，对周围环境、事物的认知能力出现障碍，她没有能力做那种事。

拼图尚不完整，还缺几片重要的碎图片。小袁将兰花、面霜、水果刀上的微量酸性土壤、假指甲片串联到一起，她对案件性质有了新的想法。

门铃响。

两位女刑警以为刑警老孟这么快就把拘留证送来了，小刘去开门。

门开，闯进来的是叼着雪茄的贾彪。小刘阻拦："你不许进来。"她没拦住，贾彪进入大客厅，他看了一眼脸带泪痕的文彦，又看了一眼茶几上被扣押的白色套裙以及大小证物袋中的白色坡跟女鞋、假指甲片，豹子似的眼睛里锋芒大盛。

小袁问："你来干什么？"

贾彪换上嬉皮笑脸："没事，串个门。"

"出去。"

"遵命。"

贾彪冲着文彦喊了句："连自己的媳妇都救不了，窝囊废。"他走时猛吸一口雪茄，喷出大团雾似的青烟。

小刘被呛得直咳嗽，她打开阳台门，通风放烟。

文彦和兰蕊不受干扰，面对面站着，就像能这样站上一百年，他和她用目光说着绵绵不尽的话，永远说不完。

这对夫妻不会有过激行为，两位女刑警放松警惕。

突然，楼下传来汽车报警器被触发后的啸鸣声。有人偷警车，这个贼的胆子未免太大了。小袁一个箭步冲上阳台，向下看去，只见警车左前门被打开了。

尖锐的报警声刺人耳膜，在夜空中显得分外高亢、响亮，惊动整个小区。

阳台上，小袁目光锐利，找寻偷车贼逃走的去向。

小刘在她身边说："袁姐，是不是那家伙？"

按她指的方向，一个人影闪入灌木丛后，那人帽子、口罩、茶镜裹得严严实实，看身材像是贾彪。

"我去抓他。"小刘自告奋勇。

贾彪没跑，钻出灌木丛，手里抱着小黑猫球球。

小刘冲他说："你敢偷警车？"

"别误会，借我俩胆，我也不敢。"贾彪举起小黑猫，油嘴滑舌地说，"罪魁祸首是它，跳上警车车顶，触发报警，惊扰了两位女警官，真是罪该万死，死有余辜。两位女警官打算怎么处理它？球球，快点下跪求饶。"

贾彪诡计多端，又在搞什么花活。

小袁正想着，咔，她听见一声关门的轻响。她回过头，大客厅空无一人。

人呢？

两位女刑警在卧室、卫生间、厨房和其他各个房间转了一圈，不见文彦与兰蕊。小袁去开防盗门，门从外面锁住了。不好！小袁跑上阳台，探身，低头一看，楼下，文彦拖着兰蕊朝停车场走，走得极快，兰蕊像是身不由己。

小刘冲两人喊："站住！"

文彦不停步，走得更快。兰蕊跟不上，他揽住兰蕊的腰，一用力，兰蕊双脚离地，夫妻俩来到白色轿车前。

小刘再喊："负罪逃跑，罪加一等！"

文彦置若罔闻，他把兰蕊强塞进右车门。他绕着车头跑到左边，拉开左车门，钻进车内。他的这些动作忙乱，笨拙。

白色轿车发动，车头向前一蹿，加油太猛，熄火。

再次打火，启动，白色轿车驶出停车场时，剐蹭到旁边的一辆黑色大越野车，不作停留，加速开向小区大门。前面拐弯太急，车轮胎与路面摩擦，发出吱——的怪声。

白色轿车消失在一栋楼后。

钢板铆焊而成的防盗门十分坚固。如果请开锁公司的师傅上门，加上路途所费时间，最快也需要十五分钟，文彦、兰蕊夫妇早就逃之夭夭了。

小袁急怒攻心，疑犯从她的眼皮子底下逃走，传出去太丢人了。

她站在阳台上，估计了一下邻近阳台的聚氯乙烯树脂材质的排雨水管的承重，要冒险一试。她翻过护栏，站在阳台边沿，吸口气，身体一半悬空，先伸出一只手，够到排雨水管，再双手齐出抓住管子，整个身体侧倒移过去，双脚夹住管壁，她听到嘎吱响了一声。还好，排雨水管没有断裂。

她攀援而下，不用一分钟到达地面。

小刘将手提笔记本电脑包与调查材料分两次扔下来。小袁接住，让她等候开锁师傅，自己要一个人去追踪那对夫妻。小刘不同意，她学着小袁的样儿，抓住排雨水管下降，距离地面两米多高，管壁裂开；她掉下来。好在不高，她摔了一个屁股蹲儿，没事。

两位女刑警跑向警车。

停车场上，黑色大越野车抢先一步发动，在路面居中行驶，挡住警车，不让超越。

小区大门，黑色大越野车堵住出口，疑似抛锚，打不着火了。警车鸣笛，贾彪从车窗里探出头，说："可能是电路出了点毛病，两位女警官帮我推一下车。"

小袁命令门卫抬起小区大门入口处的阻拦杆，警车从黑色大越野车左侧开了过去。

小袁判断，白色轿车最有可能先去就近的加油站。副驾驶座位上，小刘与交通队联系，请求通过监控查找白色轿车的行踪，事情紧急，务必尽快回复。

警车仿佛追风逐电，红蓝警灯闪烁。

黑色大越野车紧跟在后。

22：51

警车速度表上的红色指针越过 100。

本市交通监控中心电告：白色轿车现在距桃花源小区两千七百米的一处加油站，正西方向。

小刘问："袁姐，你怎么知道文彦会去加油站？"

"文彦开车逃跑是临时决定的，跑长途车没油不行。"小袁说着，车速达到时速 120 公里。

小刘说："抓住这对夫妻，必须严惩。"

"以什么罪名？拘留证没送达，更没向兰蕊宣布，她处于人身自由状态，够不上脱逃行为。"小袁平心静气地说，"待会儿见到她，批评教育几句就行了。"

小刘说："你往后看，那个贾彪真讨厌。"

不用回头看，距警车一百米，黑色大越野车就像马尾巴上的苍蝇，甩也甩不掉。

加油站到了。

警车刹住，几部加油机前不见白色轿车。

黑色大越野车停在旁边，贾彪下车。小刘问："你干吗老跟着我们？"贾彪说："文彦那小子刚才开车出停车场，把我的车剐了，你看看，剐了多深的一大道子。跟着你们就能找到他，他跑不了，我要向他索赔。"

贾彪的借口无可挑剔。

小刘说："不许干扰警方办案。"

"不敢，不敢。"贾彪的目光溜向警车里，他看到后排座上的笔记本电脑、调查卷宗与证物袋中的白色套裙、女鞋等。他脸上全是笑，眼神冷厉如冰。

加油站空荡荡的，白色轿车去哪儿了？

警车射出的两道白色光柱中，文彦挥舞双手，迎面跑了过来。他脚步趔趄，摔倒，爬起来。

小袁上前扶住他，问："兰蕊呢？"

他气喘如牛："我付加油费的时候，她开上车，把我扔下，走了。我在后面追，喊她停车，车没有停。"

贾彪讥讽："她不要你了？"

小袁说："她不想连累你吧？"

文彦说："是的。她说，她要一个人面对。她让我好好活下去，她要独自承担后果。我看出来，她要、她要……"

"她要干什么？"

"她要自杀。"

风声静止。

两位女刑警感到事态严重。

贾彪如同五雷轰顶，五官扭曲，形如厉鬼。挺壮的汉子，身体一晃，再晃，双手扶住警车才能站住。他嘶声怒吼："鄢然，你这个毒妇！"

他的反应比文彦还要强烈几分。

小袁问："兰蕊开车朝哪个方向去了？"

文彦指向西山。

夜幕衬托出西山嶙峋的黑色轮廓，月光给它披上一层白纱。西山有几处人迹罕至的野岭，林木杂乱，有人去年在里面迷了路，走不出来，今天尸骨尚未找到。

两位女刑警上了警车，文彦跟着爬上后排座。

警车、黑色大越野车一前一后，向西山开去。

警车里，小刘开车。小袁坐在副驾驶位子上，集中精力向毕队长汇报。毕队长指示，案子放到一边，先救人，人命关天。

过了一会儿，毕队长又打来电话，他说，邢局对这件事相当重视，亲自出面联系消防与周边村庄组织搜救力量，以确保兰蕊的生命安全。邢局严令，必须把兰蕊活着带回来。

小袁对着手机说："保证完成任务！"

本市交通监控中心不断通告白色轿车的行进方向，一路向西，不变。

电子地图上，标识警车与白色轿车的两个红点之间的距离不断缩短，再有几分钟就能追上了。

前面到了三岔路口，这是进山前最后一个交通监控探头的所在位置。再往前，交通监控中心无能为力，提供不了白色轿车走的是其中哪条路了。

警车在路口停下，后面的黑色大越野车拼命鸣笛催促。

三条路都通往山里，选择哪一条，难题摆在小袁面前。她问坐在后排座的文彦："兰蕊可能走哪条路？"

文彦语无伦次："也许、估计、大概……"

"你想好了再说。"

"兰兰没告诉我。"

这不是废话吗。小袁耐住性子，说："你和兰蕊夫妻多年，对她的思维特点、做事习惯比我们了解，你别急，慢慢想。"

文彦说："我能不急吗，我现在心乱如麻，脑袋里全是滚开的粥。"

小袁不再指望文彦，男人遇到事，有时不如女人，更沉不住气。小袁告诫自己，越是这个时候越要静下心，不能乱闯，如果走错了，将会失去挽救兰蕊生命的最后机会。兰蕊会选择哪条进山的路呢，小袁把与兰蕊接触时的点滴小事在脑子里过了一遍，眼前跳出一张照片。

电视柜上，摆放着文彦、兰蕊夫妇在西山某处山顶的彩色合影。

文家布置出自兰蕊之手。她把这张照片摆在大客厅最主要的位置，体现出她对人间真情的追求，对诗情画意的喜爱，对大自然风光的向往。

这是一个长眠的好去处。

小袁问话速度很快："你家电视柜上有张照片，在西山哪儿拍的？"

文彦说："那个地方叫什么来着，我记不大清了，只记得山顶有家民宿，车可以开上去。"

"民宿的招牌？"

"山野人家。"

小刘立刻网查。小袁问："这家民宿有什么特点？"

"老板为人很朴实。"

"我问的是周边风景有什么特点？"

"民宿建在悬崖边上，视野开阔，山下的风景尽收眼底。"文彦纳闷这个时候为什么问这些。

兰蕊是个爱美的人，她不会选择跳崖那种血肉模糊、惨不忍睹的死法。小袁问："民宿附近有什么好的景致？"

文彦想了想，说："离民宿不远，有一个山洞，当地人叫它仙女洞，洞很深，深不见底，一般人不敢往深处走。民宿老板说，曾有探险的人进去过，山洞越往里走越美，有钟乳石，就是支洞太多，进去迷了路，就出不来了。"

洞名仙女，走进去，在无边黑暗中，一个人静静地告别尘世，获得心灵永恒的安宁，回归自然，这符合兰蕊的个性。

小袁问："去山野人家走哪条路？"

文彦看看三岔路："我记着是中间这条。"

小刘刚刚网查，她朝小袁说："正确。"

警车朝中间的山路冲去。

文彦问："不会走错吧？"

车行两公里，文彦一声惊呼："快看！"小袁看见白色轿车歪斜着停在路边，车头撞到一块大石上，水箱破损，冒着白色蒸汽的热水淌到地面上。白色轿车左前车门大开，驾驶席上没有人。

警车不停，车内，无人说话。

警车顺着之字形山路，向上行驶。

黑色大越野车寸步不离，有几次它的前保险杠与警车车尾轻微相撞。山路不宽，路况不好，小刘集中精力开车，顾不上与后车的贾彪计较。

警车左盘右旋，前面是一处急转弯。

小刘车速不减。

坐在后排座的文彦出声提醒："小心，转弯的地方是一处断崖，我和兰兰那次来……"

他的话没说完，只听咣啷一声大响，警车车身抖动，在突如其来的撞击下向路边冲去。小刘一脚刹车到底，警车两个前轮悬空，下面是深不可测的断崖，张开黑色的大口。

黑色大越野车从后面追尾冲撞了警车。

文彦呼喊"救命"，从警车后车门跳下，在地上打了一个滚。

由于他的跳车，警车后部重力丧失，车头一点点向前倾斜，下坠，碎石向深渊滚落。

小刘挂倒挡，加油，松开刹车，后车轮高速旋转，轮胎与地面摩擦生出白烟，警车不再往断崖下滑。这个从警时间不长的年轻姑娘采取措施正确、果决，表现极为镇定从容。她冲着小袁喊：
"快下车！"

小袁抓住方向盘，伸过脚踩住加油踏板，说："你先下！"

小刘说声："现在我是司机，你得听我的。"

生死关头，两位女刑警相视一笑。

文彦坐在地上，傻子似的看着，他没有跑过去，用身体压住
警车后保险杠，为两位女刑警争取逃生的时间。

黑色大越野车的发动机一阵轰响，贾彪在加油，他像是要再
次冲撞上来。

车内没灯，看不清他的脸。

他的眼睛射出绿光。

小袁闪电般想到，贾彪是想毁掉警车上的全部物证与调查卷
宗、笔记本电脑，警车坠崖后爆燃的大火可以烧尽一切。小袁抓
起这三样东西，从右侧车门下车，紧接着，飞身一跃，稳稳地站
在警车的后备厢盖上。

贾彪看清她手里的物证、卷宗与电脑，脚下一松，黑色大越
野车的发动机声小了下来。

小袁一声喝令："拖车！"

小袁居高临下，如同天神，周身散发的威压势不可挡。沉默
半分钟，贾彪下车，他屁颠颠地从车后取出一根牵引绳，两头分
别系在黑色大越野车与警车上。小袁监视着他的每一个动作。

贾彪眼珠乱转，还在寻找时机。

小袁警告："伸出爪子之前想一想，别没捞着好处，还被剁掉。"

贾彪听说过关于这位女刑警的种种传说，不敢造次。他满脸
是笑，抢先自我批评："追尾责任全部在我，我踩错踏板，把油门
当成刹车了。我的车上的全险，包赔损失。"他轻飘飘一句话，把
刚才袭警、险些断送三条人命的恶性事件说成是一起小小的交通

事故。

他若一口咬定，也没办法把他怎样。

随着黑色大越野车的后退，牵引绳绷紧，警车被拖回路面，除了后保险杠被撞飞，车身后部瘪进一大块，仍能正常行驶。

贾彪自我表功："多亏了有我相助吧。"

没人理睬他。

山下，亮起一长串汽车的车灯，搜救队伍赶来了。

子　夜

23：40

明月当空，星光稀疏。

山顶，一处山民小院，曲尺形布局的房子用山里的青石板砌成，原木门窗，灰瓦覆顶。房前院子里，一株环抱粗的野核桃树枝叶葱茏。隔着一段爬满青藤、开着几朵野花的木栅，往前多走一步，就是陡峭的悬崖。

院中，野核桃树下，摆放着树根制成的木桌与几只木墩，当作椅子。

院门旁，有块大石，上刻四字：山野人家。

刑警老孟带着搜救人员朝仙女洞去了，山野人家的老板给他们引路。老板的媳妇留下来，沏好山茶，放到木桌上。她回到屋子里给三个月大的婴儿喂奶。

木桌旁，只剩两位女刑警与贾彪。

贾彪要求跟随大队人马去搜救兰蕊，小袁把他留下，说："问你几句话。"

贾彪坐立不安："问多长时间？"

"如果你回答得痛快，用不了五分钟。"

"好，你快点问。"

"喝口茶？"

"不渴。"

小袁问："你为什么要洗去文身？"

贾彪说："这个问题涉及我的个人隐私。"

"你不回答也行，换个问题。"

"别别别，在袁警官面前，我知无不言，言无不尽，别耽误时间。我身上的这三条斑斓猛虎是我当街头混混的时候文上去的，三虎成彪，那会儿觉得威武，霸气，脱了光膀子走在街上，横着走，没人敢惹。年岁大了，我从别人异样的眼光中，看得出正经人都不拿我当好人，那种眼光除了惧怕，更多的是厌恶。古有洗心革面，今天的我要除去这层文身，重新做人。"

小袁问："你说的正经人都有谁呀？"

贾彪说："好多，包括袁警官您哪。"

"其中有兰蕊吗？"小袁问。

"……"贾彪不作回答。他说："已经过去三分钟了，你还要问什么？"

小袁问："是不是你给高大伟的老婆打的电话，让她来桃花源小区闹事？"

贾彪反问："有何为证？"

"手机定位，那个电话是从桃花源小区打出去的。"

"桃花源小区住的不止我一个人。"

"还有声音识别，你常看刑事侦查方面的书，不懂？"

"如果有录音，你们可以做声纹鉴定。高大伟的老婆不会有通话录音，那是头猪，想不到这么做，只凭她的证言，能有多大效力。"

小袁问："手机定位加证人证言呢？"

贾彪语顿，他说："是我打的又怎样？"

小袁问："你承认了？"

贾彪说："是我打的。高大伟对婚姻不忠，他的老婆是第三者插足的受害人，我是路见不平，扶助弱者，弘扬社会正气。"他看到小刘在做笔录，收起满不在乎的态度。

小袁问："半年前，鄢然新办了一张银行卡，专门用于汇付文彦母亲的医疗费，这事儿你知道吗？"

贾彪回答："我不知道，与我无关。"

"鄢然这张银行卡内每笔款项的进出，为什么次次用短信通知到你？"

"鄢然跟你说的？没有的事。她死了。"

"我们查了，银行卡预留的短信通知的手机号码与你给高大伟老婆打电话所用手机号码同一。这个手机号码的所有人是鄢然，她又叫颜秀英。"

"……鄢然到我家去，她把手机落在我那儿了，不行吗？"

"什么时候的事？"

"她偷走兰花的那天。"

"你知道那是兰花？"

"……我想起来了。"

"巧啊，鄢然的这部手机刚好落在你家。"小袁话中带刺，"借用你的话，你给高大伟的老婆打电话通风报信，是为了'弘扬社会正气'，这么光明正大的事，你为什么不用自己的手机？"

贾彪的脸与猪肝同色。

小袁乘势而上："据我推测，鄢然半年前开始收到的每一笔钱，都是你给的现金，你怕她不转给文彦的母亲做医疗费，用银行短信通知的方式监督款项的去向，你是社会上有头有脸的人，不会耍赖不认账吧？"

贾彪无法否认。

小袁说："你不是好心帮助文彦，我说说你的目的，想听一听吗？"

贾彪的回答是："五分钟已过，我该去仙女洞了。你没有拘传证或是拘留证，休想限制我的人身自由。"

小袁语音清越："案发现场伪造成性侵未遂的样子，还放上一根文彦的毛发，如果这是兰蕊所为，势必加重她的罪行，坐实她杀人灭迹的罪名。兰蕊可怜呀，那个躲在她裙子后面布置这一切的人，就像地洞里的老鼠，见不得光，让她一人顶罪。"

贾彪的双脚像钉在地上，迈不动分毫。

他沉默了一分钟。

他转身面对小袁："袁警官，你是我见过的最聪明、最难对付的女人，我甘拜下风。"

他仰望天上一轮明月："真美，月如其人。"

他斜倚野核桃树，掏出雪茄，没点，放在鼻子下闻了闻："我把事情的来龙去脉都说给你听，所有罪过由我承担，只求袁警官救救兰蕊，为她洗脱罪名。"

"不放过一个坏人，也不冤枉一个好人。"

"我信你一次。"

以下是贾彪用第一人称"我"的自述：

去年四月，我买了一套桃花源小区六号楼的房子，请大师看过，202室的楼层、朝向，主要是风水都不错。我不为自住，为的是投资，坐等房子升值后卖出去赚上一笔。交完全款，领到封存在纸袋里的门锁密码，我去看房子，在各个房间转了一圈。我一件家具没买，打算将房子长期空关。我准备回我的大别墅了。

楼前，一个年轻女人在喂野猫。从背影上看，她一身家常衣着，挽着发髻，没什么特殊，身材挺苗条。她把猫粮撒在花坛边上，举手投足倒是蛮有女人味儿。我对爱猫人士的行为向来嗤之以鼻，认为她们是爱心过剩。野猫脏兮兮的，我不喜欢，也不能说是完全讨厌，有一道广东名菜，龙虎斗，蛇肉猫肉一锅炖，我爱吃。我想到中医食疗中，猫肉具有多种滋补功效，嘴欠，大声说了一句："猫肉好吃，补血补气补精力，给我来一只，拿回去红烧。"

女人回过头，面有不豫之色。

看了她一眼，我没觉得她有多美，长得不难看，没什么特殊的。可是，再多看几眼，我被深深吸引住了。这个女人的美，不是那种让人血脉偾张的艳丽，而是像春风一样，轻轻拂面而来，让你不自觉中醉了。钻石配不上她，配得上她的唯有珍珠。

从女人那边又随风飘来一股香气，甜甜的，淡淡的，柔柔的。

总之，我变得傻傻的。

我这是中邪了？漂亮女人我见得多了，比满汉全席的菜品还要多，我从未见过一个女人有这么干净清澈的一双眼睛。两位女警官别笑话我，我，四十岁的汉子，十几岁起独闯江湖，自谓心如铁石，这会儿像个大男孩儿，脸蛋发烧，心嘭嘭嘭地狂跳。

这是我第一次见兰蕊的感觉。

我不回别墅了，我订购了全套家具，要在六号楼202室长住下去。

我去物业打听，兰蕊有个该死的丈夫，叫文彦，所有人都说文彦与兰蕊非常般配，天生一对，地设一双。我呸，那些都是屁话，我觉得，文彦一个书呆子，就是个吃软饭的白面相公，他根本配不上兰蕊，他哪儿来的这么好的命呀。

我想尽办法接近兰蕊。我也喂起了野猫，买来最贵的进口猫粮，野猫偏偏不吃，只吃兰蕊喂给它们的，围着她喵喵叫。我想凑过去一点，野猫就冲我龇牙，弓背，炸毛，气得我七窍生烟，野猫也来跟我抢夺兰蕊身边的位置。岂有此理!

无论我怎样努力,兰蕊总是不搭理我。

我坚持喂猫,几个月如一日。皇天不负苦心人,兰蕊看我的眼神中少了些戒备,多了些亲近。我没自作多情,那是一种对邻居的亲近,仅限于此。有了良好开端,我要再接再厉,我这人属王八的,咬住不撒嘴。

这期间,发生了我跟鄢然的糗事。

不瞒两位女警官,对我来说,鄢然就是解闷的玩意儿,双方各取所需,鄢然没少从我这儿拿钱。

我与鄢然的来往做到神不知、鬼不觉,六号楼里住的都是正派人,更不能让兰蕊知道。

鄢然后来与冯老二勾连到一起设局害我,说良心话,不全怪她,我也有责任。真实原因是一次我在鄢然家过的夜,大早上,我从她家出来回自己家,迎头撞上兰蕊步行下楼,电梯出故障了。太丢人现眼了,当时我光着脚,只穿了红颜色的三角小裤头,手里提着衬衣、长裤、一双皮鞋,袜子塞在皮鞋里;鄢然披着薄纱睡衣送我到门口,她里面什么都没穿。更要命的是,我露出全身的彩色文身,三头老虎像是要从我的前胸后背呼哮着扑出来。兰蕊吓坏了,手里的包包掉在地上,她看我的眼神我这辈子忘不了。

那眼神分明在说:流氓加垃圾。

我又羞又愧,无地自容。

当天,我向鄢然提出与她断绝来往。我又找到李大龙兄弟,要求洗去全部文身,一点皮肉之痛我忍得了,扒层皮都行。一个人做了错事,迟早有一天要付出代价,这才叫公平。

鄢然问我为什么不要她了,是不是另有新欢了,我没理她。

一下子断了鄢然的一大块经济来源,我估计,她从那天起就恨上我了,促使她串通冯老二给我挖了个假酒的大坑。不仅如此,还为今天的事埋下祸根。

鄢然表现得像条女光棍，没有因为我提出跟她分手而撒泼打滚，纠缠不休，她跟我成了一般朋友。

鄢然暗地里观察我。

我从花鸟市场请回一盆兰花，红河红，摆在大客厅里的花架上，用全部身心伺候它。兰花，王者之香，我被熏陶得不那么"臭"了。

鄢然到我家溜达，她知道门锁密码，从不按门铃，自己开门而入，我正在给兰花松土，喷水，用干净的软布擦绿油油的一根根茎叶。鄢然在多宝格前，胡乱玩弄我收藏的名贵瓷器。

我坐到沙发上喝啤酒，抽雪茄，为的是离她远点儿，这个女人正是如狼似虎的年纪，我有点怵她。

鄢然假装失手，手中瓷瓶滑落，又接住。

我纹丝不动。

鄢然说："你这些瓷瓶假的吧，我看你一点不心疼。"

我说："你可以拿到外面估估价，想偷？"

"谁想偷你的烂瓶子，我只想偷你这个人。"鄢然的打情骂俏对我没用。她看到花架上的兰花，伸手去摸。

我大声喝止："你别动！"

"一盆花，值大钱？看你急的。"

"你若乱碰，信不信我把你的爪子剁下来！"

鄢然见我真急了，她看看我，又看看花。她用手机网查中国名花。兰花的茎叶一般都是窄窄的，长长的，挺拔俏立。她说："这是兰花，不值几个钱。你这么稀罕它，你的新相好准跟兰花有关。"

我朝鄢然喊了声"滚"。

第二天在楼前喂野猫，鄢然走到我身边，她说："你别痴心妄想了，兰蕊看不上你这种人。"

对面，兰蕊跟一只小猫崽子说话。

文彦走出楼门，一身休闲装束，他笑吟吟地挽起兰蕊的手，两人去散步。我的鼻子眼儿里呼出的气都是烫的，文彦那小子有什么好的，不就是比我白点儿，比我高点儿，比我的头发黑点儿、多点儿吗。若论真才实学，论见识，论能力，论家财，文彦比我差远了，不是吹。看他风度翩翩的样子，我快气炸了。我握紧拳头，想象中，我把文彦揍得满地爬，哭爹喊妈，求我"饶命"。唉，回到现实，阳光下，文彦与兰蕊手牵着手，浅笑低语，走在绿树成荫的石子甬路上，神仙眷侣一般。我不想再看下去，无意中一侧脸，只见身旁的鄢然脸阴沉得像棺材板，她看向文彦与兰蕊，眼中喷出绿色的火，估计当时的我跟她一般模样。

我与鄢然之间有了一种心心相通的共同感觉。

过了几天，鄢然又到我家来了，她张口借钱，我说没有。在我眼里，鄢然那张脸越来越丑，我要收走她抵押给我的房子和跑车，我是生意人，我的钱再多也养不起同情心。

鄢然的一句话让我没把她轰出门。

她说："我能帮你把兰蕊弄到手。"

弄到手的"弄"字忒难听。我说："兰蕊是女邻居，对她我没邪念，我是规矩人。"

鄢然说："哎哟哟，你们男人心里那点事，瞒不了我。"

我说："你少胡扯，坏了人家名声，滚！"

鄢然"喊"了一声，抬屁股要走。我忍不住问："你有什么好主意？"鄢然过来坐我腿上，她说："装不下去了吧。"

我说："有屁快放。"

鄢然的主意很馊，十分缺德，但有效。她说："我去勾引文彦，再张扬出去，让他名声扫地，兰蕊跟他的婚不离也得离了，你呢，乘虚而入，包你美人到手。"

"你这主意太阴损了。"

"你干过的坏事比我只多不少。"

"文彦不上钩呢？"

"送上门的鱼腥，有不吃的猫吗？我不白干，事成之后，你把我的欠债一笔勾销，你不能再用房子与跑车的抵押拿捏我，你我两不相欠。"

我觉得鄢然有诈。

鄢然有备而来，说出她也只有她能办成这件事的理由：她和兰蕊属于不同类型的美，哪个男人不喜欢换一换口味；她是邻居，外面的女人不方便接近文彦；她的房子和跑车抵押在我手里，又在我的眼皮子底下，她糊弄不了我，绝对忠心耿耿为我办事；我找不到比她更适合的女人，她的用处无人可以替代。

鄢然的话有道理，鬼迷心窍，我与她击掌成交。

接近文彦，鄢然不能硬往他身上扑，要有个正当的由头。机会来了，文彦卖表，为了给他母亲凑手术费，天赐良机呀。我编出个资金紧张的理由，推出鄢然办这件事，文彦一点没起疑。袁警官，你说得没错，是我让鄢然办了一张新的银行卡，我把酒吧收入的现金交给她，她存到卡上，然后转给文彦母亲所住的县医院作为手术费、住院费。银行短信通知的手机号码放在我这儿，钱进钱出我随时掌握，鄢然搞不了鬼。我认为没人会注意到这种细节，没想到被袁警官看穿了。

鄢然不白干，她的辛苦费我另付。过了一段时间，鄢然对我说，她快要把文彦拿下了。

我听了高兴，鄢然陪我喝酒，我喝醉了。早上醒来，我躺在客厅大沙发上。糟了，花架上的兰花发蔫，原来直挺挺的茎叶耷拉了。我急忙捧上兰花，开车去找一位老花农，他看了看说，有人往花盆里浇苏打水了，苏打水是碱性水，不能用来浇兰花。老花农帮我换了花盆里的土。过了几天，兰花缓过来了。谁干的，鄢然说不是她。

这个女人没实话，可她为什么要跟一盆兰花过不去呢？

转眼半年，鄢然总是跟我说，快了，快了，事情快办成了，说完伸手要钱。这个月仍然不见成果，我不再付钱给她，怪了，她没来找我闹，我心急，去找她。她家客厅没人，卧室里有哭声，哭得特别凄惨。

鄢然趴在床上，呜呜地哭。

我以为是没给她钱造成的。看在她还有用的分上，我拍拍她的屁股，说："别哭了，钱照样给你。"

她哭声更大了。

我烦了，正要走，我见她手里捏着一张诊断书。我想看看，她捏得死死的，我抽不出来。我把她翻过身，骑在她的肚子上，问她："怎么啦？"她的妆全哭花了，露出一张又青又黄、布满细碎皱纹、衰老的脸，与浓妆艳抹时的她判若两人。我掰开她的手指，抢过被泪水打湿的诊断书，看到一行诊断结果。

鄢然患了绝症，凡人无法抵抗命运的安排。

鄢然抱住我，说她"不想活了"。

我嘴上说的是"病能治好，治病的钱我帮你出"，心里却在想，我让她办的事没戏了。

鄢然哭够了，说："你去外面等我会儿。"

我坐在客厅大沙发上，边抽雪茄边想，另外找哪个女人顶替鄢然。

过了好大一会儿，鄢然从卧室出来了。

我意外地瞪大眼睛，她已重整妆容，光彩照人，除了眼泡有点肿，就像什么事都没有发生过。她坐在我身边，说："彪哥，你的事我照办，事成之后，兰蕊归你，文彦归我，你要多给我点钱，现在就给，拿来。"

我问："你的病……"

鄢然说："一时半会儿死不了，就是死了，我也要带着一个人下地狱。"

她的话让我后背冒凉气。

我以为鄢然说的是她要带文彦下地狱，这是好事，我求之不得。

停车场车里那场戏是鄢然设计的。她假装红色跑车坏了，半路拦住文彦的车。她认为文彦必然经受不住诱惑，只要搞到文彦的……那个体液，她上兰蕊那儿一闹，大功告成。面对送上门的美色，没想到文彦坐怀不乱，奋力挣脱，一般男人遇到女人主动，十有九个抱着的心理都是有便宜不占王八蛋。巧合的是，这事被小红撞见了，车里黑乎乎的，她没看清，文彦纵然浑身是嘴也说不清道不明了，鄢然的计谋算是成功了一半。加上我连哄带诈的让文彦给我买了一盒雪茄，又当众扔回去，说成他送礼是为了封我的口，邻居听了怎能不信。众口铄金，兰蕊自然会起疑心，有了裂痕，就会一点点扩大。两位女警官，不要批评我做事不择手段，只要能够得到兰蕊，就是拆了我的根根肋骨红烧、清炖、煲汤都行。

昨天上午，鄢然跑到我家，她对我说，她要请兰蕊晚上八点到她家做客，她将向兰蕊摊牌，明说她与文彦已经"那个"了，让兰蕊主动让位。

她说，屎越搅越臭，不搅不行。

她又说，她与兰蕊无冤无仇，她这么做，全是为了我，将来要记住她对我的好，在她坟前多烧点纸钱。

我总觉得，鄢然心口不一，她对兰蕊有种骨子里的恨。

临走，鄢然趁我不注意，偷走那盆兰花。

昨天，到了晚上，我从七点多起，就对着猫眼，观察对面鄢然家的动静。

九点，兰蕊进了鄢然家的家门。

十点，十一点……时间过得真慢，对面那扇防盗门里发生着什么事，我心里七上八下，设想出种种可能。十一点过几分钟，鄢然家的防盗门打开，兰蕊从里面出来，靠墙倒下。

我从自家跑出去，只见兰蕊瘫坐在地上，神情恍惚，眼神茫然，叫她也不应声。鄢然在哪儿？

卧室里，鄢然躺在摇椅上，左胸插把刀。

我伸手摸了摸她的颈动脉，没有搏动。

她死了！

我想了十秒钟，打定主意。我做的第一件事是抱起兰蕊步行上楼，不能坐电梯，轿厢里有监控探头。兰蕊家门前，我让她说出门锁密码，进门后，我把她放在客厅大沙发上，她就像一个没有知觉、任人摆布的木偶，脸上起了大片的红斑。

我做的第二件事，到卫生间，从一把粗大的梳子上取下一根又黑又硬的短毛发，我判断是文彦的，因为旁边那把精巧的梳子应该是兰蕊的，而且她是长发。我飞奔下到二层，把那根毛发放到鄢然的红睡裙上，又把鄢然的内裤扯到膝盖，伪造成性侵现场，这样就不会怀疑到兰蕊头上。随后，我从我穿的衬衣上撕下一片，擦去刀把、椅子、门等所有留下指纹的可能之处。衬衣被我烧了，灰烬扔进坐便器，冲走了。

一切坏就坏在鄢然的坏主意，兰蕊是受害人。

该说的我都说了，只求能让我去搜救兰蕊，我不会借机逃跑，如果不相信我的人格，我以我的全部家财担保，钱对我没有意义了。

贾彪闭上嘴。

小袁说："问你几个问题。"

贾彪朝仙女洞方向望去。

小袁问："你为什么不关上 201 室的防盗门？一般情况下，参与犯罪的人员都希望犯罪行为与现场被发现得越晚越好。"

贾彪收回远望的目光，说："清理现场后，我倒退而出，边退边检查有无遗漏。我正要关上防盗门时，听到楼下传来开楼门的声音。我听见上楼的脚步声是文彦的，我对他太熟悉了。这时我想，不关上鄢然家的防盗门，文彦上楼从门前走过，被开着的门与门内的歌声吸引，进去查看的时候，我可以从我家冲出来，抓住他，指控他是杀人凶手，有鄢然红睡裙上的毛发为证，他跳进黄河也洗不清了。"

"兰蕊出面承认人是她杀的呢？"

"我是杂家，懂点医术，兰蕊那时完全处于精神错乱的失忆状态，想不起她做了什么。"

小袁想，说的有几分医学依据。

贾彪说："我在猫眼里看到，文彦第一次上楼，匆匆而过。第二次上楼，他在鄢然家防盗门外停住，敲了敲门，见没回应，像是拿不定主意进还是不进，几分钟过去，他摇摇头，上楼走了，我设好的套他没钻。"

敲了敲防盗门，这一细节与高大伟所述相同。

小袁问："你为什么灌醉高大伟？"

贾彪答："袁警官，我没有'灌醉'他。高大伟是个贪小便宜的人，我请他喝的酒不便宜，不用我灌，他抱着瓶子嘴不离瓶口地喝。他喝醉了，自己从楼上掉下去，摔死了怨不着我。"

小袁问："你为什么请高大伟喝酒？又为什么给他的老婆打去电话？"

贾彪答:"今天中午,401室闹鬼,我跟在两位女警官后面,看见高大伟送袁警官出来。酒后吐真言,我想从他嘴里套出案发时他看见什么了,他就听见脚步声,没看见我抱着兰蕊上楼。我想让他的老婆来把他弄走,他的证言对兰蕊很不利。袁警官,那种烂人摔死最好,你救他干吗?"

"你打过他?"

"他欠揍,他对兰蕊满口污言秽语。他说兰蕊的脚小巧好看,他要送一双最新流行的鞋,让兰蕊脱下鞋给他看看多大号码,女人的脚是随便看的吗。王八蛋,揍他一顿是轻的,若不是兰蕊拦着,我踢碎他的命根子!"

贾彪越说越气。

高大伟没全说实话,瞒过不光彩的段落,这个小胖子。

小袁问:"鄢然手里的视频录的什么内容?"

贾彪答:"没有视频,鄢然说的假话,她骗兰蕊的。不得不说,文彦是个君子。"

小袁问:"你用一根毛发将祸水引向文彦,你凭什么认定文彦会揽下杀人的罪责,这是命案?"

皎月当头,贾彪伸出双手,像是要捧住如水的月光。他沉默良久,缓声说道:"文彦和我一样,对兰蕊是真爱,爱到发狂。以文彦的聪明才智,他一定已然想到这是我在背后搞的鬼,但他不能说,因为说了就会扯出兰蕊,明知是我挖的坑,他不得不跳下去。我佩服他,为了保护兰蕊,他不惜做任何事情,哪怕豁出性命。"

如此深刻洞察人心与把握时机,贾彪生意成功靠的不是运气。

小袁问:"假吴经理做的假举报,是不是你指使的?"

贾彪痛快承认:"你们放了文彦,我预感很快就会查到兰蕊,为了保护她,我不得不出此下策。我不比文彦差!佛曰,我不入地狱，谁入地狱？"

小袁讥刺："舍己为人，你的品格很高尚。"

贾彪说："我没有菩萨心肠，我只为兰蕊。"

小袁问道，报警前他为什么在案发现场吸了整整一支雪茄？贾彪不再扯"烟瘾犯了"的鬼话，他爽快承认为的是用烟味掩盖残留在空气中的兰蕊特有的体香。

对此小袁早有答案，只需贾彪亲口证实。

随着贾彪的彻底交代，一个个疑问相继解开。

现在零点已过。

小袁问到最后一个，也是最为重要的问题，她看着贾彪，问："你为什么骂鄢然是个毒妇？"

"我骂了吗？"

"你想听听录音？"

贾彪说声："不用，大概是我脱口而出的话。袁警官，我把整件事情的前前后后回想了不止一遍，我豁然想明白了。鄢然明明对我说的是，她请兰蕊到她家，只为说出她与文彦的私情，挑拨文彦与兰蕊的夫妻关系，事情怎么会搞成现在这个样子。兰蕊是个性格温柔如水的女人，做了一年邻居，我没见过她生气，更别提发怒了。鄢然说了些什么，又做了些什么，将兰蕊激怒到持刀杀人？鄢然还没有反抗，躺在摇椅上一脸鬼笑，就像死得挺舒服，挺开心，挺心满意足。"

小袁认真地听。

贾彪又说："我觉得我像是上了鄢然的当，我利用她，她反过来利用了我。那个毒妇，她会不会是……我对我的这个想法没有十足把握。"

"说下去。"

"她会不会是借兰蕊的手自杀？！"

小袁不动声色："说说你的依据。"

贾彪一口气说完："近半个月，鄢然用尽各种手段到处弄钱，钱一到手立刻花光，几乎天天喝到烂醉，夜夜换新郎，就像有今没明活不了几天似的。鄢然没有亲人，没有朋友，她心里很荒凉，她对我说过，她活着，还有个影子陪在身边，等她死了，就连影子也会弃她而去，鬼没影子。鄢然说她也想有个家，她找来找去，这世上没一个真心对她好的男人，男人都是混蛋。鄢然混得身无分文，一屁股债，将来只能睡桥洞，翻垃圾桶。鄢然的整容老化严重，再做一次全面整容的成功率极低，还要花一大笔钱，她没钱，她就要变成一个难看的老太婆。鄢然查出得了绝症，就算治得好多活几年，也要遭受难以忍受的痛苦折磨，她生无可恋。前两天，鄢然听说佳佳快要醒了，只隔一夜，我看她老了十年，面如死灰。这几条加在一起，无论落在谁的头上，都会生出寻死的心，一了百了。我想起鄢然说的一句话：她要带一个人下地狱，她指的这个人是谁，不是文彦，而是兰蕊。鄢然那个毒妇什么事都干得出来，我唯一想不通的是，她为什么恨兰蕊，恨之入骨。"

贾彪的话有条有理，说明自案发后这个想法就萌生在他的心里，当然他的主观目的是减轻兰蕊的罪责。

小袁想，不是鄢然预知她的死期，而是她已存昨夜必死之心。

山中，夜雾渐起。月亮披上一层轻纱，月光清冷。

小袁所想有一半与贾彪相同。

她的心里升起一个更深的疑问。

刑警老孟从仙女洞打来电话，报告一个不好的消息。

洞口发现兰蕊的足迹后，搜救队进入洞内。洞穴曲折蜿蜒，强光手电照不透浓稠的黑暗。进洞一百多米，出现一个向下的陡坡，垂直落差十几米。粗糙的坡壁上发现擦痕与一束白色纤维，据文彦辨认，纤维来自兰蕊所穿的白睡衣。

白色纤维上染有血渍，兰蕊受伤了。

坡底，是一个深不见底的水潭。潭边，有一汪新鲜的血水。地面，一条挣扎爬行的痕迹通向一个狭窄的支洞。

搜救队员大声呼喊，只有回声。

刑警老孟说了一句所有人不愿听到的话：兰蕊恐怕凶多吉少。

小袁心往下沉，脸色如铅。贾彪问："找到兰蕊了？"小袁不想理这个人。

贾彪问："她死了？"

小袁想到，兰蕊的厄运正是源自眼前这个男人与鄢然共同设计的阴谋，贾彪休想透过他人。小袁目光冷厉，怒火直冲脑门，气愤地说："贾彪，你为了一己私欲，害人不浅，罪责难逃！"

贾彪不敢与她对视，头深深垂到胸前，又抬起来，他望着天上明月，感情复杂地说："可望而不可即，是我不配。"

小袁看出他不大对头，格外留意。

他面肌抽搐，青筋一条条暴起，神色近于癫狂。他自语道："是我害了你，我是罪人，我该死。我这条命，是你的，拿去。你死，我不苟活，我来陪你……"后面的话声音小到几不可闻。

他晃晃悠悠地向悬崖边走了几步，一顿，作势往下跳。

小袁快如闪电，一个飞跃，双脚重重踹在贾彪的腰间。由于这一踹之力，贾彪腾空向前的身体改变方向，横向摔在悬崖边上。贾彪往前爬，还要接着跳崖。小袁抓住他的一只脚踝，将他往回拉，拖到野核桃树下。小袁掏出手铐。

为了防止贾彪再有自杀行为，他被铐在树干上。

刑警老孟又打来电话说，搜救队向洞穴更深处搜索，支洞太多，宛若迷宫，一个洞一个洞地找，很费时间。

兰蕊生死未卜。

小刘问："咱们做什么？"

小袁说："回桃花源小区。"

"回去干吗？"

"我要重启调查。"

00：25

警车驶入城区。

后排座位的贾彪一只手铐在车顶扶手上。从西山回城的一路上，他紧闭双眼，与死人比多了一口气。不能总把他铐在野核桃树上，为了防止他自杀，两位女刑警只好将他押上警车，密切监护。警车在市内马路上飞奔，不再颠簸，贾彪感觉有异，抬起眼皮，朝车外扫了一眼。看到城区主路的路灯时，他叫道："这是哪儿，我不去看守所，我要回去救兰蕊。"他猛烈挣扎，手铐与车顶扶手撞得叮当乱响，手铐也越勒越紧。他毫不在乎，对疼痛失去感觉。

小袁开车。小刘回头说："你老实点儿。"

贾彪不听，他用头撞车窗："放我回去。"

他的额头撞破了，血流如注，染红半边脸，不断闪过的路灯灯光投射到他的脸上，形容可怖。

他极力想挣脱手铐，警车车身大幅摇晃。

警车开进桃花源小区，停在六号楼前。

贾彪头上的血止住了。他看到周围熟悉的景物，头脑清醒了一点。小袁下车时，命令他："你在车里不许乱动，我们要对你说的情况进行补充调查，听明白了吗？"贾彪似懂非懂地点点头，一个精明过人、平日行事张牙舞爪、肆无忌惮的酒吧老板成了半痴。是什么让他变成这个样子的，世事难料呀。

小袁先上到四层，按响邹教授家的门铃。

书房。时间紧迫，小袁开门见山："我们要向您了解一下案发前鄢然的心理状态。"

邹教授老调重弹："这涉及鄢然的隐私，虽然她已经不在了。"

小袁说："这关系到对本案性质的确定，非常重要，希望得到您的支持与配合。"

邹教授态度软化："你们想了解哪方面的情况，如果全面介绍需要一整天。"

"只问一个问题，鄢然有没有自杀倾向？"

"有。"

"到什么程度？"

"强烈。"

"鄢然具有强烈的自杀倾向？"

"对。"

小袁问："鄢然对您流露过自杀的想法？"

邹教授说："不是这样直接。"

"您是怎么看出来的？"小袁问。

"她多次谈起过自杀的方法。她说，自杀有很多种，吞服安眠药、自缢、跳楼、投河……这些死法都有共同缺点，死的过程时间长，太痛苦，死后样子十分可怕，不是血肉模糊，就是肿胀腐烂，面目全非，一点都不美，收尸的人都会嫌弃。最好的自杀方式是用刀刺入心脏，不拔刀，血流出得很少，死后容颜变化不大。她为此查了不少资料，还专门去图书馆借阅了专业的医学书籍，据她说，大脑对疼痛的反应速度实际上是人体 A 类神经纤维传递冲动的速度，传递速度平均约为 60 米 / 秒；刀刺心脏后，大脑接收到疼痛信号需要千分之五秒左右，只要刀刺入的速度够快，还没感觉到痛，刀已刺入了；再者，心脏的痛觉神经不敏感，所以不

344

会感觉很痛。鄢然说这些话时，还脱下外衣，用她家里的一把刀在自己的左胸前比画了一下。"邹教授模仿着鄢然当时的动作。

"是这把刀吗？"小袁出示水果刀照片。

"就是这把，上面刻着一个埃及死神，叫什么名字我忘了。"邹教授又说，"我问她下得去手吗？"

"她怎么说？"

"她说她可以请人帮助。"

"什么人？"

"她没说。谁会帮人用刀自杀，事后无人作证，岂不成了故意杀人的罪犯。"

小袁问："鄢然谈到自杀时处于什么样的精神状态？"

邹教授回想一下："很清醒，一本正经，不像是开玩笑。我看出危险，好言相劝，劝她打消这个念头，她笑了。我觉得她不是在说笑，她的眼神里有种病态的狂热，充满对死亡的期待。"

小袁问："邹教授，您能分析出鄢然自杀倾向的形成原因吗？这很重要。"

邹教授说："按说鄢然年轻，漂亮，有房有车有钱，追求者众多，她应该是个热爱生活的人，不会去自杀，没有理由嘛。"

小袁想，邹教授不了解鄢然真实生活的另一面。

邹教授说："我听了多遍给鄢然做心理治疗时的录音，分析出一些眉目。在她的童年、少年与青年时期，她受尽歧视，处处不如周边的人，使她自惭形秽，产生不安，担忧，焦虑。凡是在某一方面强于她的人都会引起她的忌恨，她要变着法儿地去坑害对方，从破坏中得到快感，以此达到心理上短暂的平衡与满足。她的心态从焦虑，忌恨，破坏的快感，再到更深的焦虑，忌恨，破坏的快感，循环往复，螺旋式下坠，永远处于失败的情绪之中。在催眠状态下，鄢然吐露的心结令我无比震惊，她恨所有人，包括我，但她最恨的人是兰蕊，她认为是兰蕊彻底摧毁了她对美好生活刚刚燃起的期望。既然谈到这儿了，我说一个鄢然的梦吧，或许对两位女警官办案有所帮助。"

"梦？"

"一个怪梦。"

这句话引起小袁的高度关注。

邹教授说："鄢然睡眠质量不好，常做各种各样的梦，她每隔几天就要让我帮她解说梦境。其中一个梦我至今记忆犹新，它曲折反映出鄢然的潜意识。梦是这样的。"

梦境：

一套富丽堂皇、欧式风格的住宅中，鄢然与文彦成了一对恩爱夫妻，两人有个上小学的女儿，相貌酷似佳佳，也是一个小童星。文彦是个好丈夫，对妻子女儿宠爱有加，一家三口过着幸福甜蜜的生活。

她家里有个女佣，长得与兰蕊一模一样。

鄢然回到家，丈夫文彦深情地亲吻她。

女佣兰蕊双膝下跪，把一双软拖鞋放到她的脚下。

女佣兰蕊擦着她换下的高跟鞋。

周末，鄢然挽着文彦去剧院看女儿的演出。夫妻二人坐上白色轿车，开车司机回过头，他有一张贾彪的脸。

剧院，女儿在台上表演独舞，台下第二排贵宾座位上，文彦握住鄢然的手。

演出结束，一家人去酒店，与鄢然的父母吃饭。她的父母都是本市有身份、有地位的人，酒店经理亲自服务，席间的欢乐气氛像是打开软木塞的香槟酒一样。

包间门外，站着女佣兰蕊，服务员打扮。

包间内，大圆桌旁，鄢然举起高脚酒杯，惬意地笑着。

鄢然靠门笑着。她不笑了，惶惑地发现自己站在包间门外，穿着一身女服务员的制服，垂手侍立，酒店经理正在训斥她。包间里坐在大圆桌旁笑着的那个女人是兰蕊。

鄢然分不清幻境与现实。

突地，包间地面像水上的船晃动起来，天花板轰的一声塌落，化作一堆废墟，所有的人无一幸免，全死了。

一截断水泥板下，伸出一只手，食中两指夹着雪茄。

鄢然跌入无边的黑暗……

邹教授说："这是鄢然在被催眠状态下讲出的梦境。她恢复正常后问我，她说了些什么，我骗她说，她睡着了。她坚持要听录音，我让她听了。给她听的录音中，我已把这段删除了。"

小袁问："您通过分析这个梦，看到一个什么样的内心世界？"

"鄢然内心深处极其羡慕兰蕊的生活。"

"只是羡慕？"

"我不想用不好的词，她梦想得到这样的生活。"

"得不到呢？"

邹教授慢慢地说：

"得不到就一起毁灭，人人心里都住着一只绿色的魔鬼。"

01：14

林芝医生从梦中被连续不断的门铃声吵醒。

她向外推开防盗门，愠怒地问："什么事？"

门外，小袁赔笑说道："深更半夜打扰您，对不起。有个人头部负伤，您家里有急救箱吗，给他紧急处理一下。"

"你等着。"

林芝医生回到屋里，一会儿，她提着一只印有红十字的急救箱出来，问："受伤的人在哪儿？"

警车前，她为贾彪包扎头上的伤口。看着贾彪戴着手铐，她没表示惊讶，对小袁说："手铐太紧，血液不流通，时间长了，会影响这只手的功能。"

小刘过来，给贾彪松了松手铐，对他说："你保证不自杀，可以摘了，不戴。"

贾彪哑着嗓子："不劳费心，命是我的！"

林芝医生收好急救箱，准备回家。

小袁说："请您留步。林奶奶，您是国内知名的妇科专家，医术精湛，医德高尚，救人无数，是医学界的楷模，我早听说过您的大名。"

林芝医生冷面相对："半夜送礼上门，目的必定不纯。"

"我没送礼呀。"

"阿谀奉承的话也是一种礼。"

小袁一笑："听说遇到疑难病症进行专家会诊时，都是您一锤定音，而且您行医四十年从无误诊，这可是有口皆碑的。"

林芝医生说话噎人："我还没死，不急着立碑。小姑娘，别兜圈子了。"

小袁莞尔："我直说了，经过法医尸检，本案被害人鄢然并未患有宫颈癌，只是较为严重的宫颈糜烂，两者虽有相似，但对于有经验的医师，一般不会混淆。"

月光照在林芝医生苍白的脸上，她说："那天鄢然到我院就诊时，患者较多，她没挂上专家号，硬闯进我的诊室。我用窥镜肉眼观察了一下，初步诊断为宫颈癌变，通知她还要做活体组织检查，才能确诊，所以我在诊断书的诊断结果后面加了一个问号，疑似，这个词的意思你应该懂。"

"您的名声在这儿，不由鄢然不信。"

"那是她的理解。"

"您很讨厌鄢然？"

"你喜欢散发臭气、污染环境的垃圾吗？"

"鄢然是人，不是垃圾。"小袁说。

"她是垃圾人。一个私生活不检点、不讲卫生又过于频繁的人本身就容易罹患多种妇科疾病，这是上天的惩罚。我出具的诊断书对她也是一种警醒。如果鄢然遵从医嘱，去做活检，证明是虚惊一场，她以后的行为将会收敛许多。"林芝医生的话如同一套治疗方案无懈可击。

小袁问："没有其他因素？"

林芝医生面沉似水。

小袁说："这份诊断书可能成为一个人产生自杀倾向的最大诱因。"

林芝医生的眼神冷若冰霜。

小袁说："邹教授一时情有所动，责任不全在鄢然，她不应成为被排斥、敌视与发泄怒气的对象。"

林芝医生的怒气看不出来。

小袁追着说："您还爱着邹教授？"

林芝医生头也不回，她回家了。

小袁想，本案开端于一张诊断书。

没有证据支持的推理：林芝医生对邹教授旧情未断，迟暮的感情更加强烈，她不能容忍邹教授移情别恋，更不能允许鄢然那种人取代她的地位，她用诊断书让鄢然失去活下去的勇气，产生轻生念头，拉着兰蕊走向毁灭。林芝医生的白大褂不再是洁白如雪。只凭一个加了问号的诊断结果，警方拿林芝医生毫无办法，追究不了她的任何责任。希望林芝医生午夜扪心，能有一点儿愧疚之意。

小袁甩了几下头，赶出脑中纷杂的想法。

当务之急，是要尽快查出在卧室那个封闭的空间里，鄢然与兰蕊相处的最后时刻，两人之间究竟发生了什么。

仙女洞里，兰蕊正一步步走向生命的终点。

01：35

冰冷的不锈钢解剖台上，覆盖着一块长条白布，下面显露一个人形，那是鄢然的尸体。

小刘站得远远的，她不喜欢挨近死人。

徐法医背靠解剖台，在听。

小袁言简意赅地概述案情："现已查明，鄢然负债累累，容颜衰老，'绝症'缠身，面临伤害佳佳的刑事指控，在穷途末路的情况下，产生自杀念头，并且已存必死之心。她出于阴暗心理，事先将水果刀、兰花、大量面霜、假指甲片按不同用途准备就绪后，邀请兰蕊到她家做客；她趁兰蕊产生过敏反应之机，编造与文彦存在私情的谎言，挑衅与激怒兰蕊杀她，意图达到双重目的，借兰蕊之手自杀、让兰蕊成为杀人罪犯为她殉葬。她的计划一步步实现了。"

徐法医掀开解剖台上的白布，露出鄢然仰卧的赤裸尸体。白色灯光下，鄢然脸上凝固着带有一丝得意的笑容。

小刘一阵反胃，她还没习惯死尸。

徐法医说："你们来看。"小袁走近解剖台。徐法医指点着说："鄢然左胸三、四肋骨处的心区部位有三个细小伤口，是尖锐利器刺戳后形成的。只有一种可能，这是她在练习用刀刺向自身心脏时留下的，否则，有文胸遮挡，不会在无意中多次伤到这个部位。"

小袁脑中闪现画面：邹教授模仿鄢然的动作，双手持刀，刀尖向内，刺向自己的左胸。

明亮的灯光下，尸体左胸三个直径不超一毫米的伤口清晰可辨。

小袁说："三处伤口愈合程度不同，不是同一时间造成的。"

徐法医赞扬地说："你观察得很细。"

小袁问："案发当晚，鄢然有没有戴文胸？"

"没有。"

"所有证据都指向鄢然做好准备，预先脱下可能妨碍水果刀刺入或刺入不够深的衣饰，她只穿了一件薄薄的红蕾丝睡袍，刀尖刚好刺穿心包，伤及心脏。"

徐法医说："即便如此，不能排除兰蕊的杀人嫌疑，她有可能正中鄢然设下的圈套。"

小袁问："严重过敏在精神上可能导致什么后果？"

徐法医说："临床表现多为萎靡、烦躁、抑郁、昏迷等，妨碍但不足以使人丧失认知与分辨能力，兰蕊仍然要对她的行为承担刑事责任。"

小袁又说："贾彪供述，案发后，他见到兰蕊走出201室防盗门时，神色近于痴呆。"

徐法医说："不能据此认定命案发生时兰蕊处于神志失常的状态。贾彪对她的描述，符合一般凶手因杀人内心感到巨大恐惧的外在表现。"

两人的对话基本堵死了排除兰蕊故意杀人的可能之路。

法医室里静下来。

小袁说："对兰蕊的讯问中，她有两句话给人印象深刻，她说，她信任文彦，即不相信文彦、鄢然存在私情；她还说，如果文彦是个见异思迁的人，不值得留恋。两句话表明，这是位自信而理智的女人。"

"你不是兰蕊。"徐法医的话耐人寻味。

小袁说："一个人有时连自己什么样子都看不清，更别提看透别人了。人性如水，可以变化成无穷无尽的形状，水的基本成分是 H_2O，人性则是善恶与利益的组合。我在想，仅凭鄢然几句谎话，兰蕊就因利益受损，激发出人性中恶的一面，被愤怒冲昏头脑而持刀伤人？从兰蕊的经历、性格、教养等多方面来看，她不是一个易怒、狭隘、没有头脑的人。"

"相当一部分人具有隐性的精神缺陷。"徐法医的话像解剖用的手术刀。

小袁说："讯问中，兰蕊对作案过程说得很含糊，她只记得'右手里多出一把刀，想扔，被鄢然双手握住她的右手，扔不掉'；然后直接跳到'手里的刀不见了，鄢然向后倒去'；她在梦中梦见鄢然胸口插着一把刀。兰蕊是否持刀杀人，怎样一个过程，空白，兰蕊没说，她说不清。"

完成拼图，缺少最后一块图形碎片。

"你们法医有句名言，尸体会说话。你问问她，把空白补上。"小袁指向解剖台。

鄢然能坐起来回答问题？

"这是你深夜两点找我的目的？"徐法医问。

"是。"小袁答道。

徐法医戴上白色的医用乳胶手套，端来放着几件类似手术器械的白托盘，站在解剖台前，再次进行尸检。

小袁也戴上乳胶手套，在旁协助。

她胆子大，不怕死人，世上可怕的是活人。

法医室里，只有器械相碰发出的轻微声响。

解剖台上，鄢然的尸体背部已产生大面积暗红色斑痕，亦称尸斑。这是人死亡后血液流动停止，体内血液沿血管网沉积于尸体低下部位造成的。同时，因腐化孳生的气体使尸体腹部隆起，四肢也相应变形肿胀。

鄢然脸上的笑容变得有些狰狞了。

时间一分一秒地悄然流逝。

半小时后，徐法医放下手中器械，摇了摇头，她没有新的发现。

小袁失望至极。

鄢然死了，死人不会开口；

兰蕊在仙女洞深处，生死难料；

案发时，卧室内只有兰蕊与鄢然两个人，没有目击证人，没有现场视频；

再次尸检，结论依旧；

所有证据指向兰蕊因一时激愤而故意伤人致死；

案件调查合乎逻辑地得出上述结论。

但是，关键的作案过程缺失！

徐法医额头沁出汗珠，她的乳胶手套上沾染尸液污渍，不方便。小刘过来，用纸巾为她擦汗。徐法医人高马大，在她面前，小刘显得娇小玲珑。

看到这一场景，小袁脑中像是划过一道斩开夜空的闪电！

她对小刘与徐法医说："你们两个站在那儿别动。"

小刘不动，她听话。

徐法医偏要动一动："你搞什么鬼？"

小袁炯炯有神的目光打量着两个人，她问小刘："你身高多少？"小刘说："一米五五。"她又问徐法医："你呢？"

徐法医说："一米七四，你问这个干吗？"

小袁接着问："你们两个的鞋跟多少公分？"

徐法医穿着白色运动鞋，小刘穿的是黑色坡跟警用女鞋，鞋跟都是三至四公分的样子。小袁回想了一下，案发时，鄢然穿着鞋跟十公分的红拖鞋，她的身高一米六八，相加为一米七八；兰蕊穿白色坡跟女鞋，跟高三公分，她的身高与小刘一样，相加为一米五八。按此计算：

两位女警穿鞋后的身高与鄢然、兰蕊相仿。

两位女警的身高之差也与鄢然、兰蕊相近。

在警校时，小袁的格斗水平全校第一。到了刑警队，众多男刑警中，她仅逊于毕队长。她对近身格斗的各种刀法烂熟于胸。她想，握刀分为两种，手握刀把，刀尖向下为正握，刀尖向上为反握，反握可以直刺。想到这儿，她从白托盘中拿起一根钝头的医用诊断探针，让小刘握在手中，命她刺向徐法医。正握时，探针由上向下以弧形刺出，反握时由下向上同样以弧形刺出，反握直刺则是向前的一条直线，三次刺中徐法医身上的不同部位。小袁分别做了标记，用红碳素笔在徐法医所穿白大褂的相应部位画了三个圆圈。

小袁的嘴刚动了一下。

徐法医说："查过了，不用再查，刀尖刺入鄢然身体后的行进轨迹呈水平方向直达心脏。"

小袁说："刀是直刺的？"

徐法医说："对。"

听着两人一问一答，小刘一头雾水。

小袁的眼睛像星星一样明亮。

她说："凶案发生时，兰蕊正握或反握水果刀，刺出后，刀尖进入人体的行进轨迹应该是倾斜向下或倾斜向上，只有反握直刺时的行进轨迹才是水平方向。"

小刘还是没听明白。

小袁指着徐法医白大褂上中间那个红圆圈，说："由于兰蕊与鄢然身高相差二十公分，兰蕊反握水果刀直刺时，只能刺中鄢然的上腹部，不是心脏。"

小刘恍然："我明白了，兰蕊个子矮，如果是她持刀刺向比她高二十公分的鄢然，而且刺中的是心脏，刀进入鄢然体内的行进轨迹必然是倾斜的，绝不可能是水平直行。"

小袁宣布："通过这次侦查实验，可以证明，是鄢然双手握住兰蕊持刀的右手，用力扎向自己。"

徐法医补充："当时，兰蕊因严重过敏反应，头昏无力，也刺不出如此果断、迅疾、有力的一刀，刀身全部刺入，只剩刀把在外。"

最后一块图形碎片找到了。

小袁眼前闪过一连串活动的画面：

鄢然双手紧握兰蕊的右手与水果刀，对准自己的心区部位猛地一刺，她演练过多次，刀尖直达心脏，她还是感到痛了；

她倒在摇椅上；

她眼前兰蕊的面孔渐至模糊，她要带兰蕊一起下地狱，谁让这个女人生来就比自己过得好；

她看向红红的兰花，笑了……

"我马上出新的尸检报告。"徐法医说。

全部碎片拼成完整的绿色图形：鄢然死于自杀，兰蕊清白无辜！

突然，小刘神色惊悚，她说："你们快看。"

解剖台上，鄢然脸上笑容消失，眼角淌出一滴血泪。

徐法医说："这是尸体腐败现象，别怕。"

两位女刑警回到警车上。

小刘说："袁姐，你是女神探，我要好好向你学习。"

小袁并未喜形于色，反而心头像压着一块大石。她想，要是能早几个小时查明全案真相就好了，她现在更关心暗无天日的洞穴中兰蕊的安危。

"兰蕊没杀人，她是被陷害的，鄢然那个女人太坏了。"小刘义愤填膺地说。

"人不是兰蕊杀的？"后排座响起一个男声。

两位女刑警忘记贾彪还被铐在车上。

贾彪哀求："能跟我说说吗，求求二位姑奶奶了。"

对案件侦查进展情况保密是铁打的纪律，小刘简单地说："经过袁姐努力，已经排除兰蕊的杀人嫌疑，她是无罪的。"

"苍天哪！"贾彪嘶声喊叫。

警车驶向西山，两位女刑警要加入搜救兰蕊的行动中去。

路上，贾彪抹去热泪，说道："袁警官，谢谢你，大恩大德难报万一。投桃报李，我送你一份功劳，我承认，柳依依死的时候，我就站在服装店的玻璃窗外，我不是故意吓唬她，也不是为了要追回她从我这儿偷走的钱。我隐藏行踪，是为了找柳依依的男朋友报复，他偷走我的女人，把我的脸踩在脚下，我饶不了他。柳依依一看到我，吓得心脏病发，倒在地上。我打 120 了，电话还没接通，她已经死了。我灵机一动，在服装店大玻璃窗的窗根下，放上一只带有柳依依男朋友指纹的易拉罐，以此协助警方将他抓获，有你们替我报仇，何乐不为。我如实交代，可以将功抵罪吧？"

小袁说："这抵消不了你在本案中伪造现场、诬陷文彦的罪责。"

"我认了，只要兰蕊没事，判我十年、无期又有何妨。"贾彪含泪大笑。

这是个痴情的人？

小袁从车内后视镜里，看到贾彪晦暗不明的脸，这个人有几分真心，又有几分表演的成分？不可否认，贾彪的感情里有爱，更主要的是他对兰蕊表现出原始的占有欲望。他可能还有深层次的欲念，希望最终娶到兰蕊，通过这桩婚姻进入渴盼已久的上层社会，现在的他再有钱，也不过是个文身的底层混混。为达目的，他一向不择手段，无所不用其极。

贾彪，一个复杂、多面的人。

她想，随着兰蕊杀人罪名不成立，贾彪、文彦两个男人的伪证、包庇行为如何定性，恐怕是件引发争议的事情，留给检察官与辩护律师在法庭上唇枪舌剑吧。这回，贾彪难逃罗网，还是又一次钻空子溜之大吉？

凌晨三点，西山渐近。

在地下洞穴里，兰蕊的生命如掌中沙尘一样流失，她在为没有犯下的罪行赎罪。

兰蕊，你能听到亲人的呼唤吗？

仙女洞外，小袁摘下配枪，连同全部案件资料交给小刘。

她深吸一口清新的山间空气，周身浴满明月的银辉。面对暗藏凶险的无底山洞，她暗下决心，哪怕牺牲自己的生命，也要将怀孕的兰蕊平安带回地面。

她一脚跨进黑色洞口。